『源氏物語』深層の発掘

Hidden Depths: Unearthing Sino-Japanese Poetics in *The Tale of Genji*

秘められた詩歌の論理

熊倉千之

Kumakura Chiyuki

笠間書院

『源氏物語』深層の発掘
秘められた詩歌の論理

◆

目次

凡例　v
はじめに　1
第一章　日本語の本質と物語の時空……13
1　『源氏物語』千年の誤読という史実　14
2　「イマ・ココ」の時空と語り手の主観　15
3　「出来事の過去」と「語りのイマ」という時間の関係　24
4　「御法」巻における助動詞〈ケリ〉の読み違い　33
5　問題のありか――二条院か六条院か　42
第二章　「御法」・「幻」の矛盾解消――その統一的な「イマ・ココ」……49
1　明石中宮が紫上を見舞う六条院の東の対　50
2　三宮への遺言　52
3　誤読箇所の読み直し　55
4　紫上の悲しみ、そのあとに残された人たち　58
5　紫上と紫式部のかなわなかった願い　61
6　「御法」後半（紫上死後弔問）の五首――「三十一首」の初句　63

7 「矛盾」氷解、そして源氏の出家志向 66

第三章 『源氏物語』の主題――夫源氏の不実に対する妻紫上の絶望と次世代へ託した夢……69

1 〈Ⅰ序〉段（導入部）――「Ⅰ一 桐壺」から「Ⅰ八 花宴」まで 79
2 〈Ⅱ破の序〉段（展開部の序）――「Ⅱ一 葵」から「Ⅱ八 関屋」まで 113
3 〈Ⅲ破の破〉段（展開部の破）――「Ⅲ一 絵合」から「Ⅲ八 胡蝶」まで 134
4 〈Ⅳ破の急〉段（展開部の急）――「Ⅳ一 螢」から「Ⅳ八 梅枝」まで 163
5 〈Ⅴ急〉段（終結部）――「Ⅴ一 藤裏葉」から「Ⅴ八 幻」まで 176

第四章 驚くべき歌の配置……219

1 五百八十九首の数理（589＝31×19） 220
2 〈三十一〉首の叙事と抒情 224
3 〈三十一〉首で括られた十九〈5―7―7〉の聯 229
4 源氏の歌二百二十一首の分布 238
5 源氏の歌〈三十一〉首の意味ブロック 241
6 『源氏物語』の情緒 244
7 「主人公」としての資格を欠いた源氏の真実 250

第五章　紫式部の芸術……255

1　新春の梅――物語のどんでん返し　256
2　『源氏物語』の末尾三十一首（5―7―5―7―7）の悲歌　259
3　紫上の歌二十三首　272
4　真実を映す鏡としての主人公――「ワキ」としての源氏　275
5　秘された主題　276
6　『紫式部集』の構造　283
7　〈オープンエンディング〉としての『源氏物語』　292

おわりに　296

参考資料　300

付録　『源氏物語』歌五百八十九首一覧　303

『源氏物語』引用歌初句索引　左開

凡例

一　引用するテクスト本文は、新編『日本古典文学全集』（小学館）『源氏物語』全六巻に拠る。

二　「若菜」巻は、上下巻を一巻と数え、従って「柏木」以下の巻番号が繰り上がり、光源氏主人公の最終巻「幻」は、第四十巻となる。

三　論述から独立させて引用する本文は、すべて二字下げとして…

　地の文は無印

　人物が発話する文には▽印

　その文を引き取って続ける、語り手の文には▲印

をつけ、人物の声か語り手の声かを、行ごとに区別する。従って、底本にある引用符（「　」）は不要のため、すべて省く。さらに…

　引用する歌には、詠者名と☆印

　その歌に続けて、詠者が余情をのべる部分には★印

をつける。

四　引用文には、［梅枝③427］のように、巻名と共に、新編『源氏物語』第三巻の〈427〉ページであることを付記する。

五　全四十巻中に詠まれる歌、全五百八十九首には、詠まれた順番に通し番号をつけた。さらに主要人物の歌には、その人物が詠んだ順でも番号をつけた。ただし、六首以上詠んでいる人物に限る。〈#150〉は物語中、150番目に詠まれたことを示し、〈源氏#23〉は、源氏が詠んだ23首目であることを示す。

六　引用歌の詠者名は、たとえば頭中将は、物語中での呼び名が、その時点での地位によって、内大臣・致仕大臣のように変わるが、同一人物であることを示すために〈頭中将〉に統一する。同様に、若紫が〈上（紫上）〉と呼ばれるのは「薄雲」以降だが（それ以前は〈君〉）、これは初めから歌の詠者名としてのみ、統一性のために〈紫〉とする。

七　『新全集』での用字は、私に変更したところがある。たとえば『旧全集』の〈螢〉は『新全集』では〈蛍〉の略字が使われている。しかし、〈鶯〉は、『新全集』でも〈鴬〉ではなく〈鶯〉のままである。〈蛍〉は本書では〈螢〉に統一する。

はじめに

†『源氏物語』深層の発掘

『源氏物語』は、日本が生んだ言語文化最大の遺産です。しかし、造られて千年後の今日まで、その真の偉大さが、我々日本人にも判っていませんでした。本書が明らかにする『源氏物語』の深層には、これまでの読み方に一大変革をもたらす作者のたくらみが秘されています。源氏の一生を物語る最後の二巻——「御法」・「幻」——によって、それまで主人公であった光源氏が妻紫上にその座を譲り、そのクライマックス場面で、紫上は己れの死を犠牲に、生の意味を逆転させる一世一代の行動をとるのです。その結果、六条院に残された女性たちや次世代の男たちの意識改革を促し、新しい世を希求した紫上が、悲劇の主人公として物語は終わります。それは、紫式部という作者が、斬新な手法によって、奇跡的な価値の大転換を、如何に巧みに成し遂げたかを証すものです。

無残にも、しかし、「匂兵部卿」に始まる全十三巻の続編では、新しい世代の新しい生き方は実現しません。その理由は、続編の作者が紫式部ではなかったからです。誰かは判りませんが、この作者は、物語を書き継ぐにあたって、肝心の「御法」のクライマックス（法会）場面を読み損ねてしまったのです。その歴然たる証拠が、「匂兵部卿」巻の書き出しの部分に残されました。紫式部が見れば、誤読の結果が一目瞭然なのです。

本書では、最初に「続編」が紫式部の作ではないことを、テクスト内部から証明します。正編と続編の作者が違えば、二つの物語には、当然ながらそれぞれ別々の「主題」があり、二つの物語は、切り離して読むべきものとなります。そこでここでは、作者不詳の続編を『源氏物語』から切り離し、「幻」巻までを『源氏物語』として扱います。さらに、「若菜上下」巻は一巻と数え、従来第四十一巻とされてきた最終「幻」巻を第四十巻と数えます。その理由は、この四十巻が、のちに詳述するように、五言律詩の四十字の構造に比定できるからです。

そのように『源氏物語』を見たときに、全四十巻から顕在化するのは、いままでだれにも引き出せなかった物語の主題です。従来の全五十四巻からは、「もののあはれ」というような漠然とした想念でしかなかった「主題」が、〈夫光源氏の不実に対する妻紫上の絶望と次世代に託した夢〉というように、物語が終わったあと、明るい次世代を希求する「こゝろ」として立ち現れるのです。

作者紫式部は、〈やまとことば〉を巧みに運用しただけではなく、五言律詩という漢詩の論理や、5−7−5−7−7（三十一文字）の和歌の数理さえも駆使して、当時の宮廷社会の問題を客観的に批判し、しかもその主題を巧みにテクストの中に埋めました。この本は、『源氏物語』が、「作り物語」という仮構の言説として、如何に緻密に計画され構築されたかを、詳しく分析するだけではなく、「モノ作り」に長けた現代日本が不得手とする「コト作り」問題の解決にも役立つ方策を示唆していることを明らかにします。

†物語言語としての日本語の特質

『源氏物語』のテクストを正確に読むために、基本的な認識の問題が二つあります。その一つは、文部科学省が認定する国語の教科書が、日本語の本質を認識していないために、西欧語の文法で日本語を説明しようとしていて、その前提には、日本語が西欧語（あるいは中国語）と互換性がある、つまり翻訳できるという誤認があることです。のちに詳しく検討するように、たとえば「形容詞」の意味が日英語（あるいは日中語）では互換性がないのにも関わらず、日英（日中）語辞典では翻訳できるかのように記述されています。名詞や動詞もその使い方が異なるのに、その違いを明記してはいません。それ以上に重要なのは、「思考回路」がほとんど逆方向を向いている日本語と西欧語（中国語）は、その「考える過程」を「翻訳」できないことです。

これに関連して、もう一つの問題は、我々日本人が昔から「西洋に追いつけ追い越せ」という国策のもとに、「言語文化のコピー・ペイスト」を繰り返した結果、特に「言説のコト作り」に関して、表層的な次元でしか「国際化」を果たせなかったことです。文学についても、千年前に日本にとっての「西洋」であった中国の文学も、百五十年前の西欧の文学も、右に述べた外国語の翻訳不可能性に阻まれて単なる模倣に終始し、日本人の血肉となりませんでした。しかし、幸いなことに、漢学者の父をもった紫式部は、幼少のころから、返り点送り仮名という翻訳手段に頼ることなく中国文学に親しみ、やまとことばに欠ける客観的な論理性を学んだのです。『源氏物語』の偉大さは、二つの言語がもつ、それぞれの良さをハイブリッドして、ほとんど奇跡とも思える普遍的な意味と生命力をもつことができたことにあります。

日本語は、「わたし・ぼく」のような話し手の視点からしかコトバが使えない言語です。しかも、その視点は、話し手の「イマ・ココ」という時間と空間の認識に限られています。あらゆる発話が、話し手（語り手・書き手）の立場からの表出なので、その内容は、すべて即物的・主観的な意味を免れません。つまり、日本語は、発話の場にある具体的な「モノ・コト」の意味を伝えるのに適していますが、西欧語（あるいは中国語）と比べて、発話の場から離れた時間・空間についての事象を、抽象・客観化して、普遍的に表現することが難しい面をもっているのです。

たとえば、英語で〈A is B.〉と言えば、その判断が正しいかどうかを議論するために、問題を提起する最初の文（いわゆる命題文）になりますが、日本語では〈AはBだ（である・です）〉としか言えず、それはあくまでも、発話する人がそう「判断」することを表明する文でしかありません。ですから、〈2+2=4〉という数式も、〈2足す2は4だ〉のように、発話する人の判断を除外できない発言となってしまい、予断を伴わずに、議論の場に問題を提起することができません。残念ながら日本語は、客観的な議論を展開するために必須な言語的基底をもっていないのです。一九五〇年代に、森有正というフランス哲学の研究者（初代文部大臣森有礼《ありのり》の孫）が、この問題を指摘しましたが、戦後復興に忙しい日本人は、真剣に考える時間を持続できないままに終わりました。

この言語問題から引き出される結論は、非常に深刻です。端的に言って、日本語では数学の純粋な表現が不可能なのです。簡単な数式の扱いにすら問題がある日本語ですから、西欧で発達した自然科学の議論も、日本語で進めることができず、日本人が書く論文に世界で通用する客観性をもたせようとすれば、英語などの西欧語で書かなければなりません。二〇一四年の〈STAP細胞〉捏造の不祥事では、科学の本質を本当に日本人が認識しているかどうかの危うさが露呈しました。〈There are STAP cells.〉と〈STAP細胞はあります〉とは、同じ意味ではない――英文は命題文、和文は判断文――と、日本人がまず認知しなければなりません。しかし、ほぼ千年前の平安時代に作られた『源氏物語』という文学作品には、和漢の論理性を数理で統合する驚くべき言説が、すでに展開されていたのです。

この本が扱う文芸評論も、社会科学の一分野ですから、実証性を基に議論を進めなければなりませんが、誤解されている日本語の本質が絡んでいますので、かなり難しく回りくどい手続きを踏まなければなりません。その前提になるのは、さきに述べた日本語の「イマ・ココ」の即時・即物性と、それに伴う主観性（書き手の主観的な論理）ですが、次のような手順で議論を進めます。

一　『源氏物語』のいわゆる第三部、第四十二巻「匂兵部卿」以下「夢浮橋」までの十三巻は、第一部と第二部の作者紫式部が書いたものではないことを、テクスト内部から証明すること。

二　第三部を切り離すことによって、今までの「幻」巻までの四十一巻（本書では四十巻）の切り口――第一部と第二部――が、間違った区切り方であったことを明らかにし、新たに見えてくる五言律詩の論理が、『源氏物語』に構造化されていることを踏まえて、その主題――作者がこの物語で訴えたかったこと、〈夫源氏の不実に対する妻紫上の絶望と次世代へ託す夢〉――を論証すること。

三　主題が説得力をもつために、作者紫式部が企んだ文学的な方法とその芸術性を解明すること。

鎌倉時代から今日まで、いわゆる宇治の物語が紫式部によるものではないと感じた読者はおおぜいいました。『紫明抄』（素寂〔河内本を校訂をした源光行・親行親子の、親行の弟〕による一二九四年頃の注釈書）ですでに怪しまれ、近代に至っては、たとえば、与謝野晶子は「若菜」からの作者を疑い、円地文子は「匂兵部卿」からの物語に違和感をもちましたが、テクストの内部検証によって実証するには至りませんでした。しかし、これから論証するように、「御法」巻の出来事を正確に読めば、第四十二巻「匂兵部卿」を書いたのが紫式部ではありえないことが、明らかになります。その理由は、「幻」巻のあとの物語を書き継いだ作者が、「御法」巻にある「法会」という大事な出来事を読み間違えた結果、その証拠が「匂兵部卿」巻の最初のページに文章化されているからです。その経緯を辿るためには、平安文に対する正しい理解、特に「過去回想の助動詞」と言われる〈ケリ〉の用法の認識が、一つの鍵になります。

†四十巻の首尾一貫性

『源氏物語』のいわゆる「続編」を正編から切り離したときに、最後の重要な二巻――「御法」・「幻」――が矛盾なく読めることを、最初の二章で証明します。**第一章**では、日本語の時空――イマ・ココ――とその「主観性」が、『源氏物語』のテクストにどう表出されているかを、まず確認します。この認識なくしては、なぜ過去一千年もの間、『源氏物語』が間違って読まれ続けてきたのかを、読者に納得してもらうことができないからです。その誤読の原因は、今日まできちんと意味づけられないまま、曖昧に解釈されてきた助動詞〈ケリ〉が、「御法」巻中の重大な一文にあって、その文意が大方の読者に読み取れなかったためです。今までの読者が、紫上は二条院で生を終えたと読んだ結果、物語全体にとって「御法」巻がもつ意味が損なわれ、作者が意図した主題――作者が問題にしたいことの核心にある考え、特に紫上が死後の六条院の女性たちに期待した未来――の把握が不可能になったのです。

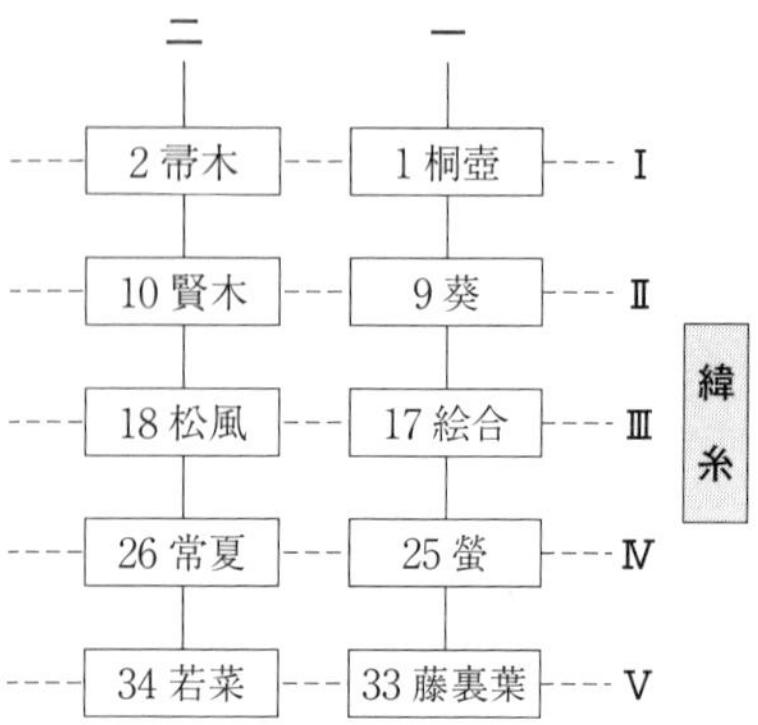

第二章では、藤原定家の時代から、「御法」と「幻」両巻のあいだに認められて久しい「矛盾点」、池田亀鑑が「以下六条院のことと見えるが、中に二条院に関することも見え、構想に矛盾があるか。古今明解なし」（『日本古典全書　源氏物語　五』朝日新聞社 1954、p110）と結論づけた難題に終止符を打つべく、両巻のテクストを精査します。この二つの巻は、

『源氏物語』の組織図

経糸

八	七	六	五	四	三
8 花宴	7 紅葉賀	6 末摘花	5 若紫	4 夕顔	3 空蝉
16 関屋	15 蓬生	14 澪標	13 明石	12 須磨	11 花散里
24 胡蝶	23 初音	22 玉鬘	21 少女	20 朝顔	19 薄雲
32 梅枝	31 真木柱	30 藤袴	29 行幸	28 野分	27 篝火
40 幻	39 御法	38 夕霧	37 鈴虫	36 横笛	35 柏木

紫式部が表現しようとした「主題」の結論部分として、六条院の将来という、最も重要な内容を含んでいます。その矛盾点が解消されれば、物語の首尾一貫性とともに、主題が明確に結論づけられます。そこで、作者や主題を異にする「匂兵部卿」以下の巻が、『源氏物語』という表題のもとに一括する必要も、自然になくなります。

第三章からが、本来の『源氏物語』としての分析です。いままで「正編」として読まれてきた、「幻」巻までの『源氏物語』がもつ意味と、その文学性に迫ります。物語全体を俯瞰して、上の図のように、八本の経《たて》糸に五本の緯《よこ》糸が、全四十巻を織り込んでいる「テクスト」として分析します。そして、この構造が、実は「五言律」という漢詩の構造性をもつことを詳述します。「若菜」巻は長大なため「上下」巻に分けられていますが、巻名が一つであることから、一巻と数えます。「四十」という数の数学的な整合性は、書き始めから作者の構想の内にあるのですが、芸術的な配慮から、〈41〉というユニークな数が表層化する全四十一巻に造って、敢えて真の構造を見えにくくしているのも、作者のたくらみの一端です。従って、「柏木」以降の巻は巻数が繰り上がって、最終巻の「幻」は第四十巻と数えます。

この構造性の前提として、言語と言語芸術の共通原理である、〈「構造」

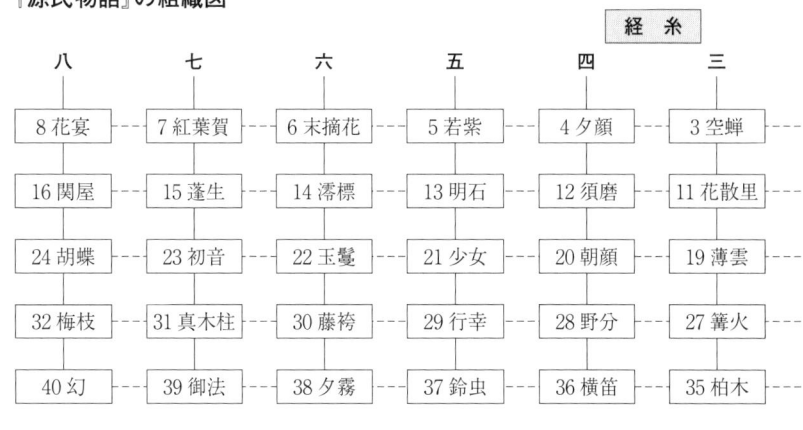

そのものが〈意味〉をもたらす〉という、「形式」と「内容」の深い関係を再確認します。この構造には、和語の物語が本来持ちえない論理性――主人公光源氏の五十年に亘る生涯全体を見渡す視野――が担保されています。そこで、「構造」そのものから自ずと発現する、作品全体の「意味（主題）」が、部分と全体との関係から立ちあがり、それを抽出できるようになるのです。

五言律は八句からなり、二句一組で聯《れん》を構成しています。『源氏物語』では八行が八本の経糸となり、その二行ずつが対句のように相対する二巻ずつにまとめられて、絶句のように〈起・承・転・結〉の意味をもつと見れば、「桐壺」と「帚木」が〈起〉部、「空蝉」と「夕顔」が〈承〉部、というようにして、「花宴」までが最初の緯糸〈Ⅰ〉として織られています。次の八巻（「葵」から「関屋」まで）が〈Ⅱ〉の緯糸となり、以下同様に八巻ずつの緯糸が、全体で五段に編まれていきます。この五段は、音楽という時間芸術の構造性に比定すれば、五楽章をもつ楽曲、また演劇なら五幕（第Ⅰ幕から第Ⅴ幕）の芝居のように展開します。平安時代の音楽である雅楽の構造を当てはめれば、「序破急」という三部構成の「破」部分がさらに細分化されて、「Ⅱ破の序・Ⅲ破の破・Ⅳ破の急」という展開部をもつと考えてもいいでしょう。ですから、全体として最後の八巻――「藤裏葉」から「幻」まで――が結論の「Ⅴ急」部分として、主題を導くために不可欠な意味をもつと考えます。その場合、経糸の第一糸にある「桐壺」・「葵」・「絵合」・「螢」・「藤裏葉」と、第二糸の「帚木」・「賢木」・「松風」・「常夏」・「若菜」によって導入された〈起〉部が、第七糸の「紅葉賀」・「蓬生」・「初音」・「真木柱」・「御法」と、第八糸の「花宴」・「関屋」・「胡蝶」・「梅枝」・「幻」の〈結〉部を導くという論理です。ぱっと見ただけでも、「夕顔」と「朝顔」が同じ四本目の経糸上に並んでいることから、その織り目の意味が見えてきそうですし、「若紫」と「明石」が五本目の経糸上にあるのも、偶然ではないと見えたとき、この物語が如何に精緻に織られているかが判ってくる仕掛けです。

✝紫式部の超絶技法

第四章では、五百八十九首を数える歌が、作中どのように配置されているかを分析します。『源氏物語』を書き終えたら、たまたま結果的に五百八十九という歌数になったのではなく、作者は書く前から、三十一文字という和歌の論理を、物語の〈情理〉として構造化しようとしたという仮説を立てて証明します。それは、〈589＝31×19〉という数理（数学では、二つの素数の積）に拠るものです。そのためには、〈19〉という数が、どれほど作品の中で意図的に使えるかが鍵になります。作者は主人公源氏の全二百二十一首の最初の歌を、物語の十九首目に置くというような配慮をします。また、「薄雲」（第十九巻）や「真木柱」（第三十一巻）の歌にも、重要な意味を籠めます。その結果を踏まえて、作者の「作り物語」に秘された意図——構造と主題との関係——を確認します。歌の配置を見れば、物語冒頭から末尾に向けて展開する人物たちの情緒が、作者によって如何に綿密に計算され、作品の核心を担う人物の行動に組み込まれたかが明らかになります。それは、女性が正面切って発言する場をもてなかった時代に、一人の言語芸術の天才が、女性たちが苦しみを抱えながら生きる社会に向かって、たった一人の密かな抗議を、女主人公である紫上に託して、如何に慎ましく、しかも秘かに成し遂げえたかの証しになっています。

最終章では、そこまでの論証によって明らかになった、紫式部の芸術について考えます。二十一世紀の今日まで、その秘された技法は、テクストから読み取られることがありませんでした。実は作者は、5‐7‐5‐7‐7という〈31〉音の歌の形態を、〈31〉首ずつ〈19〉のグループに纏めて、物語の経緯をあらあら示唆するための更なる内部構造として、二句切れの歌の後半の音数〈5＋7＋7＝19〉のような意味をもたせようとしています。その力業を『源氏物語』の外部から支える資料として、『紫式部集』の構造と内容を概観します。それによって、〈31〉首を大きな括りとする配列手法が、『源氏物語』と『紫式部集』の構造上の共通性であることが判ります。それは、『源氏物語』の作者が、紛れもない紫式部という人であったことを証拠立て、同時に、その手法は、日本語による真の文学のありようを示唆してもいるのです。

　芸術の完成度を測る唯一の判断基準は、作品の統一性にあり、それは個々の細部がそれぞれに機能性を与えられて、全体の意味に寄与することです。作者が一つの作品で表現したいことを、如何に首尾一貫性をもって、しかも無駄なく表現できているかに、その作品の芸術的な価値があります。造られて千年以上も、テクストの――特に「御法」と「幻」の二巻にある――「明らかな矛盾」が障害となって、最後の結論部分に作者が明言しようとした「主題」が曖昧になりました。ですから、「光源氏」という主人公が、晩年にその輝きを失うことの意味が、最終局面に及んで、単なる失意・失望しか残らないように読まれてきました。しかし、読者をも巻き込んで暗く終わる物語では、文学の本来の目的は全うされません。現実が暗いことを結論づける物語に発展性がなければ、読者の将来にも文学は意味をもたないからです。

　『源氏物語』の作者は、最後に秘かな価値の大転換を企てましたが、誰もそう読んだ人はいません。そのための構造として、作品全体を大きく二つに分けるという手段もとられています。前半の二十巻を〈テーゼ（命題）〉とし、後半の二十巻を〈アンチテーゼ（反対命題）〉とするなら、〈ジンテーゼ（総合命題）〉として書かれるべき主要人物たちの将来を、読者の読後の想像力（創造力）に委ねるという方法です。『源氏物語』後半を六条院の完成から始めるという作者の狙いは、最後に女主人公の紫上が二条院で生を終えると読まれたために、物語そのものが、首尾一貫性を失って崩壊してしまったのです。『源氏物語』の続編が読者によって書かれるなら、明るい未来が源氏の死後に展開する物語として期待されていたはずでした。続編を書き継いだ「宇治の物語」の作者が、致命的な誤読を冒したために、紫式部の意図は水泡に帰したのです。

一九七〇年ころから日本でも西欧の言説の本質的な議論となった「ポストモダニズム」――その核心にある主張「あらゆる権威の否定」――によって、日本文学そのものの見方が、大きな影響を被りました。その結果、「権威《オーソリティ》」の象徴的な存在である「作者《オーサー》」がその存在意義を否定される羽目に陥りました。ですから、どんな文学作品も「作者の死」を理由に、読者がどう読もうと読者の勝手だという文学理念が、あらたな「権威」となってしまったのです。『源氏物語』に関わる評論でも、昨今その「主題」を扱うものはほとんどありません。しかし、ぼくが主張するように、日本語から書き手の存在を排除するなら、そもそも日本語は意味がなくなります。ですから、どんな具体的な日本文学論も、関わる作品の主題――作者の言いたいこと――をまず見極めない議論はルール違反になり、そうした議論は価値がありません。

日本語が話し手（語り手・書き手）の視点しか表現できないという、本質論をどこかに置き忘れて、日本文学からその作者を追い出したら、日本文学は成り立ちません。しかし、最初に述べたように、現在の文部科学省が検定している国語の教科書は、この日本語唯一の表現主体である書き手の視点を認知していないのです。それどころか、日本語で書かれる「小説」がもつ、西欧的ないわゆる「客観小説」（三人称小説）を大いに奨励しています。たとえば、川端康成『雪国』（一九四七）がその典型ですが、その冒頭に近い一文、「向側の座席から娘が立って来て、島村の前のガラス窓を落した」という描写を可能にする視点をもつ人物は作品の中にいないのです。ですから、この文章には、そう表現する主体の実在感がなく、明らかなフィクションであることが、作品冒頭から露呈してしまっています。そのような西欧語の真似事で書かれる文章がまがいものであることを、国語の教科書の編者が疑ったり、否定したりしたことがありません。こうした論点は、西欧語で書かれる文学的言説と、はっきり区別して問題にすべきなのに、いわゆる「三人称（客観）小説」の文体は、議論の対象から外されて、全く問題にされないのが現状です。

千年前にすでに読者の創造力に期待する、いわばポストモダンな文学が『源氏物語』だったとすることは、日本文学の場合、作者を否定することにはなりません。実際、物語内に実在が確かな女性が、同情と共感を登場人物に感じて、その人物の「こゝろ」の内外を語るのが『源氏物語』です。しかし、紫式部なる作者自身はどこにもその姿を現しません。それでいて、作者は、テクスト全体をコントロールしている隠れた意識の在処として、読者が想定しなければならない、「ミューズ」的存在です。紫式部は語る女房を具体的に動かす作者兼演出家として、舞台の裏方に甘んじています。しかも、物語全体が表現すべきことを、姿を見せずに言い果せているのです。これは日本文学だからこそ有効な方法の一つですし、将来の日本文学にとっても、その本質に関わる作業上の立ち位置です。

第一章
日本語の本質と物語の時空

「御法」巻で紫上は、それまで育ててきた五歳の三宮（のちの匂宮）に、「大人になりたまひなば、ここに住みたまひて、この対の前なる紅梅と桜とは、花のをりをりに心とどめて遊びたまへ」と遺言した。光源氏死後の続編「匂兵部卿」巻には、「紫の上の御心寄せことにはぐくみきこえたまひしゆゑ、三の宮は二条院におはします」とある。そこで、遺言の「ここ」・「この対」は二条院のこととして、過去千年間、紫上は二条院でその生を終えたと読まれてきた。しかし、これは「六条院」での遺言でなければならないこと、また、続編の作者が、紫式部ではないことを、「御法」を正しく読むことによって証す。

1 『源氏物語』千年の誤読という史実

一〇〇八年頃までには成立したとされる『源氏物語』ですが、一〇二一年には「全五十四巻」がすでに流布していました。『更級日記』（菅原孝標女による一〇二〇～一〇五九の記録）に、十四歳の著者が叔母から譲られた「五十余巻」を読み耽ったという、よく知られている記述があります。このことから、「作り物語」というジャンルの中で、熱狂的なファンに囲まれて、高い文学的評価を得ていたようです。それ以来今日まで広く読まれてきましたが、書写されて現存するあまたのテクストには、それぞれさまざまな異同があって、その各の細部の読みは、意味上ほとんど無限の可能性を秘めています。

しかし、いまここに提出する誤読問題は、そうした個々の写本の異同の問題に起因するものではありません。それは、どのテクストにもほぼ同じ文言が記された、第四十二巻「匂兵部卿」冒頭にある、以下の一文に関わっています。

紫の上の御心寄せことにはぐくみきこえたまひしゆゑ、三の宮は二条院《にでうのゐん》におはします。

この文の意味は、「紫上が特に熱心にお育て申し上げたので、三宮（匂宮）は二条院にお住まいです」と、文章そのものには何の問題もなさそうです。実際、この文を疑問視する読みは、過去千年の『源氏物語』の読みの歴史に一度も現れてはいません。ですから、本書がこの「二条院」は「六条院」の誤りだと主張しても、古来どの写本にも異同がないのですから、ぼくの読みが間違っていると、一笑に付されるのがオチでしょう。『源氏物語』のテクストに紛れもなく記されていて、それには異同がなく、最古の写本からずっと、この「二条院」には疑問符すらつけられてはいないのですから、問題にすること自体が正気の沙汰ではない、と批判されましょう。

しかし、実はその論理に落とし穴がありました。これから明証するように、この文は『源氏物語』の作者紫式部が書いた文ではありません。彼女が見れば、『源氏物語』正編の本文――特に「御法」巻のテクスト――に関わって、「匂兵部卿」巻以降の続編を書いた人が読み間違えたことが、一目瞭然なのです。「六条院」とあるべき文言が「二条院」と書かれてしまったために、そこまでの光源氏の物語が矛盾する羽目に陥ってしまいました。実は、三宮は二条院で育てられてはいないのです。しかし、右の一文は、作者紫式部が書いたと、今日までほぼすべての読者が信じたために、「御法」・「幻」の二巻に大いなる矛盾を生じてしまいました。ですから、「二条院におはします」という表現は、過去一千年間、読者を惑わせてきた、罪深い文言なのです。この真相は、「御法」のテクストを精査することで、解明できます。

その作業を始めるにあたっては、日本語が表出する「イマ・ココ」の時空と、その主観性について、読者との共通理解がなくてはなりません。この一事は、日本語のみならず日本文学がもつ特質なので、『源氏物語』のテクスト理解にも、「主題」の抽出にも、読者が認識しているべき必須の前提です。

2 「イマ・ココ」の時空と語り手の主観

†話し手の視点

「はじめに」で述べたように、日本語の本質を考えるとき、話し手（語り手）の視点しかないことを、まず認めなければなりません。西欧語が一般に、一人称から三人称まで、しかも単数と複数六つの視点をもつのに対して、日本語では、書き言葉をもたないヤマトコトバの昔から、話し手（語り手）の視点しかありませんでした。実際、『源氏物語』は語り手の視点で物語られていますし、平安時代には、和語で書かれた「歴史」も、『大鏡』のように、過去の出来事を老人二人が語り、若侍が聞く形をとっています。世の出来事は、事実を経験した人の口からしか伝えられませんし、またその「事実」は、報告する人の「主観」であるというのが原理です。逆に、日本語は西欧語（あるいは中国語）がもつ「客観」性をもち難い、という厳しい制約があります。そこから導かれる結論は、西欧的（あるいは中国的）な歴史の記述が、日本語では不可能なのです。

日本語には「視点」の制約があるというこの状況は、明治時代以降、西欧語を学んで久しい二十一世紀の今日でも、本質的に変わっていません。西欧語が三人称の視点――その最も客観的な見方として「全知視点 omniscient point of view」――をもちうるのに対して、日本語では「わたし・ぼく」という「話し手（語り手・書き手）」の主観的な視点しかないのです。いまぼくが書いている、「だ、である、です」というような文末表現が表出するのは、良かれ悪しかれ話し手（書き手）の「判断（断定）」です。

さきに引用した問題の「三の宮は二条院におはします」というような文も、英語やフランス語では以下のように翻訳されています。

〈The Third Prince lived at Nijô ....〉（Royall Tyler, *The Tale of Genji*, 2001, p.785）

〈..., le Prince Tiers avait choisi de livre dans sa résidence de la Deuxième Avenue.〉

（René Shiffert, *Le Lit du Genji*, 1988, Vol.2, p.263）

日本語では「おはします（いらっしゃいます／お住まいです）」のように、一緒に使われる敬語によって、語り手の人物に対する態度が肉声に含まれて聞こえるのに対して、英語もフランス語も中立的で客観的な表現になっていて、文面からは、語り文だということさえ判りません。逆に、こうした西欧語の文体を真似た現代日本語の「小説」――その内でも西欧風の三人称形式のもの――は、あたかも「客観的」に記述されているように見える、極めていかがわしいものになってしまいます。そうした文体からは、「語り手の声」が聞こえないので、実は日本語として「歴史的真実」が担保されておらず、その内容の信憑性が疑わしくなるのです。さきに、川端康成『雪国』の例も引きました。

西欧語の「客観性」は、まず一つの人称代名詞、たとえば英語なら〈I〉を、すべての話者が共用するところに成り立っています。西欧語の話者は、特定の話者であることを措定する「主観的」なことばを選べません。逆に、その共通な人称代名詞〈I〉が、誰にもその立場が判る客観性を保証します。一方、日本語には、〈わたし、あたし、ぼく、おれ〉などなど、場面に応じて使い分ける「自称詞」があって、それは西欧語のように「客観」的な「代名詞」ではありません。日本語では、話し相手によって、自己をどう表現するか、相手とどう関わるかを、話者の「主観」に拠って決めています。そうしたコミュニケーションの場が、お互いの同情や共感の機会をつくり、「主観」がある種の社会性を帯びて、日本人が江戸時代に「人間」と定義づけた、日本独自の人間観を培う土壌となっています。『源氏物語』の人物たちも、もちろんそうした共同社会の住人です。

同様に、日本語では発話の場（イマ・ココ）の現実把握も、話者の主観による判断・認識に限られています。残念ながら、西欧語のように、時計や距離計で実測可能な言語の時間・空間意識を、西欧語に百年以上も接してきた現代日本語でも、もってはいないのです。たとえば、西欧語の「テンス（過去を時間軸の上で客観化するシステム）」が日本語にはありません。

「二条院におはします」は、「イマ・ココ」の事態ですが、さきの英訳や仏訳では、いずれも「過去や大過去」

の表現です。日本語では、「出来事の過去」は、それを経験した話し手の「回想」として表現することになります。また、「名詞」も、西欧語では抽象的に概念化して辞書が定義することばですが、日本語では、個々の話し手が認知した「モノ」を、話し手がそれぞれの経験によることばで意味づけています。ここにも名詞の「主観性」が意味づけの基にあることが明らかです。それ故、文学の問題としても、一人称の西欧語の「小説」と、語り手が語る日本語の「物語」は、全く質が違う文学なのです。

日本語は、「イマ・ココ」という認識の場に身を置いた話し手が、実際に体験する時間と空間が「現実」というもののすべてであり、その体験はすべて主観的であることを免れません。西欧語のように、〈here/now〉が、その距離や時間を客観的にもって、話し手と聞き手が、時間や空間の広がりを、お互いに共有する意味をもち合ってはいないのです。そこで、この論理の先には、日本語で世界を見ることと、西欧語で見ることとでは、見方が本質的にちがう、というギャップが生じ、結果として、日本語と西欧語の間で、真の翻訳が不可能な現実があります。『源氏物語』の外国語訳はたくさんありますが、西欧語への翻訳は、さきに引用した一文からも、日本語の「物語」文ではなく、いわゆる「小説」に姿を変えています。

しかし、それを言い出したら、日本が国際的に国として機能するかどうかが危ぶまれますから、だれもそれに触れようとはしません。したがって、文部科学省が認定する国語の教科書には、日本語がただ一つ、話し手の視点しかもたないと、生徒たちに説明してはいませんし、日本語が表出する時空が、話し手（書き手、認識する者）の個人的で主観的な「イマ・ココ」にしかないことも、教えてはいません。明治維新以来、西欧語（あるいは中国語も同様な言語）が持つ客観性が、本来書き言葉をもたなかった主観的な日本語と互換性をもたない事実を、何とかやりすごそうとしてきました。

しかし、最近、世界無形文化遺産としてユネスコが認定した和食や和紙の高い技術は、日本語がもつ感性がイマ・ココの時空に働いて、その作業に携わる一人一人の「主観」的な判断が、長い年月をかけて完成させたものです。日本のモノ造りのすばらしさは、日本語の本質に深く関わって、簡単な模倣を許しません。日本語の名詞も形容詞も、西欧語の規範には収まらない、個々の感性を表現する手段としてあるのです。このような日本語の特性は、顕著に、「モノ」の文化の生産性に関わって意味をもっているのですから、そのことを、日本人も外国人もはっきり認識すべきときが来ています。日本語が役立つ「モノ」の文化生成は日本語で、抽象・客観が必要な「コト」の生成は客観性をもつ外国語で、と使い分ける言語能力こそ、これからの若者を育てる基本方針でなければなりません。

そのために、日本語の本質を、きちんと若者たちを教える必要があります。日本語の古典テクストは、そのために必須の教科書です。『源氏物語』も、そのよい手本の一つですから、その解釈に大きな間違いがあってはなりません。本書でぼくが提出するのは、将来の日本にとって、コト造り（たとえば、世界平和に貢献する言説の開発）のために、日本人がもつべき本質的な日本語理解です。その目的のためには、抽象性が言語の本質を形作る西欧語や中国語を、その論理性とともに日本人が習得する必要があります。夏目漱石が学んだように、数学をその初歩から英語で学ぶことは、有効な一手段なのです。

日本語で書く文章は、そのすべてが語りの文（主観的・個人的な言表）であり、『源氏物語』は、その性質を明らかにする最適なテクストの一つです。そこに盛られた真実は、日本人の五感と直接結びついた、体と「こゝろ」が一つになって紡ぎ出される言葉によっています。〈やまとことば〉のすばらしい感性と悟性が認識する「現実」が「イマ・ココ」という時空に物語られます。そこには、「もののあはれ」というような漠然とした観念ではなく、作者がその生を賭けて言いたかった「主題」が隠されています。

†動詞の活用（形式）と音声（意味）

日本語の機能の特質は、イマを起点にした動詞の活用と活用の種類に集約されています。私たち日本人の感性は、まだ起こっていない現象を、起こった瞬間に捉える目をもっているのです。いわゆる「未然」の事態が「将に然り」と発現した瞬間、基本的な動詞の母音を、それまでの「開かれた/a/」から「閉じられた/i/」に変化させます。その動作・作用が時間とともに「続く」とき、動詞は/u/という母音を使い、その現象が「已に終わった」ことを認識すれば、さらに動詞は「已然」形（/a+i/=/ë/）［/ë/は古代八母音の〈乙類のë〉］へと変わります。つまり、私たちは、動詞の母音を〈/a→i→u→ë/〉と変化させることによって、時々刻々変化する現象を「イマ」という現実としてとらえる感性をもっています。〔拙者『日本語の深層――〈話者のイマ・ココ〉を生きることば』（筑摩書房2011）参照〕

「いま」という言葉は、動詞の/i/（将に然り）という瞬間を表現する/ma/（間）のことです。さらに、/m/という音声は、つぐんだ口の中にある息を、解放することによって発生させる子音で、「生ム」・「孕ム」・「噛ム」など、一般に「ム」を最後の音節にもつ動詞はすべて、何らかの現象を生みだす動作・作用に関わる意味をもっています。また、そこから「ム」は、推量の助動詞として派生してもいるわけです。

同様に「ス」が最終音節となる動詞、たとえば「指ス・放ス」のように、積極的に動作に関わる動詞は、基本的に話し手が手をくだして「する」意味です。「す・さす」が古語の使役や尊敬を意味するのは、「為《す》」という積極的な動作の意味を助動詞として使うからです。おなじ理由から、「ツ」がつけば「付く」が基本的意味としてあり、「ツ」は完了の助動詞として使われます。「フ」がつけば「経《ふ》」（現代語の「経る」）が基本的な意味を共通項としてもつことから、「言ふ・思ふ・恋ふ」のように、ある時間経過を要する動作・作用を意味する動詞群となるのです。

このように、日本語の音声は、子音と母音が一つずつ組み合わされると、ある種の感性と結びついた意味を表出できていることが判ります。これは決して偶然ではなく、はっきりと「音声（音型）」と「意味」との連携が確保された、言語の論理性がもたらしたものです。従って、これは日本語だけがもつ特質ではなくて、本来どの言語も初源的に多かれ少なかれ、そうした音声と意味の関連性をもっています。

日本語に擬音語・擬態語が豊富なのも、その一つ一つの音声と意味とが密接に繋がっているからで、この音韻体系は、およそ百年前に、スイスの言語学者フェルディナン・ド・ソシュールが提唱した、〈signifiant 言表のかたち／signifié その意味〉の不即不離な関係性です。近代の西欧語は、その関係が恣意的とされていますが、原理的に、言語は「形態と意味」に密接な関係があることが、「やまとことば」に照らしても明証できます。

この言語原理は、『源氏物語』のテクストが、音読されて理解可能な音声のシステムをもつことから、その中でたくさん詠われる歌の意味についても真理ですし、物語全体を考えるとき、「構造 signifier」と「主題 signified」に関わって、重大な論点となります。

和歌の意味が、音声と連携して5－7－5－7－7のリズムをもつことを、紫式部は物語全体の意味に関連づけました。のみならず、五言律という漢詩の「詩形 signifier」を「主題 signified」をもたらす根拠としたのです。この〈情緒（和歌）と観念（漢詩）〉の連携こそ、『源氏物語』を真の芸術作品にした理由です。

†日本語の社会性

こうした言語の特性は、日本の言語文化にとって、さまざまな現象を顕在化させます。『源氏物語』は、大部分のテクストが大和言葉によっていますから、我々が理解するには何の支障もなさそうに見えても、それほど簡単ではありません。現代の私たちがもっている「個」としての人間性を、もつことなど考えられなかった社会状況下で、平安貴族たち、特に女性は個人的な行動の自由がほとんどないに等しい環境に耐えました。彼女たちは、〈イマ・ココ〉を共用する共同体の中で、お互いにその意識を分け合いました。江戸時代に日本人の人間観が「人間」——人と人の間柄——ということばで定義づけられたように、平安時代の人たちも、自分の内に他人を住まわせていました。〔拙著『日本人の表現力と個性——新しい「私」の発見』（中公新書 1990）参照〕 これは、話し手と聞き手が、お互いに相手の身になって考えるという、日本語のもつ社会性に拠るものです。『源氏物語』の六条院は、そのモデルといえる、女たちの生活環境であり、同情と共感の場でした。

『源氏物語』の人物たちは、彼らの日常的な共同体意識の中で、他者に同情や共感を覚える一方、現代の我々のような「個」ではない「個性」、彼ら独自の自己意識をもって、自己主張の志向を働かせていたと思われます。そこでは、女主人と仕える女房たちの間に、隔てのない一体感が普遍的に観察されます。しかし、のちに詳しく見るように、女主人とそこに仕える女房たちの隔たりが、顕わになる場面があります。彼女らが、「個」としての判断を強いられたとき、一人ひとりのメッセージと情緒が、最も個別的な切実さをもって表出されています。

紫式部なる作者は、『源氏物語』の著者であることを、世に知られないように、身を隠して作業しました。現代の我々のような、「作り物語《フィクション》」の作者に権威も名誉もなかったからです。むしろ大嘘をついた不謹慎な人とレッテルを貼られてしまいかねなかったのです。けれども、彼女は、自分が作る物語にこそ、普段口に出すことを憚るような事態を問題にして、人の真実を明らかにする力があることを知っていました。そして、女性の立場から男性の暴挙を秘かに批判する物語を造ったのです。

物語の登場人物たちの声は、物語の語り手がすべての登場人物たちの声を模写して伝えるだけですから、読者（聞き手）には、物語の出来事は語り手の声を介してしか伝わりません。ちょうど、近世に成立した人形浄瑠璃のように、舞台には血肉を備えた登場人物は一人もいません。聞こえるのは、舞台の上手《かみて》ですべての人物の考えや情緒を代弁している、語り手の声だけです。同情と共感（あるいは無情・反発）をもって、語り手がその意識の深みから絞り出す声によって、我々は人物たちの地声を想像するしかありません。

日本の物語のおもしろさも表現力も、そうした日本語の制約のために、ほとんど全く西欧語の世界と互換性がありません。現行の西欧語による『源氏物語』の翻訳も、日本語原文の意味を伝える方法がなく、ごく表層的な出来事の、翻訳者による通説を基にする解釈にすぎません。語りの声がもつ、主観的な同情と共感に満ちた言説の本質を翻訳するためのことばを、西欧語がもたないからです。

こうした前提にたって、『源氏物語』のテクストに向かうとき、たしかに書かれた文章の意味を受け止めるためのエネルギーは、西欧語の物語理解よりもはるかに負荷がかかっています。日本語の名詞も形容詞も、それを使う人の意識と連動しているので、西欧語のように、辞書の定義を機械的に置き換えればよいわけではありません。読者もまた、語り手が伝える人物の声をたよりに、その人物への同情や共感をもって、その人物の実像に迫らなければならないのです。

『源氏物語』の時間はすべて、語り手の意識内にある「イマ」に同期して、出来事が出来《しゅったい》する「イマ」と語りの「イマ」が、聞き手の「イマ」とも同期するように進みます。そして、その「イマ」は、原則として、物語の中で後戻りしません。やまとことばの性質上、この三つの「イマ」が同時に起こったときに、初めて物語が成立します。ですから、そういう物語の時間が、聞き手（読み手である現代の我々）の想像世界の「イマ」に如何に同期するかが、物語理解を左右する大事な条件と言えるでしょう。人物たちへの語り手の共感（あるいは反発）が、聞き手にも共振して共感（反発）を生むかどうかが、物語が説得力をもつかどうかの分かれ目です。

3 「出来事の過去」と「語りのイマ」という時間の関係

一般的に、語り手が語る物語の出来事は、語る前にすでに終わっています。物語の語り手は、その終わった出来事を、語りの「イマ」に再現しなければなりません。その目的で使われる助動詞の一つが〈ケリ〉で、その補佐役として〈キ〉や〈ケム〉があります。〈キ〉と〈ケリ〉の違いは、〈キ〉が過去の動作・作用の動作主を、語り手が想起するときに使い、〈ケリ〉はその動作主を語りの場に再現する必要があるときに使います。〈ケリ〉は〈キ〉に〈アリ〉という助動詞がついて、〈キ＋アリ〉（/ki/+/ari/=/keri/）となったものです。つまり、〈キ〉が語り手の内に「イマ」〈アリ〉ということです。現行の学校文法で、助動詞「り」（命令形接続）とされているのは、本来、動詞「あり」が助動詞として使われているもので、「り」のみを助動詞としたのでは、なぜ「ケリ /keri/」が /e/（古代八母音の甲類の /e/）をもつのかを説明できません。

繰り返しますが、こうした過去の出来事の再現を、西欧語や中国語は、読み手にとって「客観的」な時空をもつ言語の「場」で理解できますが、日本語ではそうした言語の時空が、語り手の内部に「主観的」にしかありません。『源氏物語』のテクストを読むときに、これが独自の主観をもつ読者にとっての障害になって、そこに様々な誤解・誤読が生じます。

さきに引用した「匂兵部卿」巻の文――「紫の上の御心寄せことにはぐくみきこえたまひしゆゑ、三の宮は二条院におはします」――には、「はぐくみきこえたまひシゆゑ」と、〈キ〉が使われています。〈ケリ〉でないのは、この語りの時点で、語り手が三宮をはぐくんだ動作主の紫上を、物語の場に直接登場させる必要がないからです。この文では、三宮を育てた過去の紫上を想起するだけでよいのです。しかし、「幻」巻までの物語をきちんと読めば、「はぐくみきこえたまひシ」という紫上の過去の時空は、二条院にはありません。三宮は紫上が六条院で育てたのであって、二条院へは「御法」巻での法会の間にしか行っていないのです。その読み間違いが、「千年の誤読」となって、今日に及んでいるのです。

†助動詞〈キ〉と〈ケリ〉の用法

そこでまず、〈キ〉と〈ケリ〉（/ki/＋/ari/＝/keri/）という二つの助動詞の基本的な用法を再確認しましょう。

いにシへにありキあらずは知らねども千年のためし君にはじめむ（素性法師、『古今集』＃353）

［今日のような祝宴が昔もあったかなかったかを、私は知りませんが、千年のご長寿をお祝いする先例を一つ親王様から始めることにしましょう（新編『日本古典文学全集』p152）］

この歌には「いにしへ」（往にシ方＝昔）と「ありキ」という二つの〈キ〉が使われています。「自己の体験の記憶を表明する場合が多い」と大野晋ほか編『岩波古語辞典』（1970）［p.1439-40］にありますが、従来から「目睹回想」と説明してきた〈キ〉の定義は、改めなければなりません。話者の視点しかない日本語としては、「話者の記憶」の前提に「話者の体験」があるわけで、「目睹」は「キ」と「ケリ」の差異についての説明になりません。〈ケリ〉

についても、「伝承回想」（人づてに聞いた過去回想）と説明されていますが、これも、〈キ〉の本質を見誤ったために、「自己（目睹）体験」でなければ「他者（伝承）体験」だろうという間違った推論の結果です。しかし、「ケリ」の本義は、〈キ〉（話者の記憶）の動作主体を、「発話のイマ蘇らせてアリ」という意味です。

〈キ〉はもともと動詞の〈来〉から派生した助動詞ですから、〈キ〉の意味は話者の脳裏に過去の動作・作用の主体が〈来る（回想される）〉ことであり、〈ケリ〉はその主体が〈来てアリ〉、つまり、「発話のイマ、話者の脳裏に主体が現前していること」を意味するのです。〈キ〉は過去の事実が話者に蘇れば、それが自己の体験かどうかを問いません。右の歌が「ありキあらずは知らねども」と言明していますから、明らかに自己の体験ではない事実についても使えるのです。そもそも「いにシへ」と名詞化したことばにも含まれているのですから、「目睹（自己体験）」という定義がまちがいであることが明らかでしょう。

『源氏物語』冒頭では、二つの〈ケリ〉によって物語の時空（イマ・ココ）が導入されています。

いづれの御時にか、女御、更衣あまたさぶらひたまひケル中に、いとやむごとなき際にはあらぬが、すぐれて時めきたまふありケリ。

まず、語り手の意識に「いづれの御時にか」という過去のある時間が想起され、そこに「女御・更衣あまたさぶらひたまひ」という、動作主体（女御・更衣）が実在した物語空間が、助動詞〈ケリ〉によって、語り手の内に「現前」している「イマ」として表出されます。助動詞〈ケリ〉は、例外なく、常に語り手（話し手・書き手）の「脳裏にある過去の動作・作用主体の現前」を基本的な意味としてもっています。〔拙論「『古今集』における詞書と歌の現在――失われし〈り〉〈たり〉〈けり〉を索めて」（『講座　平安文学論究　第2輯』風間書房 1985）参照〕過去の事態・現象は、本来それを経験した語り手の内部にしか存在しないのですから、それを聞き手（読者）に判ってもらうには、過去の動作主が語り手の「イマ」語り手に蘇っていることを伝えるのが助動詞〈ケリ〉の役目です。そこで、たとえば大野晋や藤井貞和〔『日本語と時間――〈時の文法〉をたどる』（岩波新書2010）p94〜〕が主張するような、「人づてに聞いたこと」という「伝承回想」の意味をもちこんだら、物語の前提がすべて「人づてに聞いたこと」を回想することになるでしょう。しかしそれでは、物語自体の信憑性が怪しくなってしまいます。そのような解釈は、日本語の本質に照らして、原理的にありえないことです。和歌の中にもたくさん使われる〈ケリ〉を見れば、「伝承」を意味しないことが自明でしょう。

『源氏物語』の冒頭で語り手は、自身のうちに現前する過去の出来事を、語りの「イマ」、聞き手に開陳しようとして〈ケリ〉を使っています。実際は、すでに自分が醸成した「作り物語《フィクション》」を、作者紫式部が語り手のために書き記しているので、出来事を熟知している語り手の身になって書いています。ですから、勿論「伝承」ではありませんし、「語り」の信憑性は、アプリオリに確保されていることが前提となります。さもなければ、そもそも「物語」が、建前として成立しません。「やまとことば」の語法は、あくまでも話者の「イマ・ココ」にある「モノ」を、ことばによって「カタチ」あるものにすることであり、すべては、「イマ」話者の内なる「モノ」の信憑性（現前性）が、担保されていることを前提に物語られます。

〈ケリ〉は、過去の「モノ」（思念を含む出来事の主体）が「イマ」話者の頭に「現前」して〈アリ〉と表現する助動詞として機能すると考えれば充分です。語り手の内に「回想」される過去の事象を、語り手が出来事として認知しえたものであることです。聞き手を説得できる「現実」でなければならない、というのがそもそも「モノ」を「カタる」ということです。

因みに宇治十帖の末尾、「……とぞ、（本にはべめる）」（「夢浮橋」）と語ることは、自分が物語の出来事を直接認知していないことを表明してしまっています。「本にはべめる」がない写本もあるようですが、いずれにせよ「……とぞ」と、引用符がついていますので、そうした言い訳がましさが、物語の信憑性を損なっています。ですから、この結びの一句の意味を考えただけでも、「宇治の物語」の語り手の内なる「出来事のイマ」（現前）がいかがわしく聞こえてしまうのです。「語るイマ」出来事の実体（現前）が語り手に「ようだ」としか見えていないのでは、聞き手に対する説得力がありません。「宇治の物語」の作者は、物語の最後に、はからずも、正編（「本」）を読んで造ったフィクションであることを告白してしまったかのようです。『源氏物語』正編には、その信憑性が弁解がましく聞こえる「草子地」はありません。

『源氏物語』（のみならず、すべての平安時代の言説）では、話者が誰かを特定できれば、その人物の意識内に過去の事態が蘇っていることを前提に、すべての〈ケリ〉表現を大きく誤読することはないはずです。そのようにして、一旦〈ケリ〉が出来事の「イマ」を実在化（現前）すると、物語の「イマ」は後戻りしません。『源氏物語』の冒頭では、ひとたび桐壺更衣の存在が物語の「イマ・ココ」に〈アリ〉とされてから、そこからの「イマ」が次々に更新されるかたちで、物語が先に進みます。再び過去に言及される場合には、助動詞〈キ〉が使われます。さきに述べたように、〈キ〉を使う過去回想では、「動作主体」は現前化されることはありません。ただ、そうした事態が回想され言及されれば足りるのです。「桐壺」巻でそういう「キ」が使われるのは、更衣の出自とか、楊貴妃の例を引く場合などで、どうしても過去の時間に立ち戻る必要があるときだけです。そうした事態でなければ、原則的に「イマ」はいつも、助動詞〈ケリ〉の内にある〈アリ〉によって、そのあとの、未来に向かう新たな「イマ」に更新されます。

本書での『源氏物語』本文の引用は、小学館の新編『日本古典文学全集』（以下『新全集』と略記）に拠りますが、このテクストは、登場人物の会話文がカギ括弧によって、物語の地の文（語り手の文）中に、挿入されています。繰り返しますが、人物の声はすべて語り手によって代弁（いわば声帯模写）されていて、聞き手（読者）は、人物の声を直接聞くことはありません。したがって、物語には、語り手の人物に対する理解や心情がいつも反映されていて、聞き手（読者）は出来事を出来《しゅったい》するままに目撃しているわけではありません。［Edward G. Seidensticker 訳（1984）あるいはRoyall Tyler訳（2001）の *The Tale of Genji* では、西欧の近代小説のように、人物たちの会話文は、すべて引用符をともなって、あたかも人物たちの地声が聞こえているかのように、記述されています。そこでは、西欧の文学テクストと同様に、事態の客観性が保証されているかに見えます。］人物たちの顔かたちや衣装は、人形浄瑠璃同様、あるいは「源氏物語絵巻」の人物像のように、血肉を備えた人間ではなく、「引目鉤鼻」（あるいは能面）のような様式化がほどこされています。

✝更衣の嘆き（気づき）の〈ケリ〉

〈ケリ〉には基本的に使い方が二つあります。一つはさきの『源氏物語』冒頭文のように、「過去の出来事の動作主体（女御更衣・桐壺更衣）の現前」、もう一つは、そうした「過去の動作主体の現前」に、語り手が「語りのイマ気づく」驚きの表現です。いわゆる「気づきのケリ」と言われる使い方で、たとえば、「雪降りけり」という普通の過去回想表現が、「雪ゾ降りケル」のように、「（気がつかないうちに）雪が降ったなあ」と、驚きや詠嘆の表現になる場合です。古来和歌などに、強調の助詞「ゾ」や「コソ」を伴ってたくさん使われています。

ここで、二つの〈ケリ〉の意味の違いがはっきり見える、桐壺更衣の死の直前の場面を引用します。読者の理解を容易にするために、

地文の冒頭は無印

人物の会話文には▽印

会話文を引き取って続ける語り手の地の文には▲印をほどこします。また、

人物が詠う歌には☆印

歌のあと余情を発話する部分には★印をつけます。

引用文の歌に〔#1〕のように、「幻」巻までに五百八十九首を数える『源氏物語』の歌に通し番号を付け、主要人物の歌には、人物別の歌番号を、例えば〔源氏#1〕が、源氏の最初の歌であるように示します。六首未満の人物の場合、番号は示しません。また、引用文の終わりには、『新全集』本の巻名と巻数と頁〈桐壺の巻、第一巻、22~23頁〉を〔桐壺①22-23〕のように示します。

輦車の宣旨などのたまはせても、また入らせたまひてさらにえゆるさせたまはず。

▽〈桐壺帝〉限りあらむ道にも後れ先立たじと契らせたまひけるを。

▽さりともうち棄ててはえ行きやらじ

▲とのたまはするを、女もいといみじと見たてまつりて、

▽〈更衣〉☆かぎりとて別るる道の悲しきにいかまほしきは命なりけり〔#1〕

▽★いとかく思ひたまへましかば

▲と、息も絶えつつ、聞こえまほしげなることはありげなれど、いと苦しげにたゆげなれば、かくながら、

ともかくもならむを御覧じはてむと思しめすに、
▽〈従者〉今日はじむべき祈祷ども、さるべき人々うけたまはれる、今宵より
▲と聞こえ急がせば、わりなく思ほしながらまかでさせたまふ。
御胸のみつとふたがりて、つゆまどろまれず、明かしかねさせたまふ。〔桐壺①22-23〕

右の例では、冒頭の語り手の「地の文」のあとに、三人の人物――帝・更衣・従者――の会話文▽が、それぞれカギ括弧で括られる形で、語り手によって引用されています。本書で検討する『源氏物語』のすべての文は、語り手自身の声か、語り手が人物の声を模写しているかがはっきりするように、『新全集』本文を改行して示します。

傍線の二つの〈ケリ〉のうち、最初のは、「契らせたまひ」という動作主体である帝が、更衣に向かって「契らせたまひケル（キ+アル）を」と、更衣に過去を想起させるために使っています。二番目は、更衣が「限りあらむ道にも、後れ先立たじ」と契らずに、「いかまほしきは命なり」と今気づいた事態を、もっと早く「思ひたまへましかば（思っておりましたならば）」という想いをこめています。本当に自分たちが契るべきは「命（生きる道）なりケリ」（生きようとする決意だったのだ）と、今となっては遅きに失した「気づき」の表出です。今はすでに事態が回復不可能な過去であることを認識した、更衣の嘆きの表現になっています。この〈ケリ〉によって、取り返しのつかないことに対する詠嘆が強く感じられるので、臨終間際のことばとして、更衣の無念の情が読者の心を打つのです。

この二つの〈ケリ〉は、前者は普通の過去回想、後者は「気づきのケリ」として、典型的な二つの用法です。

いずれも登場人物たちがそれぞれの「過去」を「イマあり」と現前化するのですから、語り手の〈ケリ〉とは区別して理解すべきなのは言うまでもありません。

右の本文中、「ともかくもならむを御覧じはてむ（見届けよう）」という意志を、語り手が帝の心中に感情移入して語っているからで、実際に帝の口から発話されてはいないからです。注釈本によっては、たとえば山岸徳平『日本古典文学大系』（岩波書店、以下『大系』と略記）では、「かくながら……」以降「御覧じはてむ」までが括弧に入っています。しかし、語り手が実際に人物の発話を括弧に入れて独立させるのと、語り手の想像内の表現として区別するのとでは、表現のありようが異なります。ここは括弧に入れない方が、語り手の共感の度合いがより明確になって、表現力が増すように思われます。物語の「声」が、直接人物の発しているものか、それとも語り手が人物に感情移入しているものかの違いは、読者がはっきり区別すべきだからです。

ついでながら、物語がいつも語り手の「イマ・ココ」の時間・空間意識を表出し続けることを、右の引用文で見ておきます。

最初の文の「輦車の宣旨」にもかかわらず、手元に更衣を居残らせようとする帝の矛盾した「こゝろ」の説明として、二行目から六行目までのやりとりがあって、八行目、「ともかくもならむを御覧じはてむと思しめす」ところへ、割って入る「従者」の言（九行目）を、（十行目）「わりなく思ほしながらまかでさせたまふ」ところまで、語り手の地文の中に、〈帝〉・〈更衣〉・〈従者〉の語り文が埋め込まれて、物語の「イマ」が進行しています。

「（十行目）……まかでさせたまふ」・「（十一行目）御胸つとふたがりて、つゆまどろまれず、明かしかねさせたまふ」という二つの文末の時間は、語り手が帝の動作を語りの「イマ」表出するのですから、やまとことばの語り文は、常に語り手の意識にある「物語内の出来事の現実〈イマ〉」を表現していることになります。西欧語で描かれる小説のような、すでに終わった出来事を「過去形」で記述する態の報告文とは、全く異なる言説スタイルです。因みに、英語やフランス語などに翻訳されている『源氏物語』は、すべて西欧語の「客観」小説のように時間が処理されていて、日本語の原文の〈イマ〉を伝えていません。

物語のどこにどのような文言を置くかについて、作者が作品の意味を明確にするために配慮していると見れば、全体と部分との有機的な関係が、芸術作品の表現力の原理であることが見えてきます。右の桐壺更衣の「……命なりケリ」の思いに、もっと早く気づいていたらとの詠嘆は、『源氏物語』の最後に、主人公の源氏が「……ひかげも知らで暮らしつるかな」［#584、幻④546］と、初めて己れの事態を認識する歌に反響して意味をもちます。そこには、源氏自身の遅きに失した詠嘆の事態が詠われて、更衣の歌を物語の第一首目とした作者の意図が、あらためて読者に伝わるのです。

4　「御法」巻における助動詞〈ケリ〉の読み違い

このように、「気づきのケリ」は、『源氏物語』の鍵になる表現の一つです。その最重要な例の一つが、「御法」巻にあり、本書が主張する「誤読」も、以下のテクストに端を発しています。

わが御殿と思す二条院にてゾしたまひケル。［御法④495］

［（法会は紫上が）自分の御殿とお思いの二条院でなさるので驚きました。］

この〈ケリ〉について、大方の読者が、その「気づきのケリ」が意味する「イマ」という時間を、「なさった（のです）」というような「出来事」の終わりの時間と取り違えてしまいました。現代語でも、「なさるのでした」と「なさったのです」は、微妙に言い分けられて意味が違います。つまり、発話の時点で前者はこれから起こる出来事、後者はすでに起こった出来事の認識を過去回想する表現です。

従って、この時点での事態がすでに過去のことだと感じられてしまう「なさった（のです）」は、誤解を生みます。しかし、ほとんどの現代の注釈書が、右の「……にてゾしたまひケル」の強調の係り結びを現代語訳していません。わずかに新旧『全集』が「……二条院でお催しになるのだった（のであった）」、谷崎潤一郎が「二条院でなさるのでした」としたものの、気づきの「けり」を意識して、語り手が驚いているという強調のニュアンスは明確に訳されていません。その他――

……二条の院でこの催しをすることにした（与謝野晶子）

……二条の院でなさったのである（玉上『源氏物語評釈』）

……二条の院でなさった（玉上琢弥［角川文庫］）

……二条の院で行われることになった（円地文子）

……二条の旧邸を会場として開催したのである（林望）

……二条院で行うのでした（大塚ひかり）

などは、驚きの意味がほとんど全く感じられない表現ですし、そのほかの現代の注釈書は、この〈ケリ〉を通常の回想用法と判断したようで、特に注釈の対象になっていません。

この場面では、しかし、この語りの「イマ」という時点で、法会はまだ準備段階で、紫上をはじめ、みなまだ六条院にいて、法会のためにこれから二条院へでかけようとしているところです。右の訳文では、大塚訳がその意味です。二条院での「法会」を、ただ過去の出来事として、「なさったのである」（玉上『評釈』）のように、過去の事態を回想する文と読んだところから、「誤読」は始まっています。

誤読のもう一つ理由は、そもそも紫上が法会前から二条院におり、法会のあともそこに住み、そこで死んだのだと、続編の作者（と共に、今までの大方の読者）が短絡的に読んだことにあります。「御法」巻頭の一文――

紫の上、いたうわづらひたまひし御心地の後、いとあつしくなりたまひて、そこはかとなくなやみわたりたまふこと久しくなりぬ。［御法④493］

という文に禍されて、紫上は（「若菜下」で療養したように）すでに二条院に行って病を癒やしていると読んだのでしょう。巻頭は六条院で、そこから二条院へ法会のために出かけたと読んだ人がいたとすれば、その人は、法会のあと、紫上も六条院に帰ったはずと読むのが自然です。紫上は、法会のために疲労したとはいえ、体調が急変して六条院に帰れない事態が生じたわけではありません。

それはともかく、紫上は法会のあと、二条院に居残ったと、過去千年、すべての読者が読んだのです。そして、さきに引用した、続編の冒頭にある一文――〈紫の上の御心寄せことにはぐくみきこえたまひしゆゑ、三の宮は二条院におはします〉――が絶対的な「権威」となって、その「文字禍」による誤読は今日まで千年も続いたことになります。この読み誤りが、正編の最後の二巻――「御法」と「幻」――のテクストに解決不能な「矛盾」を抱える事態を惹きおこし、ひいては正編の「主題」を曖昧にする、決定的な要因（「文字禍」）となってしまいました。［中島敦の遺言的な短編集『古潭』（1941）の一篇、「文字禍」の主題――書かれた文字を盲目的に崇拝すると、見えるべきものが見えなくなって、国が亡びるほどの禍の元となる――は極めて示唆的です。］

ここでは、問題の「わが御殿と思す二条院にてゾしたまひケル」の前後のテクストを精査しましょう。

御ゆるしなくて、心ひとつに思し立たむも、さまあしく本意なきやうなれば、このことによりてゾ、女君は恨めしく思ひきこえたまひケル。

わが御身をも、罪軽かるまじきにやと、うしろめたく思されケリ。

年ごろ、私の御願にて書かせたてまつりたまひケル法華経千部、急ぎて供養じたまふ。

わが御殿と思す二条院にてゾしたまひケル。

七僧の法服など品々賜す。

物の色、縫目よりはじめて、きよらなること限りなし。

おほかた、何ごとも、いといかめしきわざどもをせられたり。（御法④494-495）

さきに述べたように、〈ケリ〉が文中に使われたとき、物語は出来事の過去と語りの現在の間に、ある時間が経過していることを、否応なしに表出します。そこでは、語りのイマと過去の出来事との時差が顕わになります。最初の「ゾ…ケル」では、前々から紫上は夫源氏に出家を願っても、それが許されないことを恨んできた経緯が、この時点で「現前」化され、助詞「ゾ」によって強調されています。

二つ目の「うしろめたく思されケリ」では、出家できないのが自分のこの世の罪の所為ではないか、と自問してきた経緯が語られています。どちらの場合も、そのように過去の紫上の心情を「現前」（認識）している語り手の表現としてあるわけです。そこで、「法華経千部」も、このときのために準備してきた最近の経緯が、「書かせたてまつりたまひケル」と表出されます。その千部を「急ぎて供養じたまふ」と、語りの「イマ」に出来事の（供養じたまふ）「イマ」が重なっています。注意すべきは、「供養じたまふ」という文末は、「けり」で終わってはいないことです。つまり「供養じ」はすでに終わった出来事ではなく、ここで進行中の行動です。因みに、平安時代の動詞のいわゆる終止形は、現代日本語と違い、発話の「イマ」「進行中の動作」を意味しました。

それに続くのが問題の一文——

わが御殿と思す二条院にてゾしたまひケル。

この「ケル」は、〈ケリ〉の二つの用法中、「供養ず」という直近の動作を「二条院でなさるノダッタ」と、「気づき」を強調していると読まなければなりません。なぜなら、そのあとに続く文が、「……賜す」と、〈ケリ〉が使われていないからです。法会がすでに終わった事態ならば、「二条院でなさったのだ」という、普通の過去回想文としての現代語訳も可能なので、〈ケリ〉の読みには、語りの現在における出来事の正確な「イマ・ココ」の把握が求められます。

この供養（法会）がどこで執りおこなわれるかを、突然知った語り手の「気づき」（驚きの）表現であることは、この文に続けて、「七僧の法服など品々賜す」という直後の動作が、進行中であることが重要な指標になっています。ここでは、法会がまだ始まっていないことが明らかだからです。「けり」を伴わない「賜す」が、過去回想表現ではないことから、「供養ず」と「賜す」の間に置かれた「二条院にてゾしたまひケル」も、この時点で「法会」はまだ執り行われていないと判断できるわけです。

従って、この「ケリ」は、出来事の過去回想文（普通の〈ケリ〉）ではなく、「気づきの〈ケリ〉」ということになり、以下、法会準備の過程が、語りのイマ進行している文——「……限りなし」——が続くことからも、法会はまだ始まっていないと読むのです。この一文を、普通の〈ケリ〉、つまり、すでに出来事が終わっている意とするのは、物語の「イマ・ココ」の鉄則から言って、文法違反になります。

その上、もし、この語りの時点で、紫上が二条院に住んでいるならば、この場面で二条院であることを強調する、語り手の一文はほとんど意味をなさないことになります。「自分の御殿」で法会をすることに、語り手も聞き手も驚嘆の声を発する理由がないからです。それならば、ごく当たり前の事態として受け入れればいいことですから、この一文の存在理由は、まさにこの法会が驚くべき意外な場所であることを、語り手が「気づいた（強調した）」と見なければ無意味です。

紫上が自らの意志で秘かに決定した、人生最大の行事は、語り手によって語られているのです。その「意志決定」の時間は、紫上にとっては「語りのイマ」の時点で「過去」ですが、語り手を含めて法会に関わる人たちには「初耳」なので、語り手は驚きの声をあげて、「気づきのケリ」を使ったことになります。

その文意が読者と共振しなかったことは、作者にとって意外だったと思われます。しかし、宇治の物語を書き継いだ作者は、紫上が秘かに法会の場所を二条院にした真意を読み損なってしまいました。もし、紫式部が『源氏物語』の「続編」、それも第一巻「匂兵部卿」導入部に書かれた、「三の宮は二条院におはします」を読む機会があったとしたならば、「おやおや、この作者は私の『源氏物語』が読めていない」と、すぐ判断できたことでしょう。

現代の注釈本は、池田亀鑑の『日本古典全書』（朝日新聞 1954、以下『全書』と略記）の注、「気楽な自分の御殿の二条院で」から、最新の梅野きみ子ほかの『源氏物語注釈八』（風間書房 2010）、「紫上が二条院を私邸のようにしていたこと」が「若菜上」に見えるという注釈まで、いずれも二条院を紫上が伝領していたことが強調されてはいても、その気づき表現の真意にふれるものはありません。

法会を二条院で執りおこなうと知った源氏は、妻の突然の法会実行に驚き、また感心もします。

ことごとしきさまにも聞こえたまはざりければ、くはしきことども知らせたまはざりけるに、女の御おきてにてはいたり深く、仏の道にさへ通ひたまひける御心のほどなどを、院はいと限りなしと見たてまつりたまひて、ただおほかたの御しつらひ、何かのことばかりをなん営ませたまひける。〔御法④495〕

紫上がそれほど万全に法会を準備したこと、仏道に通じていたことを驚きの目で見た源氏が、右の文末の「けり」が意味するように、法会のために源氏なりの対応をして、準備が終わったことが語られます。しかし、この紫上による法会が、これまでずっと女性を軽視してきたことを公の場で暴く、紫上による一世一代の密かな抗議であることに、主人公の源氏はもとより、続編の作者も、菅原孝標女をはじめ一般読者も、過去千年間気づかなかったのです。

内裏、春宮、后宮たちから捧げ物があり、最後に――

花散里と聞こえし御方、明石なども渡りたまへり。〔御法④496〕

と、参列者たち全員が六条院から二条院にと移っています。因みに、「渡りたまへり」を現代語訳では、「お渡りになった（玉上）」・「……なりました（谷崎）」、あるいは、「お出になる（円地）」などは、助動詞「あり」の意味が押さえられていません。現行の学校文法では完了の助動詞と定義されている「り」は、本来「あり」という、「事態が存続している」意味の助動詞で、「完了」の意味ではありません。ですから、物語のこの時点で「（二条院に）おいでになっている」意としなければなりません。〔拙著『日本語の深層』p101～参照〕

ここで、紫上も「渡りたまへり」と語られないのは、主催者として自明だからです。その意味で、「明石なども」の「も」は、「紫上、源氏や三宮はもとより」という意味を言外に含んでいるでしょう。しかし、「御法」冒頭から、テクストのどこにも、紫上が六条院から二条院に出かける描写や、法会の後、二条院から六条院に帰る記述がないこともあって、病身の紫上は、すでに二条院にいて、（あるいは六条院から出かけたにせよ）法会後も二条院にとどまった、とする読みが今までずっと続いてきました。

法会の日は、春爛漫の三月十日と特記されています。

三月の十日なれば、花盛りにて、空のけしきなどもうららかにものおもしろく、仏のおはすなる所のありさま遠からず思ひやられて、ことなる深き心もなき人さへ罪を失ひつべし。

薪こる讃嘆の声も、そこら集ひたる響き、おどろおどろしきを、うち休みて静まりたるほどだにあはれに思さるるを、まして、このころとなりては、何ごとにつけても心細くのみ思し知る。

明石の御方に、三の宮して聞こえたまへる。

▽〈紫#21〉☆惜しからぬこの身ながらもかぎりとて薪尽きなんことの悲しさ［#552］

▲御返り、心細き筋は後の聞こえも心おくれたるわざにや、そこはかとなくぞあめる。

▽〈明石#21〉☆薪こる思ひは今日をはじめにてこの世にねがふ法ぞはるけき［#553］

▲夜もすがら、尊きことにうちあはせたる鼓の声絶えずおもしろし。［御法④496–497］

法会の次第の一つに、仏の国に赴くために僧侶たちが薪を背負って会場を周回する儀式があり、それに因んで紫上が「薪尽きなん」――仏の国に着く前に命が「尽きてしまうだろう」――と、悲しみの歌を三宮をメッセンジャーにして明石へ贈ります。この歌は「御法」の最初の歌で、二条院での紫上はもう一首、翌日六条院への帰りがけに、「みのり」という言葉を共通語として、次に引用する花散里とのやりとりで詠んでいます。

このくだりの読みも、現代の注釈書はどれも、紫上の歌の真意を捉え損なっていますが、その説明はしばらく措きます。一つだけここで強調しておかなければならないのは、次の引用文の冒頭の「おのがじし」の解釈です。「めいめい」が六条院に帰るという人々のなかに、紫上を含めない読みが、古くからあります。もともと病の重い紫上は、法会の後も二条院に居残ったと誤読しているのです。

事はてて、おのがじし帰りたまひなんとするも、遠き別れめきて惜しまる。

花散里の御方に、

▽〈紫#22〉☆絶えぬべきみのりながらぞ頼まるる世々にと結ぶ中の契りを〔#554〕

▲御返り、

▽〈花散里#5〉☆結びおく契りは絶えじおほかたの残りすくなきみのりなりとも〔#555〕

やがて、このついでに、不断の読経、懺法など、たゆみなく尊きことどもをせさせたまふ。

御修法は、ことなる験も見えでほど経ぬれば、例のことになりて、うちはへさるべき所どころ寺々にてゾせさせたまひケル。〔御法④499〕

最後に、御修法をいつものように、他の寺々でも行ったことの報告文が、「ゾ……ケリ」によって強調されて法会場面は終わります。これに続く文は、「夏になりては、例の暑さにさへ、いとど消え入りたまひぬべきをり多かり」と、紫上の衰弱が報告されます。ここから次巻「幻」の最終行まで、『源氏物語』の場面はすべて六条院であり、二条院が再登場することはありません。「御法」・「幻」二巻の、『新全集』本で合計八百十五行中、「御法」巻のわずか七十八行（10％未満）しか、語りの「イマ・ココ」に、具体的な二条院は言及されていないのです。他はすべて六条院での出来事であるにもかかわらず、そう読む注釈は、過去千年一つもありませんでした。

この限定的な二条院の利用こそ、六条院の存在が、『源氏物語』の主題に大きく関わって、最後に問題にならなければならない事柄なのです。

しかし、たとえば、『大系』では、「御法」の場面はすべてが二条院の出来事とし、「幻」巻に入っても、源氏と三宮が桜を見るところまでを、すべて二条院の場面としています。その他の注釈本も、多かれ少なかれ、右の七十八行以外も、二条院の場面を想定していて、そこから発生する内部矛盾を解決する術がないことを、注記しています。

では、なぜこれほどまでに「御法」巻を読み損なったのでしょう。それは、さきの助動詞「けり」の認識の甘さに加えて、日本語が発話場面の「イマ・ココ」に制約されるところから、私たちの目がミクロに強く、マクロに弱いことに拠ります。つまり、作品全体を見渡す能力に欠けるところがあるからです。全体の「意味 signified」を知るために必須な作業である、全体の「構造 signifier」を把握するためにも、最後の二巻――「御法」・「幻」――が『源氏物語』全体に関わって、どう機能しているかに、目を向けなければなりません。助動詞〈ケリ〉の正しい認識は勿論ですが、『源氏物語』全体の「かたち signifier」が見えなければ、その「主題 signified」を抽出することもできないのです。

5　問題のありか――二条院か六条院か

『源氏物語』の古注釈書の一つ、三条西実隆『弄花抄』(1504)の頃から、「幻」巻の「紅梅と桜」について、紫上の「御法」巻での遺言を三宮が思い出す場面が、六条院であることに矛盾があるとされてきました。その矛盾は、「御法」巻で死が間際に迫った紫上が庭を眺めて、三宮に最後のことばをかける、次のくだりに関わっています。

▽〈紫上〉大人になりたまひなば、ここに住みたまひて、この対の前なる紅梅と桜とは、花のをりをりに心

とどめてもて遊びたまへ。

▽さるべからむをりは、仏にも奉りたまへ

▲と聞こえたまへば、うちうなづきて、御顔をまもりて、涙の落つべかめれば立ちておはしぬ。

とりわきて生《お》ほしたてたてまつりたまへれば、この宮と姫宮とをぞ、見さしきこえたまはんこと、口惜しくあはれに思されける。［御法④503］

「大人になりたまひなば、ここに住みたまひて」という「ここ」は、管見の及ぶすべての注釈書が二条院としています。その理由は、前項で問題にした法会のあと、紫上がそのまま二条院に居残っていると読むからです。この誤読は、さきに見たように、「続編」の作者の読みに始まっていて、「三の宮は二条院におはします」という、「匂兵部卿」巻の書き出し部分に反映しました。その結果、この「続編」を読んだ後世の読者は、ことごとく、「続編」の作者の誤読に振り回され、「ここ」を二条院と解釈することになったのです。

†「御法」の冒頭は六条院であること

ここではまず、法会の翌日、参会者が帰途につく場面から、順を追って検討します。

事はてて、おのがじし帰りたまひなんとするも、遠き別れめきて惜しまる。

花散里の御方に、

▽〈紫#22〉☆絶えぬべきみのりながらぞ頼まるる世々にと結ぶ中の契りを［#554］

▲御返り、

▽〈花散里#5〉☆結びおく契りは絶えじおほかたの残りすくなきみのりなりとも［#555］

▲やがて、このついでに、不断の読経、懺法など、たゆみなく尊きことどもをせさせたまふ。御修法は、ことなる験も見えでほど経ぬれば、例のことになりて、うちはへさるべき所どころ寺々にてゾせさせたまひケル。

夏になりては、例の暑さにさへ、いとど消え入りたまひぬべきをりをり多かり。そのことと、おどろおどろしからぬ御心地なれど、ただいと弱きさまになりたまへば、むつかしげにところせくなやみたまふこともなし。

さぶらふ人々も、いかにおはしまさむとするにかと思ひよるにも、まづかきくらし、あたらしう悲しき御ありさまと見たてまつる。

かくのみおはすれば、中宮この院にまかでさせたまふ。

東の対におはしますべければ、こなたに、はた、待ちきこえたまふ。［御法④499-500］

最初の行、「事はてて、おのがじし……」は、管見の及ぶ注釈書がすべて「おのがじし」の内に紫上を含めていません。源氏や三の宮も当然のように二条院に居残ったと見るのですが、紫上が法会のために、六条院から二条院に出向いたとの注釈は過去にありません。テクストには紫上が法会のために、六条院から二条院に渡ったという記述がないことによるのでしょう。しかし、二条院が、紫上の秘かな思いから、今回の法会のためだけに使われたと考えれば、その後の「矛盾」は解消します。当然ながら、「御法」冒頭の源氏と紫上は、六条院にあって、そこで出家が問題となっている、と読むのです。

法会の場所は、「わが御殿（寺）と思す二条院」でなければならないのですが、この行事に限ってという、紫上の秘かな計画は作者の意図でもありました。二条院が限定的に使われたことの意味（紫上の精神的な「寺」）を読みとれなかった「続編」の作者をはじめ、その後の読者はみな、病身の紫上が敢えて源氏への秘かな抗議を、二条院すなわち「わが御殿（寺）」で行うという秘儀が読みとれませんでした。出家を許さない夫に対して、紫上が取りえた唯一の秘策でしたが、当の源氏を初め法会の参加者たちにも、その意趣は認識されなかったのです。実際、千年の永きに亘って、紫上が密かに快哉を叫んだはずの大芝居に気づく読者もいませんでした。その結果、紫上と作者が目論んだ「どんでんがえし」――六条院の春の夢――も、儚く潰えたことになります。『源氏物語』全体の「主題」は、今日まで「〈源氏#217〉ひかげも知らで暮らしつるかな」〔#584幻〕と、暗闇に葬られてしまったのです。

この法会場面から後、紫上が二条院に居残ると読むことによって、「御法」のさまざまな文言が、作者の意図を危うくし始めます。病弱な紫上が法会のために二条院に出向き、法会後また六条院に戻ったと理解するとき、紫上なきあと、六条院の意味があらためて問われることこそ、作者の意図した結末でした。

誤読の始まりは、「おのがじし」と同じ行の「遠き別れめきて」にもあります。「紫上には永久の別の気がして」（『全書』）、「永久の別れのような気がして」（玉上『評釈』）、「永遠の別れのようで」（『新潮日本古典集成』）など、諸注釈書は、主催者である紫上と御方々との「永久」の別れ（時間）の意味と解釈しています。ここで紫上が二条院に残って死を迎えることを前提として、お互いが会えなくなるとの解釈です。

しかし、紫上の歌は、「絶えぬべきみのり」と、ほとんど紫上に残された時間がないことを自明とした歌ですから、紫上自身この世の別れを覚悟しています。それ故、語り手はわざわざそのあとに詠われる紫上の歌を「この世の別れ」と説明する必要はありません。この「遠き別れめきて」は、「遠き空間」の意味、つまり離ればなれになるお互いの距離を言いたいものとしなければなりません。ここは、紫上を含めて「おのがじし（各自）」が、六条院に帰るからこそ、お互いが隣同士で「遠き別れなどではないのに」という意味で、この「めきて」が巧い表現なのです。

そもそもこの一文は、「事はてて、おのがじし……」と始まっています。この「おのがじし」には、当然紫上を含めなければならないはずです。地続きである西北の町や東北の町に帰ることが、東南の町からも「遠き別れめきて」の意味です。「世々にと結ぶ中の契り」は、この世とあの世との間に結ぶ約束です。この二つの「世」に時間差はありません。空間差は非常なものでしょう。つまり、婉曲的に、あるいは象徴的に「遠き別れ」なので、「めきて」は語法上の意味以上に深刻な事態を表しています。

紫上は、花散里とは死後いつまでも、「あの世（二条院のわが寺）［御殿］」と「この世（六条院）」の間で、秘かに「こゝろ」を通わせたかったのです。「めきて」が表層的な意味に終わらない現実（紫上の覚悟の死）こそ、作者がこの一文に盛った意味でしょう。実際、この唱和は、紫上死後の六条院での女たちの結束を固めるために詠われていると理解すべきです。前日の明石との歌も、紫上の遺志を明石が継ぐ意味です。

その明石に贈った「かぎりとて」の歌と、この花散里への二首だけが、紫上が二条院で詠った歌であり、そのことからも、この世とあの世を結ぶ「契り」を、明石と花散里と交わすことの切実さが詠われたものとして意味づけられています。自分とのこの世での「契り」を破った源氏に絶望した紫上は、自分の「戦友」である二人と、最後にあの世との「契り」を結んだことになります。紫上が自らの「寺」で詠うのはこの二首だけなのですから、源氏との契りは、もはやもちろんありえません。

二条院で贈答された四首は、紫上の「こゝろ」を理解する明石と花散里との間に結んだ固い絆の証しとなり、物語全体の「主題」に関わって意味をもちます。くどいようですが、法会がお互いの結束の場であったことを読みとらなければ、『源氏物語』の結論は導けません。それとなく、紫上は六条院の明るい将来を、この二人に希求しました。そのための三宮への遺言でもあったのです。ですから、遺言の紅梅も桜も、六条院の庭にあるものでなければ意味がありません。

「御修法は……」と始まる次の文は、法会を締めくくるもので、「……寺々にてゾせさせたまひケル」の強調された係り結びが、さきの「……二条院にてゾしたまひケル」に呼応します。この〈ケリ〉にも語り手の驚きは表現されています。その上で、この二カ所のみに強調された〈ケリ〉の語法が、法会は今や過去の出来事として、物語を先に進める役割を果たしています。

したがって、「夏になりては……」と季節が変わるところから『源氏物語』の末尾まで、すべての出来事は六条院でのことで、二条院が再び物語の舞台になることはありません。ほとんどの注釈は、ここからも二条院を想定するため、さまざまな矛盾を抱えて右往左往しています。「夏になりては」以降、紫上も六条院に帰っていると読めば、「御法」・「幻」のテクストのこれまで「矛盾」とされてきた問題は、すべて雲散霧消するのです。

第二章

「御法」・「幻」の矛盾解消

——その統一的な「イマ・ココ」

「匂兵部卿」以下の続編を、「幻」までの『源氏物語』から切り離せば、「古今明解なし」とされてきた「御法」・「幻」二巻の矛盾点は、すべて氷解する。二条院での「法会」の後、その夏以降の物語は、すべて六条院での出来事として、紫上が主催した「法会」の意味が改めて問い直される。紫上は、出家を夫源氏に拒まれ続けてきたことに対する密かな抗議として、「わが御殿と思す二条院」をわが「寺」としたのであった。人生最後のこの決意が、紫上を『源氏物語』の真の主人公に変身させる。紫上は自らの命を犠牲に、六条院の女たちの明るい将来を願って、次世代の男たちに誠意ある生き方を希求した。

1　明石中宮が紫上を見舞う六条院の東の対

かくのみおはすれば、中宮この院にまかでさせたまふ。

東の対におはしますべければ、こなたに、はた、待ちきこえたまふ。〔御法④500〕

法会のために二条院に出向いた疲れと夏の暑さなどが重なって、紫上の体力は「薪つきなん」状態です。心配した中宮が紫上を見舞うために「この院」に内裏から退出する先を、古注を含めてすべて二条院としています。管見では、六条院とするものは、疑問符つきのものすら見あたりません。その結果、「東の対におはしますべければ、こなたに……」から後、「御法」の出来事の場（ココ）が、すべて二条院になるという矛盾を何とかしようとする無理な注釈が避けられなくなりました。

紫上の二条院での普段の居場所は、西の対ですから、ここで「東の対」は、見舞いに訪れる中宮の「おはすべき」場所という解釈になり、したがって、紫上は「こなた」、つまり病床から東の対まで無理をおして移動して中宮を出迎えるという読みになります。しかし、紫上は「あたらしう悲しき御ありさま」、つまりほとんど死の床にいるのです。身分の高い中宮を迎えるためとは言え、病人がわざわざ西の対から東の対へ運ばれていくでしょうか。重病人に配慮しない場面を、作者が造るはずがありません。死に瀕している紫上は、中宮を育てた人です。いくら中宮が高い地位の人でも、育ての親、それも病床にある人を見舞うのに、わざわざ挨拶に出向かせるなどという非人情は、いつの時代にもありえません。この一事だけでも、読者はこれはヘンだとの直感が働かなければなりません。

「この院」が六条院だからこそ、そして紫上の普段の住まいがその東の対であるからこそ、中宮はそこへ直接見舞いに来るのです。当然ながら、病人の負担に配慮してのことです。

現代の注釈書が中宮が二条院に紫上を見舞うと解釈して生じる矛盾の数々を、もう少し検討しましょう。中宮が「東の対」に到着後、そこへ入ってきた源氏が、「今宵は巣離れたる心地して、無徳なりや。まかりてやすみはべらん」〔御法④500-501〕と言うのは、本来六条院での「巣」が東の対であるからこそ「巣離れたる心地」になるので、二条院なら源氏の「巣」は西の対（または寝殿）ですから、「無徳なりや」は奇妙に聞こえます。

この場面が六条院の東の対、源氏と紫上の普段の居住空間でなければ、「巣」の意味がないでしょう。そこからの退散だからこそ、源氏のコメントが面白いのです。源氏はその晩だけ女性達に自分の「巣」を明け渡します。現代の注釈本は、ここからの解釈がすべて矛盾を無視するか牽強付会の連続となります。

紫上が起き上がって中宮に応対しているのを見て、源氏は安心して「自分の巣」を出ていきます。その晩だけ女たちの語らいのひとときがあります。「明石の御方もわたりたまひて」とあるので、恐らく西北の町から東南の町への「わたり」でしょう。源氏が自分の居場所を譲ったところへ明石も参加して、実は源氏に対して結束をかためる密談となったと思われます。中宮の母親と育ての親、三人だけの最後の時があって、実際、この水入らずの「物語」のなかで、六条院を女性たちの未来の砦として希う紫上の希望が遺されました。その理由は、これが次の三宮への遺言場面に、直接続いてもいるからです。

2　三宮への遺言

場面は間違いなく六条院で、紫上が育てた紅梅・桜について、三宮に大事な「遺言」をします。六条院に移り住んで以来、ということは、造営完成の「少女」巻から、ほぼ十六年が経っています。紫上が丹精した紅梅も桜も大きくなっていますが、季節はすでに夏ですから、花の時期はとうに過ぎています。法会のとき、二条院の桜は満開でした。しかし、この六条院の花のない季節に、あえて三宮に遺言することが、ここでは、自分がいなくなった後の六条院について、孫の三宮に将来を委ねるという、深い意味をもっています。

六条院の花の木々の成長を追うように育ててきた五歳の三宮に向かって、「まろがはべらざらむに、思し出でなんや」と問う紫上に――

▽〈三宮〉いと恋しかりなむ。

▽まろは、内裏の上よりも宮よりも、母をこそまさりて思ひきこゆれば、おはせずは心地むつかしかりなむ

▲とて、目おしすりて紛らはしたまへるさまをかしければ、ほほ笑みながら涙は落ちぬ。

▽〈紫上〉大人になりたまひなば、ここに住みたまひて、この対の前なる紅梅と桜とは、花のをりをりに心とどめてもて遊びたまへ。

▽さるべからむをりは、仏にも奉りたまへ

▲と聞こえたまへば、うちうなづきて、御顔をまもりて、涙の落つべかめれば立ちておはしぬ。［御法④502-503］

「だれよりもはは（紫上）が好き」と涙ぐむ三宮に紫上は涙を落とします。紫上のことばに肯いて、じっと顔を

見守る三宮は、紫上の涙がこぼれないうちに、その場を外します。泣きたい三宮ですが「目おしすりて紛らわし」、じっと見つめられた紫上は、むしろ手放しで涙をこぼします。

この「涙の落つべかめれば」を、すべての注釈は、三宮の涙と解釈していますが、ここは敢えて紫上の涙と解釈します。そのわけは、聡明な三宮は「目をおしすりて」、怺えているのに対して、紫上は「涙は落ちぬ」と語り手があらかじめ語っているからです。「御顔をまもりて、涙の落つべかメレば」とあるのは、三宮の視点のはずですし、この「めり」は三宮から紫上を見ての描写であるべきでしょう。そう読んでこそ、三宮の優れた感性が描写できます。「はは思い」のなんというできた子でしょう。紫上の悲しみの極みを三宮が感じたからこそ、五歳の子にしても、母の涙は見るに忍びないのです。ここは、この作品の最も感動的な場面です。

この「はは」を「ばば」と読む注釈もあるように、祖母と孫の対話がこのようにあって、紫上はここで、人生最後の短い至福の、そして断腸の想いの時を過ごしたと言えるでしょう。二人の目の前に、花も紅葉もないことが、こののち「幻」巻での三宮と源氏の場面で、無垢な子供の「こゝろ」について、すばらしい文学的な効果をもたらすのです。たった五つの子でも、人の「こゝろ」を知る力はここまで備わっているのだと、これは恐らく作者が、自分の利発な幼少のころや子育ての経験を根拠に造った場面でしょう。

仮にこの場面を、そのまま二条院に移してみたときに、たとえ紅梅や桜が西の対にあったとしても、恐らくは紫上にも、三宮をここで育てたという実感がないはずですから、「ここに住みたまひて」の意味がありません。実際、『源氏物語』のどこにも、先日の法会以前に、三宮が二条院にいる場面はありません。「若菜（④273）」で生まれたばかりの三宮を、病が癒え二条院から六条院に戻った紫上は、我が子のように愛育しました。

二条院の法会では、三宮はメッセンジャーとして、「かぎりとて……」の歌を明石に届ける役割を果たしました。

もし、二条院の桜を自分の死後、三宮に愛でて貰いたいならば、右の「遺言」は、あの三月十日満開の桜を前にした法会場面こそ相応しかったのではないでしょうか。しかし、「大人になりたまひなば、ここに住みたまひて」の「ここ」が、「二条院」では意味をなしません。それでは二条院が紫上の「寺」になりませんし、六条院の将来も紫上が願うようには維持されないでしょう。三宮にとっても、仏界としての二条院の梅や桜はどうでもよいことです。紫上が賢く育てた三宮には、自分の死後、源氏が犯した過ちを繰り返さない新たな世代を代表してもらいたいと、紫上は特に三宮を六条院の新たな住人として希求したのです。

ところが、続編の「匂兵部卿」巻には——

紫の上の御心寄せことにはぐくみきこえたまひしゆゑ、三の宮は二条院におはします。〔匂兵部卿⑤17-18〕

とあります。この一文を引用しただけで、いわゆる『源氏物語』の第三部が、「幻」巻までの作者の手によるものではないと、断定しても決して乱暴ではありません。この一行だけが確たる証拠で、宇治の物語が紫式部によって書かれたものではないと断言できます。残念なことに、「藤裏葉」に始まって「幻」に終わる『源氏物語』の終結部は、宇治の物語の作者に、全く読めていませんでした。繰り返しますが、紫上は三宮を二条院で育ててはいません。

宇治の物語は、きちんとした「構造」が見えない上に、「御法」の六条院場面で紫上が願い、「幻」巻の三宮が、同じ六条院で子供ながら立派にその願いを叶えたにも拘わらず、「大人になりたまひなば」の三宮は、「匂兵部卿」では二条院に住み、源氏とその性行があまり変わらない、あるいはそれ以下のただの男になり下がった姿で描かれています。紅梅や桜にも、ほとんど関心がない人物です。巻名としての「紅梅」も、紫上の遺言の紅梅を踏まえてはいませんし、そもそも「紅梅」は柏木の弟のニックネームですから、「御法」での紅梅のイメージを無視する命名となっています。宇治の物語での六条院は、紫上の遺言にある三宮の住まいとはならず、女一宮の住まいとなって始まります。「匂兵部卿」という巻の名付け方そのものが、紫式部が作者なら、まず絶対にありえないものです。「(橋)姫」とか「(匂)兵部卿」とか、社会的な地位を直接巻名に使う例は、「幻」まで一巻もないのが『源氏物語』四十巻の統一的で象徴的な命名法ですが、それすらも踏襲されていません。

こうした理由から、全四十巻をもって『源氏物語』とし、宇治の物語を『源氏物語』から除外して扱わなければ、紫式部という作者が構築した四十巻の統一的な主題が何かを推論することができません。

ここには千年の誤読があるということに、いま改めて思いをいたすべきでしょう。誤読の理由の第一は、『源氏物語』が、その主題を如何に統一的に構造化した文学作品であるかという点に気づかなかったからです。その主題に向かって冒頭から末尾まで、組織的に構築すべき青写真を、作品の初段階からすでに備えていたことに読者の眼が向かなかったのです。

物語の結論部分に至って、二条院か六条院かで「矛盾」があるという読みでは、『源氏物語』の主題は捉えられません。「藤裏葉」の三つ目のエピソードである今上帝と朱雀院の晴れやかな行幸場面の六条院が、「御法」・「幻」に関連づけられたとき、その主人公である紫上亡き後、六条院の存在が主題に関わって新たな意味をもつのです。その詳細は次章で検討します。

3　誤読箇所の読み直し

法会場面を除き、「御法」の描く全ての場所が六条院であることを、その他の場面からも証します。

紫上が三宮に遺言する前の、中宮見舞いの場面は、以下のように終わっています。

などかうのみ思したらんと思すに、中宮うち泣きたまひぬ。

ゆゆしげになどは聞こえなしたまはず、もののついでなどにぞ、年ごろ仕うまつり馴れたる人々の、ことなる寄るべなういとほしげなるこの人かの人、

▽〈紫上〉はべらずなりなん後に、御心とどめて尋ね思ほせ

▲などばかり聞こえたまひける。

御読経などによりてぞ、例のわが御方に渡りたまふ。［御法④502］

「わが御方に渡りたまふ」を、ほとんどの注釈は、紫上が二条院の東の対から西の対へ帰る、としています。東の対を中宮の座所だと誤読した結果です。それに、この「御読経」を中宮の仏事と解釈して、『全集』などは、「胡蝶」巻に見える「大涅槃経」の例を引きます。しかし、この時点で、中宮が「大涅槃経」を転読する行事などを、紫上の居所で始めるはずがありません。ましてや、中宮はそもそも紫上の見舞いに来たのですから、自分の都合で紫上にお引きとり願うなどとは、いかに中宮の身であっても失礼千万でしょう。

ここは、物の怪の罪を救うために、紫上側が行う「御読経」の声をきっかけに、中宮が「例のわが御方」、つまり、いつものご自分の（無論六条院の春の町の）寝殿へお渡りになる、ということでなければなりません。実際、「御読経」の例が以下のように「若菜」巻にあるのです。紫上の病が小康を得たのちの場面――

物の怪の罪救ふべきわざ、日ごとに法華経一部づつ供養ぜさせたまふ。日ごとに、何くれと尊きわざせさせたまふ。御枕上近くても、不断の御読経、声尊きかぎりして読ませたまふ。［若菜下④242］

作者は注意深く、恐らくは後の「御法」の場面を想定して、法華経の供養に言及しています。ですから、「御法」のここも、この「御読経」を「物の怪」対策と読むべきです。すでにその対策は「鈴虫」巻でとられてはいても、念をいれて読経をさせているのです。いかに中宮の立場であっても、この場面では、中宮が自分の法事が始まるので紫上を退席させるなどはありえません。あくまでも紫上のための読経が始まったのをしおに、自分の部屋（寝殿）へお帰りになると読まなければなりません。

また、秋になって、中宮が内裏に戻る催促が煩わしいところで、紫上を見舞う場面——

▲……内裏の御使の隙なきもわづらはしければ、さも聞こえたまはぬに、あなたにもえ渡りたまはねば、宮ぞ渡りたまひける。〔御法④503－504〕

帝から戻るように中宮に再三言ってくるので、紫上ももうしばらく六条院に、ご滞在くださいとも言いかね、かといって、紫上が中宮の御座所（寝殿）にもお渡りになれないところで、中宮がおいでになります。この場面も、二条院という前提の諸注釈は、どれも中宮が西の対（紫上の居所）に渡ったと、読んでいます。そこで、諸注のこの場面は、紫上・源氏・中宮それぞれの歌のイメージ（紫上が「萩のうは露」、それを受けて源氏と中宮が「露の世」と詠う）が、すべて二条院の西の対の風景となってしまっています。紫上が人生を二条院で終えたとしたのでは、『源氏物語』の美意識の中心にあり、それまで営々と築いてきた六条院の風物——ここでは萩の露——の意味が脆くも潰え去ることになってしまいます。二条院が潰えても、ある意味では『源氏物語』にとっては、大きな崩壊を意味しません。しかし、紫上が六条院の象徴的存在であったことこそ、『源氏物語』後半の意味を担ってきたのです。その危機をいま読者が目の当たりにしていると読まなければ、『源氏物語』全体の首尾一貫性が崩れてしまいます。さきに言及した「藤裏葉」巻での冷泉帝・朱雀院の六条院行幸も、物語の帰結を想定して、作者が配置した行事だったのですから。

死を間近に三宮と二人で庭をながめている、さきに引用した遺言――大人になりたまひなば、ここに住みたまひて、この対の前なる紅梅と桜とは、花のをりをりに心とどめてもて遊びたまへ。さるべからむをりは、仏にも奉りたまへ――は、夫に絶望して死に赴く紫上の、次世代の若い無垢な「こゝろ」への最後の願いであり、それだけに、紅梅と桜に反応する「幻」巻での三宮の行動は、大人になってからの彼が紫上の期待に答える存在となることの証しとなっていると読まなければなりません。

のちに詳しく見るように、源氏が女三宮と結婚してからは、紫上の歌〔紫#16〕――目に近く移ればかはる世の中を行く末とほくたのみけるかな〔#463 若菜④65〕――が、源氏に対する深い失望を表明していました。「この宮と姫宮（明石中宮の女一宮）とをぞ、見さしきこえたまはんこと、口惜しくあはれに思されける」と語る語り手の声には、三宮だけは源氏のように「なびく心」をもってほしくないという、紫上の万感の思いが籠められています。それなのに、宇治の物語での「匂宮」なる男は、源氏や夕霧同様の行動を繰り返すだけです。紫上が育てた六条院の紅梅や桜は、大人になった三宮にはほとんど意味のない存在です。そして、紫上の寺としての二条院の象徴性は、後続の物語に継承されることがないどころか、匂宮に勝手放題に使われてしまいます。

4 紫上の悲しみ、そのあとに残された人たち

法会のあと、六条院に戻った紫上は、夏になって三宮に遺言し、死を間近に源氏と明石中宮と歌を交わして間もなく、中宮に手をとられたまま死んでしまいます。その臨終間際の場面で二人が近景に眺めているのは、前栽

の萩ですが、この萩も二条院の西の対で見ているとしたのでは意味がありません。なぜなら、遠く、「少女」巻の終わり、六条院の南の町に紫上が植えた前栽の描写は、以下のようにあったからです。

八月にぞ、六条院造りはてて渡りたまふ。

……

南の東は山高く、春の花の木、数を尽くして植ゑ、池のさまおもしろくすぐれて、御前近き前栽、五葉、紅梅、桜、藤、山吹、岩躑躅などやうの春のもてあそびをわざとは植ゑで、秋の前栽をばむらむらほのかにまぜたり。〔少女③78-79〕

紫上の三宮への「遺言」の紅梅や桜は、右の木々の配置に照応して、遠い将来を見据えて遠景にあり、迫りくる己の死を見つめている紫上が見ているのは、六条院東の対の近景にある秋の前栽であると読めます。

▽〈紫#23〉☆おくと見るほどぞはかなきともすれば風にみだるる萩のうは露〔#556〕

▲げにぞ、折れかへりとまるべうもあらぬ、よそへられたるをりさへ忍びがたきを、見出だしたまひても、

▽〈源氏#200〉☆ややもせば消えをあらそふ露の世におくれ先だつほど経ずもがな〔#557〕

▲とて、御涙を払ひあへたまはず。

宮、

▽〈明石中宮〉☆秋風にしばしとまらぬつゆの世をたれか草葉のうへとのみ見ん〔#558〕

▲と聞こえかはしたまふ御容貌どもあらまほしく、見るかひあるにつけても、かくて千年を過ぐすわざもがなと思さるれど、心にかなはぬことなれば、かけとめん方なきぞ悲しかりける。

▽〈紫上〉今は渡らせたまひね。
▽乱り心地いと苦しくなりはべりぬ。
▽言ふかひなくなりにけるほどといひながら、いとなめげにはべりや
▲とて、御几帳ひき寄せて臥したまへるさまの、常よりもいと頼もしげなく見えたまへば、
▽〈中宮〉いかに思さるるにか
▲とて、宮は御手をとらへたてまつりて泣く泣く見たてまつりたまふに、まことに消えゆく露の心地して限りに見えたまへば、御誦経の使ども数も知らずたち騒ぎたり。さきざきもかくて生き出でたまふをりにならひたまひて、御物の怪と疑ひたまひて夜一夜さまざまのことをし尽くさせたまへど、かひもなく、明けはつるほどに消えはてたまひぬ。［御法④505-506］

紫上は最後の歌として、「露の命」を詠います。「風にみだるる萩のうは露」ほどにも、「おくと見るほどぞはかなき」と詠いかけられて、源氏は「どちらが先に消えるかを争うほどの露の世に、遅れ先立つ間がなくなればいい」と返します。

紫上の「おくと見るほどぞはかなき」には、源氏の「こゝろ」が「自分（紫上）のうえに置くとみる間にも、はかなく消えてしまった」という恨みが重ねられているように響いています。しかし、紫上のプロテストを回避するかのように、その露を、源氏は人生ととりなして、「おくれ先立つ」わずかな時差と返します。そこには桐壺帝の「おくれ先立たじ」という源氏の母との空しかった約束が木霊していますが、帝ほどの切実さが感じられないのは、源氏が紫上の歌を素直に受け止めようとしないからです。

草葉の上だけではない、このように私の袖を濡らしてもいるのだと返す中宮の悲しみには、紫上のこれまでに

流した涙も含まれるでしょう。「御法」巻では、そこまでの七首が詠み交わされたところで、紫上の寿命が尽きます。

5　紫上と紫式部のかなわなかった願い

特筆すべきは、最後に中宮に手をとられて看とられた紫上の死でしょう。源氏の手ではなく、中宮に託した手の内に、新たな六条院が希求されています。紫上の遺言の通り、紫上亡き後の六条院に、新たな風を送り込む三宮が、源氏に代わる東南の町の住人として期待されています。

しかし「宇治十帖」で、成人した三宮が六条院に住むのは、夕霧の六君との結婚以降です。「聞こえかはしたまふ御容貌どもあらまほしく、見るかひあるにつけても、かくて千年を過ぐすわざもがなと思さるれど、心にかなはぬことなれば、かけとめん方なきぞ悲しかりける」とは、紫上の死にゆく手をとって、「心にかなはぬ」思い――千年を過ぐすわざもがな――の明石中宮の「こゝろ」を語っていますが、皮肉なことに、『源氏物語』が書かれてから今日まで、「千年を過ぐすわざ」は実現することがなかったことになります。「御法」の誤読によって、「千年」が象徴的に「過ぐすわざ」となってしまった、『源氏物語』というテクストそのものの悲しい歴史となりました。

「十ばかり」で強引に二条院に連れてこられた紫上は、二条院で亡くなるのが自然のように見えますので、「匂兵部卿」巻にも記された「二条院」が、古来その終焉の場とされてきました。けれども、前項の紫上の最後の歌（と源氏と中宮の歌）が、六条院で詠まれたものとしなければ、「少女」巻で造営された女性たちの「家庭」の、崩壊ではなく再生の将来を、作者が希求したとする結論は導かれません。

紫上の一生をふり返ってみれば、源氏の藤壺との密通も朧月夜との逢瀬も、紫上には知らされないまま、源氏の不実はほとんどが紫上の見えないところで闇に葬られてきました。聡明な紫上ですから、それを感知できなかったわけではなく、紫上が年を経るにつれて、藤壺や朧月夜が出家することからも、その真実の一端は察知され、そうした人たちの悲しみを含めて、自身の出家志向が意味をもったのです。

朧月夜・明石などに源氏の心が「なびき」、玉鬘へのさらなる執心が顕在化してからは、六条院の「春の町」も紫上にとって心地よい場所ではなくなっていきました。

六条院の初めての春は「初音」に始まります。新春の祝いを源氏はまず紫上と交わすのですが、お互いの歌にその「こゝろ」のギャップが微妙に明かされています。
▽〈源氏#162〉☆うす氷とけぬる池の鏡には世にたぐひなきかげぞならべる［#352］
▲げにめでたき御あはひどもなり。
▽〈紫#14〉☆くもりなき池の鏡によろづ世をすむべきかげぞしるく見えける［#353］
▲何ごとにつけても、末遠き御契りを、あらまほしく聞こえかはしたまふ。［初音③145］
源氏は「世にたぐひなき」と、自分の鏡に映った二人の見栄えを詠みますが、紫上の鏡の詠には「よろづ世をすむべき」と、その理想が語られています。二人を映す紫上の鏡は、「住む」に「澄む」が、「影」に「陰」が懸けられていて、この新たな出発の時点で、すでに濁りや昏さを写しています。「たぐいなき」と浮かれている源氏に、「末遠き御契りを、あらまほしく」と、未来の危惧を感じている紫上がすでにいたのです。それが無残にも現実となってしまうのが、「〈紫#16〉行く末とほくたのみけるかな」［#463 若菜上④65］と、契りが反故となった

ことを詠う、源氏が女三宮と結婚した後の場面です。紫上の無念と絶望は量りがたいものがあります。

6　「御法」後半（紫上死後弔問）の五首――「三十一首」の初句

「御法」の後半に置かれた、紫上の死後に残された人たちによる弔問歌五首と、「幻」巻の二十六首を足すと、三十一首になります。これは、紫上を亡くした悲しみについて、「三十一文字」を象徴的に構造化して、三十一首に纏めようとした、作者のたくらみの一端です。

その最初は、源氏が藤壺を慕ったように、紫上を追い求めた夕霧の追慕に始まっています。叶わなかった夢の儚さの象徴であるかのように、紫上の死の直後、夕霧の目の前に骸となった紫上があります。「飽かずうつくしげにめでたうきよらに見ゆる御顔のあたらしさ」〔御法④509〕と、夕霧は感無量です。葬送のあと、夕霧は「御忌に籠りたまひて、あからさまにもまかでたまはず、明け暮れ近くさぶらひて」、源氏につき添っています。諸注〔たとえば、『全書』五p105、「やむごとなき僧どもさぶらはせたまひて」〕は、この場面も当然二条院とするのですが、「風野分だちて吹く夕暮に、昔のこと思し出でて、ほのかに見たてまつりしものをと恋しくおぼえたまふ」〔御法④512〕とあり、夕霧があこがれた紫上のイメージは、「野分」巻での一瞬の垣間見〔③266〕だったのですから、ここで夕霧が六条院にいなければ、照応関係（首尾一貫性）が成り立ちません。

1）〈夕霧#36〉☆いにしへの秋の夕の恋しきにいまはと見えしあけぐれの夢〔#559　御法④512〕

夕霧の過去、「いにしへの秋の夕」は六条院でのことだったのですから、右の歌を「二条院」で詠んだとしては、夕霧のスタンスに、微妙な「歪み」が顕在化します。それが「幻」巻に持ち越されたとき、テクストの「矛盾」

が「古今明解なし」（『全書』の池田亀鑑注）と、解決不能になります。しかし、これが六条院での出来事なら、まったく矛盾のない自然な物語のなりゆきです。

さきの「初音」の池の鏡唱和場面では、源氏は三十六歳、紫上は二十八歳で、その年の秋、「野分」で夕霧は十五歳でしたから、その後この紫上の死の場面まで、十五年が経った勘定です。歌番号で見ると、#353から#559と、その十五年間に約二百首あまりの歌が詠まれています。全体が五百八十九首の三分の一の分量ですが、源氏の歌は、さきの鏡の歌（源氏#162、#352）からこの紫上の臨終場面の歌（源氏#200、#557）との間には、三十七首しかありません。源氏の歌は全部で二百二十一首あるのですから、その三分の一の七十首くらいはあってもいいところですが、実際は半減しています。

源氏の歌は「幻」巻までに、あと二首を残すだけです。永年兄弟のように生きる時間を共有した大臣（昔の頭中将）との間に交わされた歌――

2）〈頭中将#16〉☆いにしへの秋さへ今の心地してぬれにし袖に露ぞおきそふ［#560］

3）〈源氏#201〉☆露けさはむかし今とも思ほえずおほかた秋の夜こそつらけれ［#561 御法④515］

大臣の詠う「いにしへの秋」とはいつのことでしょう。妹の葵上の葬儀のあとの時雨どきの、二人の歌が想起されます。

▽〈頭中将#5〉☆雨となりしぐるる空の浮雲をいづれの方とわきてながめむ［#122］

▽★行く方なしや

▲と独り言のやうなるを、

▽〈源氏#56〉☆見し人の雨となりにし雲居さへいとど時雨にかきくらすころ［#123 葵②55］

昔の袖の露が今また重なった秋を喚び起こし詠いあったとき、二人が共有した女、夕顔まで想いが戻っていくでしょう。そうしたとき、最後に源氏の記憶に蘇るのは、六条御息所でしょう。源氏の最初の恋人で知的女性の象徴のような人だったからです。御息所は、最後まで源氏の対女性行動を監視し続けた、言ってみれば、作者の分身、ドッペルゲンガー（二重身）なのでした。作者は、「御法」最後に置かれた以下の二首へと繋げて、その存在の意味を御息所と比べています。

４）〈秋好＃７〉☆枯れはつる野辺をうしとや亡き人の秋に心をとどめざりけん［＃562］

５）〈源氏＃202〉☆のぼりにし雲居ながらもかへり見よわれあきはてぬ常ならぬ世に［＃563 ④517］

六条院を一巡する形で、明石・花散里とそれぞれの町の主人と別れの歌を詠み交わした、紫上の最後の日々に、秋の町の秋好は、含まれていません。秋好からのこの弔問の歌は、「枯れ果てた野辺を見たくないと、紫上は秋に心を止めようとはなさらなかったのでしょう」と、春を好んだ紫上とは最後のお別れの機会がなかったことを、残念がっています。しかし、その母は、ほぼ紫上の一生を遠くから、憂いをもって監視し続けてきた六条御息所でした。

作者が「御法」の最後に相応しい人として、この人しかいないと考えたからこそ秋好の歌がここにあります。当然ですが、御息所の霊の存在が、源氏亡きあとも、その影響力をもつだろうからです。それ故、六条院の女たちとの交流を最後にふりかえる場面が二条院では、ここで秋好が詠う六条院の意味も秋の町の意味も、その象徴性や具体性を失ってしまいます。

本当によくできた人だったと、紫上の人間性のすばらしさを称える機会がついに訪れなかった秋好ですが、この歌からも六条院の女たちの「こゝろ」は結束が固いことが判ります。源氏は返すことばがありません。まだ飽き果てなどいない、いつもの世の中にまだ遺されている私だと、ここで源氏は紫上への思いを「おし包」むほかありません。

7 「矛盾」氷解、そして源氏の出家志向

紫上は三宮にだけその願いを遺言し、三宮はその責めを「幻」巻で塞ぎます。いつの時代にも、純心こそが文学の核心にあって、大人が生の過程で失ってゆく大きな価値そのものです。それを守ろうとするのが芸術家の使命だとすれば、作者が次世代に恃むのは、純粋な「こゝろ」を失った男たちの改悛でしょう。『源氏物語』で作者が書きたかったのは、人の「こゝろ」のありようであり、その最後の結論であるはずのテクストのクライマックス場面が誤読されてしまっては、主題が見いだせるはずもありません。

従来の読みでは、定家も、河内本の校訂をした源光行・親行親子も、みな紫上の最後は二条院と読んでいます。ですから、このあとの「幻」巻の「矛盾」に解決策が見いだせなかったのです。

さきに述べたように、誤読された文言――「二条院にてぞしたまひける」・「おのがじし帰りたまひなん」・「三の宮は二条院におはします」など――が、紫上をその死まで、二条院に居残らせたと読んだために、テクストに解決不能な矛盾点が生じてしまいました。

紫上の体力が衰えていて、「御法」の初めから、紫上は二条院で病を癒していて、あるいは、（たとえ六条院から出かけたとしても）法会のあともそこに居残ったはずだと読んでしまったのです。作者はむしろ、法会という紫上の秘かな一世一代の「抗議」がなされてからは、紫上はすでに「他界」の人だと言いたかったことでしょう。紫

上生前の最後の一首とそれに唱和した源氏と明石中宮の二首は、六条院へ戻ってからの場面で詠われていることを、読みそこなってはなりません。紫上の「御法」での三首は、そのうちの二首を二条院に、最後の一首を六条院の死の直前の場面に置くことで、作者の主題（紫上が希求した六条院の将来）が、最後に顕現するのです。

＊

ここまでの説明で、二条院と六条院のテクストの「矛盾」は、ほぼ解決したと考えます。このあとの「幻」巻は、すべて六条院の出来事として読めますし、そう読まなければ、作者の最後の結論がうやむやに終わってしまい、『源氏物語』の芸術性（機能性と首尾一貫性）も保てません。

紫上の死後も、源氏は己れの出家を、「ひたみちに行ひにおもむきなんに障りどころあるまじきを、いとかくをさめん方なき心まどひにては、願はん道にも入りがたくや」〔御法④513〕と、「心まどひ」を理由に踏み出せないでいます。

今は蓮の露も他事に紛るまじく、後の世をと、ひたみちに思し立つことたゆみなし。されど人聞きを憚りたまふなん、あぢきなかりける。〔御法④518〕

源氏の「心まどひ」は、紫上を失った悲しみで混乱しているだけではなく、出家を「ひたみちに思し立つ」反面、出家後に人から弱気を批判されることを憚る態のものです。これでは出家はいつになってもできるはずがありません。

結局源氏は出家しないまま、物語が終わります。『源氏物語』は、しかし、源氏があとに残す人たちの将来を、読者に問うています。優柔不断な源氏の出家は、もはやどうでもいいことです。

第三章

『源氏物語』の主題

——夫源氏の不実に対する妻紫上の絶望と次世代へ託した夢

『源氏物語』の「主題」を把握する唯一の方法は、全体がどのように構築されているかを、その部分を全体との関係から総合的に判断することである。作者は、全四十巻の半世紀に亘る物語を、五言律詩の論理を用いて、八巻ずつの五段に構造化した。そして、そのクライマックスを「御法」の法会場面に置き、夫源氏の不実に抗議する紫上の密かな意思が、「仏の御法」であることを証した。前半の第十九巻に藤壺の死を、後半の第十九巻に紫上の死をパラレルに配置して、女性の生の意味を読者に問いかける。この終わりが閉じられていない「オープン・エンド」の物語は、女たちの豊かな未来を読者の創造（想像）力に委ねている。

†『源氏物語』のマクロ構造

自然界にあるすべてのものは、独自の「かたち（構造）」をもち、その「かたち」は独自の「意味」をもちます。同様に、人間が生成する文化も、作られる一つ一つのものの「かたちと意味（構造と内容）」は、密接に関係しています。たとえば、一つ一つの言葉には、「かたち（音声）」と「意味」が相互補完的に関係づけられています。さきに言及したソシュールの言語学では、〈signifiant/signifié（英語では signifier /signified）〉と呼ばれる関係性です。文学は言語芸術ですから、言語の「形と意味」の関係は、一般に文学作品の「形式と内容」の関係に連動しています。

第一章に述べたように、日本語の音声と意味は分かちがたく結合し、ヤマトコトバの動詞は、音韻の規則性によって、発話の「イマ」、目の前の現象がどういう状態にあるかを表現します。日本語の名詞も形容詞も、すべて話者（語り手・書き手）の視点が目の前の現象を、どのように認識しているかを表出する言語システムに組み込まれています。本来文字を持たない言語では、音声でしか意味を伝達できないのですから、ヤマトコトバだけが、この性質をもっているわけではなく、一般的に世界中の言語が初源的にもつ、基本的な〈signifier/signified〉の関係性です。

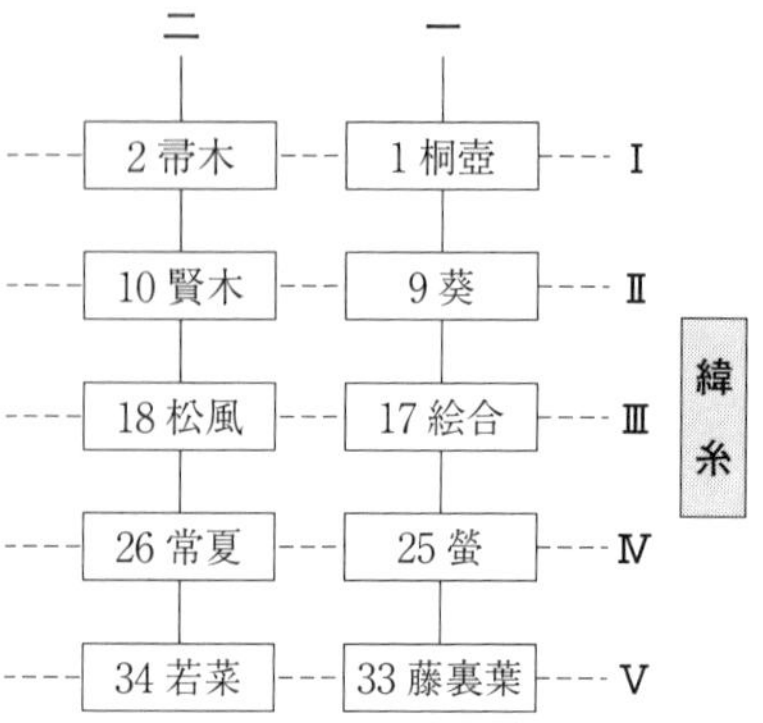

大部分が大和言葉で書かれた『源氏物語』は、従って基本的には音声を聞き分ける「語り文」に拠って書かれています。そして、〈イマ・ココ〉の時間と空間が、どこまでも続く「形式」をもっています。その全体は、絵巻物のように閉じることなく繋がってゆき、『源氏物語』の写本がそ

『源氏物語』の組織図

経糸

八	七	六	五	四	三
8 花宴	7 紅葉賀	6 末摘花	5 若紫	4 夕顔	3 空蟬
16 関屋	15 蓬生	14 澪標	13 明石	12 須磨	11 花散里
24 胡蝶	23 初音	22 玉鬘	21 少女	20 朝顔	19 薄雲
32 梅枝	31 真木柱	30 藤袴	29 行幸	28 野分	27 篝火
40 幻	39 御法	38 夕霧	37 鈴虫	36 横笛	35 柏木

うであるように、どこに切れ目があるかも判断できないほどです。そこで、そうした「形式 signifier」の「内容 signified」を明確にするための手段として、『源氏物語』の作者は四十巻という意味のブロックを作りました。

その四十巻も、終わりまで同じように続くのでは、「意味」が判らなくなりますから、全体を大きく区分けすることを考えて編み出されたのが、当時の宮廷人が中国の文学に見出した、漢詩の五言律という形式を応用することでした。「五言（字）」八行の四十字を、いわば織物として、八巻ずつ五段に並べるのです。そうすると、漢詩本来の最初の五字は、上の一覧表の〈一〉の経糸《たて》、つまり、「桐壺・葵・絵合・螢・藤裏葉」のように、物語を大観する方向に意味をもつことになります。

さらに、五言律では、一行目の五字は二行目の五字と意味の上で対句をなすように並びますので、〈二〉の経糸の並び、すなわち、「帚木・賢木・松風・常夏・若菜」という五巻が、〈一〉の経糸の五巻と対照的に置かれて意味をもつことになります。そこで、「桐壺」・「帚木」という〈緯糸《よこ》Ⅰ〉の対の巻は、次の〈第三糸・第四糸〉の「空蟬・夕顔」の対、さらには〈第五糸・第六糸〉の「若紫・末摘花」、〈第七糸・第八糸〉「紅葉賀・花宴」のように、二巻ずつが〈起承転結〉の論理性をもって展開します。ですから、この物語は、それぞれの八巻がある種の完結性をもちつつ、大きく五段階に展開する物語として、全体が構造化されていると見えます。

管見では、しかし、このように『源氏物語』を分析した人は見当たりません。従来の見方では、いわゆる第一部を「藤裏葉」まで、第二部を「幻」までに分けるのが定説化しています。それは池田亀鑑が「藤裏葉」までを紫上中心の物語と読んだことに始まっています。〔『全書』（一）「解説」（1946）、『源氏物語事典 下』（1960）p9〕池田はさらに、その第一部を「少女」までの巻と「玉鬘」からの巻に二分割しました。しかし本書では、のちに詳しく見るように、「少女」からを全四十巻の後半の始まりとします。また、「梅枝」の末尾を重視することから、「藤裏葉」を第一部の終わりと見るのではなく、〈Ⅴ急〉段（全五段の終結部）の始まりとすることで、これまでの区分とは本質的に異なる見方を、本書の「仮説」として提出し、証明します。

「梅枝」の末尾を重視するのは、そこに置かれた雲居雁の歌に、『源氏物語』のキーワードの中でも最も重要だと考える「なびく心」という文言があるからです。その歌――

〈雲居雁#2〉☆かぎりとて忘れがたきを忘るるもこや世になびく心なるらむ〔#438 梅枝③427〕

この歌に続く地の文は、「とあるを、（夕霧は）あやしとうち置かれず、かたぶきつつ見ゐたまへり」と終わります。夕霧が不審に思って首をかしげて見ているというコメントが、ついているところが「あやし」いところです。その真意は、読者に向かって、作者が「この歌は物語の中でも大事な意味があるのだから、〈うち置かれず〉見てくれ」と、わざわざ言ってくれているのです。その理由は――

〈桐壺更衣〉☆かぎりとて別るる道の悲しきにいかまほしきは命なりけり〔#1 桐壺①23〕

〈紫#21〉☆惜しからぬこの身ながらもかぎりとて薪尽きなんことの悲しさ〔#552 御法④497〕

『源氏物語』の最初の歌が、右の桐壺更衣の辞世の歌であり、その初句がこの「かぎりとて」ということばです。それは、雲居雁の歌の初句と、さきに引用した、右の紫上の二条院での歌にしか使われていないことから、作者が最も重要なキーワードとして、作中の大事な場所に置いていることが明らかです。「かぎりとて」という文言は、歌以外では、女三宮を出家させる朱雀院のことば——限りとて〔柏木④306〕——にしか使われていません。このごく限られたことばの使用によって、作者は『源氏物語』の構造の鍵がそこにあることに、気づいてもらおうとしているのです。夕霧に源氏の言行の真実を知ってもらい、源氏が犯した過ちを繰り返してほしくない、という願いが籠められているのです。

この三首は、のちに再び問題にしますが、物語中でも特に選ばれた三人の女性によって詠われていることからも、作者の意図の決定的な表明だと言えます。特に雲居雁は、「少女」から「夕霧」までの物語後半で、前半の紫上と同じような立場に置かれた重要人物です。また、巻末を歌で終えることが、『源氏物語』全体について、その巻が重要な切れ目を暗示して、大切な指標の一つにもなっています。「空蟬」・「花宴」・「葵」・「朝顔」・「真木柱」・「柏木」など、作者が物語の展開に重要だと考える巻の最後を歌で終えるという構造上のヒントを、きちんとテクストを読む人のために、暗示してくれています。

『源氏物語』の「第一部」を「藤裏葉」で終わらせているという従来の区分を、『源氏物語』の基本的な「形態signifier」とするか否かで、主題——『源氏物語』の「意味signified」——は大きく変わります。本書では、「藤裏葉」が終わりではなく、最終段階〈急〉の「始まり」と読み、従来の解釈に異議を唱えます。この章では、右の五言律の「構造signifier」の「仮説」が正しいかどうかを見極めます。

†五言律詩の起承転結

五段階に並べられた四十巻は、八巻ずつの意味ブロックをもっています。そこで、本書では四十巻の一つ一つに記号を併記して、たとえば、「Ⅰ五 若紫」(第Ⅰ段の第五巻)・「Ⅱ五 明石」のように、個々の巻が作品全体のどこに配置されているかを、一目で判るようにします。そのメリットは、『源氏物語』の中で、たとえば主要人物である若紫と明石が、構造的に同じ位置——いずれも「八巻ずつの意味ブロック」の五巻目——に置かれていることに、注目できるからです。意味ブロックの五巻目を五段に並べれば、「**〈序〉**若紫・**〈破の序〉**明石・**〈破の破〉**少女・**〈破の急〉**行幸・**〈急〉**鈴虫」となって、そこには、物語に大切な五人の女性(若紫・明石・雲居雁・玉鬘・女三宮)がそれぞれの巻の主要人物であることが判ります。この章では、こうしたテクスト上の配置が偶然ではなく、はっきりと作者の構想(青写真)であることを、証します。

先に述べたように、言語の原理は〈signifier/signified〉の密接な関係性ですから、文学作品の「主題 signified」を見出すためには、「構造 signifier」の分析が必須です。一般に、構造分析をしない作品論は、文学の本質を知らない人の言説だと言えます。八巻ずつに纏められた右の構造は、まだ仮説の段階ですが、この八巻の「意味ブロック」のそれぞれに、「起承転結」の論理性が認められれば、結果として、作者が全体をどう造ろうとしたかの証しとなります。

八巻ずつ並んだ五つの段取りの推移を、ドラマ仕立てと考えれば、全体は全五幕のドラマであり、一般的に言って、たとえばシェイクスピアの『ハムレット』が五幕の悲劇なら、『源氏物語』にも同様な五段階の意味ブロックが、劇的構造として構想されているという推論が許されるでしょう。そして、それぞれの意味ブロックが二巻ずつ〈起承転結〉の論理で進展しています。

〈Ⅰ序〉：（Ⅰ一 桐壺・Ⅰ二 帚木）（Ⅰ三 空蝉・Ⅰ四 夕顔）（Ⅰ五 若紫・Ⅰ六 末摘花）（Ⅰ七 紅葉賀・Ⅰ八 花宴）
〈Ⅱ破の序〉：（Ⅱ一 葵・Ⅱ二 賢木）（Ⅱ三 花散里・Ⅱ四 須磨）（Ⅱ五 明石・Ⅱ六 澪標）（Ⅱ七 蓬生・Ⅱ八 関屋）

この二つのブロックの中で、『源氏物語』全編にわたって主要人物になるのは、〈Ⅰ序〉の若紫と〈Ⅱ破の序〉の明石で、末摘花と空蝉はそれぞれ「蓬生」と「関屋」でその役目をほぼ終えます。しかし、空蝉の後継者として花散里が新たな主要人物の一人となって、物語の最後までその存在感を示します。それは、右の二段の巻の並べ方を見て明らかなように、〈Ⅰ序〉段の「空蝉」と同じ位置に、〈Ⅱ破の序〉段の「花散里」が配置されているからです。そうした人物の出し入れを、作者の目論見と考えれば、このように十六巻を並べただけでも、その構造から見えてくるのは、各巻の「機能性」です。各巻が全体のために、どのように機能し、どのような意味をもつかを分析することで、全体の意味——主題——の方向性が見出せるわけです。

たとえば、「Ⅰ一 桐壺」で導入された葵上は、「Ⅱ一 葵」で早くも退場させられてしまいます。〈Ⅰ序〉で若紫が見つかって、将来の女主人公に育つことを想定すれば、政略結婚させられた葵上は、主人公源氏にとって、「上の品」の妻という以外に意味をもたない不要人物なので、人柄や性格も、なんのためなのかと、読者にも疑問が残るように造形されています。正夫人なのに、源氏との間には一首の歌も詠わせない徹底ぶりですから、その扱いはかなり異常です。では、全く無用な人物かと言えば、そうではなく、最後には、「主題」にもからむ人物であったと判る仕掛けです。

〈起〉部で導入された人物が、〈承〉部で置き替わり、〈転〉部でさらに決定的な人物が登場して、〈結〉部でそこまでの展開が、一つの収束をみます。

	〈起〉	〈承〉	〈転〉	〈結〉
〈Ⅰ序〉段（導入部）：	藤壺・葵上	―空蝉・夕顔	―若紫・末摘花	―朧月夜
〈Ⅱ破の序〉段（展開部の序）：	六条御息所	―花散里	―明石	―末摘花・空蝉

物語の〈イマ・ココ〉の場面で、出来事について語るのは、その内実を熟知している女房ですが、その女房の言説は、登場人物たちの声をなるべく中立的な立場で報告しようとしています。そうした一巻一巻をミクロ構造とするならば、八巻単位で大きく物語を括るのは、ミクロ世界を報告する現場の語り手ではなく、物語の主題について構想する作者です。短篇が四十巻並んでいるようでありながら、それを統括しているのは作者ですから、その統一的な構造体の内から、いわゆる〈主題〉が立ち現れることになります。

従来の『源氏物語』研究では、物語の細部（ミクロ＝女房の語り）に読者の意識が囚われた結果、全体の意味を捉まえ損ねました。それは、くどいようですが、作品全体の「構造 signifier」と「内容 signified」の分かちがたい関係性の認識に欠けたからです。それも全五十四巻についてではなく、全四十巻という、続編の十三巻を除外した「かたち」についての認識です。この四十巻には、その後の十三巻には見いだせない、確固とした「形式 signifier」があるのです。そこから抽出できる「意味（主題）signified」を確定することが、この章の目的です。

しかし、文学作品の「主題」が、その「構造」分析を措いては見出しえないことを、現在ほとんどの研究者が文学理解の本質として認識していない、という憂うべき状況があります。

†もう一つの「構築原理 organizing principle」——五百八十九首の配置

「桐壺」で導入される葵上（十六歳）と藤壺（十七歳）とが、語り手によって初めの八巻〈I序〉で扱われる事態は、源氏の「こゝろ」の極端な二面性を意図的に強調しています。『源氏物語』に藤壺の歌は十二首あるのに対して、葵上の歌が一つもないことが、その指標の一つです。

全部で歌が二百二十一首もある源氏は、ほかの登場人物と比べて、数の上で突出しています。次に歌の多いのは息子の夕霧ですが、全部で三十七首しかありません。源氏が『源氏物語』の「主人公」たる所以ですが、文学作品の主人公として相応しいかどうか、実はそこが『源氏物語』の問題なのです。一般に文学作品の「主人公」としての資格は、紆余曲折の末に、本人がその人間性を大きく変えることです。いわゆる「変身」する人物ですが、一般に、主人公が、無知から知へ、それまでの自分より知的で賢い人、つまり高貴な人間に変わるのです。人生の最大の目的の一つが、「汝自身を知れ」という命題にあるからでもあります。

源氏は五十数年の生涯を通して、二百二十一首もの歌を通して自己の情緒を表明したにも関わらず、大きく「変身」することなく消えてゆきます。さまざまな女性遍歴の結果、源氏がどこで大きく「人間性」を変えたのか、あるいは、自分自身を知ったのか、読者はその決定的な瞬間に遭遇することがありません。そういう人物に「主人公」の資格を与えてもいいものでしょうか。源氏が何度も表明する「出家志向」が、最期まで行動で示されないことは、大いなる疑問点として最後まで残ります。

さきに言及した『ハムレット』では、主人公のハムレットは、父を殺した叔父に復讐するために立ち上がります。しかし、誤って自分の恋人オフィリアの父を殺してしまったことが、決定的な転回点となって、ハムレット自身が復讐される立場に、否応なしに立たされます。悲劇的な間違いを犯したハムレットは死ななければなりませんが、最後に、この世は常に「二面性・相対性 duality/relativity」をもっていることを知るのです。この認識がハムレットを、死ぬ前に、人間的に一段と高貴な存在に変えます。『ハムレット』が文学作品として優れているのは、ハムレットが知性の象徴的な存在であると同時に、作品の主題も、その悲劇を通して意味づけられた、この世界の「相対性」を人間の知としたことです。

では、源氏は最後に、より賢明な人間に「変身」して終わるでしょうか。私見では、主人公の資格があるのは、むしろ、出家願いを再三拒否された夫に対して最後に秘かに抗った、紫上のように思われます。病身に鞭打って、二条院を自らの精神的な「寺」とし、同時に亡き後の六条院を女たちの「砦」としたと思われるからです。

歌の数で見ると、夕霧（37）の次に多いのは紫上（23）、次いで、女性では明石（22）・玉鬘（20）・藤壺（12）・六条御息所（11）が十首以上、それ以下は、朧月夜（9）・落葉宮（9）と続き、空蟬・朝顔・秋好・雲居雁・女三宮・明石尼君がそれぞれ七首、夕顔・末摘花・花散里・源典侍がそれぞれ六首となっています。従って、歌の数でも顕著な紫上・明石・玉鬘の三人が、女性の代表として存在し、その歌数が、ほぼ役柄の重要性の尺度となっています。因みに男性では、夕霧の次に、頭中将（16）、柏木（13）、螢宮（9）で、結局源氏に加えて九首以上の歌を詠んだ人物たち――男五人女七人――が主要な役割を帯びていると言えます。（夕霧と柏木にはもう二首ずつ、宇治十帖に歌がありますが、これは『源氏物語』の作者が関知しないことですから、ここでは数えません。）

いずれにせよ『源氏物語』が文学として優れているのは、その物語の方法が、最後に読者に働きかけ、その人間観をも変えようとする試みだと感じさせることです。この作品は、読後の読者のために「開かれて」います。登場人物たちの悩みや苦しみを読者に知らしめるに留まらず、『源氏物語』の読者が、物語全体を読むという経験によって、読者自身の「変身」をも企てているかのような作者の孤高の精神に、芸術的感動を覚えます。作者の現実が如何に暗くそこからの脱出が不可能でも、後世の読者には理想的な明るい世を希求するのは、作者の夢でしょう。

この物語に説得力をもたせるために、作者が編み出した方法が二つあります。その一つが五言律という漢詩の詩形による論理的な構造であり、もう一つは、第四章で検討する、五百八十九首を数える歌の配置です。論理と情理の両面から、物語が最後に結論として言いたいことを、統一性をもつ構造体によって表現しおおせた力業は、世界文学の中でも希なことに見えます。

1 〈Ⅰ序〉段（導入部）──「Ⅰ一 桐壺」から「Ⅰ八 花宴」まで

『新全集』テクストを、その行数で数えると、最初の八巻のテクスト量は以下のようです。

〈Ⅰ序〉	一 桐壺	二 帚木	三 空蟬	四 夕顔	五 若紫	六 末摘花	七 紅葉賀	八 花宴	合計
行数	498	897	212	916	944	626	569	200	4862
%	10.2	18.4	4.4	18.8	19.4	12.9	11.7	4.1	100

これを〈起承転結〉で括れば、〈起〉1395（28.7%）－〈承〉1128（23.2）－〈転〉1570（32.3）－〈結〉769（15.8）となります。〈転〉部が一番長いテクストであることを見ても、その部分に重きをおいている造りです。

〈I序〉の最重要人物は藤壺であり、また、物語全体にその存在感を示すのは六条御息所です。この二人は、作品のほとんど冒頭から描かれますが、その出番はそれほど多くはなく、その機能はいわば隠されています。しかし、藤壺は「藤裏葉」という巻名にも示唆されているように、〈V急〉段までその影響力を留めていますし、御息所の霊力は、夕顔に始まって紫上の最晩年まで、その恐ろしい力を発揮します。いわば、男の身勝手に対する抑止力として、チェック機能をはたす、作者の懐刀的な存在です。

源氏と女たちが歌を詠み交わす多くの場面では、源氏の行動が鏡のような反射板になって、女性たちの「こゝろ」がそこに反響します。のちに詳しく検討しますが、あたかも能楽のワキ・シテの関係のように、源氏（ワキ）の発話に女性たち（シテやシテヅレ）がその「こゝろ」を吐露するのです。

藤壺に対する葵上の歌の数〈十二対ゼロ〉がテーゼ・アンチテーゼなら、歌数が女性として一番多い紫上の〈二十三首〉がジンテーゼとなって、『源氏物語』は紫上に代表される女性の「こゝろ」の苦しみと悲しみを詠うものだというのが、その「主題」についてのぼくの直感的な印象です。

「I五　若紫」の中間点で、源氏が藤壺と密通する場面は、明らかに〈I序〉（導入部）の頂点を形造る出来事ですが、ここで葵上は徹底して語りの外に置かれてしまっています。「正妻」葵上と「恋人」藤壺が、そのように作者によってコントロールされたとき、女性たちがどのように意味づけられているかは、要所要所に置かれた歌がその指標となって、主人公としての源氏を、作者がどう展開しようとしているかが察知できます。個々の歌が置かれた場所によって、部分と全体との関係も明らかになり、『源氏物語』全体の方向性が少しずつ見え始めます。

『源氏物語』は、主人公の源氏に向かって、女性たちがどのような「声」を発しているかを追ってゆけば、物語の真意がどこにあるのかが少しずつ明らかになります。各巻の配置とそこで詠われる歌は、それぞれ密接に関連しますが、この章では、主に巻同士の機能的な関連性に目を向け、歌の本格的な分析は、次章に回します。

『源氏物語』は、欲求をかなり露骨に実現しようとする源氏（あるいは柏木や夕霧など、次世代の男たち）を、執拗に追っていきます。物語をそのように運ぼうとする作者のスタンスが、究極的には、主人公（あるいは宮廷社会の男たち）に対する女たちの批判や哀しみの真実を証します。いわば源氏を中心に男たちの言行が鏡の役目をして、そこに女たちの「こゝろ」が反映するのがそのメカニズムです。五言律を下敷きにしたかのような全体構造も、男女の対立がもたらす情緒の二項対立関係を、物語全体のジンテーゼとして纏めることが作者の目論見であり、読み手の作業でもあります。

1）「Ｉ二　帚木」――雨夜品定――と「Ｉ三　空蝉」の凌辱

「帚木」巻の前半、いわゆる「雨夜品定」場面は565行あり、「桐壺」よりやや多めです。それに続く332行――源氏の「方違え」による空蝉との関わり――を、次の「Ｉ三　空蝉」の212行と合わせて一巻とした方が、「空蝉の物語」として統一性をもち、前後のバランスもよくなるように思われます。しかし、それでは、母の「まぼろし（ここでは〈幻影〉の意味）」を追う源氏の「こゝろ」がどこかに消えて、「ははきぎ」というタイトルの意味が、見えなくなってしまいます。

これから源氏が関わる女性に、空蝉や夕顔のような「中の品」が存在するものの、「上の品」の一人として、「Ｉ三　空蝉」と同じ位置に、〈Ⅱ破の序〉段では「Ⅱ三　花散里」を導入するところが、作者の「たくらみ」として重要な意味をもっています。将来、六条院の住人の一人として、紫上と明石の間に位置すべき「上の品」の花散里を考えているからです。その前提に、〈Ⅰ序〉段の若紫（上の品）のテーゼに対して、〈Ⅱ破の序〉段では明石（中の品）を、アンチテーゼとして配置する意図があります。

源氏は、「品定」場面では、女性経験豊富な先輩たちの議論の聞き役ですが、その間「人ひとりの御ありさまを、心の中に思ひつづけたまふ」とあります。「桐壺」巻で導入された藤壺への恋慕がひと時も心から離れないようでありながら、一方で源氏は六条御息所へのしのび歩きもしているのです。「上の品」である妻葵上のいる左大臣邸へ、雨も上がった「品定」の翌日、退出します。「けざやかに気高く、乱れたるところまじらず」という葵上は、「とけがたく恥づかしげにのみ、思ひしづまりたまへる」ので、源氏は「さうざうしく」思うとあります。ここに、年が一つしか違わない二人の女——理想（藤壺）と現実（葵上）——の狭間で右往左往する主人公が置かれています。正妻の葵上が「思ひしづまりたまへる」理由の一つには、源氏が六条御息所と関わりがあるからと思われますが、作者は女性の矜持をまず物語の最初に示そうとしているようです。『源氏物語』の重要なキーワードである源氏の「なびく心」を、葵上はすでに察知していて、「気高く」また「とけがた」いのは、源氏の日々の言行に対する葵上の抗いのように思われます。

左大臣の三条邸が「方塞り」（内裏の東南）を口実に、東北方向にある紀伊守中川邸に「方違へ」を打診します。伊予介の妻が滞在中と知らされて、「人［女］近からむ、嬉しかるべき」と「方違へ」するのですが、「中の品のけしうはあらぬ選り出でつべきころほひなり」［帚木①59］と、前夜の「品定」の女たちの実態のサンプリングに動き始めます。

源氏に急に乗り込まれて不意を突かれた空蝉（伊予介妻）は、源氏の横暴に対応できません。

……流るるまで汗になりて、いとなやましげなる、いとほしけれど、例の、いづこより取う出たまふ言の葉にかあらむ、あはれ知らるばかり情々しくのたまひ尽くすべかめれど……〔帚木①100－101〕

と、源氏は「あさましき」振舞いに及びます。「あながちなる御心ばへを、言ふ方なしと思ひて、泣くさまなどいとあはれなり〔帚木①102〕」とあって、強引に空蝉と契りを結んでしまうのですが、そのあとで「心苦しくはあれど、見ざらましかば口惜しからまし」と思い、前世の契りなどと、とってつけた言い訳をするのです。語り手は、「例のいづこより取う出たまふ言の葉にかあらむ」と、そうした源氏の言行に批判的です。

「ははき木」――それと見て近づくと消えてしまうという伝説上の木――が、その音声から「母」を喚起させます。母の記憶をもたない源氏が、母にそっくりと聞かされた藤壺に会えないまま、そのイメージを追い求めて女性遍歴を始めるのがこの巻です。『源氏物語』の〈Ⅰ序〉段で、若い主人公には制御しがたい性行動が、言い訳にならない言い訳ゆえに、語り手の目には明らかな暴挙として語られています。

紀伊守邸の描写の初めに、「そこはかとなき虫の声々聞こえ、螢しげく飛びまがひて」、熱い夏の恋の季節に、女房達の「式部卿宮の姫君に朝顔奉りたまひし歌などを、すこし頬ゆがめて語るも聞こゆ」〔帚木①95〕とあります。源氏を拒絶し続けることになる朝顔の存在が、すでに語られていることは、この物語の周到さであり、『源氏物語』に統一性をもたらします。たとえば、この「螢」も、後の「Ⅳ一　螢」を想定してここに出現させていると考えれば、こうした、小さなイメージにも、後の物語への展開のために作者の心が配られていることが判ります。そうした個々の文言が、物語全体の主題を導く読みに関わって大切です。源氏の空蝉体験は、その晩年に自己点検を迫られるときまで、源氏本人が空蝉（空疎）であった人生を認知させられるよすがとなります。作者は物語の初めに、すでにその結末を暗示しようとしているのです。

「Ⅱ八　関屋」が〈Ⅱ破の序〉（展開部の序段）の末尾に設定されて、そこでは伊予介の死後、紀伊守が未亡人となった継母の空蝉に懸想する事態を生みます。源氏が藤壺を追慕するように、紀伊守が継母を追うわけですが、藤壺が「Ⅱ二　賢木」で出家するように、空蝉も「Ⅱ八　関屋」では尼になってしまいます。『源氏物語』の二つ目の意味ブロック〈Ⅱ破の序〉段――「葵」から「関屋」まで――の八巻は、こうして〈Ⅰ序〉段で導入された藤壺・葵上・空蝉などの人物たちが、物語としての方向性（源氏に抗う女性たちの志向）を確かなものにしています。それはまた、紫上を中心にして明石などが次の世代を担う準備期間でもありますが、「関屋」までの〈Ⅰ序・Ⅱ破の序〉段が、『源氏物語』全体の主題の核となる源氏批判を、二項対立の構造で明確にしようとしていると見えます。従って、〈Ⅲ破の破・Ⅳ破の急〉段は、その展開に必要な部分として機能するように置かれているはずです。

『源氏物語』の時代にはまだ未開発であった能楽の「〈序・破・急〉」を、この物語はその情理「こゝろ」の「構造signifier」として、先取りしていたと見えます。作者は琴が得意だったと言われていますが、能楽は、雅楽がその前身ですから、その音楽的構造を文学に生かそうとすることはごく自然な発想でしょう。

さきに指摘したように、主人公は「変身する人」というのが、一般的な文学作品の必要条件ですが、この物語は主人公源氏が最後まで「変身」せず、むしろ周囲の女性達が、次々に出家するところから、その意味を最後に主人公に思い知らせるというように展開します。作者の意図は、主人公の魅力を描きつつも、ついには男性が知るべき女性の苦しみや悲しみを現前化することです。いわば、源氏の行動に反応する女性たちが、ワキ柱に着座した「源氏」というワキの意識に訴えているかのように物語が進みます。源氏は最後まで行動しませんが、ワキの潜在意識に訴え続けるシテ（女性たち）の「こゝろ」は、着実にワキの内に蓄積してゆきます。物語全体が、ワキ（源氏）の内なる鏡に映るシテ（女性）の「こゝろ」の劇だと言えます。

2）「Ⅰ四　夕顔」――遠く「Ⅴ六　夕霧」への憂愁の予感

「空蝉」巻から引き継がれる「夕顔」巻は、夕顔の急死で突如幕を下ろしますが、その娘玉鬘を次世代のために用意する意味でも重要な一巻です。「桐壺」と「帚木」が、まぼろしを追う意味で対をなすように、「空蝉」と「夕顔」も、その題名が暗示する、源氏の儚い女性遍歴があらたな展開を見る対の巻となっています。前二巻では、巻のモチーフに関わる和歌を、それぞれの巻末まで伏せておく造り方でした。

『新全集』で約二万五千行余りの『源氏物語』全四十巻の一巻の平均は約六百三十行ほどですが、長めの「夕顔」巻（916行）では、その導入部で、「心あてにそれかとぞ見る白露の光そへたる夕顔の花」［#26 ①140］と、夕顔本人にまず詠わせて、物語が始まります。

因みに、一番長い巻は、上下巻をあわせた「若菜」の三千九百六十二行、一番短いのは「Ⅳ三　篝火」の六十九行です。この極端な「かたち」もまた、「主題」に関わって大事な機能を果たしています。長い物語の中で一瞬光がさすかのように造られているからです。

次いで短い「Ⅱ三　花散里」（76行）は、その短さ自体が、「Ⅳ三　篝火」と照応して、花散里という人物が源氏に軽視されることに繋がっています。その呼称には、「虫の声、螢とびかふ」夏の恋の短さが象徴されてもいます。しかし、そうした源氏の花散里に対する扱いが、かえって主要人物の一人としてのアイロニカルな役割を担うのです。花散里の物語中の機能は、紫上・明石に次ぐ重要性を帯びているからです。情熱的な恋たけなわの夏の町の主人たるゆえんでもあります。その面倒見の良さから、若人たちの集まる場所でもあって、「篝火」では楽の音が虫の声と和音を奏で、その西の対に住む玉鬘に、源氏と柏木が共にそれぞれの「こゝろ」を燃やします。また、「Ⅳ三　篝火」の配置は、「Ⅴ三　柏木」に関わって意味をもちます。ここでの柏木の短く罪深い恋が、その死をすでに予感させるからです。そして何よりも、「Ⅰ三 空蝉」が「Ⅴ三 柏木」に関連づけられている構造こそ、作者のたくらみに関して、見逃してはならない倫理観の表出です。

「Ⅰ四 夕顔」は遠く「Ⅴ六 夕霧」に反響し、あだ名の「夕顔」が仄暗さを帯びていることから、「光る」源氏との関係をうまく象徴化しています。実際、「光る源氏」という文言は、「帚木」冒頭の他は、「Ⅰ五 若紫」の僧都〔①209〕と「Ⅲ六 玉鬘」の女房〔③129〕によって想起されるだけです。「名のみことごとしう」が巧みに総括された言い方で、「光る君」の用例も、「桐壺」巻の二例〔①44、50〕を除いては、明石入道による一例〔須磨②210〕に限られています。ということは、「光る」主人公のイメージは、物語中人々の口に上ることがほとんどなく、「光る源氏」と言い伝えられている状況は、「言ひ消たれたまふ咎多かなる」という、「帚木」冒頭の語り手による世評が実体を明かしていることになります。

ですから、「光（る）源氏」と呼び慣わして、過去千年の大方の読者が主人公につけたニックネームは、物語の初めから、語り手によって否定的に言及されているのです。実際に、この主人公は、ほとんど全く光り輝いてないません。しかし、「光源氏」の先入観は、『源氏物語』の意味を、「王朝の栄光」といった、この物語の真の主題を反映しない読みへの志向を誘いました。それもまた作者のたくらみの一端でしょう。

さて、四十巻の中でも六、七番目の長さ（897行）をもつ「Ⅰ四 夕顔」ですが、その意趣は、「Ⅰ二 帚木」の「品定」で「中の品」の女性たちの好ましさを知った源氏が、現実の厳しさを早速知らされるという過程にあります。「好ましい女（理想）」が、この世の「不幸（現実）」と背中合わせのような儚さに繋がっています。思いがけない夕顔の急死にあって、「世」の恐ろしさの実体に触れる源氏ですが、その背後には、ただ「宿世（宿命・運命）」としただけでは片付けられない、不思議な力の存在があります。それは六条御息所の霊力です。

夕顔（中の品、十九歳）を初めとして、葵上（上の品、二十六歳［Ⅱ一　葵］）・六条御息所（上の品、三十六歳［Ⅱ六　澪標］）・藤壺（上の品、三十七歳［Ⅲ三　薄雲］）・紫上（上の品、四十三歳［Ⅴ七　御法］）と、源氏はその人生で五人の女性に先立たれます。それも、年下の紫上以外は、物語の半ば「Ⅲ四　朝顔」以前に亡くしています。しかし、その死が度重なるにつれて、より重大な意味をもたらしていることに、源氏は気づきません。作者は、源氏の行動倫理をその都度問題にしているのです。まず夕顔の死が御息所に直接関係づけられています。夕顔の死は、源氏の「こゝろ」が御息所以外の女に「なびいた」ことが原因ですから、源氏の行為がとがめられています。

特筆すべきは、藤壺の死が「Ⅲ四　朝顔」直前の第十九巻に置かれていることです。「薄雲」という「空（蝉）・夕（顔）」の儚さのイメージが連動する「薄（雲）」を巻名に選んでいることにも注目です。「Ⅲ四　朝顔」が『源氏物語』の折り返し点となる巻なので、その置かれた位置からも、「Ⅰ四　夕顔」にイメージを対比させて、源氏に抗わない女が夕顔なら、抗う女として朝顔が、物語の前半の最後に象徴的に配置されていると見えます。その直前に、物語前半の最重要人物である藤壺を退場させることで、源氏の恋は事実上終わります。次章で詳しく見るように、源氏の恋愛は、ほぼ前半の源氏の歌に詠いつくされているからです。

源氏十二歳から、「帚木」が始まる十七歳までの四年間は物語がなく、巻頭文の「光る源氏、名のみことごとしう……軽びたる名をや流さむと、忍びたまひける」に明らかなように、世評を気にして過ごしてきています。藤壺との密通露見を恐れ、しっくりしない正妻葵上（三条左大臣邸）には「絶え絶えまかでたまふ」など、自己点検の必要な言行があっては当然のことですが、何よりも、六条御息所が源氏の「なびく心」に、知らず知らずのうちにプレッシャーをかけて、恐ろしいからでもあります。

「六条わたりの御忍び歩きのころ」と、今は故人となった「坊」の御息所へ源氏が微行していることから、「Ⅰ

四　夕顔」は始まっています。どのくらい続いているか定かではありませんが、あこがれの藤壺中宮が雲の上の存在とすれば、せめてこの御息所（源氏より七歳年上）に頼れる母親のイメージを求めているのでしょう。当時の高貴な男性は、元服するころには日常世話をしてくれる古女房たちによって、しかるべき性教育を受けていたようで、性に目覚めてからは、一応の手ほどきを女房たちから授けられています。実際、十七歳の源氏の女性を見る眼には、七歳年上の六条御息所は性的対象であると同時に、その知性の魅力がありました。

しかし、「色好み」の源氏が御息所からほかの女性に「なびく」とき、御息所の嫉妬心が相手の女にとり憑くという霊力を、源氏は夕顔が死ぬまで知りません。そのあと、霊力の恐ろしさから逃れるように、源氏は少しずつ御息所から離れていきます。彼女自身、自分の意志とは関わりなく勝手に人に取り憑く不思議な霊力を自身が制御できない悩みを抱えていて、それには解決方法がないように造形されています。これは作者にとって、人物を意のままに動かす巧い方法です。作者の意図が、御息所の「こゝろ」と無関係にかなうからです。

源氏が経験する五人の女の死の中核に、「Ⅱ六　澪標」で死ぬ御息所が位置づけられています。「澪標」という巻名が暗示する「身を尽くし」と実際の「水の深さ（源氏の行動倫理）の指標」とが思いもかけない関係をもっています。女性の嫉妬心の重大さがいつまでも、御息所の死後も紫上にまで関わるのですから、嫉妬心が「身を尽くす」ものであることを、『源氏物語』の作者は、女性に備わった諸刃の剣として、主人公に認識させようとしているようです。源氏の「なびく心」が、御息所への配慮を欠いたと見えたとき、はっきりした源氏への「制裁」となって、関わる女性を襲うという恐ろしい「こゝろ」の威力です。雨夜品定のパラダイムの、女性心理の核心にある問題を、このように措定して、御息所は「Ⅴ七　御法」の紫上の最晩年にまで、多大な影響力をもち続けます。物語全体を常に大局的に見渡しているかのような存在ですから、作者にとっても影のヒロイン、あるいは作者の分身と言えましょう。源氏の「こゝろ」の暴挙（咎）にチェックをかける全知的（神的）な存在、源氏の行動の隠れた見張り役として、物語の倫理感を暗示して極めて機能的な存在です。

主人公の源氏に、その存在感を陰に陽に見せ続ける女性は御息所しかいません。そのエッセンスである嫉妬心こそ、男性の「なびく」浮気心に対する女性の持つ一番大きな抑止力だという、作者の認識でしょう。「女（御息所）は、いとものをあまりなるまで思ししめたる御心ざま」［夕顔①147］と描写されて、この霊力の本質が示唆されています。「夕顔」巻を「六条わたり」という文言で始めるという配慮こそ、のちの源氏の六条院造営に関わって意味をもっています。やがて作者がそこに女性の「こゝろ」の砦のような時空間を造ろうとすることに、『源氏物語』のたくらみの一端があるでしょう。それを如何に物語化するかに、言語芸術としての『源氏物語』があり、御息所の霊力以上の言語運用こそ、物語のテクストのもつ説得力です。当然ながら、二条院と六条院との対比がその核心にあります。物語前半の二条院 vs. 後半の六条院という構図です。こういう大胆にして繊細な語りの構想を、宇治十帖はもっていません。

六条御息所の許に落ちつかない源氏を、御息所の女房たちは「うちとけてしもおはせぬを、心もとなきこと」と気をもむのですが、霧の深い朝、中将君（御息所の女房）に送られて帰る源氏の行動が、御息所の心に与える負担を、作者は巧みに描いています。

……中将のおもと、御格子一間上げて、見たてまつり送りたまへとおぼしく、御几帳ひきやりたれば、御頭もたげて見出だしたまへり。

前栽の色々乱れたるを、過ぎがてにやすらひたまへるさま、げにたぐいなし。廊の方へおはするに、中将の君、御供に参る。

紫苑色のをりにあひたる、羅の裳あざやかにひき結ひたる腰つき、たをやかになまめきたり。見返りたまひて、隅の間の高欄にしばしひき据ゑたまへり。
うちとけたらぬもてなし、髪の下り端めざましくもと見たまふ。
▽〈源氏#6〉☆咲く花にうつるてふ名はつつめども折らで過ぎうきけさの朝顔［#28］
▽★いかがすべき
▲とて、手をとらへたまへれば、いと馴れて、とく、
▽〈中将君〉☆朝霧の晴れ間も待たぬけしきにて花に心をとめぬとぞみる［#29］
▲と、公事にぞ聞こえなす。［夕顔①147－148］

六条邸を退出する源氏を御息所に寝間から見送らせて、中将君が前栽に目を向ける源氏を送って廊下に出てきます。「羅の裳あざやかにひき結ひたる腰つき、たをやかになまめきたり」という描写は、地の文ながら、ほとんど源氏の目線です。源氏はすでに中将の魅力に取り憑かれています。「咲く花」は御息所を意味するとともに、「顔」に焦点が移り、ということは御息所の魅力が色あせて、この女房に「折らで過ぎうき」と手を出すのです。そうした源氏の性行を重々承知の女房は、即座に「花に心をとめぬとぞみる」と、御息所の心に配慮して源氏の言行を巧みに切り返します。

「おほかたにうち見たてまつる人だに、心しめたてまつらぬはなし」、と続く語り文は、大方が源氏の魅力に抗いがたい状況を、源氏がどんな女性にも興味をもつ性行と同時進行させています。ここは、語り手の中立的立場が保たれていますが、作者の意図は、御息所の「霊力」もさることながら、源氏に関わる女房たちがその魅力に抗えない事態をも問題にしたいのです。

御息所の女房「中将のおもと」が花の朝顔に比定されていますから、この中将の態度は、物語前半の最後、つまり第二十巻を「Ⅲ四　朝顔」のタイトルで締めくくる意味に連動しています。花としての朝顔は、源氏の「なびく心」を批判する意味で、夕顔に対照的に置かれていると見えます。

『源氏物語』末巻、「Ⅴ八　幻」に二度も登場する「中将君」は、御息所の「中将君」とは別人です。しかし、前者の「中将君」が、葵上の死後源氏に仕え（「Ⅱ一　葵」）、「須磨」以降ずっと紫上に仕えてきた女房と同名であることの意味には、物語の大事な証人として、物語全体を女房としての立ち位置の中に収めたい作者の思いがあるのでしょう。「幻」巻の「中将君」は、源氏と二度唱和しています。紫上亡き後の源氏にとって、中将君は紫上の「うなゐの松」だからです。紫上その人がいわば藤壺の「形代」だとすれば、物語の道理（倫理）として、藤壺の死以降の紫上が、藤壺の「うなゐの松」として、物語後半の意味を担っているとも言えます。

従来、『源氏物語』は「Ⅰ五　若紫」が始発とする説や、「Ⅰ六　末摘花」を「Ⅰ四　夕顔」の「並びの巻」とする、いわゆる「構想論」がありますが、そうした論説は、いずれも作者紫式部がこの物語を始めたときに、あれこれ暗中模索していたはずだとの推論に拠っています。そこには、いわゆる「続編」における試行錯誤の跡のような、「竹河」・「紅梅」が禍してもいるようです。しかし、「夕顔」巻の初めの数頁を見ただけでも、紫式部の「構想」が「Ⅰ一　桐壺」から確固とした青写真の下に始められていた明らかな証拠が、「朝顔・夕顔」のイメージの対比以外にも、数多くあります。

「Ⅰ四　夕顔」・「Ⅲ四　朝顔」が、経糸の第四糸に織られていることが構造的ですし、六条御息所の「中将君」と同名の「Ⅴ八　幻」での中将君が、それぞれ物語のほぼ巻頭と巻末に置かれる意味が、『源氏物語』の二項対立的な「構築原理〈organizing principle〉」の反映と見えます。そのように、すべてが作者の統率下におかれて、細部までコントロールされているテクストとして、個々の巻の機能が少しずつはっきり見えてくるのです。その意味で、源氏を批判する中将君（花としての朝顔）から、「うなひの松」（「幻」巻）の中将君は、象徴的な花として、朝顔から夕顔に、物語中でも大きく変貌することになります。

「Ⅲ四　朝顔」での朝顔君は、きっぱりと源氏を拒否しますが、「世の人の口さがなさを思し知りにしかば、かつはさぶらふ人にもうちとけたまはず」［②487］と、女房達にも心を許しません。侍女が男の魅力に負けること、（あるいは、口車に乗せられて）男に踏み込まれる事態を招くことを、賢明な朝顔は避けています。そうした事態を招く最後の例が「Ⅴ六　夕霧」の落葉宮の女房たちで、その結果、宮は夕霧に説得された彼女たちから孤立無援になってしまいます。さきの中将君の歌にある「朝霧の晴れ間」は、遠く「夕霧」巻の指標ともなっています。そして、雲居雁はその最後の犠牲者です。こうした造りが『源氏物語』のたくらみの一端であって、どこから作者が書き始めたのかを議論することなど、この作品の機能性と主題の解明には、ほとんど何の役にもたちません。

十七歳の源氏が、人生で初めて経験した居心地のいい女、夕顔に突然死なれたことは、源氏にこの世の倫理の存在を知らしめるものでした。さきに述べたように、葵上から紫上まで、六条御息所の霊力との関わりは、ほぼ物語全体にわたって、源氏の「なびく心」に対する警告として、劇的に立ち現れます。ですから、その突然の出現は、源氏に反省を迫るべき「咎」の存在を明示するものとなっています。

「雨夜品定」での頭中将の告白には、夕顔の歌として、「うち払ふ袖も露けきとこなつに嵐吹きそふ秋も来にけり」［#16　帚木①83］と、右大臣側からの「あらし［脅迫］」が詠みこまれていました。この歌の「とこなつ」は、のちの「Ⅳ二　常夏」で、源氏が往事を懐かしんで詠う歌――「なでしこのとこなつかしき色を見ばもとの垣根を人やたづねむ」［#380］に反響しています。頭中将が、雨夜品定の中で夕顔に向けて詠った歌――「咲きまじる色はいづれと分かねどもなほとこなつにしくものぞなき」［#15帚木］――で、夕顔がつつましいのをよいことに、頭中将が「とだえおきはべりしほどに、跡もなくこそかき消ちて失せにしか」と、夕顔がみずから身を隠して過ごしていたという状況を、源氏はのちに巧みに利用します。玉鬘（なでしこ）が、源氏によって内大臣（頭中将）から隠されるのも、もとは、頭中将の身勝手がもたらしたものだと、作者は言いたいのでしょう。

夕顔の鷹揚さが、葵上とは比べものにならない居心地のよさと感じられ、源氏はそれまでの女性関係から得られなかった和やかさを初めて知ります。そのようにして、「そ（中の品）の中に思ひの外にをかしき事もあらば」との思いが叶います。源氏の方も、身をやつして高貴とは見られないように仮装して、「しばしばおはします」。「人（夕顔）のけはひ、いとあさましくやはらかにおほどきて、もの深く重き方はおくれて、ひたぶるに若びたるものから、世をまだ知らぬにもあらず」［夕顔①153］と描写されて、「いとかく人にし（染）むことはなきをいかなる契りにかはありけん」、「二条院に迎へてん」とまで考えます。のちの玉鬘への行動が、すでに予告されているかのようです。

夕顔の死の因果はあいまいに処理されていますが、作者が御息所にからめて、この出来事を造りたい意図は疑う余地がありません。追々御息所の嫉妬心のなせる業であったと判るのですが、男の身勝手を糾弾すべく、出来事が女の不幸を源氏に背負わせる形で終わります。「雨夜品定」は、四人の女性を話題にしますが、その初めに嫉妬深い女を問題にすることを考えると、御息所を梃子にして、女性の抱える問題を『源氏物語』が扱おうとする作者の意図が見えてきます。

ですから、構想の初めに、「Ⅰ五　若紫」に先駆けて、「帚木」からの三巻が書かれたとすることに何の不都合もありません。御息所を前提にしない「Ⅱ一　葵」もあり得ないのですから、〈Ⅰ序〉段のどこかで御息所は導入されなければなりません。ならば、「桐壺」のあとに「帚木」が構想されるのは極めて自然な造りであり、そこに歌を伴って登場する夕顔は、紛れもなく『源氏物語』の原動力となる人物なのです。「夕顔」巻以前の夕顔の登場こそ、作者が最初に物語化したいイメージであり、御息所の登場はその前提ですから、初めに六条御息所ありきです。さきに言及した、中将のおもとの朝顔なくして夕顔はなく、「Ⅲ四　朝顔」なくして『源氏物語』はありえません。

『源氏物語』を全四十巻と数えたときに、前半が第二十巻の「朝顔」で締めくくられ、後半が「少女」に始まり、その巻を括る場面が六条院の完成であることに、作者の「構築原理〈organizing principle〉」が見えてきます。当時の貴族の邸宅は、約百二十メートル四方を一区画とするのが標準的なようで、六条院の敷地は、元々西南の御息所邸を基本的な一区画として「秋の町」とし、あと三つの隣接する区画を、全体がほぼ正方形になるように配置して、東南（春、紫上）・東北（夏、花散里）・西北（冬、明石）の四つの「町」としたものです。源氏の栄華の象徴とみられるのですが、なぜ御息所の邸宅を包摂しているのかを問えば、源氏は御息所の霊力に抗えず、意識の深いところでこの土地を選んだと言えるでしょう。一条・二条といった内裏の近くに大臣級の御殿があるのですから、そこからは離れすぎている六条ではなく、もっと他に適当な土地はいくらでもありそうです。しかし、この六条という位置は、御息所の霊力が源氏に心理的な縛りをかけた結果で、それも、源氏の死後、六条院を内裏と対立する女たちの「砦」にしようという、作者の深謀遠慮があってのことでしょう。

四人の女性（秋好中宮・紫上・花散里・明石）の住居とすることで、御息所邸を基点に造営される六条院が、物語の後半に良かれ悪しかれ源氏の行動の意味を顕在化させます。それは、それぞれの女性との関わりから、主人公の「なびく心」が図式化される舞台装置として機能的です。そこに、源氏の「栄華」の裏側に、源氏の「咎」が透けて見える装置を、源氏自身が図らずも考案してしまう皮肉があります。内裏にほぼ「対峙」する位置に、源氏の六条院が女性たちの「こゝろ」の砦として、源氏の物語の真実を証してみせる舞台になります。

重ねて強調しておきますが、夕顔との出会いと死の経験なしに、「若紫」の源氏はありえません。「君は人ひとりの御ありさまを心の中に思ひつづけたまふ」〔帚木①90〕と、雨夜品定での源氏の思いを前提にしなければ、「若紫」巻は機能しませんし、〈起〉（桐壺・帚木）、〈承〉（空蝉・夕顔）があってこそ、〈転〉（若紫・末摘花）が劇的な展開になるのです。嫉妬深い女の例から始まる雨夜品定が、「若紫」巻が書かれた後に書き足されたものと考えるのは、物語全体の構造が見えない読者の恣意的な言説です。

3）「Ⅰ六　末摘花」の入れ子としての「Ⅰ五　若紫」

「夕顔」までの四巻が「若紫」に先行していることを前提に、ここでは、最初の物語ユニットである「Ⅰ八　花宴」までの八巻の後半、まず「若紫」と「末摘花」を検討します。「空蝉・夕顔」巻が「短・長」と、その長さがかなり極端であったことと、「若紫・末摘花」巻が「長・短」と逆転していることにも、作者のバランス感覚が感じられます。

夕顔の死から、主人公がどう立ち直るかが、読者にとってとりあえず「若紫」巻の課題です。「瘧病み」を機会に、主人公の新たな出会いが訪れます。マラリヤのような熱病だとされる瘧病みですが、現代風に言うなら、夕顔の死のショックで免疫力がおちた結果かもしれません。その治療のために北山の「大徳」を訪ねるべく、山に分け入る場面からこの巻が始まります。

やや深う入る所なりけり。

三月のつごもりなれば、京の花、さかりはみな過ぎにけり。

山の桜はまだ盛りにて、……めづらしう思されけり。[若紫①199―200]

三つの〈ケリ〉のうち、最初の二つは「気づきの〈ケリ〉」です。助動詞〈ケリ〉の意味は、すでに再三述べたように、過去の動作・作用主体の現前、つまり、「大徳の修行場所」（ココ）・「花の時期」（イマ）など、源氏が認知する〈現実〈主体〉〉が、それぞれ予想を超えていたことの驚き（気づき）として、語り手によって代弁されています。最後の〈ケリ〉は、源氏のそうした認識が、語りの〈イマ〉、語り手に「蘇って〈アリ〉」と回想されて、物語の「イマ」が前進する、典型的な物語の書き出し文です。

物語の語り手は、登場人物の心に分け入って、その人物のうちそとを、同情や共感をもって語るという建前です。この場面では、源氏にとっては珍しい山の新鮮な風景に反応した源氏の「気づき」として、源氏の感性が表出されています。こうした優れた感性の持ち主だからこそ、この主人公の行動倫理が、物語の核心にある問題として、作者が扱いたいことなのです。

物語のありようとして、語り手は登場人物に不即不離の立場です。本書の冒頭でも述べたように、物語（あるいは日本語による言説のすべて）は、語り手（話し手・書き手）の声しか聞き手（読者）には聞こえません。『源氏物語』でも人形浄瑠璃の舞台を観るように、語り手以外に、直接声を発する人はいません。物語の鑑賞は、良かれ悪しかれ、すべては語り手が発する声を、聞きとることが一切です。登場人物たちの声も、すべて語り手の意識を通過していて、直接人物たちの声が聞こえるわけではなく、人物たちは、いわば人形にすぎません。その上、語り手の背後には、物語全体をコントロールしている作者がいます。この複雑な状況把握という、日本語で書かれる物語に関する一事は、西欧語ならびに西欧の言説がもつ「客観」的な事態把握の表現と、はっきり区別しなければならない重大事です。

さきに言及したように、『源氏物語』の語り手は作者によって創られた物語の内部に存在する人物で、物語全体を統括しているのは作者です。その主題は作者が何をどう言おうとしているかですが、その核心にあるもの（主題）を抽出するためには、物語細部（ミクロ）が、どのように全体（マクロ）に関わって意味をもつかを見極める必要があります。それには、作者の意図を把握する必要があり、それに至るほとんど唯一の手段は、全体がどう造られているかを見極めるための構造分析しかありません。本書で五言律という中国由来の論理をあえて導入するのも、作者は、どこまでも切れ目なく続く日本語の「イマ・ココ」の時空を纏める手段が、五言律の「構造singnifier」に拠るしかないと見ているからです。

語り手が表現できるのは、あくまでも、出来事や人物たちの、外部から観察可能な表層部分に留まっています。その深層は、作者が全体を如何に構造化するかに関わっています。ですから、そのヒントの一つが、どこに大事な歌を置くかという作者の判断で、その最も重要な例が、さきに引用した「Ⅳ八　梅枝」巻末にある、「〈雲居雁#2〉かぎりとて……」の歌［#438 ③427］なのです。

右の「若紫」の場面では、二つの〈ケリ〉によって、北山に入った源氏に新しい発見（経験）が二段階にわたったあとで、語り手が「めづらしう思されケリ」と、源氏の思念を纏めています。こうした「気づきのケリ」と「語りのケリ」によって、物語では、新たな局面を迎える物語のイマが更新されるきっかけとなっています。特に「気づきのケリ」の場合、その「前進」は、気づいたとき、事態がすでに過去であると表出されます。その「過去」は、数秒でも数十年でも「過去」は「過去」で、その気づきの瞬間に、物語の「イマ」が重なることになります。さきに、「御法」巻の「二条院にてぞしたまひける」の「ケリ」が、如何に重要かを論じました。

北山から見下ろす京の風景の最短距離「かしこ」に、「女コソありケレ」とあって、若紫の「発見」に繋がっています。さらに「はるかに霞みわた」る遠方には、情趣の勝る「播磨の明石の浦」が想定され、そこに「明石（入道の娘）」の存在がやがて展開するという構図が、巻のほとんど冒頭にすでに示唆されています。こうした物語の遠近法は、作者がこの時点でかなり先まで物語を見据えて構想している証しとなっています。しかもこの「若紫」巻という〈Ⅰ序〉段の〈転〉部で、初めて物語の大きな構想が示されるのです。このような布石（語りの「イマ・ココ」を越えた時空）は、本来日本語の論理の外側にあり、その点で『源氏物語』が当時のほかの物語と一線を画す特質をそなえていると言えるでしょう。

さきに問題にしたように、「若紫」は作者が最初に造った一巻だとも言われてきました。しかし、この巻のほぼ中央に源氏と藤壺中宮との密会を描くことも、意図的な造りですから、この巻だけを最初に読んだとしたら、藤壺との密通などは情報不足で、なんの意味かが読者にはまったく判りません。大体、さきに引用した「瘧病にわづらひたまひて……」の書き出しの部分も、「わづらひたまひて」の動作主が誰かさえわからないのですから、物語の文法にそもそも即していません。そのように、〈「若紫」始発論〉は、この巻の構造を無視した議論なので、これ以上問わないことにします。

物語の大枠として、藤壺が身籠もって、のちの冷泉帝となる源氏の長子の誕生（「Ⅰ七　紅葉賀」）、その後の即位（「Ⅱ六　澪標」）、さらには十八年後の譲位（「Ⅴ二　若菜」）といった出来事が、「若紫」巻以前に構想されています。また、冷泉帝の中宮になるのが六条御息所の娘であり、冷泉帝を継ぐ今上（朱雀院の長子）の中宮になるのが明石姫君であってみれば、『源氏物語』の最初の八巻――「物語の意味ブロック〈Ⅰ序〉段」と括っている部分――は、作者が四十巻全体の基盤を固める導入部として構築しようとする意図の反映だと知れます。その末尾に置かれた

「Ⅰ八　花宴」は、さきに言及したように、歌で終わっています。

〈朧月夜#2〉☆心いる方ならませばゆみはりのつきなき空に迷はましやは［#108 ①366］

それは、源氏の恋の「迷ひ」が始まる象徴的な時点となって、そこまでの物語を区切る意味と、次の〈Ⅱ破の序〉段へつなげる意味の、大事な指標として置かれています。のちに詳述するように、ここの「つき」は源氏の表象です。

「若紫」巻の細部は、藤壺との密会を境に大きく二つに分けられます。北山に見出した「十ばかり」の少女が、藤壺の姪であることを僧都から聞いて、源氏の行動に拍車がかかります。巻の後半は、若紫の引き取りの許しを、病の重い尼君からかなり強引に引きだして、尼君の亡くなった後は、父親である兵部卿宮が引き取るという意向を知ると、その前夜若紫を二条院に拉致します。

因みに、源氏四十七歳の「Ⅴ二　若菜」では、紫上は厄年の三十七歳と年齢が明記されていて、そこでは源氏と十歳の差になっています。どこかで作者が計算を間違えたように見えるのですが、のちに述べるように、紫式部という作者の計算の能力は半端ではありません。この誤差は今のところテクスト内で辻褄を合わせる方法がみつかりませんが、従来の「年立」のどこかに問題があるのかもしれません。「Ⅴ二　若菜」に従って、しかも「Ⅰ五　若紫」の若紫が十歳だとすれば、源氏が十八歳ではなく二十歳のとき見出したことになりますが、そう読んだとき、その後の物語が丸く納まるかどうかは、後ほど検討することにします。従って今は、少なくとも「若菜下」巻までは、源氏とは八歳の差として扱います。

源氏を自分の夫のように考えたい六条御息所によって、従順な夕顔との和みも「咎」として糾弾され、夕顔は死ななければならなかった、というのが作者の構想として、すでに物語が進んでいます。遠く、「Ⅴ二　若菜」で紫上に御息所の死霊が取り憑くのも、永い物語の展開の中で、その御息所の「こゝろ」を持続させた源氏の行動への非難として、考えなければならないことです。

「若紫」とほぼ同時進行し、その冒頭の出来事の時間としては、むしろ先行する「Ⅰ六 末摘花」では、夕顔の人の好さが依然忘れられない源氏が、朧月夜の晩に故常陸宮の姫君（末摘花）の琴を聞きます。この「朧月夜」のイメージは、「Ⅰ八 花宴」での朧月夜と名付けられる人物との出会いの伏線であるように置かれていますから、御息所の中将が、朝顔のイメージをもって登場し、将来の「Ⅲ四 朝顔」の伏線であるのと同じような造りになっています。ですから、末摘花・朧月夜は、御息所・朝顔のペアに対比されるように配置されています。末摘花と御息所の二人は、物語後半までその生の意味を問い続ける存在ですし、朧月夜と朝顔は最後にほぼ同じように出家します。作者の立場は、源氏が関わる女性のありようを、大局的に俯瞰することだと思われます。

末摘花が孤児だということを知った源氏は、同情と共感をもってアプローチを試みますが、頭中将に見つかってしまいます。そこに「瘧病《わらはやみ》」に始まる若紫拉致事件があって数ヶ月中断し、「宵過ぐるまで待たるる月（八月廿余日）」の「星の光ばかりさやけく」に紛れて末摘花邸に忍びこみます。現在の京都御所東南の角あたりのようで、空蟬の紀伊守邸にもほど近い距離です。しかし、期待した命婦の仲立ちも思うにまかせず――

〈源氏#30〉☆いはぬをもいふにまさると知りながらおしこめたるは苦しかりけり［#74 末摘花①283］

と、襖を押しあけて意を遂げます。「心得ずなまいとほしとおぼゆる御さま」の末摘花です。夕顔と同じように従順で、しかも「古代（時代遅れ）の」教養のもち主である末摘花を、その容姿の悪さには眼をつぶって、長く面倒をみようとする源氏ではあります。空蟬の後日談である「Ⅱ八 関屋」の直前に置かれた「Ⅱ七 蓬生」で、荒れた屋敷を再訪した源氏は、家の改修などの面倒をみます。「Ⅲ六 玉鬘」で末摘花が言及されることからも、作者が夕顔との関連を読者に想起して貰えるように造っています。いわば、夕顔の形骸のような存在です。ですから、のちに二条東院に、尼になった空蝉と住まわせます。一方、朧月夜は夕顔が忘れられずに迷う源氏の、ほとんどオブセッション（固定観念）となった結果、最期を出家（「V二 若菜」）というかたちで終える、源氏の咎の犠牲者の一人です。

「I六 末摘花」という外枠の中に、入れ子型におさまっている「I五 若紫」は、八巻シリーズの〈転〉部にあって、その物語ユニットの核心に位置します。その入れ子の中心に、藤壺のエピソードを造っています。ということは、藤壺・御息所・若紫・末摘花・朧月夜という「上の品」のパラダイムにあって、その最上位に藤壺、その最下位に末摘花という構図が成り立ちます。ならば、「中の品」の上位に夕顔、その下位に空蝉という構図も成り立つでしょう。十代の源氏は、幸運にも、「上・中」の「品（パラダイム）」のすべてに亘って女性を経験したことになります。中でも、御息所と夕顔は、二人とも源氏にとっていつまでも影響力をもつ意味で別格です。もちろん、作者がそう構想したからですが、末摘花・空蝉という下位の二人が、のちに二条東院に余生を送る意味も、源氏の咎がその良心にいつまでも訴え続けるためにあるのでしょう。

そのように見れば、源氏の藤壺との密通が、人妻との密通という意味で、空蝉を原点にして、〈I序〉段の最も重大な出来事であることが判ります。のちに詳しく見るように、藤壺は「Ⅲ四 朝顔」までの物語前半の最重要人物で、後半の女主人公である紫上という存在の前提でもあります。

若紫は成人する過程で、養育についての父親の役が具体的に描かれるほとんど唯一の女性です。物語の女主人公として、心情的に作者に近く設定されていて、紫式部と父親との関係が、若紫の育ち方にも反映しているように見えます。若紫は少しずつ源氏に学び、源氏の行動の意味を知ってゆきますが、のちの明石姫君やその子供である女一宮や三宮の養育に関わって、紫上の子育てに、作者は重要な意味を付加していると感じられます。明石中宮とその女一宮を含め、女たちの将来が、男たちの「なびく心」に惑わされないための教育を、紫上が授けたとすれば、次世代の男たちがとる女たちへの対応が変わり、彼女たちの「こゝろ」は多少なりとも豊かになるでしょう。明石姫君・その子三宮を紫上が育てたということが、源氏の孫の世代の物語にとって大きな意味をもつはずなのです。作者は己れの夢に近い存在として、若紫をなるべく自分に引きつけて、等身大に造りたかったに違いありません。

源氏と尼君の歌が交換され、若紫の後見のことは、尼君からも僧都からも時期尚早として拒まれます。そこから藤壺との密会場面に繋ぐことで、「若紫」巻の中央に、物語中最も劇的な場面の一つが出現します。そこで「I一 桐壺」で導入された、藤壺を追う源氏の思いが遂げられます。『源氏物語』の〈I序〉段、すなわち最初の八巻の最大の出来事が、この「I五 若紫」にあることと、さきに言及した「Ⅲ五 少女」の六条院造営という主人公の人生での頂点に、女主人として紫上が位置することで、入れ子型の藤壺場面の意味が、四十巻全体の意味を担っていることが判明し、またそれが決して偶然ではないと知れます。因みに、テクストの行数で見ると、幻巻まで物語全体25169行のうち、「若紫」巻が、〈第I段（全体4862行）の2524行目に始まり、藤壺との場面が、「若紫巻」944行の473行目にあり、さらには、「少女」巻の六条邸造営が、12369行目に始まるというように、どれもしかるべき物語のほぼ中央に置かれています。

藤壺との密通場面は、わずか数行に集約されています。この省筆は「密通」の象徴的な扱いの一端でもあります。「桐壺」から「帚木」の間の、物語が空白の五年間、源氏十二歳から十七歳までの間に少なくとも一度、藤壺が「あさましかりし」と想起する源氏との密通があり、十八歳の「若紫」まで源氏の恋は内に秘められて、藤壺への憧憬が激しさを増していたという前提ですが、そうした過去のいきさつをすべて伏せています。作者は二人の密会を、藤壺が「さてだにやみなむと深う思したる」と語るだけで、敢えてその詳細は聴き手（読者）の想像に委せるかたちです。

源氏の藤壺への愛執は、「いとわりなくて見たてまつるほどさへ、現とはおぼえぬぞわびしきや」とあって、源氏の「こゝろ」は、「見たてまつる」という一語で密通の事実が、「わびしき」の一語でそのときの情緒が語られるだけです。時は夏至の頃「あやにくな短夜」とあって、「何ごとをかは聞こえつくしたまはむ」と、語り手の注釈で括られます。この極端な省筆が、長大な物語の秘された主題の指標ともなり、ミステリアスにしかもダイナミックな物語にするゆえんとなっています。

因みに、この場面に比定されるのは、もちろん「V二　若菜」の女三宮と柏木の密通場面ですが、まず源氏が空蝉と関わる「I二　帚木」を想起すべきなのは、いずれも人妻が犯されるからです。作者は、〈I序〉段と〈V急〉段の同じ位置に、空蝉と女三宮をパラレルに置いて、物語全体にとっての意味を問うています。

夏の終わりになって妊娠が密通の結果であることを、「いとしるきほどにて」「あさましき御宿世のほど心憂し」と藤壺は感じて、「そら恐ろしう、ものを思すこと隙なし」状態になります。一方、源氏も参内せず二条院に籠もったままで、「おどろおどろしうさま異なる夢を見」ます。その夢占いでは、「思しもかけぬ筋のこと」（冷泉帝誕生）や、「つつしませたまふべきこと」（のちの須磨での謹慎）などが、早くも予見されます。巻頭で北山から遠望された明石、そこにいる明石姫君（遠く、「若菜下」で即位する今上の中宮）までもが、作者の視野の内にあります。それだけに、六条院造営が『源氏物語』の中央に置かれていることと、その女主人を失う六条院の場面は、二条院と誤読されてはなりません。

▽〈源氏#27〉☆ねは見ねどあはれとぞ思ふ武蔵野の露わけわぶる草のゆかりを［#68］

▲とあり。

▽〈源氏〉いで君も書いたまへ

▲とあれば、

▽〈若紫〉まだようは書かず

▲とて、見上げたまへるが何心なくうつくしげなれば、うちほほ笑みて、

▽〈源氏〉よからねど、むげに書かぬこそわろけれ。

▽教へきこえむかし

▲とのたまへば、うちそばみて書いたまふ手つき、筆とりたまへるさまの幼げなるも、らうたうのみおぼゆれば、心ながらあやしと思す。

▽〈若紫〉書きそこなひつ

▲と恥ぢて隠したまふを、せめて見たまへば、

▽〈紫#1〉☆かこつべきゆゑを知らねばおぼつかないかなる草のゆかりなるらん［#69］

▲と、いと若けれど、生ひ先見えてふくよかに書いたまへり。［若紫①258-259］

形容詞「らうたし」の原義は、「労痛し」と『岩波古語辞典』（改訂版1990）にあります。やまとことばでうまく言えない、ある程度抽象的で観念的な表現の一部として、平安時代に漢語を使って作られた、当時の造語の一例です。大事にしたい可愛いとばかり思えるのを、不思議に思う源氏は、その「こゝろ」を一生大事にしなければならないはずです。この歌は、物語中二十三首を数える紫上の歌の第一首で、この無垢な「こゝろ」と、すで

に引用した最後の歌――〈紫上#23〉おくと見るほどぞはかなきともすれば風にみだるる萩のうは露［#556 御法④505］――との落差が、この女主人公の一生の儚さや悲しみの実態を物語ります。

4）「末摘花」の総括作業

「桐壺」vs.「帚木」、「空蝉」vs.「夕顔」と、さまざまに対照的な意味ブロックの細部（「起承転結」の「起・承」部）を造ってきた物語は、「若紫」に対比させるべき巻（「転」部後半）をどう造るかが、大きな物語の流れの中で難しい作業です。「若紫」という「女主人公」の生の意味が、これまでの検討で明らかになったように極めて大きいとすれば、それに続く「末摘花」巻を書き継ぐのに、それなりの工夫がもとめられるからです。文章の量としては944 vs. 626（約三分の二）に縮小しているものの、「末摘花」の構造を「夕顔」の「横の並び」として、物語の本筋から離れて構想されたようにも解釈されるのは、全体（マクロ）を軽視した議論です。

さきに「入れ子型」と言いましたが、それまでの出来事の時間を総括すべく、「I六 末摘花」は、その後にくるはずの「I七 紅葉賀」も取りこんで、長いスパンの時間を凝縮しています。作者はそうした「まとめ」を構造化して、まだ遠い先の物語の結論を、ここで暗示しようとします。具体的には――

〈1〉「夕顔」巻に続く時間：朧月夜のころ、夕顔・空蝉に並べて、「上の品」ながら没落皇孫である末摘花の導入、頭中将と末摘花を競う［夕顔の形代としての末摘花］

〈2〉すでに語られた「若紫」巻の時間（春）

〈3〉源氏末摘花と契る

〈4〉このあと語られる「紅葉賀」巻の時間（秋）

〈5〉赤い「末摘」花（鼻）とその気心

のように、物語が〈1〉―〈3〉―〈5〉と進行します。〈3〉の初めに、源氏が若紫を得たことは語られますが、〈4〉の「I七　紅葉賀」巻の内容（藤壺の出産など）は、「I六　末摘花」では素通りです。読者は「紅葉賀」を読むときに初めて、その時間がすでに「末摘花」巻にあったと判るように造っています。そして、源氏が若紫と和む「末摘花」を括る時間〈5〉の後に、違和感なく「紅葉賀」の後半が続くという造りです。

こうして、「I六　末摘花」は、『源氏物語』導入部八巻の〈転〉部として、「I二　帚木」で強調された「中の品」――空蝉・夕顔――との体験を経た源氏が、末摘花というもう一人の上の品を、（若紫発見とその中核に藤壺との密通が埋込まれたあと）手の届かない藤壺の代替人物としています。そのあだ名から、源氏が「末に摘む（罪の）花」という象徴性も加わって、その意味では朧月夜をも含みます。また、頭中将と獲得競争をすることで、忘れられない夕顔の形代としても、物語の後半に登場の玉鬘まで、末摘花の意味は持続します。空蝉から夕顔へ、さらに若紫から末摘花へ、藤壺を核にもつ源氏の欲望の対象が広がりをもって、この巻に集約されているのです。こうした状況は、またどこかで、夕顔の死のように批判されなければならない必然性をはらんでいます。

ですから、「末摘花」とは絶妙な命名で、源氏の女性遍歴は象徴的にすでに「末期」が見通されており、その「摘み（罪）」はゆくゆくは裁断されると読めます。「I六　末摘花」が「I五　若紫」を内包し、秘められた藤壺との密通の結果は、「I七　紅葉賀」での皇子（冷泉）誕生となって顕在化します。「末摘花」の巻頭表現――このごろのおぼろ月夜に――は、「I八　花宴」から遠く「V八　幻」までが視野の内です。「ホロ」は「滅ぶ」・「亡ぼす」に通じる音声なので、「おボロづき」と「まボロし」は連繫しています。

作品全体（マクロコスモス）を視野に入れたとき、晩年の空蟬と末摘花が二条東院に余生を送り、紫上が二条院で「法会」を営む物語の結末は、女性たちの不幸について、〈Ⅰ序〉段で源氏の「摘む」行為〉がすでに「罪」を示唆していることになります。繰り返しますが、それは空蝉という人妻との関わりに明らかなことです。そこには、養女としての軒端荻の災難もありました。空蝉は養子（紀伊守）にも言い寄られて出家せざるをえないのです。「末摘花」――罪――の象徴性が、物語の終わりまで、二条東院に空蝉と末摘花を生きながらえさせる理由です。

5）「Ⅰ七　紅葉賀」――罪の顕現

……明け暮れ入りおはして、よろづの御事どもを教へきこえたまふ。手本書きて習はせなどしつつ、ただほかなりける御むすめを迎へたまへらむやうにぞ思したる。［紅葉賀①317］

いと聡くて、かたき調子どもを、ただ一わたりに習ひとりたまふ。

おほかた、らうらうじくをかしき御心ばへを、思ひしことかなふと思す。［紅葉賀①332］

初めの文は、巻頭に近い、まだ十歳の若紫の手習い場面ですが、次の二つは、源氏が笛を吹きながら、若紫に琴を教えているところです。この二つの場面の間に、藤壺の出産とその後の源氏との「こゝろ」の悩みが、双方の立場から言及される場面が置かれています。のちの「Ⅴ二　若菜」で源氏が女三宮に琴を教える場面に呼応します。ここ、序段では、藤壺は出産ふた月後に内裏に戻り、そこで幼児を抱いた帝が、同じように生後まもない源氏を抱いた感触を蘇らせて発することば――

▽〈桐壺帝〉皇子たちあまたあれど、そこ［源氏］をのみなむかかるほどより明け暮れ見し。

▽されば思ひわたさるるにやあらむ、いとよくこそおぼえたれ。

▽いと小さきほどは、みなかくのみあるわざにやあらむ

▲とて、いみじくうつくしと思ひきこえさせたまへり。〔紅葉賀①329〕

これを聞いた源氏は「面の色かはる心地して」、藤壺も「わりなくかたはらいたきに、汗も流れてぞおはしける」とあります。帝が何も知らずに皇子誕生を歓ぶさまと二人の罪の意識が見事に対比されて、ここが序段のクラマックスと言える場面です。

のちに、この場面は、源氏が柏木の子（薫）を抱く「Ⅴ三 柏木」の場面、さらには、「Ⅴ四 横笛」で、六条院を訪れた夕霧が、源氏が居合わせるところで、幼い女三宮の子（薫）と三宮（匂宮）が遊んでいるところ（明石女御が六条院に里帰り中）に、薫の父親が柏木であることを確認する場面に繋がっていきます。

当然ながら、柏木と女三宮との不義の子を抱く源氏が、柏木以上の罪の意識をもって、己れの過去をふり返ることになります。そして柏木の悶死のあと、源氏が人間としてもつべき自己認識が、この作者の「主題」に深く関わるはずでしょう。柏木がその罪の意識から、生きてゆけなくなることは、源氏のそれまでの生き様への批判を暗に示唆しているでしょう。

宮廷に関わる公式行事（「紅葉賀」冒頭）ではどうにか露呈せずに隠しおおせた秘密が、真実を知らない帝によって当事者たちの「こゝろ」を動揺させたのです。しかし、「Ⅲ三 薄雲」では、夜居の僧の密奏により冷泉帝が真相を知るところとなります。源氏が自己改革（変身）する機会はそこにもあるのですが、優柔不断にやり過ごしてしまいます。『源氏物語』がめざすのは、行動の動機はさておき、そうした源氏と源氏に関わる人たち、特に紫上の「こゝろ」の内に迫ることです。紫上は死ぬまで、そうした源氏の真実にほとんど触れる機会がありません。作者は、真実の近くにいながら、真実を知らずに死ぬ人の不幸を問題にしています。

語り手は、このシリアスな出来事に繋げて、源氏と源典侍とのコミカルなエピソードを語ります。これも源氏という主人公が、どういう人間かを明らかにしようとする意図の顕れです。「源典侍」と「源」の字を被せることで、典侍にただの五十七、八歳の老婆以上の意味が籠められています。読んで字のごとく、源氏が稀に見るオリジナリティーを備えた色好みであるように、この女性もオリジナル、それ故に「源」なのでしょう。その場面にまたまた頭中将が登場するのも、作者の意図の内です。

典侍は御湯殿で帝の「御梳櫛」の後、お召し替えのため帝が朝餉の間に移った後、御湯殿に居残っています。そこへ源氏が現れるのですが、「この内侍常よりもきよげに、様体頭つきなまめきて、装束ありさまいとはなやかに好ましげに見ゆる」と描写され――

〈源典侍#1〉☆君し来ば手なれの駒に刈り飼はむさかり過ぎたる下葉なりとも［#90］

〈源氏#40〉☆笹分けば人や咎めむいつとなく駒なつくめる森の木がくれ［#91 紅葉賀①338］

と、典侍の方が先に歌で源氏を誘惑するのです。そこに隣部屋で立ち聞きしていた帝が入ってきて、「すき心なしと、常にもて悩むめるを。さはいへど、過ぐさざりけるは」と、笑います。

帝が知らない源氏の実像を知っている読者は、こうした場面が源氏の今後にどういう結果をもたらすかが気になります。作者は、遠い将来、源氏にとって致命的とも言える女三宮との結婚が悲劇を招く前提として、帝にここで一役大事な役割を与えているといえます。ここには、源氏を知る女房たちが、帝に源氏の真実を知らすまいとする暗黙の諒解のもとに、帝を操っているという背景が隠されています。さらに、源典侍のような、男も敵わない女性の性もありうることを示唆しています。女性が男性を操る能力をも兼ね備えているしるしとして、男性に「侮るな・弄ぶな」と警告を発している女性の存在がここにあります。その典侍も、藤壺の亡くなったあと、「Ⅲ

四 朝顔」ですでに尼になっていたとあります。『源氏物語』で出家する女性七人の四人目、中央に置かれる意味も、無視できない造りです。

藤壺やこれからの出会いとなる朧月夜も含めて、最後は源氏の犠牲者となり、出家に終わる女たちの不幸は、みな源氏の「なびく心」につながっています。のちに詳述するように、次の歌の意味も大きいでしょう。

〈源氏#41〉☆人妻はあなわづらはし東屋の真屋のあまりも馴れじとぞ思ふ［#93 紅葉賀①340］

源氏は、立后によってますます遠い存在になっていく藤壺との距離を、その「心の闇」（子［将来の冷泉帝］を案じる親の心）と共に感じています。

〈源氏#45〉☆尽きもせぬ心の闇にくるるかな雲居に人を見るにつけても［#100 紅葉賀①348］

成長するにつれて、若宮が「いと見たてまつり分きがたげ」なのが、藤壺にはとてもつらいのですが、そう「思ひよる人なきなめり」なのが、せめてもの幸と、語り手がコメントします。「月日の光の空に通ひたるやう」という世の人の印象で、「紅葉賀」巻が閉じられています。「桐壺」巻に始まった「光る源氏」と「かかやく日の宮」の物語が、その〈I序〉段（導入部）を統括するような一文です。ここでの「月」は源氏、「日」は若宮（源氏の子、将来の冷泉帝）の謂いです。

▽〈桐壺帝〉…いと小さきほどは、みなかくのみあるわざにやあらむ

▲とて、いみじくうつくしと思ひきこえさせたまへり。

中将の君（源氏）、面の色かはる心地して、恐ろしうも、かたじけなくも、うれしくも、あはれにも、かたがたうつろふ心地して、涙落ちぬべし。

物語などして、うち笑みたまへるがいとゆゆしううつくしきに、わが身ながらこれに似たらむは、いみじう

いたはしうおぼえたまふぞあながちなるや。

宮は、わりなくかたはらいたきに、汗も流れてぞおはしける。〔紅葉賀①329〕

〈源氏〉うち笑みて、いづれ〔二宮と三宮〕をもいとうつくしと思ひきこえさせたまへり。……

宮〔女三宮〕の若君〔薫〕は、宮たちの御列にはあるまじきぞかしと御心の中に思せど、なかなかその御心ばへを、母宮の、御心の鬼にや思ひ寄せたまふらんと、これも心の癖にいとほしう思さるれば、いとらうたきものに思ひかしづききこえたまふ。〔横笛④363-364〕

この引用の後半は、源氏と夕霧が、明石女御の里帰りしている六条院で、皇子たちや柏木の子が遊ぶさまを見守る場面です。女三宮の「御心の鬼」は、「紅葉賀」での藤壺の「こゝろ」との対比も意識的で、このあと、柏木の子について、夕霧が源氏の複雑な気持ちを思うテクストが続きます。桐壺帝と源氏、源氏と夕霧の親子の間で、生まれた「若君」のそれぞれの母親との真実が、秘される様が語られます。

6）「Ⅰ八　花宴」――〈Ⅱ破の序〉段〔展開部の序〕への橋渡しとして

朧月夜尚侍が主役である「花宴」は、〈Ⅰ序〉段を〈Ⅱ破の序〉段〔「Ⅱ一　葵」から「Ⅱ八　関屋」まで〕に繋ぐ橋渡しの役を負っています。戯れとはいえ、前巻での源典侍との関わりを見れば、源氏がひとわたり「雨夜品定」に挙げられた種類の女たちをサンプリングし、その酸いも甘いも知ったところで、物語が第二段階に入るための、自然な移りゆきとして、花宴という行事が、「紅葉賀」巻とペアになるような形で企画されています。

源氏が「まろは、皆人にゆるされたれば、召し寄せたりとも、なんでふことかあらん」と上から目線で女に向かうので、朧月夜も「この君〔源氏〕なりけり」と判ります。「女も若うたをやぎて、強き心も知らぬなるべし」

というわけで、源氏は相手を特定できぬまま、扇を交換して部屋を出ます。

その後右大臣邸で開かれた藤の花の宴で、招かれても出かけない源氏にお呼びがかかって、そこで酔ったようなふりをして、再び朧月夜とおぼしき女の「手をとらへて」――

▽〈源氏#49〉☆あづさ弓いるさの山にまどふかなほのみし月の影や見ゆると［#107］

▽★何ゆゑか

▲とおしあてにのたまふを、え忍ばぬなるべし、

▽〈朧月夜#2〉☆心いる方ならませばゆみはりのつきなき空に迷はましやは［#108］

▲といふ声、ただそれなり。

いとうれしきものから。［花宴①366］

と、巻は余韻（を含み、あるいは今後の展開の意味）を残して終わります。言わずもがなですが、二人は意気投合したに違いないように造っています。葵上と朧月夜（左大臣と右大臣）という対立が、〈I序〉段の括りとして、主人公の将来に新たな問題に発展する要因となったのです。

抗えない魅力にも、己れの境遇をわきまえて行動する空蝉、わきまえてもなお余りある「こゝろ」に屈する藤壺、あるいは従順な夕顔や、我慢ができずに応じてしまう朧月夜というさまざまな女たちが、ほぼ勢揃いしたところで、物語ユニット〈I序〉は幕を閉じます。葵上・空蝉に始まり、藤壺（若紫）・末摘花・朧月夜と、物語が展開する基盤が、ここでしっかりとできました。

2 〈Ⅱ破の序〉段（展開部の序）――「Ⅱ一　葵」から「Ⅱ八　関屋」まで

基本的には〈Ⅰ序〉と同じで、二巻ずつをペアにして、それを四つ繋げています。全体の文章量が前段とほぼ同じです。

〈Ⅱ破の序〉	葵 一	賢木 二	花散里 三	須磨 四	明石 五	澪標 六	蓬生 七	関屋 八	合計
行数	931	994	76	869	792	645	456	90	4853
%	19.2	20.5	1.6	17.9	16.3	13.3	9.4	1.9	100

「須磨・明石」と並び称される読みは、勿論それとして、ここでは全四十巻としての機能を八巻ずつの〈起承転結〉として、その論理で考えます。従って、〈起〉は「葵・賢木」、〈承〉を「花散里・須磨」のように、二巻ずつの「対」にして、統一的に全体を造るという作者の構想を「仮説（仮設）」として見ていきます。

一見して、〈Ⅰ序〉「空蝉・夕顔」、あるいは「紅葉賀・花宴」同様に、長短の巻を二つのペア――「花散里・須磨」・「蓬生・関屋」――に造って、バランスをとっていると見えますから、ある種のリズムが生まれています。物語のマクロ構造としては、〈Ⅱ破の序〉（葵～関屋）が、〈Ⅲ破の破〉（絵合～胡蝶）・〈Ⅳ破の急〉（螢～梅枝）と続く大きな「展開」構想の、ここは最初の三分の一です。「Ⅱ五　明石」がさきの「Ⅰ五　若紫」と同じ位置にあることからも、この物語ユニットの中核をなす巻だと推測できるでしょう。さらには、「澪標」の時間が「蓬生」・「関屋」と重なって、〈Ⅰ序〉での「末摘花」が、「若紫」・「紅葉賀」の時間に重なる造りを踏襲して、この物語の「意味ブロック」を纏める役割を果たしていると言えます。

1）「葵」からの八巻――〈Ⅰ序〉段のアンチテーゼ

「桐壺」巻で源氏の妻となったものの、睦まじい夫婦としての関係をもつことなく、物語から早々と姿を消してしまう葵上は、夕顔の次に不幸な人生を終えます。夕顔が玉鬘をもうけたように、葵上も夕霧を生んで死んでしまいますが、双方の死に六条御息所が関与しているのが、構想として重要です。夕顔に嫉妬した御息所が夕顔を殺すのは判りますが、葵上は御息所以上に源氏に無視されたことから、御息所から恨みや妬みを買うことはなさそうに見えます。しかし、葵上自身が、左大臣家にもたらされる源氏と御息所との噂をよく知っていたはずですから、源氏に冷たい葵上の態度が、御息所の存在を恨んだ結果であることは、充分理解できます。そこで賀茂祭の車の処争いという場面を造った作者は、この一事を葵上に悪霊が取り憑いた理由としています。ですからもちろん葵上に咎はなく、すべては源氏の不実が、結婚当初から問題であったことの、悲しい帰結として、その死があるわけです。

それは構想上、葵上という、ある意味で源氏にとっては足手まといでしかないような存在を、物語から消去するためでもあります。「桐壺」巻で、源氏元服の日に、「紫の色しあせずは」と父左大臣が危惧したことが、結局現実になりました。ですから、源氏に心を開かずに死んだ葵上は、結婚当初から源氏の不実を感知し、彼女なりに無言の抗議をしていたという説明が可能です。その意味で、若紫以前に、葵上が源氏の最初の犠牲者であったことから、まず物語が始まっているのです。

当初、語り手は源氏に同情的で、その不誠実な行動も、ある程度容認してきました。亡き母のイメージを追うという動機が純粋なら、相応しい藤壺への恋慕は否定できないからです。葵上とは源氏の意志による結婚ではなかったのですから、結局源氏には意味のない存在でした。しかし、源氏が二十一歳になってからは、女性との行動の倫理を問うのが、作者の意図の内にあるでしょう。

なるべく劇的に物語を進行させるのが、作者のたくらみの一端ですから、発展性に乏しい葵上との関係は、長引かせないのが得策です。御息所の生霊（死霊）という飛び道具は、物語の進行にとって、なによりも重宝な消しゴム役です。誰も悪霊の介入に対処できないという事態を、作者は意のままに利用できるのですから、「作り物語」にとって、人物の出し入れにこれほど重宝な手段もありません。御息所本人がどうにもコントロールできない、魂というものの独自性を行使して、事後も御息所が糾弾されないことで、その存在は脅かされないという巧い装置です。

葵上が消されたことの意味は、成長した若紫の役割を物語の中核に据えるという、大きな『源氏物語』の構想のためでもあります。作者は紫上を中心に主人公を動かそうと、最初から目論んでいて、そのために、「花宴」巻と「葵」巻の間に、桐壺帝の譲位による「世の中変りて後」という橋渡しの時間を、一年の物語の空白期間として挟み込んでいます。「葵」巻が始まるとき、源氏は二十二歳、葵上二十六歳で、「桐壺」巻で源氏が元服した時点から、ちょうど十年経っています。葵上が源氏の四歳上（四年ばかりがこのかみ）と言及されるのは、「紅葉賀」巻が最初ですから、実際はそのときまで正確な年齢は、物語の中で明らかにはされていません。つまり、あえて作者は葵上の年齢を問題にしない設定をして、初めから年の差を知りつつ読むのとは違う効果を狙っています。年立による登場人物の先取り年齢確認は、「桐壺」巻の始発から、先入観をもって人物たちを見ることになり、（源氏より年上の葵上が強調されて）そのため、物語がかえって不純になることもありえます。葵上という呼称も、葵祭の処争いによって付けられたのですから、物語上のニックネームにすぎません。存在が流動的で不確かでもあった時代に、感性や言行が人というものの判定基準なのは、生まれた時に固定される現代の年齢差や名前よりも、より人間的で正当な人間認識であるように思われます。

実際は、藤壺が葵上よりも一歳年上ですが、藤壺の年齢は「薄雲」巻での三十七歳を逆算して初めて判ることです。作者は藤壺を葵上とほぼ同年配に設定して、あとで読み返さなければ、どちらが上ともわからないように造っています。源氏にないがしろにされてきた葵上は、「Ⅱ一　葵」まで、藤壺に夢中な源氏との差異が明らかに語られればよいのです。不幸な死に方は、初めから予定されているのですから気の毒ですが、なんと言っても当時の女性の「知性」が知れる場面を歌で表現するという手段を、作者は葵上に与えていません。

作中二番目に歌の数が多い夕霧は、三十七首を詠います。藤壺が厄年の三十七歳で死に、紫上も「Ⅴ二　若菜」では危うく死にかかるのが、三十七歳とテクストにあります。作者は敢えてこの数に、不運・不幸の意味を付加しようとしているようでもあります。この「三十七」という数の「割りきれなさ」（現代の数学用語では「素数」）は、平安の人たちにも感じられたのでしょう。ですから、こうした数の「特異性（ユニークさ）」を物語の要素として扱えることを、千年前の紫式部という作者が、芸術の手段として活用しようとするのは、極めて論理的な認識です。『源氏物語』全五百八十九首の中で、素数番の歌が全部で百七首あります。「三十七」の極めつけは、その百七首のうち、源氏の歌が三十七首あることです。ここまで数が合えば、たぶん偶然の域を超えて、作者が秘かに企んだ結果でしょう。

「葵」巻中、源氏の歌は十三首ありますが、葵上に関わる七首は、死後の悔恨の独詠（四首）と、義理の兄（頭中将）

と義理の母（大宮）に宛てた悔やみのメッセージ（三首）です。しかし、葵上の死の前後に、六条御息所や若紫とは、それぞれ二首ずつのやりとりがあるのです。どう見ても、全く歌を詠み交わす必要がないまでに、葵上がないがしろにされたのです。そこで、作者の主題との関わりを、歌の数でも重く見る必要があることになります。この問題は次の第四章で再考します。

作中七首ある朝顔の最初の歌が詠われるのは「葵」巻です。

　式部卿宮の姫君に朝顔奉りたまひし歌などを、すこし頰ゆがめて語るも聞こゆ。
くつろぎがましく歌誦じがちにもあるかな、なほ見劣りはしなむかしと思す。［帚木①95］

［いつか式部卿の宮の姫君に朝顔の花をお贈りになった時の歌などを少し間違えて言うのも聞こえていた。女房たちがこんなにのんきらしくうち解けて、よく知ってもいない歌など言いちらしたりしているところを見ると、主人《あるじ》の女君も、逢ったら見劣りがするかも知れないと思ってみたりなさった。（円地文子訳『源氏物語』巻一　p103–104）］

とあるのは、「帚木」巻で、雨夜品定のあと源氏が正妻葵上の住む左大臣家へ退出し、方塞がりを理由に方違えして一夜を過ごすことにする、女たちが集まっているという紀伊守邸での場面です。女房たちは、源氏に聞かれているとはつゆ知らず、世間の噂話に盛りあがっています。式部卿の姫君（朝顔）に源氏から贈られた歌を、聞きかじりの紀伊守の女房たちが噂しているのです。因みに、大和言葉の本質からして、円地訳の文末――聞こえていた／なさった――は、いずれも「聞こえている／なさる（あるいは）なさっている」と、物語る「出来事」の「イマ」を強調すべき文末でなければなりません。それが、「イマ・ココ」の時空しかない日本語では、物語言語として表現すべき「現実」であるからです。平安時代には、いわゆる動詞の終止形は、語りのイマ進行中の動作・作用の意味で、母音の /u/ がもつ音価（/kikoyu/・/obosu/）が、「進行中の動作・作用のイマ」を伝える「音形signifier」でした。

　ともかく、このエピソードは、貴人たちの噂がその女房たちを介して伝播する一つの雛形を示しています。「朝顔」という人物を、この時点ではただ噂として立ち聞きし、心に描くしかない源氏の思いが、うまく描かれています。『源氏物語』では、「Ⅱ一　葵」で初めて存在感をもつ朝顔を、ごく間接的に言及することに作者の意図があり、さきに述べたように、物語の前半を「Ⅲ四　朝顔」（第二十巻）で締めようとする、マクロ構造に対する配慮が、非常な繊細さでなされています。源氏の恋の物語は、「Ⅰ二　帚木」の朝顔に始まり「Ⅲ四　朝顔」で事実上終わっています。それ故、源氏の人生の初めから終わりまで拒否し続けた唯一の女性として、朝顔が物語前半を締めくくる意味をもっています。

『源氏物語』の「主題」に関わる問題点の一つは、男（源氏がその代表）の「こゝろ」の真実を、女（紫上が代表）がどうしても捉えきれない〈現実〉を、女の立場からどうすればよいか、ということではないでしょうか。この社会的問題に迫るには、文学しか方法がない、という作者の認識があって、しかも、語る女房にも登場人物について、多少なりともバイヤスがかかっているという状況が、物語全体の意味を解り難くしています。もちろん、正面切って女性が男性を批判などできない時代のことです。ですから、物語の最後に紫上がとる法会という手段も、秘かに計画され、源氏批判の意味が顕在化しないように配慮されています。

「葵」巻で源氏と朝顔の歌が初めて交換されます。そこにも、朝顔つきの女房たちが介在しているさまがはっきり見てとれます。自分のこの「こゝろ」を朝顔ならば「あわれ」と感じてもらえるだろうと送った手紙に、間遠ではあってもそういう関係になっている二人の間のやりとりなのだからと、女房も咎めることなく朝顔に見せます。

なほいみじうつれづれなれば、朝顔の宮に、今日のあはれはさりとも見知りたまふらむと推しはからるる御心ばへなれば、暗きほどなれど聞こえたまふ。

絶え間遠けれど、さのものとなりにたる御文なれば咎なくて御覧ぜさす。

空の色したる唐の紙に、

▽〈源氏#58〉☆わきてこの暮こそ袖は露けけれもの思ふ秋はあまたへぬれど［#126］

▽★いつも時雨は

▲とあり。

御手などの心とどめて書きたまへる、常よりも見どころありて、

▽〈女房〉過ぐしがたきほどなり

▲と人々も聞こえ、みづからも思されければ、

▽〈朝顔〉大内山を思ひやりきこえながら、えやは

▲とて、

▽〈朝顔#1〉☆秋霧に立ちおくれぬと聞きしよりしぐるる空もいかがとぞ思ふ［#127］

▲とのみ、ほのかなる墨つきにて思ひなし心にくし。［葵②57-58］

源氏の「御手などの心とどめて書きたまへる、常よりも見どころありて」に対する、朝顔の「ほのかなる墨つき」が、二人の「こゝろ」の落差を表現していると見えます。この「葵」巻を通過点に、「朝顔」巻で朝顔の決定的な拒絶にあうのですが、『源氏物語』のモチーフともいうべき女性の不運不幸が、「秋霧」の象徴性とともに、作者が描きたい女心の情緒表現となっています。この「霧」は、遠く「Ｖ六　夕霧」まで繋がります。

2）「賢木」の意味

源氏は榊の枝をもって野宮に来るですが、御息所はもはや源氏の「こゝろ」を信じてはいません。

御文、常よりもこまやかなるは、思しなびくばかりなれど、またうち返し定めかねたまふべきことならねば、いとかひなし。男は、さしも思さぬことをだに、情のためにはよく言ひつづけたまふべかめれば、ましておしなべての列には思ひきこえたまはざりし御仲の、かくて背きたまひなんとするを、口惜しうもいとほしうも思しなやむべし。［賢木②90］

「よく言ひつづけたまふべかめれば」というあたりに、この語り手の主人公を見る眼があります。御息所の意志が堅固であるのと、ことばによって「なびかせる」ことに長けた源氏の態度との隔たりが、次第に二人の間の溝を決定的なものとします。「（思し）なびく」という文言が右の引用文に見えます。「なびく心」は、さきに言及したように、「Ⅳ八　梅枝」の雲居雁の歌中の用例が、『源氏物語』の主題に関わって大事なキーワードとなっています。この物語の語り手は、少しずつ、源氏寄りの女房や周辺で源氏に関わる人物たちと一線を画す意味づけを、語りの本音としてゆきます。

源氏が須磨へ退去する前提として、このあと桐壺院が崩御したことにより、政治の主導権が左大臣から右大臣側にうつるという事態が生じています。新帝朱雀の母弘徽殿女御が、絶対的な発言力をもつようになり、「Ⅰ八　花宴」から源氏と関わっている朧月夜をめぐって、源氏の政治的な力関係が逆転します。

藤壺が忘れられない源氏は、里に帰った服喪中の三条藤壺邸に忍びこみます。極度の緊張から藤壺は心臓発作を起こしてしまいます。

まねぶべきやうなく聞こえつづけたまへど、宮いとこよなくもて離れきこえたまひて、はてはては御胸をい

たうなやみたまへば、近うさぶらひつる命婦、弁などぞ、あさましう見たてまつりあつかふ。［賢木②107―108］

［君は、筆に尽せないような言葉の数々をかき口説きつづけられるけれども、宮はまったく思い離れた態度をお崩しにならないで、（心の底から湧き出る君へのいとしさの思いを耐えぬいていられた。眼の前に、悩みもだえて愛情を求めているひとの、世にも美しく、あわれ深い姿を御覧になると、じっと耐えていらっしゃる犯しがたいけだかさの内側には氷のひび割れるような厳しい切なさがつのってきて、）ついには、お胸がひどく痛んでくるのだった。近くに控えていた命婦や弁などが驚いて御介抱申上げる。（円地訳第二巻　p224）］

右の（　）内傍線箇所は、原文にない訳者円地文子の「創作」部分です。源氏の「こゝろ」に同情・共感を寄せて、藤壺の胸が苦しくなる心理を解説しようとしていますが、藤壺の心が傍線で語られる通りかどうかは大いに疑問です。「いとこよなくもて離れきこえたまひて」と、源氏の気持ちを突き放そうとしている藤壺には、「世にも美しく、あわれ深い姿」に源氏が見えているでしょうか。「命婦、弁などぞ、あさましう見たてまつり」の「あさましう」は、ただ「驚いて」いるのではなく、嫌悪・不快感を交えた表現です。このすぐ先に、藤壺自身の不快感が、同じ「あさまし」で語られる場面があるからでもあります。

源氏は塗籠に押し込まれて、前夜から丸一日軟禁状態となります。

命婦の君などは、

▽〈命婦の君〉いかにたばかりて出だしたてまつらむ。

▽今宵さへ御気あがらせたまはん、いとほしう

▲などうちささめきあつかふ。

君は、塗籠の戸の細目に開きたるを、やをら押し開けて、御屏風のはさまに伝ひ入りたまひぬ。

めづらしくうれしきにも、涙落ちて見たてまつりたまふ。
▽〈藤壺〉なほ、いと苦しうこそあれ。
▽世や尽きぬらむ
▲とて、外の方を見出だしたまへるかたはら目、言ひ知らずなまめかしう見ゆ。［賢木②109］

［命婦の君などは、「どういうふうに才覚して君をお帰し申そう。今夜もまたお上気《のぼ》せ遊ばすようではおいたわしくて」などと、ひそひそささめき合っていた。君は塗籠の戸の細めに開いたのをそっと押し開けて、御屏風の立っている隙間をつたって、母屋にお入りになった。中宮のお坐りになっていられるお姿を拝すのが珍しく、嬉しいにつけても涙がこぼれ落ちて、そっとお見上げ申すのであった。「まだ、この苦しいこと……もう寿命が尽きてしまったのでしょうか」とおっしゃって、外のほうにお眼をやっていらっしゃる横顔が、言いようもなくみやびやかにお見えになる。（円地訳第二巻 p225-226）］

さきに何度か強調したように、『源氏物語』の語り文はすべて語っている場面の「イマ」という時間が表出されています。右の傍線箇所は、ですから、すべて語りの時間の「イマ」、出来事が起こりつつあります。ならば、「ささめき合っている」、「おはいりになってしまう」などのように、読者の眼の前に展開する「イマ」という時間が想定されているはずです。円地訳「おはいりになった」の「た」には完了の「ヌ」が使われていて、ここは「……なってしまう」と、「てしまう〈結果の存続〉」に意味があるのですから、単純な「なった」ではありません。「世や尽きヌらむ」を「……尽きてしまったのでしょうか」とするのは、藤壺本人のことばとして、ここに助動詞〈ケリ〉が使われていない以上、「回想」される場面ではないでしょう。そのうえ、最後の「おみえになる」にだけ「タ」を使わないのは、この一連の物語文の語り口として、全く統一性がないことになります。

語法以上に重要な円地の読み違いは、藤壺の「こゝろ」についてです。この場面では、藤壺は源氏がすでに自分の身辺から立ち去ったと思っていて、「なほ、いと苦しうこそあれ」と、狭心症のような症状を訴えています。ですが、円地が原文にない言葉で解説するような、前夜、源氏の「こゝろ」に感情移入した結果起きた胸の痛みが、翌日のこの場面まで続いていると読めるほど、藤壺は源氏に同情的ではありません。間違いなく、ここは亡くなった桐壺院に対する罪の意識が発作をおこさせた要因としか考えられないのです。それを秘かに眺めている源氏の心は「こゝろ」として、作者は二人の「こゝろ」の乖離について描こうとしているのです。源氏の眼に「なまめかしう見ゆ」という藤壺と、藤壺の厳しい「こゝろ」の現実は、全くかけ離れているのであって、藤壺の「こゝろ」が罪の意識と源氏への思いに引き裂かれた結果の痛みが描かれているのではありません。

その事態を明らかにするために、作者は、この場面に次いで、源氏がいよいよ藤壺の身近に迫り、口説く場面を用意します。

……やをら御帳の内にかかづらひ入りて、御衣の褄をひき鳴らしたまふ、けはひしるくさと匂ひたるに、あさましうむくつけう思されて、やがてひれふしたまへり。

▽〈源氏〉見だに向きたまへかし

▲と心やましうつらうて、ひき寄せたまへるに、御衣をすべしおきてゐざり退きたまふに、心にもあらず、御髪の取り添へられたりければ、いと心憂く、宿世のほど思し知られていみじと思したり。

男も、ここら世をもてしづめたまふ御心みな乱れて、うつしざまにもあらず、よろづのことを泣く泣く恨みきこえたまへど、まことに心づきなしと思して、答へも聞こえたまはず。

ただ、

▽〈藤壺〉心地のいとなやましきを。
▽かからぬをりもあらば聞こえてむ
▲とのたまへど、尽きせぬ御心のほどを言ひつづけたまふ。［賢木②110－111］

さきに言及した「不快感」に関わる「あさまし」が、この場面では「むくつけし」を伴って表現されています。不気味で異様な感じですから、源氏に着物の端をつかまれたときに藤壺が直感的に感じているのは、源氏の「こゝろ」に共感する心理からはほど遠いことが明らかでしょう。「それとさだかに分るほど、君の薫物の香がさっと匂ったので、宮は思いのほかに浅ましく、恐ろしくて」と円地訳にありますが、「思いのほかに」という原文にない、源氏寄りの心理は藤壺にはないのですから、ここも、そのあとの「いと心うく、宿世のほど思し知られて、いみじと思したり」に呼応して、藤壺の源氏拒否が語り手の言わんとするところであると納得しなければなりません。「心づき」は、相手の心が自分の心にぴったりすることですが、藤壺にはそれが全くなく返事をしません。

この時点から、藤壺は出家をめざし、息子の若宮がそれなりに成長しているのを見極めると、突然落飾しています。藤壺は物語の中で最初の出家者です。このあと、「Ⅲ四　朝顔」までに、御息所・空蝉・源典侍という順に出家しています。それぞれこの世での生を終える理由は別々ですが、その結果、性的な関わりを絶つという点では、源氏に対するきっぱりとした意思表示です。

年が変わって、三条邸では、藤壺が勤行に余念なく、見舞いに訪れる源氏も新たな態度で藤壺に接せざるをえません。

……わが身をなきになしても春宮の御世をたひらかにおはしましさばとのみ思しつつ、御行ひたゆみなく勤めさせたまふ。

人知れずあやふくゆゆしう思ひ聞こえさせたまふことしあれば、我にその罪を軽めてゆるしたまへと仏を念じきこえたまふに、よろづを慰めたまふ。

大将も、しか見たてまつりたまひて、ことわりに思す。［賢木②138］

ここに至って源氏は、己れの罪をも深く感じるべきところですが、朧月夜尚侍が病気で里帰りしていると聞くや、すぐにまた関わりをもってしまいます。

早晩右大臣側の知るところとなるのが避けられず、「Ⅱ四　須磨」で須磨への退去を余儀なくされます。これも作者の構想の一部ですから、「色好み」から社会的な問題を起こすこの人物が、当時の貴族社会のもつさまざまな問題を明るみに出す契機となることで、少なくとも社会的に弱者の女性の問題が浮き彫りになる、物語上の仕掛けと考えられます。源氏の倫理問題が、この「Ⅱ二　賢木」で、御息所と藤壺の行動から、さらに厳しく追及されたのです。

3）「Ⅱ三　花散里」から「Ⅱ四　須磨」への展開

「Ⅱ二　賢木」の最後に置かれた朧月夜との情事が右大臣に露顕して、源氏は京から退去せざるをえない状況に追い込まれます。しかし、作者はその前に「Ⅱ三　花散里」を挿むことで、物語にワンクッションを設けます。物語の意味ブロックとしては、「Ⅰ三　空蝉」と同じ位置に置かれていることから、空蝉に代わる人物を造ろうとしたと言えるでしょう。将来の六条院に必要な女性として、秋好中宮・紫上・花散里・明石という四人が、秋好から花散里までの「上の品」の順位に加えて、明石の「中の品」という秩序が想定されたと見えます。

「中川のわたり」が空蟬の存在に関わったように、ここでも同じ中川が花散里（麗景殿女御の妹）との出会いに繫がっています。空蟬がきっかけで源氏の忍び歩きが夕顔へと発展したように、ここでも花散里を介在させることによって、物語の広がりを構造化しようとする作者がいます。その広がりとは、将来の六条院に花散里を置くことで、四つの町が女性の社会的なパラダイムをもつことです。「中の品」の明石の次に、「上の品」としては下位の花散里を置いて、紫上の立場が強化されます。実際、この二人は紫上亡きあと、宮廷の男たちに対する女の砦にとって、六条院の欠かせない要員となります。

「Ⅱ三　花散里」は、「Ⅱ二　賢木」と「Ⅱ四　須磨」を直接繫げず、また「Ⅱ四　須磨」と「Ⅱ五　明石」を切り離すことにもなります。〈Ⅰ序〉で「帚木」を直接「夕顔」につなげなかった作者の構想と軌を一にするものです。それは、物語中の出来事に「間」を造るだけでなく、「Ⅱ五　明石」を「Ⅰ五　若紫」に比定される位置に置くためでもあります。ですから、八巻に纏められる〈Ⅱ破の序〉の「意味ブロック」は、花散里と明石の二人を主要な女性として物語に位置づけ、やがては明石姫君を含め、女たちの男性社会との対立を顕在化させる準備です。

そのように見れば、「Ⅱ三　花散里」から「Ⅱ四　須磨」へという展開は、「Ⅰ三　空蟬」から「Ⅰ四　夕顔」への展開とパラレルです。突然の夕顔の死が若紫への橋渡しになったように、須磨への源氏の都落ちが明石との出会いのきっかけとなり、あらたな物語の推進力となります。

紫君・花散里その他の女たちとの関わり合いをすべて断っての須磨行きは、「賢木」での藤壺の出家と同様の重みがあるはずです。「Ⅰ二　帚木」と「Ⅱ二　賢木」の配置は、明らかに、源氏にとって母のイメージそのものであった藤壺が、尼という出家の身になったことの意味を、源氏の将来のために問うていると考えられます。須磨蟄居の本来の目的は、当然謹慎の身が自己認識を迫られるところにあったでしょう。「賢木」の終わりで、源氏に出家の想念が過ぎります。しかし、源氏が実際に出家を思うのは、次の〈Ⅲ破の破〉の「絵合」までありません。それも源氏が、最後まで出家しないことによって、次々に関わる女性を不幸にしてしまうという物語の方向性を明らかにするために、もう一人明石という人物が必要だと作者が考えているからです。しかし、「賢木」巻ではっきりと源氏に背を向けた藤壺は、作者の眼差しが、徐々に源氏を批判する方向を取り始めたことの指標となっています。

4）「須磨」の位置

……さる心細からん海づらの、波風よりほかに立ちまじる人もなからんに、かくらうたき御さまにてひき具したまへらむもいとつきなく、わが心にもなかなかもの思ひのつまなるべきを、など思し返すを、女君は、

▽〈紫君〉いみじからむ道にも、おくれきこえずだにあらば

▲とおもむけて、恨めしげに思いたり。

かの花散里にも、おはし通ふことこそまれなれ、心細くあはれなる御ありさまを、この御蔭に隠れてものしたまへば、思し嘆きたるさまもいとことわりなり。［須磨②162］

源氏と紫君との別れ場面で、須磨へ紫君を同道させない事情を述べています。紫君の「恨めしげにおぼいたり」は、桐壺更衣と帝との約束「限りあらむ道にも、おくれ先だたじ」［桐壺①22］と比べれば、源氏の情愛の程度が低い上に、ここでは、まだ幼い紫君の「いみじからむ道にも、おくれきこえず」という、明らかに作者が桐壺更衣のことばを反響させている紫君の心情が、簡単に片付けられてしまっています。

「須磨」巻にある紫君の歌は以下の三首です。

（1）▽〈源氏#82〉☆身はかくてさすらへぬとも君があたり去らぬ鏡のかけは離れじ［#172］

▲と聞こえたまへば、

▽〈紫#4〉☆別れても影だにとまるものならば鏡を見てもなぐさめてまし［#173］

▽柱隠れにゐ隠れて、涙を紛らはしたまへるさま、なほここら見る中にたぐひなかりけりと、思し知らるる人の御ありさまなり。［②173］

（2）▽〈源氏#89〉☆生ける世の別れを知らで契りつつ命を人にかぎりけるかな［#185］

▽★はかなし

▲など、あさはかに聞こえなしたまへば、

▽〈紫#5〉☆惜しからぬ命にかへて目の前の別れをしばしとどめてしかな［#186］

▲げにさぞ思さるらむといと見棄てがたけれど、明けはてなばはしたなかるべきにより、急ぎ出でたまひぬ。［②186］

（3）▽〈紫#6〉☆浦人のしほくむ袖にくらべみよ波路へだつる夜の衣を［#193］

▲物の色、したまへるさまなどいときよらなり。［②192］

源氏出立前の二首と後の一首です。源氏の影でも「とまっているものならとどめたい」とする紫君の「こゝろ」は、「命を君にかぎ」った過去を暗に否定的に詠う源氏より、ずっと切実に響きます。源氏が「鏡の影」に残るかどうか、源氏の空虚な「契り」よりも、今の別れを影なりとも残したい紫君の思いの方に実があります。実際、「命を君にかぎ」らず、このあとも明石・玉鬘・女三宮その他多くの女と関わり、紫君との「契り」を破る源氏を知るたびに、われわれ読者は紫上に同情せざるをえなくなります。この源氏の不誠実こそが、紫上の「こゝろ」

にとって、やがては「Ⅴ二　若菜」での病を引きおこし、最後は死に至らしめるのです。
紫君の二つ目の歌に、「惜しからぬ命」という文言があります。死を間近にして、「惜しからぬこの身」と、再び歌うのは、『源氏物語』の中で紫上だけです。

〈紫#21〉惜しからぬこの身ながらもかぎりとて薪尽きなんことの悲しさ［#552　御法④497］

出家のための修行の時間が限られていると嘆く紫上と、寸暇も源氏と一緒にいたかった遠い昔の紫君を比べたとき、紫上の「命」の意味を改めて知らされます。この二つの時に挟まった時間は二十五年にもなり、その間紫上の「こゝろ」は悲しさに耐えなければなりません。そうした紫上に同情しないなら、『源氏物語』を読む意味がほとんどないはずです。そこに読者は『源氏物語』の主題の核心を見なければならないでしょう。

源氏が須磨到着後、京に残した女たち――藤壺・朧月夜・紫君――をはじめ、伊勢の御息所などに挨拶の手紙を送るのですが、紫君だけは、贈られたはずの源氏の歌が物語中に言及されません。それぞれからの返事のうち、紫君の返歌がさきの三首目です。「夜のころも」の方が遙かに塩辛いという紫君の歌に返歌はありません。源氏には返しようがないからでしょう。

人物たちの情緒が歌の贈答であふれる「須磨」巻ですが、ほかには何も起こりません。唯一の出来事といえば、頭中将が尋ねてくることくらいです。お互いに友情を確かめ合うだけですが、ここに中将（三位の宰相）が置かれているのはなぜでしょう。「Ⅰ四　夕顔」の延長線上に「Ⅱ四　須磨」があると見れば、源氏と頭中将が関係した「夕顔」の反映として、「須磨」へも来訪する中将の意味は、やがて「Ⅰ六　末摘花」と同じ位置に導入される「Ⅲ六　玉鬘」の布石としてあると見えます。

また、「Ⅱ五　明石」と「Ⅲ五　少女」との関係も、筑紫の五節と明石の、共に京を離れての日常的な経験が、女性の成長とその後の人生に大きな影響力をもつからでしょう。当時の女性にとって、京の外での生活体験が、この世に生きるための「知」に役立っていると見ます。作者の越前武生での経験をも踏まえて、己れの人生を、ある距離を置いて見ることが、女性にとって大切だと言いたいからでしょう。明石も玉鬘も、京の外での経験が全くない紫君よりも、強い生き方を学んでいるからです。

5）「Ⅱ五　明石」・「Ⅱ六　澪標」——〈Ⅱ破の序〉段の〈転〉部

「Ⅱ五　明石」が「Ⅰ五　若紫」を前提にした造りならば、「Ⅱ六　澪標」は「Ⅰ六　末摘花」と比定できることになります。実際、北山へ分け入った源氏が若紫を発見することと、嵐のあと明石に出会うのがパラレルな造りとなっていますが、「若紫」で従者の良清に「近き所には、播磨の明石の浦こそなほことにはべれ」と予告されてもいました。

源氏が明石に会うのは、京を出て一年以上たった秋の八月十三夜です。すでに源氏二十七歳、若紫を見出してほぼ九年半、このとき明石は十八歳で、紫君は一つ上の十九歳になっています。

やや深う入る所なりけり。三月のつごもりなれば、京の花、盛りはみな過ぎにけり。［若紫①199-200］

やや遠く入る所なりけり。道のほども四方の浦々見わたしたまひて、思ふどち見まほしき入江の月影にも、まづ恋しき人の御事を思ひ出で聞こえたまふに、やがて馬ひき過ぎて赴きぬべく思す。［明石②255］

恐らくは「若紫」巻を思い出しつつ造ったと思われる、パラレルな描写の中に、源氏が紫君を思う「こゝろ」

が表現されています。「このまま手綱を引き続けて京まで行ってしまおうか」というのは、純な「こゝろ」でしょう。しかし、源氏にとって、紫君と同年配でもある娘に、ある期待感をもつのが源氏の「なびく心」の性行です。藤壺中宮の姪と、ずっと身分の低い入道の娘、しかも田舎育ちの明石とでは、比べようがありませんが、紫君にとって、明石は源氏の不実を許しようがない相手です。しかし、紫上の最晩年に、明石は二条院の法会場面で、その遺志を継ぐ人になるのです。

紫上に子供を一生作らせない作者の意図は、源氏以外に頼れる人のない境遇に置いて、その生涯の意味を明らかにしようとする『源氏物語』の主題に深く関わります。作者が物語りたいことの核心にあるのは、源氏が世の女性に「なびく心」の倫理です。藤壺とのたった一夜の逢瀬が冷泉帝を生んだように、明石もわずかな日数で身ごもっています。紫上に隠れて他の女に「なびく」源氏の行動も、子供が生まれなければ顕在化しませんが、紫上は、冷泉帝の出自を一生知る機会がありません。

朧月夜の一件から政権転覆の疑いをかけられ、須磨に退去した源氏ですが、帰京後、八月十五夜には参内し朱雀帝にも挨拶します。気の弱い帝が、眼を患うなどして、源氏を京から追放した報いを受けたと考えて、東宮（冷泉）に譲位するところから、「澪標」巻が始まっています。『源氏物語』の〈Ⅰ序〉——「桐壺」から「花宴」までの八巻——では、「若紫」巻と対になるのは「末摘花」巻ですから、〈Ⅱ破の序〉にあたる「葵」から「関屋」までの八巻では、「Ⅱ六　澪標」が「Ⅰ六　末摘花」の位置にあることになります。作者はここまでの物語の推移を確認する作業を、象徴的な「澪標（水深を計る指標）」という名のもとに、「末摘花」巻同様に行うのです。

実際に末摘花が再登場するのは次の巻「蓬生」ですが、その前に、ここでの主人公の立ち位置を確認する意味で、これからの展開の予告ともなっています。「みおつくし」とは「通行する舟に水脈や水深を知らせるために目印として立てる杭」(『日本国語大辞典』)ですから、新帝冷泉の御代に「主人公の行動がどのように可能か」を示唆する意味をもっています。また実際、「身を尽くし」の意味で、六条御息所の命にも、源氏自身の恋の命にも関わります。

源氏は内大臣に昇進し、一族の繁栄が予測されるところで、明石に娘が誕生し、やがては新帝の中宮の地位を得ることが、この巻でほぼ予定されています。「航行可能な進路を示す」意味で、源氏の住吉詣が明石の参詣と偶然重なるということが、その保証として双方が確信できるという造りです。

巻の終わりに、御代替わりで伊勢から帰京した御息所母子の将来も物語られます。斎宮(のちの秋好中宮)が源氏の養女として冷泉帝の女御になり、源氏の一族がこれからの十八年間、「若菜下」巻まで、当代の御世に君臨するという構図がここから始まります。

物語の簡素化も謀られて、血肉を備えた六条御息所は、出家のあと急死します。源氏が関わって来た女性としては、夕顔・葵上に次ぐ不幸な一生を終えることになります。この三人の不運な女性は、しかし、物語から完全に消されたわけではありません。夕顔の娘玉鬘や葵上の息子夕霧の出番はこれからですし、死んだとはいえ、御息所の死霊はここから新たな威力を揮うからです。さきに言及した作中で死ぬ五人の女性について、その中核に御息所を置くところにも、作者のバランス感覚が感じられます。

6)「Ⅱ七　蓬生」と「Ⅱ八　関屋」——〈Ⅱ破の序〉段の〈結〉部

『源氏物語』五段構造の第二段〈Ⅱ破の序〉、「葵」に始まり「関屋」におわる八巻の意味ブロックの最後に、末摘花と空蝉のその後が語られます。作者が描きたい女性の「こゝろ」の真実を『源氏物語』のモチーフとすれば、源氏の意識の深層が鏡となって、そこに反映する女性の「こゝろ」がその真実を写し出すという表現形式が成りたつでしょう。ですから、〈Ⅰ序〉段に現れた女たちが、〈Ⅱ破の序〉段では、紫君や明石など、近い将来主要な位置を占めることになる女性たちの「こゝろ」を、間接的にサポートする陰の存在として、物語に居残り続けます。

空蝉が〈Ⅱ破の序〉を締める人物となっていますから、これは作者の予定調和的な構想の一環として、将来も当然しかるべき場所（二条東院）に置かれて、主題に深く関わって意味をもつと考えなければなりません。空蝉は突然出家します。「Ⅱ八　関屋」は、玉鬘になびく源氏を語る「Ⅲ八　胡蝶」と、夕霧の「なびく心」を詠う雲居雁の「Ⅳ八　梅枝」を経由して、「Ⅴ八　幻」を準備する最初の段取りです。

▽〈源氏#137〉☆わくらばに行きあふみちを頼みしもなほかひなしやしほならぬ海　［#272］

▽★関守の、さもうらやましく、めざましかりしかな　［関屋②362］

▽〈空蝉#7〉☆逢坂の関やいかなる関なれば繁きなげきの中をわくらん　［#273］

▽★夢のやうになむ　［関屋②363］

「わくらば」（偶然）の「夢のような」出会いが二人の運命を「わく（分ける）」という、源氏の歌の上句が空蝉の歌の末尾に見事に呼応する造りです。これが空蝉の知性を物語っていて、源氏に惹かれながらも踏み込まれることを拒絶した彼女の首尾一貫性が、物語の志向を支えています。物語の中ではマイナーとはいえ、空蝉という「空ろ」を本質として象徴する、この人物を通して女性の儚さを、物語を通して表象し総括していると言えるでしょう。

そこで改めて「蓬生」を見れば、そこには強欲な叔母の言いなりになることを、かたくなに拒む末摘花も、自分なりの道を行こうとして、「蓬のしげさ」の中で踏みとどまっています。偶々花散里に会いに行く通り道で、源氏は末摘花の窮状を知り、責任を感じて家の修理と後見役を引き受けます。

こうしてみれば、『源氏物語』の最初の十六巻が、ほぼ凡ての主要な登場人物たちの前歴を披瀝して、いよいよ冷泉帝の御代における主人公の生き様を、つぶさに眺める下地が完成したと言えるでしょう。

また、〈I序〉の最初に登場する朝顔と、最後に登場する朧月夜が、共に〈V急〉の「V二 若菜」で出家します。ほとんどの女たちが死か出家を余儀なくされるのですから、源氏の性行がもたらすこの「世」とは何か、作者が問うている『源氏物語』の意味が、ここから少しずつ顕わになります。

3 〈Ⅲ破の破〉段（展開部の破）――「Ⅲ一 絵合」から「Ⅲ八 胡蝶」まで

〈Ⅲ破の破〉	絵合 一	松風 二	薄雲 三	朝顔 四	少女 五	玉鬘 六	初音 七	胡蝶 八	合計
行数	356	409	593	410	990	790	270	404	4222
%	8.4	9.7	14.0	9.7	23.4	18.7	6.4	9.6	100

1）「Ⅲ一 絵合」の機能

「絵合」から「胡蝶」に至る八巻は、『源氏物語』の中核をなす意味ブロックで、「Ⅲ四 朝顔」に終わる前半と、「Ⅲ五 少女」から始まる後半の四巻ずつに大別されます。「少女」は玉鬘の前歴を示唆する筑紫の五節のイメージが表層にあって、少女の純心が強調されています。そして、夕霧と雲居雁の相思相愛が話題の中心ですから、源氏の次世代の物語がここから始動するわけで、〈Ⅲ破の破〉段の〈転〉部にふさわしい内容です。

主人公の源氏にとっても、失われたものへの飽くなき追求のモチーフは、朝顔に最終的に拒絶されることで、新たな展開となります。その勝手気ままな行動は、しかし、玉鬘に懸想することをきっかけに、物語後半で空無化します。

ここまで八巻を二度繰りかえして〈意味ブロック〉を積み上げてきたわけですが、この〈Ⅲ破の破〉段の第一巻を、「絵合」という文字通りの「合わせ技」を使うことで、テーゼ・アンチテーゼ（Ⅰ・Ⅱ段）を纏めて、ジンテーゼとして意味づけようとしています。その内容は、日本語の物語が「イマ・ココ」のイメージの表出を本質とすることを基底に、二項対立を絵画によって象徴的に物語化することで、ここまでの十六巻を弁証法的に総括するものとなっています。この物語の方法そのものが、具体的に絵画（とそこに詠われた歌）を対で比べるという、「論理（出来事）と情理（その心）」の言説であることを証しています。

新たに入内した前斎宮（六条御息所女、梅壺女御）側と、弘徽殿女御側とが、絵の巧さを藤壺や新帝の前で競い合います。梅壺側の後見に源氏、弘徽殿側に頭中将というわけですから、昔のライヴァル同士がここでもさまざまに暗躍して、競い合うところに少しずつ主人公の「こゝろ」が焙り出されます。この時冷泉帝はまだ十三歳、そこに二十二歳の前斎宮を梅壺に女御として迎えたというのは、藤壺の意向もあってのことですが、物語としては、故御息所に関わって将来の六条院造営の布石でもあります。絵心がお互いを結びつけたということですが、帝と梅壺女御との関係は良好です。源氏は、斎宮が昔から朱雀院の意中の人であったことを知っていて、気の弱い院を気の毒に思います。しかし、斎宮の入内が決まってしまっては、仕方がありません。

朱雀院と前斎宮による入内前後の贈答歌が、人と人との真の「合せ」の意味を問うかのように、絵合の冒頭と末尾に置かれています。

〈朱雀#2〉☆わかれ路に添へし小櫛をかごとにてはるけき仲と神やいさめし［#274 絵合②370］

〈秋好#2〉☆別るとてはるかに言ひしひとこともかへりてものは今ぞかなしき［#275 絵合②372］

〈朱雀#3〉☆身こそかくしめのほかなれそのかみの心のうちを忘れしもせず［#281］

〈秋好#3〉☆しめのうちは昔にあらぬ心地して神代のことも今ぞ恋しき［#282 絵合②384］

二人が結ばれなかった痛恨を表出して一際印象的です。「合せ」の意味が、まさにモチーフとして生きています。人と人との出会いに神が関わるとき、人は襟を正さなくてはなりません。こうした秘められた思いは、遠く柏木の女三宮への恋にも反響するでしょう。院と女御それぞれが「神」に言及することから、恋の真実と人間の結びつきが、「神」の摂理に関わるような問題とされています。このような人事が、花やかな絵合の遊びの影に、『源氏物語』の暗い一面をのぞかせます。当然のように、この前斎宮の入内は、遠く朱雀院の女三宮降嫁（あるいは結婚）に関係して、予兆の意味をもつことになります。

それはともかく、巻の終わりに、源氏の出家志向が初めて語られています。

大臣ぞ、なほ常なきものに世を思して、いますこしおとなびおはしますと見たてまつりて、なほ世を背きなんと深く思ほすべかめる。［絵合②392］

源氏の思いは己れの過去と未来に向かいます。右に引用した源氏の出家の思いは、しかし、周囲の思惑に過ぎません。そのために、作者は助動詞「メリ」を使って、あくまで源氏の出家志向が「表面的」だとことわっています。

この巻には須磨謫居の源氏の絵日記を見た紫君の詠嘆の歌があります。涙で誤魔化す態の源氏の歌と比較して、その切実さが伝わっています。

〈紫#10〉☆ひとりゐて嘆きしよりは海人のすむかたをかくてぞ見るべかりける［#276］

〈源氏#138〉☆うきめ見しそのをりよりも今日はまた過ぎにしかたにかへる涙か［#277　絵合②378］

2）「Ⅲ二　松風」——源氏三十一歳の秋

「関屋」から「絵合」の間に一年の空白期間を置いて始まった〈Ⅲ破の破〉は、源氏の三十代の栄華が表層に終わるのを物語るように構想されています。源氏四十の賀が準備される「藤裏葉」に至るまでのほぼ十年間の初めに、この巻の話題である明石の京への呼び寄せがあります。その巻名「松風」が「待つ」を懸詞とするように、源氏も紫君も明石に関わって、待つことを強いられます。

　順風が吹いて大堰まで無事母子が移ってから、紫君に明石の存在が夢物語ではないことを話さねばなりません。「明石」巻で明石と結ばれたとき、その報告を一応はしています。

▽〈源氏#117〉☆しほしほとまづぞ泣かるるかりそめのみるめは海人のすさびなれども［#231］

▲とある御返り、何心なくらうたげに書きて、はてに、

▽〈紫君〉忍びかねたる御夢語につけても、思ひあはせらるること多かるを、

▽〈紫#8〉☆うらなくも思ひけるかな契りしを松より波は越えじものぞと［#232　明石②259-260］

「海人のすさび」なのだから、やっぱり貴女への思いで涙がとまらない、というように示唆的に源氏は明石の存在を明かしていました。しかし、紫君は「うらなくも思ひけるかな」と、深い失望を隠せません。大堰の明石

に会いに行くにも、紫君には桂の別邸と嵯峨野の御堂の面倒をみなければ、という口実をもうけて出かけています。——

かやうにものはかなくて明かし暮らす。

大臣、なかなか静心なく思さるれば、人目をもえ憚りあへたまはで渡りたまふを、女君は、かくなむとたしかに知らせたてまつりたまはざりけるを、例の、聞きもやあはせたまふとて消息聞こえたまふ。

▽〈源氏〉桂に見るべきことはべるを、いさや、心にもあらでほど経にけり。

▽とぶらはむと言ひし人さへ、かのわたり近く来ゐて待つなれば、心苦しくてなむ。

▽嵯峨野の御堂にも、飾りなき仏の御とぶらひすべければ、二三日はべりなん

▲と聞こえたまふ。

桂の院といふ所にはかにつくろはせたまふと聞くは、そこに据ゑたまへるにやと思すに心づきなければ、

▽〈紫君〉斧の柄さへあらためたまはむほどや、待ち遠に

▲と心ゆかぬ御気色なり。

例のくらべ苦しき御心、いにしへのありさまなごりなし、と世人も言ふなるものを、何やかやと御心とりたまふほどに、日たけぬ。［松風②408-409］

源氏の言い訳から、紫君には「そこに据ゑたまへるにや」という明石についての直感が働きます。明石と紫君が、それぞれ「待つ」ことが象徴的な「松風」ですが、巻全体は、やはり紫君の内面が強く印象に残るように語られています。

▽〈源氏#140〉☆契りしに変らぬことのしらべにて絶えぬ心のほどは知りきや［#292］

▲女、

▽〈明石#13〉☆変らじと契りしことをたのみにて松のひびきに音をそへしかな［#293 松風②414］

源氏が明石に残した七弦琴の音《ね》と松風の音を、「契り」のひと言でまとめていますが、その前の引用、「例のくらべ苦しき御心、いにしへのありさまなごりなし、と世人も言ふなるものを」をここで比べてみれば、源氏の言行（契り）は、昔の源氏とさして変わっていないことが、おのずと証されてしまっています。作者が『源氏物語』で本当に書きたいことは、単なる「あはれ」ではないことが、こうした行間から浮かび上がるとき、物語はのっぴきならない方向に、緩やかですが確実に進んでいきます。

「Ⅲ一　絵合」に始まる重大な〈Ⅲ破の破〉（展開部の二段目）は、このように、「絵合」と「松風」の対に置かれた二巻に始まっています。このあと、物語全体の前半では最も重要な「薄雲」・「朝顔」が続きます。

3）「Ⅲ三　薄雲」・「Ⅲ四　朝顔」――物語前半の結論

『源氏物語』四十巻の前半二十巻を「朝顔」巻で締め括り、後半を「少女」から「幻」までの二十巻を見据えた造りと見れば、六条院が完成する「Ⅲ五　少女」から、後半が始まります。それ故、「Ⅲ三　薄雲」と「Ⅲ四　朝顔」の二巻に、『源氏物語』前半を括る意味が見いだせるように造られています。いわば、物語前半のテーゼ〈Ⅰ序〉、アンチテーゼ〈Ⅱ破の序〉に対して、一応の結論部分としてのジンテーゼが、〈Ⅲ破の破〉前半の「Ⅲ四　朝顔」までとなって、この二十巻が物語全体の〈テーゼ〉となっているという構造です。

「薄雲」は、源氏が三歳になる明石姫君を二条の自邸に移し、子のない紫上（ここからは「上」と呼ばれる）に養育させるところから始まります。子供がいない女性の将来は、紫上のように、あるいは花散里のように、一生不安定な立場を余儀なくされます。紫上が明石姫君を育てる（あるいは、花散里が夕霧を育てる）のは、源氏が弱い女性の立場を要領よく利用してのことです。自分勝手な源氏は、しかし、やがては養母たちが、誠意をもって育てた養子たち——夕霧・明石中宮——との絆を強くすることを予期してはいません。まして、三宮においてをや。それだけに、紫上の三宮への遺言の意味は大きいのです。真心をもって育てた花散里と紫上の期待を、夕霧も三宮も裏切ってはならないでしょう。源氏亡きあとの六条院の将来は、この二つの世代の男たちの誠実さにかかっています。

「御法」での紫上の三宮への遺言は、真心をもって育てた男への願いでしょう。母ともども紫上に育てられた三宮は、紫上の遺言を真摯に受け止めることができるように、造られています。「薄雲（第十九巻）」と「御法（第三十九巻）」の関係は、前後半の鍵の巻であり、深く主題に関わって意味をもちます。「薄雲」と「御法」がパラレルな関係にあることこそ、『源氏物語』のマクロ構想の核心にあるものです。

明石姫君が養女として紫上に引き取られた後、場面は藤壺入道の宮が、「灯火などの消え入るやうにてはてたまひぬれば」［薄雲②447］と、さきに言及したように、厄年の三十七歳で亡くなります。当然ながら、作者は、「若菜」での紫上三十七歳の仮死、「御法」での紫上の死を想定しています。

……春の暮なり。

二条院の御前の桜を御覧じても、花の宴のをりなど思し出づ。

▽〈源氏〉今年ばかりは

▲と独りごちたまひて、人の見とがめつべければ、御念誦堂にこもりゐたまひて日一日泣き暮らしたまふ。

……

▽〈源氏#145〉☆入日さす峰にたなびく薄雲はもの思ふ袖に色やまがへる［#305　薄雲②448］

「今年ばかりは（墨染めに咲け）」と古今集の哀傷歌を引いて、暗い源氏の「こゝろ」が「薄雲」というモチーフで物語られます。その直前には、さきほど引用したように、ひたすら待っている大堰の明石に、源氏が会いにゆく場面があるわけですから、この繋ぎ方をみれば、作者の意図が何であるかがほぼ推測できます。産みの母に似た藤壺を追い求めての、さまざまな女性遍歴にピリオドを打たせるかのように、ここには源氏につきつけられた現実があります。厄年とはいえ、早すぎる藤壺の死であり、そうした女性の人生が最初に示されたのが夕顔の死でした。これが作者の認識する当時の女性のはかなさとすれば、男性が主導権をにぎる「世」に対する名状しがたい女性の生の実態として、男性の代表である源氏に是非とも認識してもらいたいことは、女性の代表である紫上に対する誠実以外にないでしょう。

〈19＝5＋7＋7〉と、二句切れの下の句にあたる音節数と一致する和歌の構造を象徴化して、源氏の情緒的人生は、「薄雲」（第十九巻）で出家することで終えてもいいのです。しかし、作者には、歌の後半の音節数である〈5＋7＋7＝19〉を「少女」からの十九巻目の「V七　御法」に象徴化して、源氏の恋の不実を最後に批判する構想があります。

それはともかく、「薄雲」から「朝顔」に繋げる意味は、物語前半の結論を出すことです。「帚木」巻で紀伊守邸に滞在していた空蟬に源氏が遭う直前に、その女房たちの噂話を話題にしていました。「式部卿宮の姫君に朝顔奉りたまひし歌などを、すこし頬ゆがめて語るも聞こゆ」［①95］と、源氏自身が立ち聞きする場面を、朝顔を登場させる前提として、作者は周到に用意していました。『源氏物語』前半のマクロ構造として、朝顔に始まり朝顔に終わる、つまり源氏のように不実な男を拒否する女の旗手としてのスタンスが、明示されています。

雨夜品定によって、「中の品」が男たちの理想とされたあと、源氏が退出する先に空蟬がいます。しかし、「(藤壺を)思すことのみ心にかかりたまへば、まづ胸つぶれて、かやうのついでにも、人の言ひ漏らさむを聞きつけたらむ時、などおぼえたまふ」と、源氏はびくびくしています。しかし、その場面で、藤壺と同じ「上の品」である式部卿の姫君(朝顔)に、かつて歌を贈ったことが噂になっているのを聞いています。源氏が「上の品」についても、藤壺を思うだけではないことから、自身の不実をここにも抱えていることの証しとなっています。さきに指摘したように、空蟬との関わりそのものが、不実の始まりであることが、そもそも源氏には自覚されていません。

「薄雲」巻の後半、藤壺の死を弔う老僧が、十四年前に、「夜居の僧」として侍していて「大臣(当時十八歳の源氏が)横さまの罪に当りたまひしとき」[②451]を知りえたと、密通の罪を冷泉帝に初めて語ります。故桐壺院の子ではないことを知った帝は、「このことを知りて漏らし伝ふるたぐひやあらむ」と心配しますが、僧は王命婦のほかには居なかったと言います。

出自について、帝位の不条理に世が乱れてはと危惧する帝を、源氏は「おほかた故宮の御事を干る世(昼夜)なく思しめしたるころなればなめりと見たてまつりたまふ」[②453]ばかりで、帝に「思し嘆くべきことにもはべらず」と慰めるだけです。源氏には帝の「こゝろ」の真実が伝わっていません。

「片はしまねぶも、いとかたはらいたしや」[②454]と、語り手のコメントが挿入されていますが、この草子地は、源氏がこれまで抱えてきた罪の意識を、為政者としての帝がこの時点で新たに自らが抱える〈真実〉として、語ることの倫理を問うものです。これが物語の限界であることを作者が認識し、同時に、これが虚偽の王権であり、それに深く関わる源氏の不実こそ問われるべきであることを、語っていることになります。

作者が「帚木」・「空蟬」巻を参照しながら「薄雲」を書いていることを証す、もう一つの例を挙げます。それは、苦悩する帝に源氏が謁見した「その日、式部卿の親王亡せたまひぬるよし奏するに、いよいよ世の中の騒がしきことを〔帝は〕嘆き思したり」〔②453〕と、朝顔の父親の死を報じていることです。偶然とはいえ、桐壺帝の死によって新たに斎院に立った朝顔（「Ⅲ二　賢木」）が、父の死によって斎院を退く「Ⅲ四　朝顔」の初めに繋げる意図があるからと言えましょう。

しばしば引用されるように、「帚木」の冒頭、「光る源氏、名のみことごとしう、……交野の少将には、笑はれたまひけむかし」という文言は、プレイボーイの評判とは裏腹に、源氏なりの真剣さ（「こゝろ」の真実）の表出が、この物語の目的だという、作者の主人公造形の趣旨と読めるでしょう。少しずつ明かされる源氏の女性関係の中に、藤壺と同時に朝顔が言及されることの意味は、見逃せません。

源氏の「帚木」巻からの朝顔への興味――それは、やはり源氏の身分にふさわしい女性（藤壺・紫君・葵上・六条御息所と同じ「上の品」）――が、ずっと「Ⅲ三　薄雲」まで一つの底流となってきたことを示しています。出来事の多い「薄雲」巻は、梅壺女御（前斎宮）への源氏の恋心が、いまもなお秘かに燃えていることを知らせて、いやな顔をされる場面もあります。「秋好む」梅壺女御と、春を愛でる同年配の紫上とを源氏が比べ、前斎宮のもつ別の魅力を棄てがたく思うのです。それが次の「Ⅲ四　朝顔」へと物語を展開させる動機にもなっています。

「Ⅲ四　朝顔」は、「斎院は、御服にておりゐたまひにきかし」という語り手の強調文で始まります。「大臣、例の思しそめつること絶えぬ御癖にて、御とぶらひなどいとしげう聞こえたまふ」と、源氏は父の死によって斎院を下りた朝顔に、この時とばかり働きかけます。

朝顔が住まう桃園宮（式部卿宮）邸には、源氏の叔母にあたる五宮（桐壺院や葵上の母の妹）が身を寄せています。その叔母を慰問するという口実で、朝顔に逢おうとするのですが、実は朝顔の年齢が物語中どこにも明記されていません。『源氏物語』のテクストの唯一の説明は以下の通りです。

斎院は御服にておりゐたまひにしかば、朝顔の姫君は、かはりにゐたまひにき。賀茂のいつきには、孫王のゐたまふ例多くもあらざりけれど、さるべき皇女やおはせざりけむ。大将の君、年月経れど、なほ御心離れたまはざりつるを、かう筋異になりたまひぬれば口惜しくと思す。［賢木②103-104］

朝顔は昔、十七歳の源氏から歌を贈られていましたから、その時点で少なくとも十四歳以下ではないとすれば、斎院を下りる「朝顔」巻では二十九歳にもなっていることになります。朝顔に始まり朝顔で終わるイメージの統一が、作品の構想と関わって大事な意味をもつと考えると、作者は年齢などが問題にならない次元で朝顔を造形しているかも知れません。

「葵」巻で葵上の死後、さきに引用したように、具体的に物語られる二人の最初の贈答歌は以下のようです。

〈源氏#58〉☆わきてこの暮こそ袖は露けけれもの思ふ秋はあまたへぬれど［#126］

〈朝顔#1〉☆秋霧に立ちおくれぬと聞きしよりしぐるる空もいかがとぞ思ふ［#127 ②57-58］

「もの思う秋はあまたへぬれど」と、朝顔に「（出会いから）秋はあまたへぬ」と詠んだ歌ですが、朝顔は「しぐるる空」と、通り一遍の返事しかしていません。「帚木」巻で最初に歌を贈った時（源氏十七歳）から五年が経っています。さらに「Ⅱ二 賢木」でも――

▽〈源氏#72〉☆かけまくはかしこけれどもそのかみの秋思ほゆる木綿襷かな［#152］

▽★昔を今にと思ひたまふるもかひなく、とり返されむもののやうに

▲と、馴れ馴れしげに、唐の浅緑の紙に、榊に木綿つけなど、神々しうなして参らせたまふ。

……

▽〈朝顔#2〉☆そのかみやいかがはありし木綿襷心にかけてしのぶらんゆゑ［#153　②119］

と、ここではっきり源氏の独りよがりに、毅然と反発していました。

「Ⅲ四　朝顔」での二人のやりとりは三回あって、その最初は叔母の五宮の慰問にかこつけて、朝顔の居所へまわる故式部卿邸の場面です。

▽〈源氏〉神さびにける年月の労数へられはべるに、今は内外もゆるさせたまひてむとぞ頼みはべりける

▲とて、飽かず思したり。

▽〈朝顔〉ありし世はみな夢に見なして、今なむさめてはかなきにやと思ひたまへ定めがたくはべるに、労などは静かにや定めきこえさすべうはべらむ

▲と聞こえ出だしたまへり。

げにこそ定めがたき世なれと、はかなきことにつけても思しつづけらる。

▽〈源氏#148〉☆人知れず神のゆるしを待ちし間にここらつれなき世を過ぐすかな［#309］

▽★今は、何のいさめにかかこたせたまはむとすらむ。

▽なべて、世にわづらはしきことさへはべりし後、さまざまに思ひたまへ集めしかな。

▽いかで片はしをだに

▲とあながちに聞こえたまふ。

……

▽〈朝顔#3〉☆なべて世のあはればかりをとふからに誓ひしことと神やいさめむ［#310　朝顔②473―474］

と、朝顔と源氏の意識の乖離は大きく、双方が「神」に言及するだけに、ここでも人倫が問われています。源氏がその苦悩を口にすればするほど、朝顔はそれを逆手にとって、辛辣に受け答えしています。二人の関わりの第二段階は、以下のようです。

枯れたる花どもの中に、朝顔のこれかれに這ひまつはれてあるかなきかに咲きて、にほひもことに変れるを折らせたまひて奉れたまふ。

……

▽〈源氏#149〉☆見しをりのつゆわすられぬ朝顔の花のさかりは過ぎやしぬらん［#311］

▽★年ごろの積もりも、あはれとばかりは、さりとも思し知るらむやとなむ、かつは

▲など聞こえたまへり。

……

▽〈朝顔#4〉「☆秋はてて霧のまがきにむすぼほれあるかなきかにうつる朝顔［#312 朝顔②475-476］

源氏の歌の「見しをり」とはいつのことか、テクストで唯一それらしいのは、「帚木」巻の、前に引用した、「式部卿宮の姫君に、朝顔奉りたまひし歌」［①95］の文言です。その時の歌はテクストに明示されませんし、さきに述べたように、この時の朝顔の年齢はどこにもはっきりと示されてはいません。

朝顔の源氏に対する態度には、一貫して毅然たるものがあり、この巻の三回目の機会には――

〈朝顔〉昔、我も人も若やかに罪ゆるされたりし世にだに、故宮などの心寄せ思したりしを、なほあるまじく恥づかしと思ひきこえてやみにしを、世の末に、さだ過ぎ、……さらに動きなき御心なれば、〈源氏〉あさましうつらしと思ひきこえたまふ。

▽〈源氏#152〉☆つれなさを昔にこりぬ心こそ人のつらきに添へてつらけれ［#316］
▽★心づからの
▲とのたまひすさぶるを、
▽〈人々〉げに、かたはらいたし
▲と、人々、例の聞こゆ。
▽〈朝顔#5〉☆あらためて何かは見えむ人のうへにかかりと聞きし心がはりを［#317］
▽★昔に変ることはならはずなん［朝顔②485-486］

神事（斎院）は皇女としての勤めでしたから、「年頃しづみつる罪」を贖うための仏事に専念しようという一念です。この場面のすぐ前に、源典侍の出家が語られているのは、この先遠く「若菜下」で、朝顔が出家を果たすことを踏まえているように思われます。

にはかにかかる御事をしも、もて離れ顔にあらむも、なかなかいまめかしきやうに見えきこえて、人のとりなさじやはと、世の人の口さがなさを思し知りにしかば、かつはさぶらふ人にもうちとけたまはず、いたう御心づかひしたまひつつ、やうやう御行ひをのみしたまふ。［朝顔②487］

源氏の「心がはり」を知っている朝顔は、自分の女房達を信じておらず、用いることもありません。朝顔については、右の場面以前に、源氏の朝顔との交流を知った紫上が、「かかりける事もありける世を、うらなくて過しけるよ」と、落ち込むところが描かれています。毅然とした朝顔の真実を知らない紫上ですが、誠実さを欠く源氏の行動は、こうして紫上の「こゝろ」を傷つけていきます。

「中の品」に対する具体的な興味に始まった、若い源氏の恋の物語ですが、十七歳ですでに熱い眼差しを向けていた朝顔に、源氏はこの巻で致命的な一打を浴びたことになります。従って、「光る源氏、名のみことごとしう……」とあった「帚木」巻の書き出しの帰結が、「朝顔」巻だということになります。「交野の少将には、笑われ給ひけむかし」が、ただ若気の至りではなく、源氏という主人公に対する厳しい批判として、予言されていたようにも聞こえる皮肉な文言でした。振り返って見れば、そもそも源氏が空蝉と軒端荻に関わった出来事は、藤壺と若紫のその後を予告するように物語られていました。この時点で源氏はすでに三十二歳ですから、過去十五年の恋の遍歴が、こうして痛烈に「かかりと聞きし心がはり」と批判されて終わったことに、『源氏物語』全体の意味を明確に運ぼうとする作者がいます。

✝再び全体の構造にふれて

従来は「若菜（上）」から始まるとされる物語「第二部」ですが、さきに言及したように、「V一　藤裏葉」が『源氏物語』の〈V急〉段冒頭に置かれて、大きく急転回する物語の第五段階の始まりとなっています。テーゼ（〈I序〉八巻）、アンチテーゼ（〈II破の序〉八巻）によって導かれたジンテーゼが、物語前半の「III四　朝顔」までとするならば、物語後半は、そこまでを踏まえて「III五　少女」からの四巻を加えた新たな〈テーゼ〉――その中心に夕霧と雲居雁を置く――が始まり、「IV一　螢」から〈アンチテーゼ〉――その中心に髭黒と玉鬘を置く――となり、「V一　藤裏葉」からが〈ジンテーゼ〉――その中心に女三宮と柏木――として、物語の幕が下ろされます。

しかしまた、「III四　朝顔」までの前半を大きな括りの〈テーゼ〉と見れば、後半の「V八　幻」までが〈アンチテーゼ〉を構成し、〈ジンテーゼ〉部分は、読者の想像に委ねる形と見ることもできます。それならば、作者が想定した源氏亡き後の六条院は、三宮や柏木の息子による新たな世代の男たちによって、それまでとは違う男たちの行動倫理が物語られなければならないはずです。しかし、五十四巻の『源氏物語』は、「第三部（ジンテーゼ）」として、期待通りには進展しません。繰り返すように、「匂兵部卿」巻以下の続編は、作者紫式部の期待を大きく裏切るものとなってしまっています。

「桐壺」巻の発展として、「藤裏葉」では、そのタイトルが示唆する「藤壺の子＝冷泉帝」が、「Ⅱ六　澪標」で即位して十年後のこの時点で二十一歳になっていて、三十九歳の源氏を准太上天皇として皇族に復帰させています。その宮廷が、政治的に最も安定するこの巻が、『源氏物語』の第一部の終わりであると、今までは読まれてきました。

夕霧が懸案の雲居雁と結ばれ、冷泉帝が朱雀院を伴って六条院に行幸するという、源氏がこの世の栄誉をほしいままにするかに見えるこの巻が、それまでの源氏の栄光の集大成のように読まれたのです。しかし、本書では、予測される大団円（六条院の終焉）を覆す新たな力となるはずの「藤の裏（末）葉）」の世代が、実は、悲しい紫上の死を犠牲にして、六条院を再出発させると読みます。つまり、紫上が育てた六条院の自然と同様に、手塩にかけた明石中宮や女一宮・三宮が、新たな世代の新たな倫理の持ち主として、明るい将来の始まりを期待させると読むのです。

当然「藤（壺）」が「桐（壺）」と「色合わせ」されてもいます。「裏葉＝末葉」の直接的な意味は、夕霧（葵の子）と結びつけられて、雲居雁との場面で詠われる歌の「葵＝藤色」です。「Ⅰ一　桐壺」で元服した源氏が葵上と結ばれたように、夕霧が雲居雁と結ばれることの「パラレル」な構造が「Ⅴ一　藤裏葉」です。実は、夕霧の行動が最後に「Ⅴ六　夕霧」で、『源氏物語』の結論部分に決定的な意味をもたらすので、この「Ⅴ一　藤裏葉」が終結部の始まりなのだという、作者の主張として読むべきなのです。「桐壺」巻末の「紫の色しあせずは」は、夕霧についても不幸にして的中してしまうかに見えます。しかし、夕霧は、父親と同じ轍を踏むでしょうか。夕霧には、父親の悲劇的な間違いを繰り返さない賢さがあります。

夕霧と雲居雁が「Ⅲ五　少女」で本格的に登場するところから、また、「少女」が第二十一巻という四十巻の後半冒頭におかれているところから、全体を四十巻で纏めようとする意図が確認できます。しかし、管見の及ぶところ、この巻をそう見る見方は、『全書』三の「少女」末尾の頭注に――

作者はこの巻で……六条院物語を展開せんとして、野心的構図に著手する。六条院物語は、宇津保物語にヒントを得たらしい。六条院の設計をここにのべる事によつて雄大な序曲としてゐる。［p90］

と「附記」してはいますが、「序曲」という文言からも、「少女」が遠く宇治十帖への始まりとして、『源氏物語』のマクロ的な「構図」を想定しての解釈です。それ故、池田は次の巻「Ⅲ六　玉鬘」からを、実際に「第一部」の後半としています。それが「玉鬘十帖」と括る理由でもあります。しかし、「Ⅲ五　少女」は、「Ⅰ五　若紫」・「Ⅱ五　明石」に続く、展開部の最重要巻としてあります。純な心の持ち主としての五節の少女たちを、その象徴的な女性のありようとして、『源氏物語』が折り返し点の冒頭で再確認しようとしているのです。それは最後に源氏が已れを知って詠う〈源氏#217〉「宮人は豊の明にいそぐ今日……」［#584 ④546］に収斂します。

「少女」巻での中心人物は雲居雁で、物語〈Ⅴ急〉段で、夕霧が「Ⅴ六　夕霧」で落葉宮と関わったとき、その犠牲者になります。当然、紫上と雲居雁が、不幸を背負う二人の女として、物語全体に関わって意味をもつことになります。

物語中、不幸にも若くして死を遂げるのは、夕顔・葵上・柏木の三人です。いずれも頭中将に関わって、その恋人（夕顔）・妹（葵上）・息子（柏木）であり、主人公源氏との関係でも、恋人（夕顔）・妻（葵上）・不義（柏木）の子の親というわけですから、それぞれが物語の主要人物として、源氏の生き様に深い影を落とします。なかんづく、物語全体にとって、柏木の行動が一番大きな転回点（「Ⅴ三 柏木」巻）となっていますから、作者はこの人物の誠実さを源氏の不実に比定すべく、細心の注意を払っています。

こうして物語の根幹に位置する頭中将ですが、いつも源氏の身辺にあって、とくに女性関係ではライヴァル的存在であるにも拘わらず、物語を大きく動かす人にはなりません。それは、物語中に源氏の歌が二百二十一首もあるのに、頭中将のはわずか十六首しかないことからも、如何に物語の中で、敢えて中心を外されているかが歴然としています。

「Ⅰ二 帚木」・「Ⅱ二 賢木」・「Ⅳ七 真木柱」・「Ⅴ三 柏木」というように、「木」の字を含む巻名は物語中に四つあります。「帚木」で導入された女性の「品格」が、その後の三つの木のイメージに反映するかのように、そこに展開する倫理観が、『源氏物語』の中で、それぞれの巻を特異なものにしています。物語全体の倫理的な意味を、この四巻によって「起承転結」と大観できるように配置されています。「帚木」の夕顔・空蟬、「賢木」での六条御息所・藤壺というように、鍵になる人物がそれぞれの巻にいるからです。これについては、「真木柱」巻を扱うところで、また考えます。

夕霧・雲居雁を中心人物として展開する「少女」巻で、柏木は、左大臣三条邸（大宮邸）に右大臣二条邸（頭中将邸）から集まって来ている「内大臣（頭中将）の君達、左少将・少納言・兵衛佐・侍従・大夫など……」というように、あまり重視されていない内大臣の長男「左少将」として登場しています。源氏の次の世代を、「Ⅲ五 少女」から始めて「Ⅴ六 夕霧」に終わる物語後半にあって、この静かな柏木の導入は、読み返したとき初めてその秘された意義が味読されます。さきの朝顔の「Ⅰ二 帚木」での導入が「Ⅲ四 朝顔」で終わったように、「Ⅲ

五　少女」の柏木も「Ⅴ四　横笛」で終わります。

『源氏物語』の経糸は、五言律の八行として、八本並んで通っています。そこに緯糸として〈Ⅰ一　桐壺〉から〈Ⅰ八　花宴〉までが、まず織り込まれます。次の緯糸は、〈Ⅱ一　葵〉から〈Ⅱ八　関屋〉までの八巻で、その経糸の第Ⅰ糸と第Ⅱ糸が対になって、〈起承転結〉の〈起〉部を構成しています。

従って、経糸の第一糸には、「Ⅰ一　桐壺」・「Ⅱ一　葵」・「Ⅲ一　絵合」・「Ⅳ一　螢」・「Ⅴ一　藤裏葉」が置かれ、次の経糸は、「Ⅰ二　帚木」・「Ⅱ二　賢木」・「Ⅲ二　松風」・「Ⅳ二　常夏」・「Ⅴ二　若菜」が並んで、この第一と第二の経糸に緯糸が〈桐壺・帚木〉のように織られていて、こちらは〈起承転結〉の八巻毎の論理性をもっています。物語のマクロ構造が、文字通り物語の「経緯」としてヴィジュアルに織り込まれて俯瞰できます。

こうして、「Ⅰ二　帚木」の「品定」が、最後に問題提起するのが、「Ⅴ二　若菜」の女三宮の婚姻です。源氏＝空蝉が、柏木＝女三宮とパラレルに置かれていることが、こうした織り目から見えてくるとき、源氏が強引に空蝉に関わった事の重大性が、柏木の姦通に顕現するように造られていることが判ります。「Ⅰ三　空蝉」が「Ⅴ三　柏木」とパラレルに配置されていることが、経糸・緯糸の構造から、「人妻」の凌辱が如何に女性に不幸をもたらすかを立証するのです。

〈Ⅰ序〉で主人公源氏の「色好み」の性情がほぼ明かされて、藤壺との間に将来「冷泉帝」となる不義の子が生まれ、生涯の伴侶となる若紫を育てていく過程で、〈Ⅱ破の序〉の中心に明石が配置されます。

源氏は、〈Ⅰ序〉の「帚木」で、偶発的に関わった空蝉と、「Ⅱ八　関屋」でまた偶然再会します。空蝉の「せきとめがたき涙」を「〈空蝉＃6〉絶えぬ清水［＃271　関屋②361］」と、源氏が故意に美化していることが判っていますから、空疎な源氏のことばをやり過ごします。巻末では、夫の常陸介が病死すると、継子の河内守（昔の紀伊守）

に言い寄られて、空蝉は出家します。「人妻」に関わる男という『源氏物語』のモチーフが、物語前半の〈テーゼ〉の核心にあることを、作者は明らかにしたいのです。「光る君」という表向きの主人公のイメージとは裏腹に、源氏の「咎（人妻との契り）」が、明るみに出るきっかけのように、「関屋」巻は置かれています。

藤壺（Ⅱ二　賢木）、六条御息所（Ⅱ六　澪標）の落飾の後、尼になる三人目が空蝉で、その事実を強調するかのように、四人目が源典侍（Ⅲ四　朝顔）です。さらには後半の朝顔・朧月夜・女三宮まで、出家が最終的な行動として終わる七人の女性の不幸は、いずれも「宿世」として納得するわけにはゆかないことを、作者はこの物語の意趣としています。

4）「Ⅲ五　少女」に始まる『源氏物語』後半

「少女」の巻名は、源氏が須磨謫居のころ、筑紫から上京するかつての五節の少女を回想して詠う歌に関わります。『源氏物語』の大きなモチーフの一つである「少女」——その前半に若紫がいます——が、後半の雲居雁へ繋がって意味をもちます。モチーフの核心にあるのは、少女の「こゝろ」の清純さです。次の「をとめご」の歌が、遠く源氏の自己認識場面の歌に重なったとき、若紫と雲居雁の「よはひ経ぬれば」という意味が、複合的に表現力を増します。

〈源氏#157〉☆をとめごも神さびぬらし天つ袖ふるき世の友よはひ経ぬれば［#329　少女③63］

〈源氏#217〉☆宮人は豊《とよ》の明《あかり》にいそぐ今日ひかげも知らで暮らしつるかな［#584　幻④546］

「豊《とよ》の明《あかり》」とは、十一月の新嘗会のこと、「をとめ」は豊穣の原点にあるべき存在です。源氏は実り豊かな人生であるべきだったのに、さまざまな女性と関わって、結果は「ひかげも知らで」惨憺たるものになってしまいます。なぜ真の王道を歩めなかったのかを問うのが、『源氏物語』の後半の物語です。

源氏は太政大臣に、頭中将は内大臣にそれぞれ昇進して、ほぼ二人が政治的な権力を掌握したこの時から、源氏は表面的な栄華の影で、少しずつ身から出た錆が表面に浮き出て、貧寒な心が顕わになる結末へと向かいます。「Ⅲ四　朝顔」は、源氏の藤壺に対する想い――〈源氏#155〉☆なき人をしたふ心にまかせてもかげ見ぬみつの瀬にやまどはむ［#321 ②496］――で終わります。「〈源氏#3〉帚木の心をしらで……まどひぬるかな〈#22 帚木①112〉」と、「まどふ」ことに始まってまた終わる一生には、「豊の明」は望むべくもありません。「Ⅲ五　少女」冒頭は、翌年の四月、賀茂の祭にも関わらなくなった前斎院（朝顔）に、早速たくさんのお召料などを送り込んでご機嫌伺いをしてくる源氏に、朝顔がとまどっている場面から始まっています。

あれほどはっきりと拒否の意志を示したにも拘わらず、源氏の執心は、考えてみれば「帚木」の十七歳以来、三十三歳のここまで、足かけ十七年も続いてきたことになります。十七は〈5＋7＋5〉の上の句の音韻数ですから、このあと十九年を重ねれば、源氏は〈5＋7＋7〉という、二句切れの歌の後半の音韻数である十九年を、五十一、二歳まで罪深く生きることになります。「少女」巻頭の歌――

〈源氏#156〉☆かけきやは川瀬の浪もたちかへり君がみそぎのふぢのやつれを［#322 ③17］

〈朝顔#6〉☆ふぢごろも着しはきのふと思ふまにけふはみそぎの瀬にかはる世を［#323 ③18］

朝顔の「みそぎの瀬」は除服の意味ですが、源氏の「みそぎ」は文字通り藤壺との罪を洗い清めることでしょう。朝顔は「いまさらにまた世になびきはべらんもいとつきなきこと」［③19］と、源氏を突っぱねています。ここに、物語全体の重要なキーワードの一つ――なびく――があるのは意義深いことです。物語の後半で、朝顔に比定される人物は落葉宮ですが、夕霧が契りを結ぶ直前の場面で、「岩木よりけになびきがたき」［夕霧④479］という感想をもつのは偶然ではありません。『源氏物語』に「なびく」という文言は、「風になびく」というような表現も数えれば、全四十巻に五十ほどあります。さきに指摘した雲居雁の歌中のが最重要な例ですが、深く源氏の言行に関わって意味をもちます。

自分にこだわる朝顔を、このように造ってきた作者の思いを、まず物語後半の冒頭に据えるのは、源氏に関わる女性が、多かれ少なかれ世（源氏）になびかされて、結局不幸から逃れられない現状を、物語化したいからです。大きく展開する物語後半の冒頭に、右の贈答歌を置いて、源氏の倫理をまず確かめることから「少女」巻を始めています。

「桐壺」巻の源氏の元服から物語が動き出すように、「少女」巻では、十二歳の夕霧の元服とその教育から物語が進展します。まず元服と寮試合格など、将来太政大臣になる人物として、「桐壺」巻の源氏と比べての夕霧十二歳の教育が語られます。源氏にはなかった英才教育を施そうというのです。そのために、ただ孫を猫可愛がりする大宮（祖母、葵上の母）から二条東院、花散里の住まいに勉強部屋を造って移します。数ヶ月で『史記』を読破し、翌春には進士に及第します。それまで大宮に預けられてきた夕霧にとって、幼なじみの雲居雁は二歳年上の従姉で、ごく自然に好き同士の関係です。内大臣が雲居雁を春宮にという政略から、二人の仲を裂こうとして雲居雁を二条の大臣邸に移すいきさつが巻の中心に置かれます。若い人たちが成長する過程で、教育が倫理問題とも関わって大事な意味をもつと、確かに作者は考えています。特に夕霧の場合は、源氏を継ぐ世代の代表として、その倫理的な言行が、物語後半に大事な意味をもたらすはずです。

さきに言及したように、雲居雁との結婚が許される「藤裏葉」巻まで六年もの間、夕霧は辛抱します。ほとんど意のままに女性関係をもった十代の源氏とは、地位も性格も異なるとはいえ、夕霧の行動がままならぬ状況に、読者も同情や共感を覚えるような造りになっています。こうした情勢が、夕霧よりも年上の柏木の人生にも大きな影響を与えることを、作者は物語の大きなプロットとしています。その始発が「少女」という処女（純心）のイメージに象徴化されていると言えるでしょう。

特筆すべきは、惟光の娘がこの巻で五節の舞姫に選ばれ、夕霧がこの舞姫に恋文を送るエピソードです。のちに夕霧との間に五人の子供をもうけ、夕霧が落葉宮に関わったとき、雲居雁とスクラムを組む藤典侍と呼ばれる人です。作者は、恐らく明石・花散里と同じような立場の女性として、源氏亡きあとに、六条院を外からサポートする女たち――藤典侍と雲居雁――を想定していると考えられます。「藤」という名をもっていることから、そこでも「藤裏葉」が指標となっているように見えます。

それはともかく、「Ⅲ五 少女」では、柏木（十七歳）の妹、弘徽殿女御がすでに冷泉帝に仕えていますが、後から出仕の前斎宮が中宮におさまります。ここにも源氏の政治的影響力が働いています。「世になびく」とは、そのように女性が男性社会の力関係で動くしかない状況のことです。

「少女」巻から始動するのが夕霧の物語ですが、その影に柏木の存在があります。十二歳の夕霧が、従姉で幼なじみの十四歳になる雲居雁（三条大宮邸に居住）から引き離される経緯が語られる中、昔の源氏と頭中将のライバル関係が、ここで柏木をそれとなく登場させることによって繰り返されます。

5）「Ⅲ六 玉鬘」――作者の分身としての知性

「Ⅲ五 少女」は源氏の六条院の完成が報告されて終わります。春（東南＝紫上）・秋（西南＝秋好中宮）を南面に、夏（東北＝花散里）・冬（西北＝明石）を背後にと、対照的に造る四つの「町」なので、自ずとその力関係が「対立」

ではなく「共存」として構想されています。しかも、明石と花散里の北面の位置が、直接内裏に向き合っていて、源氏亡きあとの六条院にあって、この二人の女性が紫上の遺志を引き継ぐ形が想定されます。ここではまだ先のことですが、春の町に女三宮が入ることになったとき、それまでの紫上の立場が決定的に危うくなります。

「Ⅲ五　少女」がその構造的な位置から「Ⅰ五　若紫」と対比できる関係性をもつとすれば、「Ⅲ六　玉鬘」は「Ⅰ六　末摘花」に見合う中身を備えていると言えましょう。頭中将と夕顔との間に生まれた玉鬘が、源氏にとっては、改めて「末摘花（最後の〈罪〉を積む花）」でもあるような人物として登場します。そのライヴァルは頭中将ではなく、今度は夕霧そのほか次世代の若者たちであり、彼らが源氏の競争相手として、物語の新たな推進力になります。源氏が玉鬘の恋の競争相手として、ほかの若者たちに比べて明らかに不似合いなところから、源氏は「玉鬘」巻からは、すでにピエロ的に浮いた存在になりつつあります。

玉鬘の出自を源氏があえて伏せているために、源氏の養女として引き取られた玉鬘は、夕霧の姉分ですが、実の姉である柏木には懸想の対象となっています。この魅力的な女性のまわりにたくさんの男たちが寄ってくるという物語後半は、源氏が主人公役から狂言回し役に引き下ろされたかのごとくです。しかし、ここに及んでも源氏の「色好み」は続いていて、独りよがりな言行が、玉鬘を束縛します。源氏の「なびく心」には、政治的な力関係がいつも絡んでいますが、性的な興味が勿論その中心にあります。

「Ⅳ七　真木柱」巻までのいわゆる玉鬘十帖は、夕霧と雲居雁の恋の成り行きを軸に、玉鬘を求めて動く男たちの騒動を絡ませて進展します。紫上と明石が前半の物語を動かす女性二人とみるならば、後半の〈テーゼ・アンチテーゼ〉の主要人物は、雲居雁と玉鬘です。玉鬘は源氏の養女として花散里のもとに預けられますが、夕霧とは初め姉弟の関係ですから、恋心をもてないように造っています。このあたりの人物の動かし方も、巧いものです。作者の経験がさまざまに物語化されているようで、玉鬘はいわば作者の分身とも言える存在です。

そこで、「Ⅳ一　螢」の「物語論」は、絶妙なタイミングで挿入された作者の芸術論として、「Ⅲ一　絵合」に呼応する経糸（第一糸）に織り込まれる緯糸第四糸の重要性を示唆しています。『源氏物語』の構造とその機能を証す、〈Ⅳ破の急〉の始まりです。「Ⅳ一　絵合」がそうであったように、作者はこの時を待ち構えていました。こうした「合わせ技（織りざま）」は、作者の二項対立の論理に導かれて、ここでも全体を統括する機能を果たします。

6）「Ⅲ七　初音」・「Ⅲ八　胡蝶」——〈Ⅲ破の破〉段の〈結〉部

六条院の四季が「Ⅲ七　初音」巻に始まるとき、源氏は三十六歳で、外面的に人生の頂点に立っています。冷泉帝がちょうど半分の十八歳、紫上二十八歳・明石二十七歳、その娘八歳、玉鬘二十二歳というように、それぞれが輝かしい年を迎えています。

「年たちかへる朝の空のけしき、なごりなく曇らぬうららけさ」［③143］と書き出される春の御殿には、そこに住む人たちの明るい人生があるかのようです。しかし——

▽〈源氏#162〉☆うす氷とけぬる池の鏡には世にたぐひなきかげぞならべる［#352］
▲げにめでたき御あはひども也。
▽〈紫#14〉☆くもりなき池の鏡によろづ世をすむべきかげぞしるく見えける［#353］
▲何ごとにつけても、末遠き御契りを、あらまほしく聞こえかはしたまふ。［初音③145］

「鏡」が二人の歌のモチーフになる二回目です。前回は、須磨に発つ前の別れの場面でしたが、ここでは「末遠き御契り」が実は十年も続かない運命（三十九［テクストでは三十七］歳で病に倒れる紫上）で、「あらまほし」い「契り」が実は空しい希望に終わることを、「すむべきかげ」ということばに明らかなように、紫上は「こゝろ」の深みに感じています。そして、ここに「鏡」のイメージが置かれたことから、実はここが起点となって、紫上の源氏に対する抗いが、密かに始まるのです。作者は「末遠き御契り」ということばによって、六条院の「あらまほし」き未来を、すでに源氏の死後まで見通していると見ます。物語の「どんでん返し」が、作者によって密かにたくらまれたと考える決定的な時点です。

源氏は、新年の挨拶回りにまず明石姫君のご機嫌を伺い、ついで夏の住まいの花散里、その西の対の玉鬘、そして暮れ方に冬の町の明石を訪れ、そこで一泊します。遠く紫上の死後「幻」巻で、源氏は再び女性たちを訪ね回りますが、その場面を比べれば、作者の意図が自ずと知れる造りになっています。

さきに、「Ⅰ五　若紫・Ⅰ六　末摘花」と対比して「Ⅲ五　少女・Ⅲ六　玉鬘」の物語の位置を考えましたが、その先に「Ⅰ七　紅葉賀・Ⅰ八　花宴」に比べるべき「Ⅲ七　初音・Ⅲ八　胡蝶」があります。「初音」は、紫上が「紅葉賀」と読み比べられたとき、紫上の「こゝろ」がどれほど壊されてきたかが明らかになる巻です。それは、例えば正月早々明石のところに泊まった源氏に、紫上が無言の答えを返すところを読むだけで足りるでしょう。

「胡蝶」のテーマは、朧月夜と対比可能な玉鬘への男たちの懸想が出来事の中心にあって、もはや「恋人」としての源氏は、裏方役に退いています。玉鬘には螢兵部卿宮、鬚黒が分相応の候補者ですが、その中で源氏に「若々しい」候補者と眼にとまるのが柏木であることが、この巻のポイントと言えます。

▽〈源氏〉さてこの若やかに結ぼほれたるは誰がぞ。
▽いといたう書いたる気色かな
▲とほほ笑みて御覧ずれば、

▽〈右近〉かれは、執念うとどめてまかりにけるにこそ。
▽内の大殿の中将の、このさぶらふみるこをぞ、もとより見知りたまへりける伝へにてはべりける。
▽また見入るる人もはべらざりしにこそ
▲と聞こゆれば、
▽〈源氏〉いとらうたきことかな。
▽下臈なりとも、かの主たちをば、いかがいとさはしたなめむ。
▽公卿といへど、この人のおぼえに、かならずしも並ぶまじきこそ多かれ。
▽さる中にもいと静まりたる人なり。
▽おのづから思ひあはする世もこそあれ。
▽掲焉にはあらでこそ言ひ紛らはさめ。
▽見どころある文書きかな
▲など、とみにもうち置きたまはず。［胡蝶③179-180］

右のように、源氏は柏木を大変買っているものの、その「こゝろ」を弄ぶスタンスは、のちに当然の報いを受けることになります。源氏が「見どころある文」と見る筆跡は、やがて柏木の密通の証拠となって、源氏は皮肉にも、過去の咎についての自己認識を迫られます。

柏木の年は夕霧より五、六歳上ですから、すでに二十歳になっていて、玉鬘が二十二歳なら、夕霧十五歳・雲居雁十七歳と同じような年格好と言えます。のちに、柏木がなぜこの歳まで独身であるかについて、それが「上の品」、それも最上級の身分志向にあることが説明されます。これが女三宮の事件に繋がるわけですが、ここでの玉鬘への柏木の執念がただならないことを、源氏が感得して、こういう柏木評をさせているのだと知れます。「Ⅲ八 胡蝶」では、こうした蝶のように飛び交う懸想する男たちを見ながら、源氏自身が玉鬘への欲望を抑えきれない場面を後半に置いています。養父として自制すべき源氏が、玉鬘の魅力の虜になって、つい手が出てしまうのは、夕顔と容姿が酷似している玉鬘を、はかなく死んだ夕顔に置き換えてしまうからでしょう。母のいない若紫とも比定される玉鬘が、源氏の執着心にも重なります。「末摘花」の冒頭が夕顔への追憶から始まっていたことが、ここでは、あだ名以上の寓意をもって、「末（玉鬘＝養女）を摘む」と読めます。

長い引用ですが、大事な場面です。

なごやかなるけはひの、ふと昔思し出でらるるにも、忍びがたくて、

▽〈源氏〉見そめたてまつりしは、いとかうしもおぼえたまはずと思ひしを、あやしう、ただそれかと思ひまがへらるるをりをりこそあれ。

▽あはれなるわざなりけり。

▽中将の、さらに、昔ざまのにほひにも見えぬならひに、さしも似ぬものと思ふに、かかる人ものしたまうけるよ

▲とて涙ぐみたまへり。

箱の蓋なる御くだものの中に、橘のあるをまさぐりて、

▽〈源氏#166〉☆橘のかをりし袖によそふればかはれる身ともおもほえぬかな［#369］

▽★世とともの心にかけて忘れがたきに、慰むことなくて過ぎつる年ごろを、かくて見たてまつるは、夢にやとのみ思ひなすを、なほえこそ忍ぶまじけれ。

▽思し疎むなよ

▲とて、御手をとらへたまへれば、女かやうにもならひたまはざりつるを、いとうたておぼゆれど、おほどかなるさまにてものしたまふ。

▽〈玉鬘#5〉☆袖の香をよそふるからに橘のみさへはかなくなりもこそすれ　[#370]

▲むつかしと思ひてうつぶしたまへるさま、いみじうなつかしう、手つきのつぶつぶと肥えたまへる、身なり肌つきのこまやかにうつくしげなるに、なかなかなるもの思ひ添ふ心地したまうて、今日はすこし思ふこと聞こえ知らせたまひける。[胡蝶③185-186]

このあと、震えている玉鬘に、「さりげなくてをもて隠したまへ……。いとかう深き心ある人は世にありがたかるべきわざなれば、うしろめたくのみこそ」と言う源氏に、「いとさかしらなる御親心なりかし」という草子地がついたあと——

……人々は、こまやかなる御物語にかしこまりおきて、け近くもさぶらはず。常に見たてまつりたまふ御仲なれど、かくよきをりしもありがたければ、言に出でたまへるついでの御ひたぶる心にや、なつかしいほどなる御衣どものけはひは、いとよう紛らはしすべしたまひて、近やかに臥したまへば、いと心憂く、人の思はむこともめづらかに、いみじうおぼゆ。[胡蝶③187-188]

と、ここでもさきの朝顔との関わりと同様に、女性側から見た源氏の振舞いが疎ましく思われています。「胡蝶」の最後は、柏木が玉鬘に希望を繋ぐ、以下のような語り文で終わります。

この岩漏る中将も、大臣の御ゆるしを見てこそかたよりにほの聞きて、まことの筋をば知らず、ただひとへにうれしくて、下り立ち恨みきこえまどひ歩くめり。[胡蝶③191-192]

夕霧が姉だと思うが故に手出しできない玉鬘は、実は柏木の姉であることから、柏木の恋の右往左往が無に帰します。源氏がそのように、真実を明かさず、事態を弄ぼうとする志向そのものが、少しずつ本当の悲劇をもたらす原因になります。この巻は「花宴」とパラレルに置かれていますが、あの朧月夜に一途であった当時の源氏と、ここでの玉鬘に対する態度の不誠実を比べれば、作者が源氏を批判しようとしている意図はかなり的が絞られてきています。

〈紫#15〉☆花ぞののこてふをさへや下草に秋まつむしはうとく見るらむ［#364 胡蝶③172］

秋好と春秋を競い合って、お互いに歌の贈答ゲームを楽しむ仲の紫上ですが、この歌の意味は、このあと遠く、紫上亡き後の秋好中宮の悲しみの歌――〈秋好#7〉枯れはつる野辺をうしとや亡き人の秋に心をとどめざりけん［#562 御法④517］――に繫がっています。しかし、源氏との関係をこの歌に仮託させれば、恋の花園に群れる「胡蝶（男）」たちを見て、紫上の生はすでに秋を待つ心境と読めます。源氏の玉鬘に対する「なびく心」を見る紫上には、それがひどくうとましく感じられることでしょう。

4 〈Ⅳ破の急〉段（展開部の急）――「Ⅳ一　螢」から「Ⅳ八　梅枝」まで

〈Ⅳ破の急〉	螢　一	常夏　二	篝火　三	野分　四	行幸　五	藤袴　六	真木柱　七	梅枝　八	合計
行数	374	424	69	348	528	282	758	367	3150
%	11.9	13.5	2.2	11.0	16.8	9.0	24.1	11.7	100

1）「Ⅳ一 螢」の物語論

「螢」巻の初めには、兵部卿宮のために、源氏が用意した螢をたくさん放ち、玉鬘の姿をその光で浮かび上がらせるという、粋な悪戯の場面があります。螢兵部卿は源氏の弟として、晩年まで源氏の人となりをところどころで暗示する（ぱっと光らせる）男性です。恋する女を垣間見るというモチーフがここに展開しますが、このあと、夕霧が紫上を、柏木が女三宮を垣間見る場面に繋ぐためです。

たまたま、長雨の頃、玉鬘が絵物語を面白がっているところで、作られた物語の「いつはりども」に、源氏が有名な物語論を展開します。

▽……げにさもあらむとあはれを見せ、つきづきしくつづけたる、はた、はかなしごとと知りながら、いたづらに心動き、らうたげなる姫君のもの思へる見るにかた心つくかし。

▽またいとあるまじきことかなと見る見る、おどろおどろしくとりなしけるが目おどろきて、静かにまた聞くたびぞ、憎けれどふとをかしきふしあらはなるなどもあるべし。〔螢③211〕

などと、玉鬘相手に「作り物語」を論じます。源氏が「そらごとをよくし馴れたる口つきよりぞ言ひ出だすらむとおぼゆれどさしもあらじや」というので、玉鬘は、「げにいつはり馴れたる人や、さまざまにさも酌みはべらむ。ただいとまことのこととこそ思うたまへられけれ」〔③211-212〕と、皮肉ります。

〈玉鬘#6〉☆あらはれていとど浅くも見ゆるかなあやめもわかずなかれけるねの〔#375 螢③204〕

これは二人の物語論が始まる前に、螢宮が贈った歌に玉鬘が応えたもので、相手にされずに泣いていると訴える螢宮に、そんな浅い気持ではと、玉鬘が一蹴して詠んだ歌です。この歌が痛烈な批判に聞こえるのは、『源氏物語』最終「幻」巻で、源氏が紫上を失って嘆く声に重ね合わせたときです。作者が、最後に源氏の一生の浅はかさを、ただ一つの歌で仕留める物語の「まこと」を、早くもここで開陳していると見えたとき、われわれ読者は、その表現力の巧みさにつくづく感銘するほかありません。

源氏は自らの物語論を、ただの虚言だと葬ってはなるまいと、結論づけます。玉鬘（作者）側から見て、主人公源氏にハイライトを当てて、その内外を執拗に追うことで炙りだされてくる女性の生きざまとその「こゝろ」の真実が、『源氏物語』の意趣だと、今や確信できます。皮肉にも源氏は自身の物語論によって、自身が焙り出される近未来を、無意識の内に語っているのです。

源氏に対する批判の眼は、この「螢」巻あたりからとても鋭くなっていきます。玉鬘との交渉をとおして、源氏がとる行動の一つひとつが、ここからの源氏の変容のすべてを、少しずつ明らかにしていくのです。その契機として、玉鬘に対して養父・恋人という源氏の矛盾が、否応なしに自分自身と恋する男たちへの行動を、予期せぬ方向へいざないます。

同時に、夕霧と柏木が、玉鬘に対する源氏のとる行動によって、それぞれの真実をも顕在化します。夕霧は紫上から遠ざけられ、柏木は玉鬘への仲介役を姉弟の立場にある夕霧に頼んで断られます。源氏が玉鬘の出自をここまで隠してきたことが、源氏自身の生を、徐々にですが確実な崩壊へと向かわせています。

2）「Ⅳ二　常夏」――「Ⅰ二　帚木」との対比

内大臣が源氏の向こうを張って、玉鬘のような「外腹の女」として近江君なる人物を「上の品」に相応しい女性に仕立てようとする滑稽が語られます。ある意味で、直前の物語論が実践された趣ですが、これも、玉鬘が内大臣の本当の娘であることを源氏が明かさないことから、ライヴァル意識をもちつづける内大臣のロマンティシズムが苦し紛れに起こす行動です。昔から六歳ほど下の源氏の後塵を拝してきた内大臣ですから、弘徽殿女御の立后を阻まれた恨みもあって、源氏に一矢報いたい思いが、雲居雁を夕霧に許さない大きな理由となっています。「帚木」巻の「品定」は、「中の品」の良さを一つの観点としましたが、「常夏」では教養の差異を明らかな観点として、玉鬘に近江君が比較されます。内大臣には、雲居雁を玉鬘のように秘蔵できなかったことが悔やまれるのですが、その近江君を捜し出した柏木に、女性の「教養」について、「品定」の認識がなかったことが問題であるように造っています。

（内大臣）「中将の、いとさいへど、心若きたどり少なさに」〔常夏③242〕

これは、『源氏物語』の〈Ⅴ急〉段で、柏木が悲劇の当事者になる前提として見たとき、皮肉にも源氏が柏木を高く評価したことの反証となる、内大臣の父親としての柏木評です。このように、柏木の人となりが、少しずつこの〈Ⅳ破の急〉で顕在化していきます。「Ⅳ二 常夏」と比定される「Ⅴ二 若菜」が柏木・女三宮の密通に繋がっていることが、作者の意匠を確かなものにしています。

いわゆる「玉鬘十帖」といわれる、六条院の四季を華やかに描写して、源氏の栄華が物語られる背後に、実は源氏の退廃が始まっていることが示されます。それは源氏の「こゝろ」がここまでに少しずつその純正さを失ってきたことを、源氏自身が認識していないことに起因しているのですが、いみじくも、「螢」巻の、物語の「これらにこそ道々しくくはしきことはあらめ」〔③212〕と自身が認めたことが、源氏の本当の姿を見せ始めるように造られています。

語り手（作者）が聞き手（読者）に伝えようとしているのが何であるかが、「破の急」段である「螢」巻から「梅枝」巻までに明らかにされます。一見華やかに描かれる四季の風景が、たとえば、さきに言及した螢が放たれる螢宮のエピソードのように、単なる優雅な恋の一シーンに終わらず、真相を垣間見せる鏡の役目を帯びています。螢の光が微弱ながら物語の深層を象徴的に明るみに出す意味をもたらしていることにこそ、『源氏物語』の芸術性の一端があると言えるでしょう。それは紀伊守邸の空蟬に逢う前の描写に、「螢しげく飛びまがひて」とあった「帚木」巻から始まっています。「玉鬘」シリーズでの四季は最終巻「幻」に呼応します。その「核心」に位置するのが、ここでの象徴的な玉鬘という人物設定なのです。

3)「Ⅳ三 篝火」と「Ⅳ四 野分」――〈破の急〉段の〈承〉部

『源氏物語』〈Ⅰ序〉(「桐壺」から「花宴」まで)との対比で言えば、「篝火」と「野分」は、「Ⅰ三 空蟬」と「Ⅰ四 夕顔」にあたります。「篝火」は「空蟬」同様ごく短い巻で、『源氏物語』の長短のリズムは、〈Ⅱ破の序〉(「葵」から「関屋」まで)でも、三巻目の「Ⅱ三 花散里」を短く造っていることにも現れています。また、それだけに、「Ⅲ三 薄雲」と「Ⅴ三 柏木」が物語中で、非常に重要な巻となるのです。長い巻が次々に続く「宇治十帖」は、作者が物語の展開について、光源氏の物語の音楽的なリズムをもっていません。『源氏物語』の作者は、「宇治十帖」の作者と比べて、物語の時間について遙かに優れた感性をもっていて、だらだらと出来事を並べることがありません。

「篝火」は、文章量としては「花散里」(76行)よりさらに少なく(69行)、地の文の数がわずか23(「花散里」は28)です。この最短の巻に、源氏と柏木の「こゝろ」が端的に語られます。

玉鬘の魅力は、男としての源氏にとっては抗いがたく、その行動は養父としての立場を越えてしまいます。一方源氏への対抗意識から、近江君のイメージ造りにやっきになっている実父の内大臣と比べて、玉鬘も――

憎き御心こそ添ひたれど、さりとて、御心のままに押したちてなどもてなしたまはず、いとど深き御心のみまさりたまへば、やうやうなつかしううちとけきこえたまふ。〔篝火③256〕

と、玉鬘の方が源氏に慣れ親しんでいくようです。源氏の手練手管がほとんど作り物語のレベルと言えるほど巧みなので、語り手さえも、ほとんど「うちとけ」ているかのように聞こえるほどです。琴を枕に添い寝をしている二人ですが、篝火を明るく焚かせて、源氏は玉鬘の美しさに見とれています。

▽〈源氏#171〉☆篝火にたちそふ恋の煙こそ世には絶えせぬほのほなりけれ〔#384〕

▽★いつまでとかや。

▽ふすぶるならでも、苦しき下燃えなりけり

▲と聞こえたまふ。

女君、あやしのありさまやと思すに、

▽〈玉鬘#10〉☆行く方なき空に消ちてよ篝火のたよりにたぐふ煙とならば〔#385〕

▽★人のあやしと思ひはべらむこと

▲とわびたまへば、

▽〈源氏〉くはや

▲とて出でたまふに、東の対の方に、おもしろき笛の音、箏に吹きあはせたり。〔篝火③257-258〕

二つの文章でそれぞれの「こゝろ」が響き合っている、すばらしい物語文です。「ふすぶるならでも、苦しき下燃えなりけり」とは、『源氏物語』では珍しく源氏のことばとして、直截的です。この場面を、鮮やかに切りかえすのは、玉鬘に追い出されるようにして部屋から出た源氏に、東の対から、夕霧の許で遊んでいる柏木の笛

の音です。すぐ気づいた源氏は、そこで、柏木の兄弟たちを西の対に招き、皆で琴と笛の合奏となります。しかし、玉鬘に懸想している柏木は、緊張の余りうまく吹き出せません。

そう遠くない将来、女三宮に繋げるために、作者は少しずつ読者の脳裏に柏木のイメージを定着させようとしています。ですから、「Ⅳ三　篝火」は「Ⅴ三　柏木」と同じ経糸上に置かれているのです。この時点で源氏は、柏木を好青年として評価しています。次の「Ⅳ四　野分」は夕霧が関わる巻ですが、源氏は紫上に息子が近づくことを厳しく警戒しています。野分によって紫上が丹精した庭の花々が吹き倒され、その見舞いに訪れた夕霧が紫上を垣間見る場面は、これも将来、柏木が見る女三宮のイメージに繋ぐ、作者の用意です。

各の町を見舞う源氏が、いわば突風のようにやってくる様が描かれています。むろん一番の被害者は玉鬘ですが、源氏についてくる夕霧には、普段見られない人たち――玉鬘・明石姫君など――が瞬間的な残像として目に残ります。叶えられない雲居雁に向けて、明石姫君のところで硯と筆をかりて歌を贈ります。ここでも作者は、近い将来、柏木が女三宮に憧れて書く不用意な手紙のお膳立てをしているのかもしれません。

4）「Ⅳ五　行幸」と「Ⅳ六　藤袴」――〈破の急〉段の〈転〉部

この二巻は、序段の「Ⅰ五　若紫」と「Ⅰ六　末摘花」に対応して、「行幸」では玉鬘が、「藤袴」では雲居雁が中心人物です。

「行幸」の冒頭は、大原野へ冷泉帝が鷹狩りにでかけ、普段見られない貴族の光景を大勢の人たちが見物に押しかける、「葵」巻の祭見物のような場面です。玉鬘を今上に出仕させようとする源氏が、玉鬘に帝の魅力をアピールすることが狙いです。しかし同時に、帝が源氏にそっくりなところから、自らの咎が白日の下に曝される危険をはらんでいます。その結末は、源氏が北山で若紫を見つけた幸運とは逆に、玉鬘にとっては、全くタイプではない鬚黒に攫われてしまう不運に見舞われます。

また、紫上を秘密裏に育てたことに対比されるように、玉鬘の大原野行きが、結果は逆に、ひた隠しにしてきた玉鬘の真実を、源氏が実父（内大臣）に伝えなければならない事態を生みます。いよいよ物語が逆戻りできないところまできていることを、読者に知らせてもいます。それが大きな転換点となって、夕霧と柏木の立場も逆転します。

大原野への行幸は、大納言の右大将が先導する習わしのようですが――

右大将の、さばかり重りかによしめくも、今日の装ひいとなまめきて、胡簶《やなぐい》など負ひて仕うまつりたまへり、色黒く鬚がちに見えて、いと心づきなし。いかでかはつくろひたてたる顔の色あひには似たらむ、いとわりなきことを、若き御心地には見おとしたまうてけり。

大臣の君の思しよりてのたまふことを、いかがはあらむ、宮仕は心にもあらで見苦しきありさまにや、と思ひつつみたまふを、馴れ馴れしき筋などをばもて離れて、おほかたに仕うまつり御覧ぜられんは、をかしうもありなむかしとぞ思ひよりたまうける。〔行幸③292〕

帝を護衛するのは、「色黒く鬚がちに見えて」いる右大将（鬚黒）で、「胡簶など」を負ってなまめかしく装っていますが、玉鬘の眼にはまるで魅力がありません。玉鬘が軽蔑した鬚黒が、やがて胡簶の矢で、あたかも鷹のように急降下して玉鬘を仕留める結末は、「Ⅲ五　行幸」が置かれた位置から「Ⅰ五　若紫」における源氏の若紫拉致が反映しています。

次の「Ⅳ六　藤袴」では、夕霧はそれまでの姉弟関係の縛りが消えて玉鬘に懸想します。お互いがそれまでの姉弟関係から、従姉弟同士（玉鬘の父内大臣と夕霧の母葵上が兄妹）というように状況が変わって、最近亡くなった祖母大宮の喪に服します。

▽〈夕霧＃7〉☆おなじ野の露にやつるる藤袴あはれはかけよかごとばかりも［＃399］

▲道のはてなるとかや、いと心づきなくうたてなりぬれど、見知らぬさまに、やをらひき入りて、

▽〈玉鬘＃13〉☆たづぬるにはるけき野辺の露ならばうす紫やかごとならまし［＃400］

▽★かやうにて聞こゆるより、深きゆゑはいかが［藤袴③332］

「同じ喪中の涙にやつれている私（藤袴）を、言い訳だけでも憐れに思って」という夕霧に、「恋の道の果て」という絶望的な状態に気がつかないふりをして玉鬘は、「遙かの野辺の露を尋ねているなら、藤袴のうす紫では言い訳にもならない」と返します。「藤」と言い「紫」と言い、ここでは「若紫」巻の藤壺と源氏の密通が反響して、読者に二組のペアの比較対照を追っているようです。

当時の源氏（十八歳）と藤壺（二十三歳）は、ここでの夕霧（十六歳）と玉鬘（二十三歳）と年恰好が似ています。玉鬘が藤壺と同年輩であるところから、夕霧が深層心理では、紫上を追っていることになるでしょう。ですから玉鬘は、「あなた（夕霧）が恋しているのは不倫相手（藤袴＝藤壺＝源氏の妻としての紫上）ではなく、雲居雁ではないのか」と、暗にほのめかしているのではないでしょうか。実際に、この場面を経て、夕霧に本当の恋の相手である雲居雁が中心の物語が展開します。

「Ⅳ五　行幸」と「Ⅰ五　若紫」が比定できれば、この「Ⅳ六　藤袴」は、「Ⅰ六　末摘花」における源氏vs.末摘花のように、玉鬘は夕霧の相手としては明らかなミスマッチです。玉鬘の周辺に多くの男たちが我こそはと自薦

他薦で名乗り出ます。玉鬘はすでに九州での経験によって鍛えられてもいるので、男に対してそれなりの自信も対応策ももっています。ところが、いつの間にか、源氏に若紫が拉致されたように、ほとんど誰も気づかないうちに鬚黒に攫われてしまうのです。次の「真木柱」冒頭では、すでに玉鬘は髭黒と夫婦になっています。作者は物語の意外性を、少しずつ大団円のために準備しているようです。

「Ⅳ六 藤袴」には源氏の歌が一首もありません。このことは、すでに源氏は蚊帳の外で、今や世代は夕霧・柏木に移っていることを示しています。同様に、物語の最終段階で「藤袴」と同じ位置に置かれた一巻、「Ⅴ六 夕霧」にも源氏の歌はありません。全四十巻の構造の確かさを証すと同時に、作者の歌の配置と物語の「情緒」は、すでに次世代の男たちに移っていることを明らかに示しています。

5）「Ⅳ七 真木柱」と「Ⅳ八 梅枝」――苦難の女たち

「Ⅳ七 真木柱」は、出仕直前に玉鬘を鬚黒が妻にしたことを既成事実として、源氏も婚礼の儀式を準備しているところから始まります。鬚黒の北の方は、鬚黒の不実に怒り、悪霊に憑かれて狂い、火桶の灰を鬚黒に浴びせるという過激な行動にでます。結局北の方の父式部卿宮に引き取られて里邸に移りますが、母に伴われて父邸を去る娘は、歌を「乾《ひ》割れ」した柱に挟んで残します。母親の火桶の灰は、その怒りを紫上のために表現しているかのようです。北の方が紫上とは異母姉妹にあたるという関係に、作者の思いが籠められていると見えます。

☆今はとて宿離れぬとも馴れきつる真木の柱はわれを忘るな［#412 真木柱③373］

娘のあだ名「真木柱」の由来ですが、遠く「帚木」のイメージ――「追いかけても捉まらない木」――が、今や「真心」（「真」実）を記憶するよすがに姿を変えたところで、源氏（あるいは髭黒）の不実の行動が影響を及ぼす人たちの不幸を、作者は源氏の物語の必然として提示しています。さきに「帚木」・「賢木」の「木」のもつ精神的・倫理的な意味に言及しましたが、この「真木柱」と「柏木」の二巻が、前半の二巻と組み合わされて、物語全体の「こゝろ」を〈起承転結〉させているように見えます。

「Ⅳ七　真木柱」が置かれている『源氏物語』の位置も、考慮に値するでしょう。この巻を「Ⅴ七　御法」の位置と比べれば、鬚黒に裏切られて実家に帰る鬚黒の妻は、源氏に裏切られて、六条院の寝殿西側に迎えた女三宮によって、心理的に身の置き所をなくす紫上に比定されるように、造られています。そこでは、紫上は、「わが御殿」である二条院に、少なくとも自分の魂を置くために「法会」を営むことにしたのです。ですから、鬚黒の妻の狂気と絶望は、『源氏物語』〈Ⅳ破の急〉の〈結〉部前半に置かれ、それは、紫上の絶望が象徴される「Ⅴ七　御法」〈〈Ⅴ急〉の〈結〉部前半〉に対比される位置に置かれているのです。この「真木柱」巻に、作者の主題がきちんと意味づけられたことこそ、この作品の核心にある「情緒」だとほぼ断定していいでしょう。

それ故、「真木柱」巻は『源氏物語』の第三十一巻に置かれています。これは無論偶然ではない数理です。作者はこの真木柱の一首から、『源氏物語』の五百八十九首の歌がもつ〈31〉の意味（三十一文字）を、この物語の本質を担う情理としています。「真木柱」巻は〈Ⅳ破の急〉段で最も大きな巻で、歌も全部で二十一首あり、これは、三十首を数えた「Ⅱ五　明石」以来の多さです。真木柱の歌「われを忘るな」は、巻の六首目に埋め込まれています。『源氏物語』の第六首目に配置された「まぼろし」という語が比定されるような歌の配置です。歌の数とその位置に、作者はますます意識的になっていきます。

ともかく、「Ⅳ七　真木柱」のモチーフは、玉鬘になびいた鬚黒の、北の方に対する不実です。これに対し、「Ⅴ七　御法」の冷静で思慮に富む紫上は、心情的には源氏に火桶を浴びせてやりたい気持を、法会という理知的なかたちに換えて抗議するのです。

それだけに止まらず、作者は念を押すように、「御法」の直前に「夕霧」を置くことで、髭黒と同じ罪を犯す夕霧に、雲居雁が子供を連れて実家に行く場面を用意しています。何度も繰り返しますが、これほどまでに女たちの反乱を物語る『源氏物語』の主題が、「もののあはれ」などという綺麗ごとで済まされるはずがありません。玉鬘も、結局は自分の意志を働かせることができない、源氏の恣意的な扱いの犠牲者でしかありません。玉鬘にとって、はじめから印象が一番良く、「Ⅳ六 藤袴」末で歌を返した螢宮ではなく、最も印象の悪い髭黒に奪われてしまったのですから、この期に及んでの出仕も源氏の意向とは言え、そして、どんなに局が華やかに設えられようとも、本人の幸福は、自らの今後の行動で切り開かねばならない状況です。ここには、「憂し」としか言えなかった作者自身の宮仕えの経験が反映しています。

「Ⅳ八 梅枝」は、明石姫君の裳着の準備に始まり、薫物合せが語られ、東宮の「御かうぶり」（初冠・元服）へと続きます。新しい世代の幕開けですが、「Ⅰ一 桐壺」の儀式（初冠）と「Ⅲ一 絵合」の「合せ」が反響して、ここまでの物語を大きく括る意図が明らかな巻になっています。このように見据えたとき、「Ⅳ一 螢」の物語論がエコーして、巻末近くには源氏の書道論や草子への言及もあります。

以上の観点から、次の「藤裏葉」が、それまでの物語の括りの巻であると読むのではなく、その括りは「梅枝」が果たしていると読まなければ、『源氏物語』は、その本質を見誤ってしまいます。「Ⅴ一 藤裏葉」こそ、主人公が源氏の物語にとって、その最終段階の始動を意味する巻でなければなりません。これは、六条院の将来にも関わる主題の抽出にとっても、欠かせない見方です。

「梅枝」では、朝顔が明石姫君のために薫香を贈ってくるのを初めとして、源氏・紫上などの合わせた香が競い合わされます。朝顔の歌とそれに返す源氏の歌――

〈朝顔#7〉☆花の香は散りにし枝にとまらねどうつらむ袖にあさくしまめや［#428 ③406］

〈源氏#181〉☆花の枝にいとど心をしむるかな人のとがめん香をばつつめど［#429 ③407］

源氏を拒否した朝顔にふさわしく、明石姫君の今後にも毅然たる心構えが浅くとも染みついていてほしい、というメッセージが籠められています。『源氏物語』前半で、ただ一人源氏の「なびく心」をはじき返した人、その人をわざわざここに登場させる意味を、作者は読者に読みとって欲しいのです。不幸な女たちの意識改革を、作者は秘かに目論んでいます。それに対して源氏の返しは、「人が咎めるかも知れない香を包み隠しても」とあって、依然として朝顔に執着している態です。

そして、「Ⅳ八　梅枝」巻末には、さきに引用した雲居雁の「かぎりとて……」の歌が、物語全体の展開部の終わりを告げます。それは、物語の終盤に紫上の絶唱を対比させて、源氏の母の生きる意思がその子によって蹂躙された、紫上の「こゝろ」の悲劇を、読者に考えてもらいたい作者の意図の表明です。

〈桐壺更衣〉☆かぎりとて別るる道の悲しきにいかまほしきは命なりけり［#1 桐壺①23］

〈雲居雁#2〉☆かぎりとて忘れがたきを忘るるもこや世になびく心なるらむ［#438 梅枝③427］

〈紫#21〉☆惜しからぬこの身ながらもかぎりとて薪尽きなんことの悲しさ［#552 御法④497］

5 〈Ⅴ急〉段（終結部）――「Ⅴ一 藤裏葉」から「Ⅴ八 幻」まで

〈Ⅴ急〉	藤裏葉 一	若菜 二	柏木 三	横笛 四	鈴虫 五	夕霧 六	御法 七	幻 八	合計
行数	474	3962	778	365	275	1413	373	442	8082
%	5.9	49.0	9.6	4.5	3.4	17.5	4.6	5.5	100

1）「藤裏葉」再訪――表と裏

『源氏物語』第一部の終わりと読まれてきたこの巻が、本書では、『源氏物語』終結部の始まりと読むことを、再確認します。前項の終わりで論じた「梅枝」巻が、それまでの出来事をさまざまに纏めていて、そこまでにほぼ源氏の悲劇の準備は完了しています。「梅枝」巻に始まる一年は、「藤裏葉」を中に挟んで「若菜上」巻に終わるので、その意味で、心理的にも、〈Ⅳ破の急〉から〈Ⅴ急〉への展開は、同じ年内の出来事としてスムーズに繋がっています。これも作者のたくらみの一部と見えます。

その過程に、「藤裏葉」巻末の冷泉帝・朱雀院の六条院への行幸があるのですが、その意味は、物語の最後に紫上の遺志を継いで、六条院が明石や花散里の女たちの砦（或いは城）として、男性社会への抗議拠点に姿を変えることのイニシエーション（通過儀礼）です。六条院の内裏との位置関係からも、明石と花散里の住居北面は、内裏に直接対峙する前線としての意味をもつことでしょう。この行幸の紅葉御覧に、夕霧の笛や柏木の弟の声は言及されますが、柏木が物語られないのも意図的で、この〈急〉段では主役となる柏木は別格扱いだと感じられます。

源氏がとるべき道は、最晩年の源氏に明石が諭す（幻④534）ように、出家ではなくあくまでもこの世に生きることです。母のイメージを追うことに、源氏がその一生を本当に捧げたのだとするならば、「いかまほしきは命なりけり」という、死に際して源氏の母が希求した決意が、本来彼自身がとるべき唯一の選択肢でなければなりません。物語の結末が暗く終わるのではなく、本当は出家前に自らの過去の過ちを改悛する、劇的などんでん返しに終わるべきなのです。それによって、作者が「憂し」と見る世を、夢の物語によって反転させうるのです。たとえ源氏には改悛して生き続ける余力が残っていなくとも、六条院の将来は、次世代の三宮や柏木の息子の倫理的な行動次第では、女たちの幸福が可能な砦となる可能性をもっています。作者はそういう続編を新しい作者に期待したでしょう。そうした紫式部の思いが裏切られたのは、続編の作者が正編の主題を捉え損ねたからです。

「藤裏葉」巻は、帝と院の六条院への行幸の前に、夕霧と雲居雁の結婚、明石姫君の入内のことが語られます。いずれの部分も、次世代への移行に力点があり、行幸の前に源氏が思うことは——

大臣も、長からずのみ思さるる御世のこなたにと思しつる御参り、かひあるさまに見たてまつりなしたまひて、心からなれど、世に浮きたるやうにて見苦しかりつる宰相の君も、思ひなくめやすきさまに静まりたまひぬれば、御心落ちゐはてたまひて、今は本意も遂げなんと思しなる。［藤裏葉③453］

源氏は、新たな世代への橋渡しを終えた安堵のうちに、過去の栄華をふり返っているのではなく、これからの時間を考えて出家を思っているのですから、今後の身の振り方を、本気で考えていると思われます。

明石姫君の裳儀の後、明石は紫上に初めて会う機会をえて、そこで紫上によって育てられた我が娘の成長ぶりに接し、わが身の果報も味わいます。もちろん、夕霧夫婦も過去の悲しみを笑い話にできる時を歓びあいます。「藤裏葉」とは、内大臣が「藤裏葉の……」と、後撰集の歌――春日さす藤裏葉のうらとけて君し思はば我も頼まむ――を引用して詠んだ歌からの巻名で、ここにも内大臣の子供たちに将来を恃む心があります。しかし同時に、この「藤の裏」には、藤壺の「末《うら》」、つまり紫上や女三宮のこれからの運命が、作者の内ではすでに始動している謂いでもあります。

「藤裏葉」の中央に置かれたエピソードでは、それまで養育してきた紫上に代わって、明石が姫君の後見人の役割を担います。そこで上京以来初めて明石と紫上が会い、お互いの交流が始まります。このことは、六条院の女たちの将来にとって新たな結束の礎となり、最後の「御法」・「幻」巻に大きな意味をもたらします。それは、『源氏物語』の主題に関わって、女たちが紫上の死を無駄にしない意識改革を可能にするのです。明石・花散里、さらには明石中宮とその子三宮が紫上と関わる「御法」では、この物語について作者が女主人公としての紫上をどう総括するかが明らかになります。六条院の四つの町は、紫上の悲壮な努力が実を結び、お互いの結束を固めるのです。

その意味でも、最後の二巻に関わって、二条院と六条院という物語の「場」が決定的な意味をもち、そこに「矛盾」があっては、物語そのものが崩壊してしまいます。紫上の死が六条院であることは、ほとんど絶対的な物語の要請・帰結でなければならず、その誤読は『源氏物語』の主題にとって、致命的な錯誤の要因になったのです。

2)「V二　若菜」前半――源氏の判断ミスと紫上の絶望

この長大な「若菜」を上下巻に分けたのはもちろん作者です。それも上と下の間に四年間の空白を設けるのではなく、わざわざ下巻に入っても、上巻からの物語を切れ目のない時空でつないで、「藤裏葉」に始まる出来事は、時間的に「若菜下」の空白期間まで一続きです。その切れ目の最終部分は、亡くなった妻を永い間忘れられずにいる螢宮が、真木柱と不幸な結婚をすることで閉じられています。

このことから、「桐壺」巻の末尾で結婚する源氏・葵上というペアに比定すべき位置に、螢宮・真木柱のペアが置かれていると見ることが可能です。そう考えると、「V二　若菜」中で重要な指標ともなる四年間の空白期間は、「桐壺」と「帚木」の間に置かれた空白期間に対応して、柏木が女三宮を恋慕する四年間が想像されてよい造りです。「V一　藤裏葉」から「V二　若菜」の空白期間までは、マクロ的に、「I一　桐壺」が展開した局面（桐壺更衣と桐壺帝、源氏生誕、藤壺に恋慕など）とパラレルな構造が、作者のたくらんだことでしょう。

空白の四年までの「V二　若菜」を、以下のように三つの部分に分けます。

a）朱雀院の出家と女三宮の源氏との結婚
b）女三宮六条院に移る
c）女三宮に柏木思慕

a）朱雀院の出家と女三宮の源氏との結婚

「若菜」という巻名は「若紫」を想起させます。「若菜」の巻は、女三宮を中心に物語が展開するものの、紫上が物語の女主人公である以上、そこで起きる問題の核心には紫上がいます。「若紫」巻から二十一年後のこの時点までの、世間からは理想的に見える源氏という男の生きざまについて、そのすべてを読者（聞き手）が知っていても、紫上自身には知らされなかったことがたくさんあります。たとえば、藤壺が産んだ冷泉帝が源氏の子だという真実は、源氏〈とその手引きをした王命婦〉のほかは夜居の僧しか知らず、「薄雲」巻で僧都となっているその僧から冷泉帝だけに知らされるので、紫上はもちろんその真実を知る機会がありません。

「螢」巻で議論されたように、「作り物語」の目的が人生の真実を知ることなら、知らされずに生きる人生は重大問題で、紫上の苦悩を初め、それは常に物語の重要なモチーフになりえます。己れ自身を知ることが人生最大の目的ならば、誰にとっても真実を知らずに生きることは、耐えがたいことです。紫上は、「惜しからぬ命」と、すでに十八歳の「Ⅱ四 須磨」で自己認識していました。源氏の不実を感知したからです。「惜しからぬこの身」と「御法」巻で繰り返して死ぬ四十三歳の紫上は、二十五年間も夫の不実に耐えなければならなかったのです。その生を「あはれ」の一言で片付けてはなりません。すべては源氏が利己的な動機から真実を隠したことが、紫上の絶望や悲しみの原因だからです。

ここで簡単に「Ⅲ三 薄雲」をふり返るなら、藤壺の葬儀に携わった僧都は、冷泉帝が未だ「知ろしめさぬ」ことについて――

▽〈僧都〉いと奏しがたく、かへりては罪にもやまかり当たらむと思ひたまへ憚る方多かれど、知ろしめさぬに罪重くて、天の眼恐ろしく思ひたまへらるることを、心にむせびはべりつつ命終はりはべりなば、何の益かははべらむ。

▽仏も心ぎたなしとや思しめさむ［薄雲②449–450］

と、「仏のいさめ守りたまふ真言の深き道」のために、帝の出自についての真実を明かしていました。

このあとに起こる柏木の密通事件も、女三宮が生んだ若君は源氏の子だと、亡くなるまで紫上は思っています。

そのようにして、すべてを源氏によって闇に葬られた真実が、紫上の「こゝろ」に暗い影を投げかけ続けてきています。そうした真実を読者にも想いおこさせるように、作者は真摯な僧都の態度と比定されるべき源氏の倫理を問う場面を、物語の前半終わり近く、「薄雲」巻に置いたのです。

　その巻が第十九巻であることは、何度も繰り返すように、偶然ではありません。前半の第十九巻目が、後半の第十九巻目である「御法」と比定されるように配置されているからです。作者のたくらみは、藤壺の死をそこに置くことによって、紫上の死の意味も自ずから明らかになるように、物語を運ぶことにあります。藤壺の死は源氏の後半生にとって大きな転回点であったはずですが、六条御息所の娘である斎宮女御や朝顔に、恋心を抱いたりする色好みが続き、源氏は自己改造の機会をそこでも逸してしまいます。紫上の死後も、源氏は物語の中で出家できません。

　源氏が真実を隠そうとしたために、ほかの女性たちもさまざまな悩みに苛まれてきたことを、作者は女性の立場から問題にしています。真実が開示されないために女性が抱え込まなければならない心の負担を抜きに、『源氏物語』を作る意味がないことこそ、作者が読者に伝えたいことです。

　朱雀院が、気がかりだった女三宮を源氏に娶らせて、出家する経緯は多言を要さないでしょう。しかし、朱雀院が源氏を選ぶという判断にも問題はあります。源氏のそれまでの真実は、紫上が見えないように、院にも見えていないからです。院を取り囲む人たちは、不都合な事態を院の目には触れさせないように、日常的にガードを固めています。源氏の咎や不実な言行について、院はほとんど知らされてはいないのです。

　マクロ的に、「V二 若菜」前半は、「I二 帚木」前半の「品定」に比定される部分を含んでいます。昔、若い源氏が「品定」の議論に学んだ女の「品格」について、特にその内の女の嫉妬について、朱雀院は何の認識もないのですからやむをえませんが、源氏は品定の議論もその後の実体験も豊富にあるのですから、女三宮の結婚について、院への的確なアドヴァイスができる立場にあります。ですから、紫上の「こゝろ」を考えれば、女三宮との結婚は鄭重に断るのが当然の判断であるべきです。女三宮の悲劇は、源氏の判断ミスから起こってしまいます。作者は、その卑近な例として、髭黒の妻の事例をきちんと「Ⅳ七　真木柱」に造っています。そして、源氏はその事実を知っているのです。

「若菜」の源氏と紫上の関係を、「桐壺」巻の桐壺帝と更衣の関係に比べれば、その真の愛情の落差はもはや大きさだけの問題ではなく、あきらかに質の問題です。「いかまほしき命（更衣）」と「惜しからぬ命（紫上）」がほとんど対極にある認識だとすれば、紫上の絶望の深さは、源氏の女三宮との結婚によって計り知れぬものとなったのです。

b）女三宮六条院に移る

年が改まって、玉鬘主催の源氏の四十の賀があり、二月には女三宮が六条院に移り住みます。紫上は東の対に、女三宮は寝殿の西の放出《はなちいで》にという住まいですが、紫上は「つれなくのみもてなして」、源氏は紫上の賢い対応を「いとどありがたし」と思うのです。

自分より上位の女三宮に「いかで心おかれたてまつらじ」と、紫上は中務や中将君などの、「葵」以来ずっと親しい女房たちに諭しますが、彼女たちは、「あまりなる御思ひやりかな」と、紫上の身の上を案じます。六条院の夫人たちからも慰問があって、「世の中もいと常なきものを、などてかさのみは思ひなやまむ」と、紫上は達観しているかに見えます。しかし、気丈にふるまってはいても、女三宮新婚の三日三晩の独り寝は、「須磨」・「明石」以来の出来事で、さすがに身にこたえ、そうした圧迫が徐々に紫上の肉体を蝕んでいきます。

正式な婚姻の儀を経ないまま今日に及んだ紫上は、おおやけには、源氏以外にどこにも繋がらない女主人公として、作者は敢えてその人生を厳しく実験的に造り、その「こゝろ」の痛みを物語化しました。三人の女性を並べて、源氏は紫上を次のように評しています。

院、渡りたまひて、宮、女御の君などの御さまどもを、うつくしうもおはするかなとさまざま見たてまつりたまへる御目うつしには、年ごろ目馴れたまへる人の、おぼろけならんがいとかく驚かるべきにもあらぬを、なほたぐひなくこそはと見たまふ。

ありがたきことなりかし。

あるべき限り気高う恥づかしげにととのひたるにそひて、はなやかにいまめかしくにほひ、なまめきたるさまざまのかをりも取りあつめ、めでたき盛りに見えたまふ。

去年より今年はまさり、昨日より今日はめづらしく、常に目馴れぬさまのしたまへるを、いかでかくしもありけむと思す。

うちとけたりつる御手習を、硯の下にさし入れたまへれど、見つけたまひてひき返し見たまふ。手などの、いとわざとも上手と見えで、らうらうじくうつくしげに書きたまへり。

〈紫#18〉☆身にちかく秋や来ぬらん見るままに青葉の山もうつろひにけり　［#473　若菜上④89］

しかし、源氏の最大限の賛辞とは裏腹に、「若菜」巻の紫上は、この歌のように、秋（己れの人生の秋）の変容を今や色濃く認めざるをえません。生きたいという桐壺更衣の最後の望みは、紫上の場合「惜しからぬ命」（須磨）として、早くから覚悟していました。しかし、そう実感したのは、もちろん紫上だけで、その沈む心を尻目にこのあと又、源氏は朧月夜の許へと出かけてしまいます。「いと、あるまじきことと、いみじく思しかへすにも、かなはざりけり」と、自制心が効かない源氏を語り手は評しています。紫上の源氏との「こゝろ」の隔たりはもはや縮めようもなく、このあと確実に拡大し、紫上の体力をも奪います。

「若菜上」巻の後半、明石女御が一の宮を出産する前に、紫上・秋好中宮・夕霧による内輪の四十の賀があります。神無月（十月）の二十三日、すでに季節は冬ですから、源氏の過去を言祝《ことほ》ぐかたちにも、その寄る年波が感じられるように設定され、源氏の二つの賀を契機に、「若菜上」の核心にあると思われる紫上の「こゝろ」に物語の目が向けられてゆきます。「二十三日」は、紫上の詠う「二十三首」と無関係ではありません。

年が明け、ここからは源氏四十一歳が始まり、その時間は「若菜下」巻の初めまで続きます。春三月、安産を祈願して、女御は陰陽師の占いにより六条院西北の町、明石の居所にお産の場所を移します。女御は祖母（明石の尼君）から自らの生い立ちの様子など、記憶のどこにもない明石という異国のことなどを知らされて感激します。ここは「桐壺」巻の源氏誕生が想起されるように造られています。

出産場面に続くのは、明石入道がこの慶事を知って、自ら最終的な入山を決意する書状を明石（と尼君）へ書き送ってくる出来事です。物語のかなりのスペースを割いて、作者は入道の出家後のこの世との最後の別れを、書状を読ませるという形で描きます。源氏のかけ声だけの出家志向と比べる意図も感じられます。明石、尼君のあと、文箱は東南の町の寝殿にいる孫の女御に渡り、来合わせた源氏の眼にも触れます。その中に入道の一首――

☆ひかり出でん暁ちかくなりにけり今ぞ見し世の夢がたりする［#478 若菜上④115］

朱雀院の入山に始まって明石入道の入山に終わる、「若菜上」の造りが示唆するのは、出家の重みとあとに残された者たちの生のありようでしょう。当然、源氏の出家志向は、「ひかり出でん」と詠う入道によって示唆されています。そして、紫上の出家願いが、このあと「若菜下」で拒まれることが、紫上の心にとって、決定的な痛手となります。

入道の歌の「ひかり」は、遠く「松風」巻で、尼君と上京する明石母子に、後に残る入道がその「心の闇」を吐露したことが反映しています。「心の闇晴れ間なく嘆きわたりはべりしままに」〔②405〕とあった心配事が、今や「ひかり出でん暁」に解消されたのです。皮肉なことに、「光」源氏の方は、紫上にとって、ますます闇に閉ざされてしまっていることが、やがて「御法」の法会場面につながります。

c）女三宮に柏木思慕

女三宮に興味があるのは柏木だけではありません。雲居雁と新婚間もない夕霧もまた、蹴鞠のシーンでは、柏木といっしょにその美しさに魅了されます。しかし、柏木の真剣さが夕霧の眼に映り、ここからは物語の中で、柏木事件の目撃者としての役割に留まります。唐猫がひと役買う女三宮垣間見については、よく知られているので端折ります。猫を東宮から手に入れる経過は、「若紫」拉致の場面が、淋しい形で繰り返されているところが作者の狙いです。当然ながら、昔の若い源氏の藤壺思慕が重なっている造りです。

四年の空白期間を置いて、「若菜下」は源氏四十六歳の時点から再開されますが、物語はその前に、真木柱が柏木と結婚する可能性を、柏木の猫騒動のあとにつけています。「猫には思ひおとしたてまつるにや、かけても思ひよらぬぞ口惜しかりける」〔④160〕とあります。朱雀院の女三宮についての思いに似て、式部卿の心配事も孫の真木柱の去就にあってのことですが、ここでかつては玉鬘の本命と目された螢兵部卿が、結局真木柱との結婚に同意します。しかし、兵部卿は亡くした前妻が忘れられず、真木柱としっくりしないという関係が、源氏と女三宮の関係と比べようとする作者の意図の顕れでもあります。源氏＝女三宮、螢宮＝真木柱という組み合わせではなく、もし女三宮と兵部卿が結ばれていても、柏木との密通は避けられなかったと思われます。それは、柏木＝真木柱の可能性が全くないのと同じほどに、柏木＝女三宮はほぼ起こるべくして起こったであろうからです。

3）空白期間後の「Ｖ二 若菜」の構造

物語の構造上、ここからは、「若菜下」に置かれた四年間の空白期間のあとに始まる、「若菜下」巻の主要な部分の検討です。全体をここは五つの部分に分けてみます。

ａ）冷泉帝譲位、源氏・紫上住吉参詣
ｂ）六条院の女楽、紫上病む
ｃ）柏木と落葉宮、柏木密通
ｄ）紫上ものの怪に悩む、死の誤報
ｅ）朧月夜出家、朱雀院祝賀の試楽

ａ）冷泉帝譲位、源氏・紫上住吉参詣

在位十八年の冷泉帝が譲位します。源氏の栄華も公的に終わりを告げたことになります。帝には皇子・皇女がなく、ということは、物語の歴史性を重んじて、源氏の直系が世を継ぐことを作者が避けたことになるでしょう。朱雀院の皇子が今上となり、「若菜上」で明石女御との間に生まれた若宮が、次世代を継ぐことが約束されます。太政大臣が致仕し、右大臣の鬚黒と大納言（正三位）になった夕霧が国政の担い手として忙しくなるという設定

です。致仕大臣の息子柏木は、ここでも夕霧の後塵を拝しています。

紫上は――

▽〈紫上〉今は、かうおほぞうの住まひならで、のどやかに行ひをもとなむ思ふ。

▽この世はかばかりと、見はてつる心地する齢にもなりにけり。

「おほぞう〈俗世間的〉」な生き方ではなく、と出家を源氏に願い出るが許されません。その理由は――

▽〈源氏〉みづから深き本意あることなれど、とまりてさうざうしくおぼえたまひ、ある世に変らん御ありさまのうしろめたさによりこそ、ながらふれ。

▽つひにそのこと遂げなん後に、ともかくも思しなれ［若菜下④167］

と、紫上への心くばりは言い訳にすぎません。さきの女三宮との「中道」があるのですから、源氏の自分勝手は否めません。実際、「遂げなん後に」と自己中心的な源氏は、紫上の「こゝろ」を蹂躙しています。源氏の出家については、藤壺の出家の際〈「Ⅱ二　賢木」〉に、一度は頭を過ぎっています。源氏が具体的に出家を思い始めるのは、「絵合」巻の末尾です。

▲……、山里ののどかなるを占めて、御堂を造らせたひ、仏経のいとなみ添へてせさせたまふめるに、末の君たち、思ふさまにかしづき出だして見むと思しめすにぞ、とく棄てたまはむことは難げなる。［②392-393］

とありました。その後、藤壺が亡くなって、源氏の出家の思いは、かなり真剣なものになってきます。「薄雲」巻の末尾に近く――

▽〈源氏〉……いかで思ふことしてしがな

▽ただ、御ためさうざうしくやと思ふこそ心苦しけれ［②465］

と、出家の心は、すでに、この源氏三十二歳の想念になっています。しかし、そこにも後に残す紫上に未練がありました。ただし、「御ためさうざうしくや」は、「若菜」から振り返ってみれば、大いに疑問です。

十四年後のここに、作者は、住吉神社へ明石女御の御願果しのお礼詣での場面を繋げています。紫上にとっては、「御門より外の物見」はこれまでになく、結局これが人生最初で最後の物見となりました。作者は、紫上の「宿世」が、「天命」などではなく、人のコントロールによる災難なのだと言いたいのでしょう。さきに言及したように、紫上は源氏と須磨へ同行できなかったことを悔やんでいました。紫上は、世の中を広く知る機会を、生涯もつこともかないませんでした。

〈尼君〉☆住の江をいけるかひある渚とは年経るあまも今日や知るらん［#485］

〈尼君〉☆昔こそまづ忘られね住吉の神のしるしを見るにつけても［#486］

〈紫#19〉☆住の江の松に夜ぶかくおく霜は神のかけたる木綿鬘かも［#487 若菜下④173–174］

明石の尼君にとっては「住江のいける《生》かひ［貝＝甲斐］ある渚」が「神のしるし」ですが、紫上には、「住江の松《待つ》に夜深くおく霜（涙して待った源氏須磨行きの凍る夜）」がその「しるし」です。紫上はこの「霜」を、「神のかけたる木綿鬘かも」と、その寂しく待った甲斐を信じたいのですが、結局それは尼君のような生き甲斐の証し（明石）とはならず、ほどなく消えてしまうものです。

尼君の歌で、この「しるし」を明確にするために、作者はわざわざ二首を費やしています。紫上の思いをサポートするために、女御に続けて女房の歌も続きます。

〈中務君〉☆祝子《はふりこ》が木綿うちまがひおく霜はげにいちじるき神のしるしか［#489 若菜下④174］

ほとんど一心同体の中務の「こゝろ」にも、「しるし」かどうかは不確かです。紫上は「……あまり年つもりなば、その御心ばへもつひにおとろへなん、さらむ世を見はてぬさきに心と背きにしがな」〔若菜下④177〕と、思うのですが、言い出せません。右の紫上の歌が二十三首の内の第十九首であり、『源氏物語』の歌の四百八十七首目で、この数もユニークな（素）数です。しかし、この生涯ただ一度の住吉詣も、紫上にとっては、このあとに襲う病によって、それまでに流した涙の効験（ゆふかづら）もなかったことになります。

乱暴な言い方をすれば、作者は神も仏も信じていないでしょう。もしかしたら、六条御息所の悪霊さえも、当時の人たちの俗信を、文学的な手段に利用しただけかもしれないのです。それほど、ひたすら人の世とその倫理のありようを、紫上の「こゝろ」に即して問題にしたいのです。

b）六条院の女楽、紫上病む

新年を迎えて源氏は四十七歳になります。春、朱雀院の五十の賀を二月十日頃に予定して、教えてきた女三宮の箏の仕上げを、紫上や女御の琴も加えて華やかに、六条院で催します。所謂女楽ですが、女三宮も二十一になっていて、なんとか仲間に加われる腕前です。紫上の音色のすばらしさが夕霧の「耳につきて、恋しくおぼえたまふ」と語られます。

源氏も「いとかく具しぬる人は世に久しからぬ例もあなるをと、ゆゆしきまで思ひきこえたまふ」と言うその語り口も、作者がこの優れた女性の不幸を、最大限に読者に印象づけるためです。

前夜の女三宮の琴を評価した源氏は、紫上について「とりあつめ足らひたることは、まことにたぐひあらじとのみ思ひきこえたまへり」〔若菜下④205〕と褒めます。紫上の腕前や人間としての資質が、抜きんでてすばらしい、と語られるところで、紫上の年が三十七歳とあります。女の厄年で、このあと紫上は、物の怪に襲われます。しかし、この時源氏は四十七歳なので、紫上とは十歳の差ということになって、ここまでの八歳違いという想定が、意外な矛盾として顕在化します。

さきに述べたように、八歳差の根拠は、源氏十八歳のとき、北山に「十ばかり」に見える若紫を発見したからでしたが、実際にそのとき十歳ではなく八歳だったとすると、翌年の「紅葉賀」で「十にあまりぬる人（十一歳）」という文言が、早速おかしくなってしまいます。ならば、源氏が二十のとき、若紫を見つけたとする読みも可能ですが、そうするとほかの人物たちの推定年齢にも影響しますので、これ以上問わないことにします。

紫上のすばらしさが源氏の最大の賛辞を引きだしたところで、作者は紫上に病を得させるという、大なたを揮います。紫上は、どことなく胸が痛むのですが、食欲もなくやせ細っていくところで、再び出家を願い出ますが、またも源氏に拒否されます。さきに言及したように、自分がおいていかれる危惧が、自分勝手な源氏の理由です。病を癒すために、紫上は六条院から二条院に移ります。癒えた紫上が六条院に帰るのは、「若菜下」の終わり近く、遅れに遅れた朱雀院の五十の賀に際してであり、その後紫上はその死まで六条院で過ごします。さきに明らかにしたように、「御法」巻における二条院での法会だけが、例外的な外出事です。

紫上のための加持祈祷が続くあいだ、物語は柏木の女三宮思慕に話題を移します。紫上不在の六条院は、柏木に女三宮へのアプローチを容易にし、密通をいわば必然的な事態に発展させるプロットです。

c）柏木と落葉宮、柏木密通

葵祭の斎院御禊の「四月十余日ばかりのことなり」とある日に、女三宮と小侍従しかいない絶好の機会を利用して柏木が女三宮を訪れます。

よきをりと思ひて、やをら御帳の東面の御座の端に据ゑつ。

さまでもあるべきことなりやは。

宮は、何心もなく大殿籠りにけるを、近く男のけはひのすれば、院のおはすると思したるに、うちかしこまりたる気色見せて、床の下に抱きおろしたてまつるに、物におそはるるかとせめて見開けたまへれば、あらぬ人なりけり。

あやしく聞きも知らぬことどもをぞ聞こゆるや。［若菜下④223―224］

「水のやうに汗もながれて」ただ男の声を聞くうちに、「年月にそへて、口惜しくも、つらくも、むくつけくも、あはれにも、いろいろに深く思ひたまへまさるにせきかねて、……」と、連綿と恋情を語る声に、女三宮も「この人なりけり」［若菜下④224―225］と知る下りです。遠く源氏が空蝉に迫った場面が想起され、さらに藤壺との密通の一夜も、物語の構造上、比定の対象となります。『源氏物語』の「人妻」という共通項が、ここで最終的な意味をもたらします。また、「I 二 帚木」に、夕顔が空蝉と共に登場したように、「V 二 若菜」には夕顔の素直さが女三宮に反映してもいます。

初め柏木は、「〈あはれ〉とだに、のたまはせば、それをうけたまはりてまかでなむ」と言い、思いの丈を言ってしまえば満足と思っていたのですが、女三宮が「恥づかしげにはあらで、なつかしくらうたげに、やはやとのみ見えたまふ御けはひ」に――

いづちもいづちも率て隠したてまつりて、わが身も世に経るさまならず、跡絶えてやみなばやとまで思ひ乱れぬ。［若菜下④226］

ここで、柏木には、源氏が昔夕顔を「某の院」に連れ出したような余裕はありません。

〈源氏＃８〉☆いにしへもかくやは人のまどひけんわがまだ知らぬしののめの道〔＃32〕

〈夕顔＃５〉☆山の端の心もしらでゆく月はうはのそらにて影や絶えなむ〔＃33　夕顔①159－160〕

〈柏木＃８〉☆起きてゆく空も知られぬあけぐれにいづくの露のかかる袖なり〔＃490〕

〈女三宮＃２〉☆あけぐれの空にうき身は消えななむ夢なりけりと見てもやむべく〔＃491　若菜下④228－229〕

遠く時空を離れた二組が、男はそれぞれ未来の不安を、女は亡びる身を詠っています。前者では女が、後者では男が死ぬわけですが、いずれにしても、夕顔の死と女三宮の出家という、女性の「宿世」が問題となって残される事件です。作者のメッセージは、これが実は「宿世」などではなく人災だと言いたいのです。

d）紫上ものの怪に悩む、死の誤報

女三宮の不例を聞いて六条院に一旦戻った源氏に、紫上が亡くなったとの知らせがあり、とんで二条院に帰ります。物の怪の仕業で、ほどなく生き返るのですが、紫上を襲った六条御息所の怨霊がそこに現れて、さきの女楽の翌日の、源氏との睦まじさを妬んでの出現であることを告げます。

紫上が出家を願い出るのも三度目ですが、源氏は髪のほんの少しを切って「五戒」を受けさせるに止めます。本来は出家すべき源氏自身が、どうしてもこの世に執着していることを語って、紫上にも辛い立場を強いるのです。死ぬに死にきれず、出家もさせて貰えない身のあわれは、こうして作者が紫上を絶望の極に置いたとき、もはや物語が源氏の不誠実を訴えるもの以外ではなくなります。

〈紫＃20〉☆消えとまるほどやは経べきたまさかに蓮の露のかかるばかりを〔＃495〕

〈源氏＃192〉☆契りおかむこの世ならでも蓮葉に玉ゐる露の心へだつな〔＃496　若菜下④245〕

「御法」巻での三首を除けば、これが紫上最後の歌になります。なんとか出家まで生き長らえたい思いもかなわない予感があっての紫上の歌。第十四首「くもりなき池の鏡によろづ代をすむべきかげぞしるく見えける（初音）」と期待してから、一度もその「かげ」が定着しなかったことの絶望感は耐え難いものです。「玉ゐる露の心へだつな」と言う源氏は、自らこの世で紫上の「心へだつ」行いばかりしてきたのですから。

六条院では女三宮が悪阻に悩む状況になります。源氏は、女三宮が「御座」の「御褥」の下に隠した柏木からの手紙を見つけて、女三宮の身に何が起こったのかを、即座に察知します。過去の罪を白昼のもとに曝されて、源氏がこの事態をどう収拾するかは、ほとんど迷う余地がありません。当然、この状況は闇に葬るしかないのです。一瞬、桐壺帝も自分の不義を知ったとき、穏便に収めようとしたのではと考えて、源氏は自分の妻も柏木もあからさまな非難の対象にできないことを知らされます。

女三宮は源氏に密通が露見したことに身が縮むのですが、源氏は直接「さること見き」とも言えません。人に率直につき合おうとする明石女御にも同じ危険があることを感じて、源氏は改めて玉鬘の対応の仕方が、永年の苦難の道を経験したことによる身の処し方であったことに感心します。

e）朧月夜出家、朱雀院祝賀の試楽

作者はここで、源氏の罪の意識の顕現をもう一例挙げています。そもそも源氏が須磨に退去した要因となった朧月夜が、すでに出家していたことを明かします。紫上に、自分より先に出家はさせないと言い続けた理由が、生身の女性に対する執心を棄てかねる源氏の自分勝手さなのですが、朧月夜の出家理由は物語られません。

朧月夜に「後れきこえぬる口惜しさ」を弁解がましく書き送りますが、「御返り、今はかくしも通ふまじき御文のとぢめ」として――

〈朧月夜#9〉☆あま舟にいかがは思ひおくれけむ明石の浦にいさりせし君［#500　若菜下④262-263］

［明石の浦で漁をした（人生の証しを漁ろうとした）筈の貴方が、どうして私（あま舟）の思い（出家）に後れをとった（乗りそこなった）のだろう］

と返します。「いといたくこそ辱められたれ」とは、源氏の素直な感想ですが、弱い女性につけこむ行動に対して、断固たる態度をとり続けた朝顔のように、ここでは朧月夜も決断しています。ここに、朝顔の出家も初めて明かされています。

明石女御腹の女一宮を育てている紫上に、「皇女たちなむ、なほ飽くかぎり人に点つかるまじくて、世をのどかに過ぐしたまはむに、うしろめたかるまじき心ばせ、つけまほしきわざなりける」［若菜下④264］と忠言しますが、女三宮にも紫上にも、源氏自身が「うしろめたかるまじき心ばせ」をもって対応してきてはいないことを、抜本的に変えなければならないのです。それはまず第一に、源氏が事実を隠さない倫理観をもつことでしょう。

「若菜下」の最後は、二月に予定されていた朱雀院の五十賀が遅れに遅れて、十二月に行われることで括られます。朱雀院の賀を機に紫上も六条院にもどり、夕霧が春の町で皆を集めて試楽を催します。柏木は、源氏や父親に説得されて、ついにはその仲間にやせ細った病の身を加えます。因みに、この時点で紫上が六条院へ帰ったことが明記されています。ここから紫上が過ごす時間は、例の法会場面を除いては、その死の場面を含めて、すべて六条院が出来事の場です。

この試楽シーンの物語上の目的は、柏木に対する源氏のハラスメントです。最後は酒を強要され源氏ににらまれた柏木は、とうとうそのまま寝込んでしまい、落葉宮の厚い介護もその効なく、父邸に移送されます。めでたいはずの朱雀院の賀は、上達部（公卿）柏木の重病が世間にも知れ、女三宮主催の祝いの場に暗い影を落として終わります。

4）「Ⅴ三　柏木」――柏木の誠意と死

柏木の死と、そのあとに残されたものの意味が、この巻の主旨です。ここを二つに分けるとすれば――

a）「柏木」の前半、柏木の死まで

b）「柏木」後半

ということになり、『源氏物語』では一人だけ「男の死」が大きく描かれ、『源氏物語』の「Ⅴ急」段の、「起承転結」の〈承〉部「柏木」巻では、その意味が問われています。ほとんど、源氏の半生の罪の一切を柏木一人で購うかのように、柏木は源氏の不実の罪にひとつの誠意ある答えを出して死にます。作者は「Ⅰ三　空蝉」で、空蝉という人妻を凌辱することに始まった源氏の罪が、「Ⅲ三　薄雲」で藤壺の死を招き、物語後半のここで、再び同じ罪が他の男によって繰り返されたという事実を問題にしています。さきに言及した「Ⅳ三　篝火」における柏木の笛の音が、悲劇の予兆でした。そこでの柏木の恋の相手は玉鬘ですが、二人が姉弟であることの真実が長い間伏せられた事実も、源氏が玉鬘の出自を隠す不誠実がもたらしたものでした。

こうして、柏木の女三宮との姦通は、源氏の藤壺との密通の罪の証しとして、物語の経糸第二糸と第三糸に織り込まれています。ここに至れば、物語の結論部である〈Ⅴ破〉が、「Ⅴ一　藤裏葉」に始まらなければならない論理性も明らかでしょう。源氏の因果応報は、従来からほとんどすべての『源氏物語』論で問題にされてきましたが、「Ⅴ三　柏木」が構造的に、その淵源を「Ⅰ三　空蝉」にもつことを論じたものはありません。「Ⅴ二　若菜」

に始まった柏木の密通は、物語られなかった藤壺と源氏の密通が「I二 帚木」に言及されていたことの反証としてあります。

a)「柏木」の前半、柏木の死まで

柏木は、源氏のような華やかな生を望み、結婚相手も限りなく「上の品」を求めました。女三宮降嫁の候補にも名があがりましたが、官位の低さ（従四位）のため、果たせませんでした。しかし、女二宮（落葉宮）を得ていたのですし、その宮はのちに夕霧が虜になるように、決して欠点がある人ではなかったのです。柏木の父親が常に源氏の陰に置かれたこともあり、王権志向の犠牲者として、その生もまた非情なものがあります。

女二宮と結婚する前の六条院の蹴鞠の場面で、一瞬女三宮の姿を見たことがほとんどオブセッションになって、更衣腹の二宮を「落葉」と蔑み、藤壺女御（故藤壺女院の異腹の妹）腹の三宮を諦め切れなかったのです。作者はもとより説明しませんが、高貴な宮との密通について、あの源氏が追い求めた藤壺に血が繋がっている妹が、女三宮の母親であることが、ここで比較の対象になります。源氏と藤壺の思いを再び引用し、柏木・女三宮のやりとりを比べます。

▽〈源氏#22〉☆見てもまたあふよまれなる夢の中にやがてまぎるるわが身ともがな［#60］

▲とむせかへりたまふさまも、さすがにいみじければ、

▽〈藤壺#1〉☆世がたりに人や伝へんたぐひなくうき身を醒めぬ夢になしても［#61 若紫①231-232］

▽〈柏木#8〉☆起きてゆく空も知られぬあけぐれにいづくの露のかかる袖なり［#490］

▲と、引き出でて愁へきこゆれば、出でなむとするにすこし慰めたまひて、

▽〈女三宮#2〉☆あけぐれの空にうき身は消えななむ夢なりけりと見てもやむべく［#491　若菜下④228-229］

柏木の歌だけが「夢」の想念から離れて、現実であることを願って詠われています。聡明だった藤壺は、「世がたり」を恐れて源氏に慎重に対応するのに対して、幼い女三宮の自失ぶりが対照的です。のちの柏木の行動も、思いを何とか伝えようと書く不用意な手紙が、密通の露見につながってしまいます。柏木の恋心は、若い頃の源氏に負けない熱意をもっていますが、源氏のしたたかさを欠いて率直でした。

柏木の真摯さと必死の覚悟は、次の歌からも伺えます。

▽〈柏木#11〉☆いまはとて燃えむ煙もむすぼほれ絶えぬ思ひのなほや残らむ［#501］

▽★あはれとだにのたまはせよ。

▽心のどめて、人やりならぬ闇にまどはむ道の光にもしはべらむ［柏木④291］

この「光」は、物語全体のコンテクストの中で、「光る源氏」に繋がります。

▽〈柏木〉……かの御心にかかる咎を知られたてまつりて、世にながらへむこともいとまばゆくおぼゆるは、げにことなる御光なるべし［柏木④294］

と、柏木は仲をとりもつ小侍従にも、源氏が自分の人生にいかに大きな意味をもっていたかを語ります。「いまはとて」という文言を含む歌は『源氏物語』四十巻中、右の歌以外は、先に引用した「真木柱」巻で真木柱が柱に残した歌、もう一つは「幻」巻で源氏が紫上を偲んで詠う、全部で三首だけです。どれも「今はの際」に遺したい切実な「こゝろ」を詠っています。

▽〈真木柱〉☆今はとて宿離れぬとも馴れきつる真木の柱はわれを忘るな［#412　真木柱③373］

▽〈源氏#206〉☆今はとてあらしやはてん亡き人の心とどめし春の垣根を［#568　幻④530］

真木柱は住み慣れた家から追われ、柏木と源氏は人の世から追われます。いずれも不本意な「今は」ですが、柏木が「道の光」としたかった源氏の栄光――それは源氏の女たちの「あはれ」がもたらしたもの――は、柏木が求めたときにはすでに消えていたことになります。柏木が源氏を生き甲斐の模範とする「世」は、すでに源氏自身が「闇」に包まれていました。それもまた、女性が関わる「こゝろ」の真実を、源氏が素直に教示できる「世」の先輩ではなかったからです。その意味で、柏木は源氏の犠牲者であって、後世の男たち（あるいは『源氏物語』の読者）にとっての反面教師といえる人生を送ったと言えます。

因みに、右の源氏の歌の「今はとて」は、六条院の「あらしやはてん」が実現しない、つまり、六条院の垣根は、残された女性たちが守るというぼくの読みからは、真実ではない「今はとて」です。また、余談ですが、ぼくが宇治十帖を評価しない理由の一つも、『源氏物語』四十巻が主題とした男の人生の真のありようを、薫も匂宮も全く学んでいないことにあります。柏木の「いまはとて」の歌に――

〈女三宮#4〉☆立ちそひて消えやしなましうきことを思ひみだるる煙くらべに［#502 柏木④296］

死にゆく人に連れそう意志を詠った女三宮の、桐壺更衣とは逆の立場の悲しさは一入です。

致仕大臣に柏木が「なほとまりはべるまじきなめり」と訴えているところで、女三宮に無事男の子が生まれます。朱雀院は産後の娘の病気を心配して六条院に御幸しますが、源氏に嫁がせたことがよい結果をもたらさなかったことを悟って、娘の出家を決めます。さきに言及しましたが、この場面に、物語中、歌以外に唯一「限りとて［④306］」というキーワードが院によって使われています。［歌中の三例（いずれも「かぎりとて」とかな表記）に加えて、これらの全四例には、それぞれが置かれた位置からも、作者の「起承転結」の論理が伺えます。］源氏は物の怪などに負けてはと思うのですが、院は、出家によって物の怪が退散して健康が回復するならばと、源氏を説得して受戒させます。作者は昔、源氏の妻葵上が同じような経緯から出産後亡くなったことを読者に想いおこして貰いたいでしょう。源氏にも同じ記憶が蘇っているかも知れません。

そのあとに物の怪が現れて、「いとかしこう取り返しつと、一人をば思したりしが、いとねたかりしかば、このわたりにさりげなくてなむ日ごろさぶらひつる。〔出家した〕今は帰りなむ」と言って消えます。さきに述べたように、六条御息所の怨霊は、源氏に真摯に関わる女心に対して嫉妬し続けてきたので、源氏の奸計への処罰とも抑止力ともなってきました。しかし、夕顔に始まった物の怪も、脅威を揮うのはここまでで、物語の上での機能を十全に果たしたと言えましょう。

柏木の死に至る物語は、夕霧の見舞いに柏木が遺言する場面で終わります。「六条院にいささかなる事の違ひ目ありて」〔柏木④316〕との依頼はかなり曖昧で、夕霧にも事の真相を告げていません。夕霧がどこまで知っているか打診したかったのかもしれません。落葉宮の慰問を最後に頼んで、柏木は死にます。

b）「柏木」後半

柏木の不義の子を抱いて、真実が世間に知れる事を恐れるとともに、女三宮への許しがたい思いを、源氏は〈梓弓磯辺の小松たが世にか万世かねて種をまきけむ〉〔古今集907〕を引き歌として――

〈源氏#195〉☆誰が世にかたねはまきしと人問はばいかが岩根の松はこたへむ〔#504 柏木④325〕

と、辛辣に詠います。しかし、源氏自身の不誠実さを露呈する恐れがあっては、今や天に唾するようなものでしょう。

次に、若き日の源氏が、夕顔の突然の死に対処する場面に、パラレルな造りとして、夕霧が落葉宮邸を幾度か慰問する場面が描かれます。夕顔のイメージを求めて末摘花と関わる源氏のように、夕霧の落葉宮への恋が、柏木の悲恋に同情と共感を寄せるように事態は進みます。当然源氏の過去が夕霧の現在にどう関わって意味があるかを、読者に判断させようとの意図があります。

夕霧が一条邸を訪れて対面するのは落葉宮の母御息所です。婿として自分の直感では否定的であった柏木を受け入れたのは、柏木の父致仕大臣の熱意と女二宮の父朱雀院の同意でしたが、あの時強く反対していたらと御息所には悔まれます。本人が強く望んだ婚姻ではなかっただけに、ついで夕霧が慰問する致仕大臣も、官吏として将来が楽しみだった息子の死に茫然としています。

〈落葉母〉☆この春は柳のめにぞ玉はぬく咲き散る花のゆくへ知らねば〔＃506 柏木④333〕

〈頭中将＃14〉☆木《こ》の下のしづくにぬれてさかさまにかすみの衣着たる春かな〔＃507 柏木④335〕

〈夕霧＃20〉☆亡き人も思はざりけむうちすてて夕のかすみ君着たれとは〔＃508 柏木④335-336〕

親たちの悲嘆ぶりを目のあたりにして、夕霧は柏木の「こゝろ」の真実を、柏木のためにもあからさまにできないと感じています。「柏木」巻の末尾近く、夕霧が一条邸を再び訪れたとき、落葉宮と初めて歌を交わす場面があります。

〈夕霧＃21〉☆ことならばならしの枝にならさなむ葉守の神のゆるしありきと〔＃510〕

〈落葉＃1〉☆柏木に葉守の神はまさずとも人ならすべき宿の梢か〔＃511 柏木④338〕

夕霧のあからさまな求愛を、落葉宮が拒絶する贈答歌です。ここから、二人のあいだに、「夕霧」巻までの長い物語が始まります。夕霧が父親の咎をほとんど認識していないために、全く同じように罪を犯してしまい、雲居雁を鬚黒の元妻と同類の不幸に陥らせてしまうのですが、作者の目論見は、夕霧がその咎にどう対処するかを問うことでしょう。

5）「V四　横笛」――倫理継承の物語

横笛の名手として、源氏の耳に「いとわざとも吹きなる音かな」［篝火③258］と、そのすばらしい音色を聞かせたのは柏木でした。その彼が遺した笛を誰が引き継ぐかが、この巻の趣旨です。柏木の「こゝろ」の誠実と、真実を奏でるその笛の音の倫理性を、だれが継承するかが、ここで問われます。「V四　横笛」を三つに分けるとすれば――

（序）薫の成長
（破）遺愛の笛が御息所から夕霧へ
（急）夕霧から源氏（柏木の子）へ笛の継承

という段取りです。笛は夕霧にではなく、女三宮の子に将来受け継がれるべきものとするところで、柏木の物語が終わります。なお、柏木の子を「薫」と呼ぶのは、宇治の物語の作者であり、紫式部の関知するところではありません。しかし、「柏木」巻で抱きかかえた源氏の目に、「まみのかをりて」「かをりおかしき顔ざま」［④323］と映っているので、嗅覚の意味はありませんが、ここでは便宜的にそう呼んでおきます。視覚的な美と聴覚的な笛の音の美が、将来的に倫理と結びつく、と作者が考えたと思える「かほる」という表現です。しかし、三宮を「匂宮」と名付けたのは続編の作者で、紫式部なら、まず考えられない命名ですし、「薫」という嗅覚中心の命名も、『源氏物語』の作者のセンスではありえません。

それはともかく、柏木の横笛のイメージは、朱雀院が籠もる山に生えた筍を、院が女三宮に贈ることに始まり、歯が生え始めた薫が、よだれを垂らしながら咥えるのを見た源氏が、「いとねぢけたる色ごのみかな」と、『源氏物語』には珍しい、性的な揶揄を発します。ついで出る源氏の歌――

〈源氏#196〉☆うきふしも忘れずながらくれ竹のこは棄てがたきものにぞありける［#514 横笛④351］

細身の竹のイメージが将来笛を受け継ぐ薫を象徴して、「うきふし」ののち他人の子を養育することになった自分の身が、棄てがたい関係性をもつという意味が濃く籠められた歌になっています。この性と生の根源的なコンビネーションが、物語の核心を担うのは、作者の人生観でしょう。こうした経緯から、三宮同様柏木の息子にも、次世代の将来は、その倫理的な人生が、作者によって託されていると見えます。洋の東西を問わず、楽の音は人の倫理と関わって神聖なものです。この笛が正当に継承されることに、今後の男たちの倫理も関わって意味をもつのです。

落葉宮邸を訪れた夕霧は、宮が箏の琴をほんの少し掻きならしたので、想夫恋を琵琶で弾いて、なんとか宮と楽の音で繋がりをもちたいと願います。

〈夕霧#22〉☆言に出でていはぬもいふにまさるとは人に恥ぢたるけしきをぞ見る［#515］

〈落葉#2〉☆深き夜のあはればかりは聞きわけどことよりほかにえやは言ひける［#516 横笛④355］

御息所は、笛の名手だった柏木遺愛の由緒ある横笛を夕霧に贈ります。帰宅した夕霧が見るのは、宮邸で親切に世話をやいているらしいと聞いて、夫が許せず寝たふりをしている雲居雁と、寝惚けている子供たちです。心を残した情愛ある宮と生活臭漂う殺伐な妻との違いをまざまざと感じて、月の美しさを愛でない妻に文句を言いますが、雲居雁は聞こえないふりをしています。その晩、枕元に贈られた笛をおいて眠った夕霧の夢に柏木が現れます。

〈柏木#13〉☆笛竹に吹きよる風のことならば末の世ながき音に伝へなむ［#519 横笛④360］

「思ふ方異に［遺贈の相手が違う］」という、歌に続くコメントにはっとした夕霧は、子供の泣き声で目を覚まします。雲居雁が「深夜の月見なんかに格子を上げていたから、物の怪に入られたのだ」と、さきの夫の文句にやりかえします。夕霧も笑って、「子供をたくさん持つ親になって巧いこと言うね」と言う夕霧の眼が「いとはづかしげ」なので、夫を部屋から追い出します。夫婦仲のよさが端的に表出されていて、しかも、雲居雁の状況判断が読者の共感を呼ぶような語り口です。若いころの源氏と、この場面での夕霧の人間性の違いが感じられるので、将来の夕霧は源氏の轍を踏まないだろうという予感がします。しかし、ここでは、この夫婦にも試練の時が近づいています。

余談ですが、宇治十帖の「橋姫」によれば、柏木は死の直前に、女三宮への最後の歌二首と女三宮からの手紙五六通を含む布袋を、乳母の娘弁に託したことになっています。袋は「唐の浮線綾を縫ひて〈上〉といふ文字を上に書きたり。細き組みして口の方を結ひたるに、かの御名の封つきたり」と語ります。［橋姫⑤164］臨終間際の柏木に命ぜられて細工したものでしょうから、弁にはもちろんその中身がおよそ判っているはずです。

弁は、「小侍従に、またあひ見はべらんついでに、さだかに伝へ参らせんと思うたまへしを、やがて別れはべりにし……」と、およそ二十年間、薫が二十二歳の今日まで渡す機会がなかったとあります。［橋姫⑤163］この大事な遺言が弁のもとに留め置かれ、女三宮に渡らず（宇治十帖の終わりまで、女三宮の知るところとならず）その処分を薫に委されたことに、物語の語り手はなんらかの反応を示すべきでしょう。柏木の遺志は、結果的に弁によって闇に葬られてきたのです。

これは物語の文法違反です。弁の説明には、使命感も責任感も感じられず、遺書の宛先である女三宮は全く無視されています。初めから薫宛の遺書ならまだしも、弁が九州から京に戻ってすでに四五年は経っています。女三宮は生きているのですから、その間、これを手渡す手だてはいくらでもあったはずです。

この一事だけ見ても、これが『源氏物語』四十巻を書いた感性豊かな人の手による、その後の展開とは到底思えません。女三宮への歌とされる二首――

〈柏木〉☆目の前にこの世をそむく君よりもよそにわかるる魂ぞかなしき［#630］

〈柏木〉☆命あらばそれとも見まし人しれぬ岩根にとめし松の生ひすゑ［#631］

歌の質そのものが、あの夕霧の夢に現れた最後の歌の切実さに比べれば、わざわざ遺すほどの歌ではありません。辞世の歌としても、一首目のは、「わかるる」「かなしき」ということばを共有する『源氏物語』の最初の桐壺更衣の歌がもつ切迫感がありませんし、二首目にいたっては、柏木の死後、源氏が女三宮にむかって揶揄した、さきに引用の――

〈源氏#195〉☆誰が世にか種はまきしと人問はばいかが岩根の松はこたへむ［#504 柏木④325］

がヒントになって模倣されたとしか思えない出来です。源氏の歌を柏木は知るよしもないのですから、人口に膾炙したフレーズとはいえ、「岩根の松」だけは避けるべきだったでしょう。結局、薫の出自を明かす証拠として、宇治十帖の作者が思いついたアイディアで、その物語の造りの悪さを証す以外のなにものでもない、と断じていいでしょう。

夕霧は笛をもって六条院に参上します。三宮や二宮が遊んでいるところに、二歳の薫もいて、「走りおはしたり。…いみじう白う光りうつくしきこと、皇子たちよりもこまかにをかしげにて、つぶつぶときよらなり」［横笛④364］と、夕霧の目に映る薫の目尻・口元などが柏木に似ていて、これは源氏も気づいているだろうと感じます。三宮がそうであるように、この子も作者は将来、次世代を受け継ぐ一人として、父（柏木）や祖父（昔の頭中将）と同じ男ではない聡明さを備えているように造っています。少なくとも、同じ轍を踏ませない将来を、作者は希求しているからでしょう。

夢に告げられた柏木遺品の笛を夕霧が見せると、源氏は、その笛の由来を語ります。もとは陽成院のものであり、故式部卿宮に伝わり、それを子供の頃から柏木の笛に感心していた式部卿宮が萩の宴の折に贈ったものと、源氏は説明します。序でにさりげなく、柏木の遺言の「かしこまり申すよし」について話す夕霧が、柏木の真相に気づいていると源氏は感じ、「夢の話を夜はしない方がいいと女たちも言ってるから、この話は又の機会に」と、夕霧を体よくかわします。源氏が夕霧の質問を回避したことからも、夕霧には柏木の真相にある確信がもてたところで、「横笛」は終わっています。

さきの「横笛」巻の源氏の歌――☆うきふしも忘れずながらくれ竹のこは棄てがたきものにぞありける――は、夕霧も源氏も真実が、棄てたくも「棄てがたきもの」として、やがては自分たちの咎が現前する事態を、〈Ⅴ急〉段の後半、〈転〉部「鈴虫・夕霧」と〈結〉部「御法・幻」で見ることになります。

「Ⅳ三　篝火」で聞こえた柏木の笛の音は、「Ⅴ四　横笛」が遠く「Ⅰ四　夕顔」と同じ経糸の第四糸に織り込まれていることからも、夕顔の「こゝろ」の純粋さを反映して響きます。雅楽や能楽の始まりを告げる笛の音のように、人の心理の深層を呼び起こす音楽の力です。この笛の透明感が「こゝろ」の純粋性に関わって、この笛の正当な継承は、人の「こゝろ」の正しい継承に繋がって意味をもつと考えられます。「Ⅳ四　野分」が、同じ経糸上にあることから、夕顔の純心と素直さを垣間見ることが、男心にとって「オブセッション」の要因となることが判ります。当然ながら、玉鬘も同じ資質の持ち主として造形され、男たちを虜にさせたのです。雲居雁と玉鬘の将来も、源氏亡きあとの男たちの倫理が、彼女らの「こゝろ」の保全に深く関わります。

特筆すべきは、玉鬘が肥後で豪族の大夫監に求愛されたエピソードの深層です。玉鬘は、その恐ろしさから逃れて上京するのですが、それが果たして賢明な選択であったかどうか、作者は読者に問うています。作者には、地方での生活経験が培った世界観があり、大夫監の話を物語に加えたのは、作者の人生に対する相対的な価値観の表明です。大夫監の求愛の純心が描かれていて、しかもそのエピソードが『源氏物語』のテクストのど真ん中（『新全集』全25169行の半分、12585行前後「Ⅲ六 玉鬘」）に置かれているのも偶然ではなさそうです。『源氏物語』の「こゝろ」は、男の純誠に尽きるのです。

6）「Ⅴ五 鈴虫」――〈Ⅴ破〉段の〈転〉部前半

「柏木」と「横笛」が、長・短のリズムをもつのに対し、「鈴虫」と「夕霧」は短・長とリズムが逆転します。作者が「柏木」と「夕霧」を対比させようとした意味も、この二人の若者の生き様を、源氏の半生と比較対照させることで、終局に向かって焦点を結ぶように配置しています。問題は、夕霧が源氏亡きあと、どう生き方を変えるかでしょう。「Ⅴ六 夕霧」は、上下巻とも二千行近い「Ⅴ二 若菜」を除けば、一千行以上を数える唯一の巻です。物語の最後に、この長大な巻を置く意味は、当然ながら、源氏の次世代が、どのようにこの世を変えるかです。

六条院の将来については、源氏が去ったあとも気がかりな二人の女性――女三宮と六条御息所の死霊――について、「鈴虫」には、手短かに括りをつける意味があります。

「鈴虫」前半に女三宮の持仏開眼供養、そして後半は「鈴虫の宴」のあと、源氏と秋好中宮との語らいがあります。当然でしょうが、女三宮も源氏との歌の贈答は、この巻が最後です。

〈源氏#197〉☆はちす葉をおなじ台と契りおきて露のわかるる今日ぞ悲しき［#520］

〈女三宮#6〉☆へだてなくはちすの宿を契りても君が心やすまじとすらむ［#521　鈴虫④376-377］

女三宮の歌は辛辣ですが、これには源氏も、「言ふかひなくも思ほし朽すかな」とにが笑いするしかありません。朱雀院は桐壺帝から伝領した三条宮を女三宮に「御処分」し、そこに女三宮を移すことを提案しますが、源氏は「おなじ台」に拘って、女三宮を六条院から移しません。西側の庭を出家者にふさわしく造り直し、そこに鈴虫を放つなど、なお執着する源氏を描いています。今も「思ひ離れぬさまを聞こえ悩ましたまへば、例の御心はあるまじきことにこそはあなれ」は、女三宮の心情をよく表しています。

▽〈源氏〉……今宵の新たなる月の色には、げになほわが世の外までこそよろづ思ひ流さるれ。

▽故権大納言（柏木）、何のをりをりにも、亡きにつけていとど偲ばるること多く、公私、もののをりふしのにほひ失せたる心地こそすれ。

▽花鳥の色にも音にも思ひわきまへ、言ふかひある方のいとうるさかりしものを

▲などのたまひ出でて、みづからも、掻き合はせたまふ御琴の音にも、袖濡らしたまひつ。［鈴虫④383-384］

と、柏木の才能が偲ばれたところに、冷泉院からメッセージがあります。

〈冷泉#7〉☆雲の上をかけはなれたる住みかにももの忘れせぬ秋の夜の月［#524］

〈源氏#199〉☆月かげはおなじ雲居に見えながらわが宿からの秋ぞかはれる［#525　鈴虫④384-385］

冷泉院の「もの忘れせぬ秋の夜の月」が、その昔、桂川の月（源氏）に帝が送ったメッセージ（「月のすむ川のをちなる里……#294」）を想起させ、源氏が「わが宿からの秋ぞかはれる」と応じています。ここにいる女三宮の存在

と、当時の源氏の明石の存在がパラレルに置かれた今、その犠牲となった紫上の問題が、ここにあらためて浮き彫りにされて、源氏の自己認識が問われています。この「わが宿」は六条院の春の町を意味しますから、三十一歳（桂川の宿）から五十歳まで、実に足かけ二十年の歳月が流れたことになります。今や「かはれる」秋は、源氏の半生が、最愛の妻紫上に苦難の生を強いたことで閉じられようとしていることの謂いです。

さきに言及した、『源氏物語』の中央に置かれた源氏の歌の「霧」が、さらに深くなったのです。その意味で、続く「夕霧」巻の存在理由も、ここに暗示されています。繰り返し強調しますが、さきに問題にした次の歌が、全五百八十九首の中央に置かれている意味は、作者のデザインであることが今や明らかでしょう。

〈源氏#141〉☆久かたの光に近き名のみしてあさゆふ霧も晴れぬ山里［#295 松風②420］

源氏、螢宮、夕霧に柏木の弟などが、こっそりと車を仕立てて冷泉院を表敬訪問します。ここは作者にとって、壮大な『源氏物語』の幕を引く用意です。ついで源氏は秋好中宮を訪れます。御息所の怨霊に困惑する中宮は、出家の意向を源氏に漏らし、直ちに却下されてしまいます。中宮には御息所の霊を慰めるよう「行ひの御心」を勧めるところで「鈴虫」が終わります。しかし、中宮が出家しないことは、作者の意図の内です。源氏亡き後の六条院の「垣根」の存続に、秋好中宮は欠かせない存在だからです。

因みに、秋好が中宮の地位を維持するのは、この巻までです。「御法」では、明石女御が中宮と呼ばれているからです。冷泉院と仲睦まじい秋好が、なかなか帰れない六条院秋の町の将来を、どう読者が想像するかにも、興味をそそられます。

7）「Ｖ六 夕霧」前半

「V二 若菜」の次に長い「V六 夕霧」をどう理解するかが、『源氏物語』の「主題」に関わって大事な問題でしょう。ここの語り手の声を聞き分けることが、作者が最終的に『源氏物語』で何が言いたいのかを明確にするだろうからです。「夕霧」巻を落葉宮の母御息所の死を前後に二つに分けてみます。

前半

a）夕霧が小野の山荘に移った落葉宮を訪問

b）御息所の手紙を雲居雁が隠す

c）夕霧の返書と御息所の死

後半

a）夕霧落葉宮を一条邸へ移す

b）夕霧思いを遂げる

c）雲居雁怒って実家へ帰る

a）夕霧が小野の山荘に移った落葉宮を訪問

病を癒すために一条邸から小野の山荘に移り住んだ御息所と娘の落葉宮を、夕霧が訪れるところから「夕霧」が始まります。夕霧はまだ二十九歳、近衛の大将（従三位）です。小野は現在の修学院離宮あたりで、夕霧の住む三条からは、柏木の二条邸と源氏の六条院間以上の距離があって、その山荘に高貴な女性が住むことに、ある種のロマネスクが感じられます。華やかな六条院に柏木を置いてみるのと、この山荘をたびたび訪れる夕霧を比べれば、こちらは全体に暗さが目立っています。

マクロ的に、「Ⅴ五　鈴虫」・「Ⅴ六　夕霧」は、「Ⅰ五　若紫」・「Ⅰ六　末摘花」が対応しますが、若い源氏が〈Ⅰ序〉段で、藤壺（紫上）と末摘花に関わったように、ここでの夕霧は、関われない存在の紫上の代わりに、（源氏にとっての末摘花のような人として）落葉宮に関わります。結果的に夕霧は、雲居雁と藤典侍という、いわば紫上と明石のような女性をもちながら、末摘花の「摘」が「罪」を示唆するように、落葉宮を犯すのです。

「Ⅰ六　末摘花」の初めに、源氏が「おぼろ月夜に忍びてものせむ」〔①267〕とありましたが、そこでの末摘花のイメージが、〈Ⅰ序〉段の終わりでは朧月夜という女性と一つになります。夕霧が今後、源氏が晩年まで朧月夜と関わったように、落葉宮と関わるかどうかが、「Ⅴ六　夕霧」の問題ですが、ぼくは、源氏が末摘花の面倒をみたように、経済的な支援をしても、それ以上の関与をしない夕霧の倫理があるように感じます。それは、物語前半の朝顔に比定できるように、落葉宮が夕霧を執拗に拒むからです。

「落葉」は、女三宮に比べて落葉を拾う意味しかないという、柏木の思いを表しています。

〈柏木#10〉☆もろかづら落葉をなににひろひけむ名は睦ましきかざしなれども〔#493　若菜下④233〕

落葉した秋（飽き）の葉をなぜと、柏木が独りごちるこの歌は、宮の思いではありませんから、宮は自身を落葉だと思っているわけでは勿論ありません。昔、「Ⅳ二　常夏」で、雲居雁を遠ざけられた失意の夕霧に向かって、源氏は次のように言いました。

▽〈源氏〉朝臣や、さやうの落葉をだに拾へ。
▽人わろき名の後の世に残らむよりは、同じかざしにて慰めむに、なでふことかあらむ
▲と、弄じたまふやうなり。〔③226〕

めぐりめぐって、柏木はその通りに行動し、夕霧も源氏の不実の後継者として、不名誉な男になりかねない有

様です。これもまた『源氏物語』の意匠の内です。作者の深謀遠慮は、「Ⅳ一 常夏」の時点で、「柏木」・「夕霧」をしかるべく構想していたことになります。柏木が拾った落葉宮を、夕霧は父親の言を真に受けて、拾い直したようだからです。

「夕霧」という名も、小野の山荘を訪れた日の夕方、あたりに深い霧が立ちこめたのを口実に、帰宅できなくなったとする夕霧の歌に拠っています。

〈夕霧#24〉☆山里のあはれをそふる夕霧にたち出でん空もなき心地して［#526］
〈落葉#3〉☆山がつのまがきをこめて立つ霧もこころそらなる人はとどめず［#527 夕霧④403］

宮の返答は朝顔と同じように堅い意思の表明です。

夕霧が源氏に「落葉をだに拾へ」と言われたことが、皮肉な結果をもたらします。「柏木」巻に入ってから、源氏が夕霧に女二宮（落葉宮）とはいい加減に関わるなと諭したことと、昔の右の冗談めいた源氏の発言の矛盾が、「夕霧」巻では源氏自身の倫理のなさを暴くからです。

従って、「夕霧」巻の趣旨は、二重三重に源氏にとっても大きな意味をもっています。第一に、若い源氏は藤壺の「ゆかり」である若紫を見つけましたが、その紫上を夕霧から遠ざけようとしてきました。それは、源氏の過去に鑑みて、夕霧もまた母親のイメージを追い求める男であろうことを、危険だと思ったからです。第二に、夕霧にとって幼なじみの雲居雁には当然母親のイメージはありませんから、玉鬘が自分の妹ではなくなったとき、母葵上の姪の玉鬘は、藤壺の姪若紫のように、恋の対象となりえたのです。しかし、鬚黒の妻となったあとでは、夕霧も母のイメージをほかに求めなければならなかったのでしょう。

北山に見出した若紫のように、小野の山荘にいる落葉宮は、夕霧にとっては深層心理にある母親につながっても不思議ではありません。少なくとも作者のこの意匠は、「常夏」での「落葉をだに拾へ」あたりから、構想の内にあったのだと思われます。そうした意味の重層化に、あらためて紫式部のバランス感覚を見いだします。

夕霧は、さきに言及した夕暮、なんとか落葉宮と直接話せるまでに近づき、そこからはかなり強引に宮に迫ります。言葉を尽くして口説く夕霧を「いとかうあさましき」仕打ちであると落葉宮は、「……濡れそふ袖の名をくたす」仕儀になることを夕霧に、「のたまふともなきを、わが心につづけて忍びやかにうち誦じ」ます。落葉宮を抱き寄せるところまで進んだ夕霧は、「御ゆるしあらでは、さらにさらに」と、自重するところで明け方になります。朝露に濡れて帰る夕霧に、「なほ濡れ衣をかけんとや思ふ」［夕霧④412］と、自分の潔白を証すべく落葉宮も反発します。朝顔にも比べられるほど、落葉宮の拒否は断固たるものです。

b）御息所の手紙を雲居雁が隠す

実事がなくとも夕霧の朝帰りは、落葉宮に浮き名を立たせます。世間は御息所も含めて、夕霧との結婚が成立したようにみるでしょう。物の怪に悩む御息所に、朝方夕霧が山荘から帰るのを目撃したと律師が告げます。

▽〈夕霧〉あさましき御心のほどを、見たてまつりあらはいてこそ、なかなか心やすくひたぶる心もつきはべりぬべけれ。

▽〈夕霧#28〉☆せくからにあささぞ見えん山川のながれての名をつつみはてずは［#533 夕霧④424-425］

これに落葉宮が返事を書こうとしないので、実事があったと誤解した御息所は病をおして――

☆女郎花しをるる野辺をいづことてひと夜ばかりの宿をかりけむ［#534 夕霧④426］

と代筆します。その返事を夕霧のうしろから雲居雁が取りあげてしまう一騒動の顛末は、夕霧と雲居雁の夫婦のありようが、髭黒とその妻が描かれた「Ⅳ七　真木柱」と比定されるでしょう。源氏死後の夕霧には、しかし、作者は実家にもどった髭黒の元妻とは違う生き方を想定していたと思われます。何度も言うように、作者は次世代の男たちに、源氏とは違う倫理を希求しているからですし、夕霧も、この時点ではまだ自重して、強引に契りを結んではいません。

c）夕霧の返書と御息所の死

結局翌日の昼になっても手紙のありかは分からないままですが、すでに夕暮れが迫った頃、やっと見つかった手紙の内容（女郎花の歌）に、夕霧は胸がつぶれ――

〈夕霧#29〉☆秋の野の草のしげみは分けしかどかりねの枕むすびやはせし［#535　夕霧④433］

と、返書を早馬に乗せます。柏木の手紙が源氏に露見した状況が比べられるように、この場面があります。

御息所は、夕霧に対する落胆のあまり病状が急変して、娘の思慮不足の悔恨と行く末を案じながら、夕霧からの返書をみることなく、死んでしまいます。夕顔の死に比べられるほど、あっけない亡くなりようです。双子のような母娘の関係でしたから、宮は「後れじと思しいりて」死を願います。母なしでは生きて行けない落葉宮は、いまや窮地に追い込まれてしまいます。

亡くなる前に御息所は、娘のために「いましばしの命もとどめまほしうなむ」と言い、その将来について、「人二人と見る例は心憂くあはつけきわざなる」［夕霧④435］と嘆いていました。ここでも女性の育て方の問題ですが、紫上も、育てている女一宮の「よきほどにはいかでたもつべきぞ」と心配して――

女ばかり、身をもてなすさまもところせう、あはれなるべきものはなし。［夕霧④456］

と、宿世と言って片付けられない女性の立場を、次世代のために何とかよくしたいという思いに駆られていました。そのためには、男たちの行動を本質的に改めてもらうしかありません。こうした紫上に代表される女たちの希求が、のちの紫上の「御法」での三宮への遺言や、明石・花散里への歌に残されるのです。

8）「V六 夕霧」 後半

a）夕霧落葉宮を一条邸へ移す

御息所の葬送は夕霧が一切をとり仕切ります。夕霧は宮を一条邸に戻そうとしますが、宮は「〈落葉#7〉のぼりにし峰の煙にたちまじり思はぬかたになびかずもがな」［#543 夕霧④463-464］と、最後まで抵抗します。自ら髪を切り落としなどしないようにと、周囲は鋏まで隠して用心しますが、宮は出家について、「若々しきやうにはひき忍ばむ」ものなら、馬鹿にされるだけと考えているのです。

この場面はまた、若い源氏が若紫を北山から自邸へ拉致した過去にも比べられます。あの時は、父親が保護しようとする直前に、源氏が掠めとるように奪ったのですが、ここでの夕霧は、あたかも当然のごとく、その資力や政治力にものを言わせ、意のままにふるまいます。宮は、保護者としての母親が他界してしまったので、夕霧の「拉致」になすすべがありません。

源氏は目の前に現れた息子を、「鬼神も罪ゆるしつべく、あざやかにもの清げに若う盛りににほひを散らしたまへり」と、自分が女だったら惚れるだろうという目で見ています。そのような親子が、どれだけ女に不幸をもたらしてきたかが示唆されています。

夕霧が「鬼のやう」と言い、源氏が「鬼神もゆるす」とした、その「鬼」のもとに帰った夕霧に、雲居雁はもう私は死んで鬼になったも同然と言い放ちます。作者は鬼をメタファーに、夫婦に入ったひびを活写します。尼になりたいという雲居雁ですが、子だくさんな自分が先に世を捨てるわけにもゆかず、夕霧は自分がまだ思いを遂げていないところでは、世間の噂が真実でないことを知っていることから、雲居雁の嫉妬心も笑い話にしてしまえる心理的な余裕があります。

新たに身なりを整えて一条邸へ出かける夕霧に、尼になりたいと歌に詠む雲居雁ですが、私を見捨てたからとて、貴女が汚名を着るだけだと、居丈高に歌を返されて、結局忍耐をせまられるのです。

b）夕霧思いを遂げる

物語に描かれただけでもこれが四度目の挑みですが、落葉宮は塗籠に籠もったまま断然拒否の態度です。その拒絶の確固たるところを、夕霧も「〈夕霧#34〉うらみわび胸あきがたき冬の夜にまた鎖しまさる関の岩門」〔#545夕霧④468〕と認めます。しかし、周囲の人たちは、夕霧の巧言に乗せられ熱意にも絆されて、とうとう塗籠への戸を開けてしまいます。ここは、昔、六条御息所の女房中将君が源氏をはねつけたことや、朝顔が女房たちも頼らずに身を守ろうとしていたエピソードなどが、読者に回想されるところです。最後の砦を失った落葉宮は、「頼もしき人もなくなりはてたまひぬる御身をかへすがへす悲しう思す」〔④478〕とあります。

夕霧は夜を徹して落葉宮に恋心を訴えますが、ここまで言っても駄目なのかと嘆き、雲居雁のことも心をよぎっているうちに、夜があけてしまいます。帰るに帰られず、朝日の出る気配に、夕霧はやっとの思いで宮の着物を引きやって、思いを遂げます。

故君のことなることなかりしだに、心の限り思ひ上がり、御容貌まほにおはせずと、事のをりに思へりし気色を思し出づれば、まして、かういみじう衰へにたるありさまを、しばしにても見忍びなんやと思ふもいみじう恥づかし。

とざまかうざまに思ひめぐらしつつ、わが御心をこしらへたまふ。

ただかたはらいたう、ここもかしこも、人の聞き思さむことの罪避らむ方なきに、をりさへいと心憂ければ、慰めがたきなりけり。［夕霧④480－481］

こうして、一条邸では、あたかも予定された行事のように、大和守をはじめ侍女たちが、新しい主人のために歓待の気持を、服喪中の家中でそれなりに心配りして表します。

源氏親子が同じような過ちを冒したように見えますが、夕霧の雲居雁への今後の対応は、源氏の藤壺・紫上の場合とは、大きな違いがあるはずです。夕霧の誠実さが、妻雲居雁にも納得できるような善後策を、夕霧もとらなければならないことが、この物語の要請だからです。そこでは育ての親としての花散里の忠言も役立っています。同じ過ちが繰り返されただけで終わる物語は、ほとんど物語の文法違反でしょう。ですから、朝顔と対比される落葉宮は、夕霧に犯された事実は事実としても、朝顔のように出家に終わるかどうかが将来の物語として予測される問題でしょう。私見では、花散里のような人になると考えます。それは、夕霧と育ての親である花散里の絆に基づいた推論です。

c）雲居雁怒って実家へ帰る

一方、雲居雁は、やはり世間の噂は本当だったと、さっさと娘たちと父邸へ「方違え」を理由に家を出てしまいます。夕霧との間に七人の子供たちをめぐって綱引きがあり、また、「少女」巻以来夕霧が恋をして、五人の子供もいる藤内侍（惟光の娘）が、雲居雁に同情して便りをよこします。紫上と明石のように、この二人も、いずれは対夕霧作戦を展開する関係になるでしょう。ならば、落葉宮は、花散里のような女性として、夕霧が関わる三人の女性が、六条院の三人（明石中宮・明石・花散里）と同じように、将来、六条院の女たちを援護する院外勢力になってもおかしくはありません。

さきの雲居雁手紙騒動のエピソードは、当時の一般家庭の夫婦げんかを彷彿とさせ、どこか作者の結婚生活の雰囲気を反映しているかのようにユーモラスで、現実感があります。雲居雁は、髭黒の妻とは違い、いったんは実家に逃げ帰っても、じきにまた夕霧との夫婦生活を続けるでしょう。真面目な夕霧は、宇治の物語の作者が描くようにではなく、落葉宮との関わりを、花散里のような擬似的な親子関係に変えるかも知れません。その根拠は、夕霧の落葉宮との関わりの原点にあった「帚木」志向です。少なくとも、源氏の間違いを繰り返さない男になるように、作者も夕霧を造形していることは、さきに言及した花散里の忠言を、夕霧は真面目に受け止めているからです。紫上の三宮への影響力と同じように、花散里は夕霧を指導する力をもっています。

ともかく「Ｖ六　夕霧」の主旨は、源氏の言行の影響下で生きてきた夕霧が、今後その三人の女の不幸を広げる方向に進むかどうかを、読者に考えてもらうことです。その六人の男の子たちが、また次の世代の女性たちの不幸を拡大するとしたら、という含みをもたせています。しかし、この源氏の息子が、女性に対して源氏と同じように振舞わない賢さをもっていることが、次巻の紫上の死の場面などにも感じられます。

雲居雁が実家に引き上げたことの意味は、すでに「Ⅳ七　真木柱」（第三十一巻）で問われていました。夫髭黒に「嫗とつけて心にも入れず」［藤袴③343］蔑みられていた妻北の方は、紫上の異母姉にあたります。時に取り憑かれたようになるので、髭黒が離縁しようとしていた気の毒な人です。精神異常の原因は語られていませんが、これまでの夫の冷たい態度の結果であると見えます。源氏の葵上との関係も、ここに比定されているでしょう。ですから、夕霧の雲居雁との夫婦関係は、はっきりと、源氏の紫上との関係とは違います。そこに夕霧の今後への期待感もあります。

『源氏物語』の「主題」は、このようにして、紫上を中心に、〈夫が妻に与える苦しみによって、妻の「こゝろ」の純粋性を維持できなくなる不幸と悲しみ〉に収斂しています。藤壺に始まり、女三宮に終わる女性たちの出家も、女たちに対する男たちの身勝手な行動が禍した、この世の不幸を語って余りあります。主人公源氏にとって、その悲しみの深さを認知できたとき、「〈源氏#584〉ひかげも知らで暮らしつるかな」〔幻④546〕と、すべては取り返しがつかないかたちで終わってしまっています。

作者は、何度も願って叶えられなかった紫上の「出家」の理由が、この世に対する絶望であることを、男たちに知らしめる意図のもとに、物語全体を全四十巻に構造化しました。その何よりの証拠が、五百八十九首を数える歌の配置にあることを、次章で明らかにします。

第四章
驚くべき歌の配置

全四十巻五百八十九首の歌は、書き終えたとき偶々この数になったのではない。作者は最初からきっちり〈589＝31×19〉首、31できれいに割り切れる歌を造ることを決め、しかも三十一文字の和歌の情理を生かすべく、三十一〈5－7－5－7－7〉首ずつを一括りにして、物語を展開させる。また、源氏の歌も、二百二十一首作り、その大半の百五十五〈31×5＝155〉首、ここも31で割り切れる歌数（約70％）を、第二十巻（「朝顔」）までの物語前半に配置させている。つまり、源氏の恋は、物語半ばで、終わりを告げているのだ。さらに、「かぎりとて」・「鏡」・「まぼろし」のようなキーワードを、要所を占める歌に詠み込んで、物語の核心にある情緒を暗示する指標としている。

1　五百八十九首の数理（589＝31×19）

『源氏物語』研究史によれば、「夢の浮橋」までの五十四巻に和歌七百九十五首を数えることに、写本間で異同がありません。また、個々の歌中のことばの異同も、歌以外の本文に比べればほとんどなく、歌だけはほぼ作者の造ったものが今日まで読み継がれてきています。伊東祐子「「青表紙本」と「河内本」について――作中歌を中心に――」（学習院大学国語国文学会誌1983）に拠れば、歌の異同について、河内本（尾州家本）がよいと判断される歌は、四十一首中に二首（#130／#249）しかありません。ですから、歌の文言に関する限り河内本の信頼性は高くありません。いずれにしても、これまで、「匂兵部卿」巻からの別作者を明証した注釈がなかったので、「桐壺」から「幻」までの四十巻全五百八十九首を、その後の二百六首と分けて分析し、その歌に確固とした配置の違いを見出した人はいませんでした。

本書では、「幻」までの四十巻が統一的に構築されているという仮説のもとに、そのテクスト内部を検証することで、漢詩の五言律が『源氏物語』の構築原理であることを、ここまでに証明できました。

作者は書き始めの段階から、全体を四十巻で書くという構想をもち、執筆途中でもその方針を変えることがなかったのです。物語の中に歌をいくつ盛りこむかについても、例えば、一巻平均十五首として、全体が六百首を目処に、書き終えたらたまたま五百八十九首になった、ということではありません。最初から五百八十九首を構造化しようとしたという、もう一つの仮説を立てて、それをこの章で証明します。

つまり、驚くべきことに、作者は初めからこの数を、全四十巻の中にきちんと構造化しようとしたと想定するのです。その数理は、〈589＝31×19〉で、そこに、これまでも何度か言及した、意義深い〈31〉と〈19〉が隠されています。その傍証として、第三十一巻の「真木柱」と第十九巻の「薄雲」が特に重要であることを、前章に述べました。〈31〉は5－7－5－7－7という歌の音韻数であり、さらに〈19〉は、〈5－7－7〉という、二句切れの歌の後半の音韻数です。その推論をする前に、巻ごとの歌の分布状況を表にしてみます。（次ページ参照）

〈表1〉では、『新全集』全四十巻にテクストが〈25169〉行あり、〈589〉首の歌が、平均〈43〉行に一首現れることが判ります。これは、〈Ⅲ破の破〉の全4222行に、98首の歌が平均値と同じ43行に一首あることで、その配置は全体とのバランスがとれています。

〈Ⅰ序〉での平均が45行に一首であるのに対して、〈Ⅱ破の序〉段では平均29行に一首と、その密度が濃くなり、「Ⅱ一　葵」から「Ⅱ六　蓬生」まで、感情のうねりのようなものが、「Ⅱ三　花散里」から「Ⅱ四　須磨」を頂点に「Ⅱ五　明石」へと続いています。平均行の数値が低いほど歌の密度が高いので、特に平均が〈20〉行以下の巻――たとえば「須磨」の〈18〉行や「絵合」の〈19〉行など――は、抒情性が高いと言えます。更に、最終巻の「Ⅴ八　幻」は、〈17〉行に一首あって、物語中で一番抒情的なのが明らかでしょう。つまり、『源氏物語』の最後の一巻は、歌物語もしくは源氏の家集とも呼べるほどの造形がなされています。ですから、〈Ⅲ破の破〉段冒頭の「Ⅲ一　絵合」は、作者が「歌合」をも意味した抒情性の高い巻であることも、この表で推察できるでしょう。

従って、平均値が〈30〉以下の巻――「Ⅰ八　花宴」・「Ⅱ四　須磨」・「Ⅱ五　明石」・「Ⅲ一　絵合」・「Ⅲ二　松風」・「Ⅴ一　藤裏葉」――などに、『源氏物語』全体の意味（主題）について、大切な情緒が籠められていることが予測されます。「Ⅱ三　花散里」と「Ⅳ三　篝火」は、ごく短い巻ですから、平均値にあまり意味がありませんが、そこでも抒情性は保たれています。〈表2〉は、総数221首を数える源氏の歌の分布を纏めたものです。〈Ⅰ序〉段

〈表１〉589 首の分布と密度

巻	Ⅰ			巻	Ⅱ			巻	Ⅲ			巻	Ⅳ			巻	Ⅴ			合計		
1	498	9	55	**9**	931	24	39	**17**	356	19	19	**25**	374	8	47	**33**	474	20	24	2633	80	33
2	897	14	64	**10**	994	33	30	**18**	409	16	26	**26**	424	4	106	**34**	3962	42	94	6686	109	61
3	212	2	106	**11**	76	4	19	**19**	593	10	59	**27**	69	2	35	**35**	778	11	71	1728	29	60
4	916	19	48	**12**	869	48	18	**20**	410	13	32	**28**	348	4	87	**36**	365	8	46	2908	92	32
5	944	25	38	**13**	792	30	26	**21**	990	16	62	**29**	528	9	59	**37**	275	6	46	3529	86	41
6	626	14	45	**14**	645	17	38	**22**	790	14	64	**30**	282	8	35	**38**	1413	26	54	3756	79	48
7	569	17	33	**15**	456	6	76	**23**	270	6	45	**31**	758	21	36	**39**	373	12	31	2426	62	39
8	200	8	25	**16**	90	3	30	**24**	404	4	101	**32**	367	11	33	**40**	442	26	17	1503	52	29
合計	4862	108	45		4853	165	29		4222	98	43		3150	67	47		8082	151	54	25169	589	43

〈表２〉源氏の歌（221 首）の分布と密度

巻	Ⅰ			巻	Ⅱ			巻	Ⅲ			巻	Ⅳ			巻	Ⅴ			合計		
1	498	0	–	**9**	931	13	72	**17**	356	1	356	**25**	374	2	187	**33**	474	1	474	2633	17	155
2	897	3	299	**10**	994	16	62	**18**	409	4	102	**26**	424	1	424	**34**	3962	10	396	6686	34	197
3	212	1	212	**11**	76	3	25	**19**	593	5	119	**27**	69	1	69	**35**	778	1	778	1728	11	157
4	916	11	83	**12**	869	27	32	**20**	410	8	51	**28**	348	1	348	**36**	365	1	365	2908	48	61
5	944	12	79	**13**	792	17	47	**21**	990	3	330	**29**	528	4	132	**37**	275	3	92	3529	39	90
6	626	9	70	**14**	645	9	72	**22**	790	3	263	**30**	282	0	–	**38**	1413	0	–	3756	21	179
7	569	9	63	**15**	456	2	228	**23**	270	2	135	**31**	758	4	190	**39**	373	3	124	2426	20	121
8	200	4	50	**16**	90	1	90	**24**	404	4	101	**32**	367	3	122	**40**	442	19	23	1503	31	48
合計	4862	49	99		4853	88	55		4222	30	141		3150	16	197		8082	38	213	25169	221	114

〈表１〉の見方：『新全集』本で、第〈１〉巻（桐壺）は、テクストが〈498〉行あり、歌が〈9〉首あります。従って、行数を歌数で割った数値、〈498 ÷ 9＝55.3〉、つまり約〈55〉行に一首の割合で歌が分布していることになります。また、「若菜上・下」巻は一巻と数えて第〈34〉巻とします。従って「柏木」を第〈35〉巻、以下同様に一巻ずつ繰り上げて、「幻」は第〈40〉巻となります。また、合計欄を見れば、全五八九首の物語全体の平均密度は〈43〉行です。〈表２〉についても、同様に、源氏の歌の密度は、平均〈114〉行です。

に49首、〈Ⅱ破の序〉段に88首と、最初の二段に137首が詠われていて、源氏の歌のほぼ62%を占め、物語の中間点である「Ⅲ四 朝顔」の終わりまででは155首（70%）にも達しています。従って、最終第四十巻の19首を除けば、「Ⅲ五 少女」（第二十一巻）に始まって「Ⅴ七 御法」（第三十九巻）に終わる後半の十九巻には、わずか47首（21%）しかないのです。「桐壺・藤袴・夕霧」の三巻には源氏の歌がありませんが、源氏十二歳の元服までを扱う「桐壺」は例外としても、「藤袴」は、玉鬘の養父源氏が真実を実父内大臣に告白して、それまでの姉弟／恋人の認識が柏木と夕霧との間で逆転し、源氏も玉鬘を自分勝手な恋の対象とするわけにはゆかなくなる巻です。物語の情緒が源氏から離れるので、源氏も歌の機会がありません。「夕霧」巻でも、源氏はそこでの当事者ではないので一首もありません。

こうした処置にも、作者が登場人物たちを動かす手の内が、鮮やかに読みとれて、物語がある目標に向かって揺るぎなく進行するという意味での統一性が見てとれます。さきに繰り返し指摘したように、源氏の最初の妻葵上との間に、一首の歌の交換もありませんが、作者のこの徹底ぶりが、『源氏物語』を優れた作品にしている理由の一つなのです。

その複雑でしかも論理的な「かたち」を明らかにするために、紫式部には独自の文学的方法がありました。それは、「イマ・ココ」を連綿とつないでゆく日本語の主観的な統語法に、さきに述べた漢詩の論理と共に、和歌の数理を連動させたことです。それは中国の「五言律」の枠組みの中に、日本的な「三十一文字」をハイブリッドさせることでした。実際、『源氏物語』正編は、五言律詩の「かたち」〈5×8＝40〉によって、五段階の経緯を辿り、さらに、その全五百八十九首の和歌には、〈31×19＝589〉という計算が、物語が書き始められたときに、すでに意図されていたものと推測されます。〈31〉、つまり三十一《みそひと》文字が物語全体の情緒として、象徴的に構造化されているのです。

その指標の一つが、紫上の死後、残された人たちによって詠われる歌の数が三十一首であるということです。それは、「御法」の最後の五首――夕霧#559から源氏#563まで――と、「幻」の二十六首を足した歌数です。一つの巻の歌数としてではなく、複合的にしか三十一首が顕わにならないところが『源氏物語』の〈秘策〉で、紫上が秘かにたくらんだ「御法」の〈秘儀〉に見合うものとして、作者は物語の最後にその超絶技法を種明かしする形をとっています。しかし、管見では、その三十一首が、紫上の死を悼む哀傷歌五首のあと、「幻」巻二十六首の四季の歌を加えて、〈5－7－5（8）－7（4）－7〉に配列されていることを指摘した注釈はありません。

2 〈三十一〉首の叙事と抒情

そこで、〈589〉という数値は、〈31〉首の歌を〈19〉回並べる意図のもとに配置されているかも知れないという「仮説」がさらに可能になります。因みに最初の〈31〉首の終わりの歌、つまり#31は――

〈夕顔#4〉☆前の世の契り知らるる身のうさに行く末かねて頼みがたさよ［#31 夕顔①159］

であり、夕顔が自分の置かれた状況から判断して、将来が不安であることを、源氏の歌に応じて詠ったものです。その源氏の歌は――

〈源氏#7〉優婆塞が行ふ道をしるべにて来む世も深き契りたがふな［#30 夕顔①158］

と、自信満々に詠み掛けたものですが、「来む世も深き契り」は、夕顔の死によって、あっけなく反故にされてしまうかのようです。ですからここには、遠い将来に向けて、源氏の「契り」の無効性にあたかもすでに結論がでているかのように、「行く末」の「頼みがたさ」が象徴的に表出されていると見えます。

そこで、作者は『源氏物語』の歌を、〈31〉首ごとに纏めて造ろうとしているという仮説を立てて、検討してみましょう。最初の三十一首を和歌の五句のように5－7－5－7－7に分けます。

①〈更衣〉　かぎりとて別るる道の悲しきにいかまほしきは命なりけり
②〈桐壺帝〉宮城野の露吹きむすぶ風の音に小萩がもとを思ひこそやれ
③〈命婦〉　鈴虫の声のかぎりを尽くしても長き夜あかずふる涙かな

④〈母君〉いとどしく虫の音しげき浅茅生に露おきそふる雲の上人
⑤〈母君〉あらき風ふせぎしかげの枯れしより小萩がうへぞ静心なき
⑥〈桐壺帝〉たづねゆくまぼろしもがなつてにても魂のありかをそこと知るべく
⑦〈桐壺帝〉雲のうへも涙にくるる秋の月いかですむらん浅茅生の宿
⑧〈桐壺帝〉いときなきはつもとゆひに長き世をちぎる心は結びこめつや
⑨〈左大臣〉結びつる心も深きもとゆひに濃きむらさきの色しあせずは
⑩〈馬頭〉手を折りてあひみしことを数ふればこれひとつやは君がうきふし
⑪〈女〉うきふしを心ひとつに数へきてこや君が手を別るべきをり
⑫〈殿上人〉琴の音も月もえならぬ宿ながらつれなき人をひきやとめける
⑬〈女〉木枯に吹きあはすめる笛の音をひきとどむべきことの葉ぞなき
⑭〈夕顔〉山がつの垣ほ荒るともをりをりにあはれはかけよ撫子の露
⑮〈頭中将〉咲きまじる色はいづれと分かねどもなほとこなつにしくものぞなき
⑯〈夕顔〉うち払ふ袖も露けきとこなつに嵐吹きそふ秋も来にけり
⑰〈式部〉ささがにのふるまひしるき夕暮にひるますぐせと言ふがあやなさ
⑱〈女〉あふことの夜をし隔てぬ仲ならばひるまも何かまばゆからまし

⑲〈源氏〉　つれなきを恨みもはてぬしののめにとりあへぬまでおどろかすらむ
⑳〈空蝉〉　身のうさを嘆くにあかで明くる夜はとりかさねてぞ音もなかれける
㉑〈源氏〉　見し夢をあふ夜ありやとなげく間に目さへあはでぞころも経にける
㉒〈源氏〉　帚木の心をしらでその原の道にあやなくまどひぬるかな
㉓〈空蝉〉　数ならぬ伏屋に生ふる名のうさにあるにもあらず消ゆる帚木
㉔〈源氏〉　空蝉の身をかへてける木のもとになほ人がらのなつかしきかな

㉕〈空蝉〉　空蝉の羽におく露の木がくれてしのびしのびにぬるる袖かな
㉖〈夕顔〉　心あてにそれかとぞ見る白露の光そへたる夕顔の花
㉗〈源氏〉　寄りてこそそれかとも見めたそかれにほのぼの見つる花の夕顔
㉘〈源氏〉　咲く花にうつるてふ名はつつめども折らで過ぎうきけさの朝顔
㉙〈中将君〉　朝霧の晴れ間も待たぬけしきにて花に心をとめぬとぞみる
㉚〈源氏〉　優婆塞が行ふ道をしるべにて来む世も深き契りたがふな
㉛〈夕顔〉　前の世の契り知らるる身のうさに行く末かねて頼みがたさよ

第一句（①―⑤）は『源氏物語』の核として、更衣・帝・幼い源氏の三人が導入され、第二句の初めに物語のキーワードの一つ――まぼろし――が第六首に表出されます。「帚木」巻の最初の二首（⑩・⑪）の「数ふれば」・「数へきて」と、作者が歌の数を数えていることを示唆するような文言も、歌の意味とは別に暗示的です。そして第三句では源氏が知る前の夕顔が言及されます。第四句の二首目、初めから数えて十九首目に、源氏がいよいよ登場し、そこでは空蝉が関わり、最後に第五句に至って、夕顔の登場となります。作者が源氏の第一首を、物語の第十九首とすることに意図的であると見れば、この歌を造ったときに、作者は全五百八十九首という構想をもって、物語を始めているという仮説が成り立つのです。この最初の三十一首の中に源氏の歌は七首ありますが、その第一首が物語の十九首目に現れる確率は極めて低いので、この配置だけを見ても、この仮説は蓋然性が非常に高いと言えます。

右の三十一首全体が、物語の展開に呼応して、あらあら五つの段落に分けられているように見えます。最終第三十一首の「先の世の契り知らるる身のうさ」は、夕顔の思いだけではなく、ほとんど女性の思いを総括して詠われているように感じられます。前章で繰り返し述べたように、第十九巻「薄雲」の意味が重大なので、夕顔の年齢を「十九にやなりたまひけん」と、「夕顔」巻で右近に言わせていることも意識的でしょう。七首ある源氏の歌も、三十一首中に始動する主人公の情緒やそのバランス感覚として、「七」という数がこの最初の三十一首に象徴的に配置されたように見えます。

そこで、その後の歌も〈31〉首ずつに括ってみます。次の#32から#62までですが、その最初の五首は夕顔、次の七首は空蝉（と軒端の荻）、その後はトピックが若紫へと移るので、作者はなるべく5－7－5－7－7のリズムを保ちつつ、物語の流れの中で、主人公の情緒をコントロールしようとしています。

そこで、各の〈31〉首の最初と最後の歌に、物語のその時点で、そこに至った経緯を総括する歌を置くことを、作者が意識的に試みているかもしれない、と考えてみます。第二の〈31〉首の、初めと終わりの歌――

〈源氏#8〉☆いにしへもかくやは人のまどひけんわがまだ知らぬしののめの道［#32　夕顔①159］

〈源氏#23〉☆いはけなき鶴の一声聞きしより葦間になづむ舟ぞえならぬ［#62　若紫①238］

一首目は「夕顔」巻、二首目は「若紫」巻中に置かれていて、人生の新たな展開の不安について詠われています。いずれも十代の源氏が、自分の行動に的確な判断を下せない状況を、素直に表現しています。この二首だけでの判断は危険ですが、物語の進展過程で、大きな筋が見えるように置かれた二首と見えます。では、三つ目の〈31〉首の首尾はどうでしょう。

〈源氏#24〉☆手に摘みていつしかも見む紫のねにかよひける野辺の若草［#63 若紫①239］

〈源氏#41〉☆人妻はあなわづらはし東屋の真屋のあまりも馴れじとぞ思ふ［#93 紅葉賀①340］

二首目の歌（#93）は、「紅葉賀」で源典侍との関わりを「わづらはし」という歌ですが、若紫との対比という枠組みで考えれば、「紫のねにかよひける」藤壺との密通が内包されていることが見えてきます。「人妻」という源氏の意識にあって、人妻との関わりが「わづらはし」と一般化されているように響きます。そもそも人妻空蝉との出会いから、源氏の倫理が問われ、藤壺の存在こそ源氏にとって、その核心にある問題なので、ここでも物語の展開が巧みに包括的に掬いあげられて、全体と部分との関わりが要約されているかに見えます。さらに、四つ目の〈31〉首の首尾——

〈頭中将#3〉☆つつむめる名やもり出でん引きかはしかくほころぶる中の衣に［#94 紅葉賀①343］

〈源氏#57〉☆草枯れのまがきに残るなでしこを別れし秋のかたみとぞ見る［#124 葵②57］

一首目の詠み人は、源氏ではなく頭中将に代わっています。彼によって源氏の秘密が暴かれようとする「つつむめる名」の主は、ここでは源典侍ですが、藤壺に関わって源氏の倫理が暗示され、そこが綻びる意味に、物語の将来が暗示されているように読めます。また、二首目の「なでしこ」、それは夕顔のような素直さの表象とすれば、将来の玉鬘を含めて、源氏が失うものの象徴が、すでに「葵」巻に予告されていることになります。「別れし秋のかたみ」ということばが、遠く紫上を失うところまでをも示唆しているように響いています。次は五つ目の首尾に置かれた二首――

〈大宮〉☆今も見てなかなか袖を朽すかな垣ほ荒れにし大和なでしこ［#125 葵②57］

〈源氏#73〉☆月かげは見し世の秋にかはらぬをへだつる霧のつらくもあるかな［#155 賢木②126］

初めの歌は、大宮（葵上の母親）が娘をなくした歎きが、つぎの源氏の歌、藤壺の「へだつる霧」に呼応します。それは、ほとんど源氏が最後に紫上を失う場面の予兆のようにも響きます。「月」は多くの場合、源氏本人と同定できることが、物語が進むにつれて明らかになります。

3　〈三十一〉首で括られた十九〈5-7-7〉の聯

このような〈31〉首の首尾（第一首と第三十一首）の歌を「聯」と呼ぶとすれば、次の第六聯から第十二聯までの七グループの歌が、二句切れの和歌の後半、〈5-7-7〉の第四句目の〈7〉音節にあたる歌群となります。その冒頭の第六聯――

〈朧月夜#4〉☆木枯の吹くにつけつつ待ちし間におぼつかなさのころもへにけり［#156 賢木②127］

〈紫#5〉☆惜しからぬ命にかへて目の前の別れをしばしとどめてしかな［#186 須磨②186］

最初の第一聯（#1-#31）で桐壺更衣と夕顔の歌が対になっていたように、この聯はお互いに一生に一度も会うことのなかった、いわばライバル同士の歌です。しかし、源氏を待つつらさと別れのつらさが、思いも寄らぬかたちで一つになっています。特に、紫君の歌は、「惜しからぬ命」ということばによって、さきに引用した、「〈紫

＃21〉惜しからぬこの身ながらも」（＃552）とあった、二条院での法会場面に直結して響きます。すでに十八歳の時点で、「惜しからぬ命」と自己認識した紫君が、須磨に発つ源氏の面前にいます。十八歳のとき若紫を拉致した源氏とは、何という生に対する認識の違いでしょう。

つぎの第七聯――

〈源氏＃90〉☆唐国に名を残しける人よりも行く方しられぬ家居をやせむ［＃187 須磨②186-187］

〈源氏＃108〉☆八百よろづ神もあはれと思ふらむ犯せる罪のそれとなければ［＃217 須磨②217］

この須磨へ流謫される時点で源氏は二十六歳ですが、自分が謫居の身であるのは、「犯せる罪」の所為ではないという、この二首目の源氏の抗弁は、朧月夜の一件が、たとえ当時の社会では「罪」にならないにしても、若紫に対して不誠実である以上、源氏の自己認識が正しいとは言えないでしょう。源氏がこの歌を詠んだ直後――

▲とのたまふに、にはかに風吹き出でて、空もかきくれぬ。御祓もしはてず、立ち騒ぎたり。肘笠雨とか降りきて、いとあわたたしければ、みな帰りたまはむとするに、笠も取りあへず。さる心もなきに、よろづ吹き散らし、またなき風なり。［須磨②217-218］

と、早速天罰がくだるかのように嵐に襲われます。源氏は這々の体で――

〈源氏＃109〉☆海にます神のたすけにかからずは潮のやほあひにさすらへなまし［＃219 明石②228］

〈源氏＃110〉☆はるかにも思ひやるかな知らざりし浦よりをちに浦づたひして［＃220 明石②236］

なんとか明石入道の館へたどり着きます。「やほあひ」とは、「八百会」で、明石海峡の渦巻く潮のこと。

ここまでに源氏の歌は百十首詠われており、『源氏物語』の歌としては二百二十首目となるので、ちょうど源氏の歌がその半数を占めることになります。しかし、物語中全歌数が五百八十九首に対して源氏の歌は二百二十一首あるのですから、物語がまだ三分の一までも来ていない段階で、源氏の歌がすでに中間の折り返し点に達しています。これは統計的に見て、かなり異常なことです。しかも、二百二十首の丁度半数が源氏の歌であることは、偶然ではなく、作者がそう配置しようとしたからです。それは、次の歌、源氏の百十一首目が、源氏の歌の中間折り返し点となって、そこには源氏の自己認識が語られている点で重要だからです。

〈源氏#111〉☆あはと見る淡路の島のあはれさへ残るくまなく澄める夜の月［#221 明石②239］

源氏の歌を二百二十一首造ろうとする意図を証すために、作者は全五百八十九首の二百二十一首目に、源氏の情緒にとって折り返し点を意味する、この世についての認識の歌を置いています。この歌が明石を知る前に詠われていることは、『源氏物語』全体に大きな意味をもっています。人の世の「あはれ」をはっきり認識したはずの源氏の言行は、しかし、この時点から少しずつ、若紫にとって「くまなく澄める」方角とは逆の、暗闇へと向かうのです。

ここまで、〈31〉首ずつが一つの意味的なグループをなして、人物たちの情緒が歌によって、物語の筋に綯い交ぜに表現されてきています。広い意味で「歌物語」と言える造りです。そうしたグループが十九並んでいるのが『源氏物語』の歌の「構築原理 organizing principle」とするなら、その十九個を〈5－7－7〉に分けてみると、「賢木」巻までが〈5〉、「螢」巻までが〈7〉となって、『源氏物語』の情緒の「序破急」の「急」部分〈7〉が、「螢」巻のあとから始まると見えてきます。それは、五言律の構造においても、「螢」巻が〈Ⅳ破の急〉の始まりなので、物語の論理と情理の間でも整合性を保っていると見えます。源氏の言行の論理が、「Ⅱ二 賢木」以降追及され、「Ⅳ一 螢」からは断罪されることが、歌の配置によっても証されているのです。従って、最後の〈7〉

つの「〈31〉首の意味グループ」が、能楽の〈急〉部分のように、より深く主題に関わっています。
　さきの源氏の間違った「罪」の認識に、天罰が下る「神（台風）」の存在の後、第八聯は——

〈紫#7〉☆浦風やいかに吹くらむ思ひやる袖うちぬらし波間なきころ［#218 明石②224］

〈源氏#126〉☆かねてより隔てぬなかとならはねど別れは惜しきものにぞありける［#248 澪標②288］

一首目は、京から明石の源氏へ送られてくる、紫君からの台風見舞いの歌で、「明石」巻の冒頭にあります。その〈31〉首の末尾の歌は、源氏がすでに帰京したあと、明石に生まれた娘（後の明石中宮）のために乳母を送るにあたって、乳母との別れを惜しむ歌ですが、即座に——

〈宣旨娘（乳母）〉☆うちつけの別れを惜しむかごとにて思はむ方に慕ひやはせぬ［#249 澪標②288-289］

「私との別れが惜しいとは口実で、本当はあちら（大堰、明石の許）へいらっしゃりたいだけなのでは」と、源氏は乳母に突っ込まれます。ここは源氏が軽口をたたいているだけの場面ですが、その場限りの「かごと（かこつけ）」が、次第に紫君の生そのものを蝕んでゆくのです。紫君の真摯さとの対照的な源氏の性行の内に、ここで既成の事実である明石の出産が、紫君の「こゝろ」を傷つけます。第九聯の初めが右の乳母の歌で、その聯の終わり、三十一首目は——

〈平典侍〉☆雲のうへに思ひのぼれる心には千ひろの底もはるかにぞ見る［#279 絵合②382］

　源氏の言行が、神の視点から見れば、すべて見通せているかのように、この歌は置かれています。すでに場面は「Ⅲ一　絵合」に入り、ここは能楽の「中入り」のような、いよいよ真正な情理が露呈する前に、そこまでの経緯を説明する場となっています。〈Ⅰ序〉段、〈Ⅱ破の序〉段を「テーゼ・アンチテーゼ」で括ったあと、「合わせ技」、すちなわ「ジンテーゼ」として、最初の二段の出来事がもたらす結果を統合的に物語る部分が、この

「Ⅲ一　絵合」後に展開します。その核心に、紫君と明石をどう扱うかの問題があります。〈Ⅲ破の破〉段の冒頭に、「絵合」という巻を比喩的な問題提起として置く所以です。当然ながら、絵合は歌合でもあって、歌も暗示的な「十九」首を数える巻です。因みに、十九歳の夕顔を語る「夕顔」巻にも十九首あります。

冷泉帝が即位していて、中納言（頭中将）の女弘徽殿女御がすでに仕えているところへ、競うように六条御息所の娘が女御として出仕します。そこで弘徽殿女御と敵味方に分かれた絵合が開かれます。伊勢物語と正三位物語が競われ、決着がつきません。

次の第十聯の初めの歌では、藤壺の駁論があります――

〈藤壺#12〉☆見るめこそうらふりぬらめ年へにし伊勢をの海人の名をや沈めむ［#280　絵合②382］

ここでは、しかし、今に伝わらない正三位物語の中身が判らないので、この優劣については横に措くしかありません。藤壺の歌に隠された意味は、しかし、「見るめ」や「海人（女）」が暗示する明石の存在です。右の梅壺（秋好）方の平典侍の歌は、「千ひろの底（伊勢の海）」が明石を、「雲のうへ（北山）」は紫上を暗示しているように読みかえると、これからの二人の問題が、源氏の今後と関わって意味があるでしょう。この第十聯の締めは、「松風」・「薄雲」を飛び越して「朝顔」巻の――

〈朝顔#3〉☆なべて世のあはればかりをとふからに誓ひしことと神やいさめむ［#310　朝顔②474］

とあって、藤壺の「伊勢」や朝顔の歌の「神」には、おのずと行動倫理の問題が顕わになっていますので、源氏の本当の問題はここからだ、と物語が告げているように読めます。朝顔は、自分がすでに神に仕えた身（斎院）だからと、源氏との関わりを断っています。源氏は、十七歳の頃から機会があるごとに求愛し、その都度やんわりと拒み続けられてきた女性です。作者はこの人を物語中でただ一人、源氏に抗って成功した女性に仕立てて、この断固とした態度で臨む女性を描く「Ⅲ四　朝顔」を、『源氏物語』の折り返し点のすぐ前に据えているのです。朝顔の歌は、神の「いさめ」を言挙げしていますから、『源氏物語』自体が「あはればかり」の物語ではなく、人の倫理を問題にしているという、ほとんど全編の「主題」について言及するかのような歌です。第十聯は全十九聯の真ん中に位置することからも、右の藤壺と朝顔の歌の意味は重大なのです。

『源氏物語』全〈589〉首の真ん中に位置する歌（#295）は、右の藤壺と朝顔の歌の、当然ながら真ん中に位置して、これは作者が物語全体の中間折り返し点として、意識的に配置した歌と読めます。

〈源氏#141〉☆久かたの光に近き名のみしてあさゆふ霧も晴れぬ山里［#295　松風②420］

明石から帰京後、第十八巻「Ⅲ二　松風」の中で、嵯峨野に御堂を建てている源氏が、桂の院で仲間内の宴を開く場面にある歌です。月の住むところとして名高い桂川にいる源氏の許に、源氏がうらやましいと冷泉帝からのメッセージがきます。仏堂は、「Ⅲ一　絵合」の末尾で、源氏の最初の出家の意志が表明されたことを受けて建設中です。歌の「ひかりに近き名」は、実は源氏自身の「こゝろ」が、光源氏とは名ばかりであると言っているように聞こえます。源氏は外見は晴れやかですが、倫理的な問題を抱えていることを自覚していて、紫君にも明石にも不実の行動を余儀なくされています。「あさゆふ霧も晴れぬ山里」は、紫君を不快にさせている明石の存在があり、源氏の行動を優柔不断にさせていることの謂いです。

源氏が二条東院に呼び寄せたい明石は、大堰にある明石尼君の所領地まで来ても、入京しようとしません。その昔、若紫を拉致したような強引な行動がとれずに、時間をかけて「待つ」しかありません。そこで、紫君の不愉快を解消すべく、彼女を説得して姫君の養育を任せます。「松風」というタイトルは、二人の女性に「待つ」忍耐を強いる意味です。

大堰に近い桂院に長く留まりたいために、帝の来駕を期待して詠う源氏の歌が、右の「ひかりに近き名のみして……」です。自身の「こゝろ」が晴れないのも、紫君が源氏に不信感を募らせているからです。源氏はここで先送りできない自己点検を迫られています。

それ故、この歌が物語の核心、二百九十五首目に置かれていることが作者のたくらみを証しています。源氏の歌全二百二十一首のうちでは、百四十一首目にあたりますが、物語はまだ中間の折り返し点である「Ⅲ五　少女」に至っていません。しかし、さきに指摘したように、ここまでに源氏はほぼ自身の三分の二の歌を詠っています。女性に対する己れの罪の意識が、歌を詠うたびに顕わになるような言行が続いています。いわば、恋の人生の折り返し点で、「晴れぬ山里」にいる源氏は、深い霧に閉ざされた己れの現状について、無意識のうちにも己れの罪への対応を迫られています。その直後に置かれた歌――

〈源氏#142〉☆めぐり来て手にとるばかりさやけきや淡路の島のあはと見し月［#296　松風②420］

源氏が明石で詠んだ、源氏の情緒の折り返し点の歌――〈源氏#111〉あはと見る淡路の島のあはれさへ残るくまなく澄める夜の月［#221　②239］――、その「月」はもはや「さやけ」くはありません。源氏の過去がすでに疑問視すべきことを、自ら認めざるを得ない歌です。

この源氏の第百十一首が、『源氏物語』の第二百二十一首であることは、ここに至ってみれば、作者の意匠であって、偶然ではありえないことが明らかです。作者はきちんと歌の数を数え、しかるべき場所に有意義な歌を配置しています。そこに問われているのは、源氏の行動倫理です。

源氏の女性に対する不実が『源氏物語』の主題と関わって問題にされるとき、たとえば「契り」ということばがキーワードの一つになります。物語中「契（り／る）」ということばは、百二十九箇所に「（前世の）因縁・宿縁」や、

「（男女の）約束・結縁」などの意味で使われ、その大半が源氏に関わっています。前世であれ現世であれ、堅い絆が感じられる人間同士の約束の意味をもつのですが、源氏自身がこのことばを発するとき、かなり恣意的に自己の立場を有利に運ぼうとする一人よがりの、あるいは強引な縁結びの言い訳にしているように響きます。

「契り」は源氏の発話中に二十三箇所、そのうち十箇所は歌の中で詠われます。『源氏物語』の歌五百八十九首中、「契り」は十六首に詠まれていますが、そのうちの半数以上が、「男女の約束」について、源氏の不誠実に終わるものばかりです。夕顔から女三宮まで、関わる女性たちはみな不幸な結末を悲しむことになります。［（ ）内は、源氏が契る相手］

1）〈源氏＃7〉☆優婆塞が行ふ道をしるべにて来む世も深き契りたがふな［＃30（夕顔）夕顔①158］
2）〈夕顔＃4〉☆前の世の契り知らるる身のうさに行く末かねて頼みがたさよ［＃31 夕顔①159］
3）〈源氏＃38〉☆いかさまに昔むすべる契りにてこの世にかかる中のへだてぞ［＃86（藤壺）紅葉賀①327］
4）〈源氏＃46〉☆深き夜のあはれを知るも入る月のおぼろけならぬ契りとぞ思ふ［＃102（朧月夜）花宴①356］
5）〈源氏＃89〉☆生ける世の別れを知らで契りつつ命を人にかぎりけるかな［＃185（紫君）須磨②186］
6）〈紫＃8〉☆うらなくも思ひけるかな契りしを松より波は越えじものぞと［＃232 明石②260］
7）〈源氏＃119〉☆逢ふまでのかたみに契る中の緒のしらべはことに変らざらなむ［＃236（明石）明石②267］
8）〈源氏＃140〉☆契りしに変らぬことのしらべにて絶えぬこころのほどは知りきや［＃292（明石）松風］
9）〈明石＃13〉☆変らじと契りしことをたのみにて松のひびきに音をそへしかな［＃293 松風②414］
10）〈源氏＃177〉☆おりたちて汲みはみねども渡り川人のせとはた契らざりしを［＃407（玉鬘）真木柱③354］
11）〈源氏＃186〉☆命こそ絶ゆとも絶えめさだめなき世のつねならぬなかの契りを［＃464（紫上）若菜上④65］

12）〈源氏＃192〉☆契りおかむこの世ならでも蓮葉に玉ゐる露の心へだつな［＃496（紫上）若菜下④245］
13）〈源氏＃197〉☆はちす葉をおなじ台と契りおきて露のわかるる今日ぞ悲しき［＃520（女三宮）鈴虫④376］
14）〈女三宮＃6〉☆へだてなくはちすの宿を契りても君が心やすまじとすらむ［＃521 鈴虫③376－377］
15）〈頭中将＃15〉☆契りあれや君を心にとどめおきてあはれと思ふうらめしと聞く［＃548（落葉宮）夕霧④486］
16）〈紫＃22〉☆絶えぬべきみのりながらぞ頼まるる世々にと結ぶ中の契りを［＃554（花散里）御法④499］

右のリスト中、源氏に無関係なのは、15）の致仕の大臣が落葉宮に送ったメッセージで、柏木の運命をあわれと思うと同時に、雲居雁に同情を寄せて、夕霧の行動を恨めしいとするものです。親として当然でしょうが、雲居雁が受けたダメージがどれほど大きなものであったかを、夕霧が期待を裏切ったことへの批判としています。この致仕大臣の歌は、その昔、夕顔が受けた「〈夕顔＃2〉嵐吹きそふ秋も来にけり」［＃16 帚木①83］と同様な一種の「嵐（脅迫）」でしょう。この先の夕霧の対応が、読者の関心事になるかもしれない造りになっています。夕顔のように、夕霧は落葉の宮から身を引くきっかけとなるのでしょうか。このことは、『源氏物語』の書かれるべき続編のために、夕霧とその後の世代の行動倫理を決定づける重大事です。

　こうして見れば、作者が「契り」ということばを如何に注意深く使おうとしたかが判ります。2）の夕顔は、1）の源氏の「契り」をほとんど信じていませんし、「契り」を交わしたはずの紫君は、明石と出会ったあとの源氏を、ただ「待つ」だけではすまなくなります。6）の紫君の「うらなくも思ひけるかな」のひと言は、裏切られた「こゝろ」の悲痛な叫びです。

　しかし、8／9）で、源氏は明石と「契りし」と詠い合うわけですから、紫君はつんぼ桟敷におかれたまま、源氏のことばに少しずつですが確実に裏切られてゆきます。10）の「真木柱」で、源氏は玉鬘への未練を詠い、「若菜」での紫上は、11／12）の源氏の「契り」をもはや信じていません。

2）で夕顔が源氏を信じなかったように、14）では、女三宮も源氏の「契り」を額面通り受けとってはいません。紫上の最後の「契り」の言及は、源氏ではなく花散里とであることで、作者ははっきりと紫上が源氏に背を向けた姿として描いています。そして、紫上の「こゝろ」には、源氏に裏切られた絶望感しかありません。この悲しみが『源氏物語』の〈情緒〉です。

4　源氏の歌二百二十一首の分布

ここで、この「明石」巻からあと、源氏の歌がどのように配置されているかを俯瞰してみます。

222頁の〈表2〉で判るように、源氏の歌二百二十一首のうち、百五十五首は「Ⅲ四　朝顔」までの物語前半に詠われています。源氏の歌のほぼ70％にもなり、「少女」以降に30％を残すのみですから、この偏りには作者の意図があると感じられます。「Ⅲ五　少女」での六条院完成以前に、源氏の〈情緒〉表現の大きな部分がテクストに組み込まれています。ということは、「朝顔」巻までに、源氏の恋の物語がほぼ終わっており、その結果が物語後半に顕現するように構造化されていると見ていいでしょう。

さきに言及したように、「……淡路の島のあはれさへ残るくまなく澄める夜の月」の歌は、いわばこの世に対する源氏の情緒的な認識の頂点を示すものとなっています。源氏の歌と、それに対応する人の歌が同数です。その経緯の中で、人の「こゝろ」のあはれを、源氏は「くまなく」知りえたかに読めます。作者は、主人公がここまで女たちとほぼ一対一で歌を交換し合ってきた事態を、数の上で明確にし、しかも、その情緒のすべてを経験したとして、今後の源氏の言行をつぶさに検討しようとしていると見えます。この百十一首目の歌が、明石を知る前に置かれていることが重要です。

源氏が人の「こゝろ」の〈あはれ〉を「くまなく」感じとったと宣言したとすれば、これからの源氏の歌百十首の意味は、『源氏物語』全体の意味（主題）につながる重要性を帯びて詠まれるはずのものです。「明石」は「証し」を暗示しますから、明石は、源氏の行動を「証す」存在として造形されていると見えます。主要人物の一人、しかも「中の品」として六条院の一画を与えられることからも、その存在は重視しなければなりません。意図的に、明石の身分は生涯にわたって「上」と呼ばれることがありません。そこには作者と同じ社会的な立場からの批判が、この王朝の物語には大事だとの主張があります。

作者は、五百八十九首の歌の内、源氏の百十一番の歌を、全体の二百二十一番目（つまり源氏の歌数）が意味をもつ位置に、意識的に置いたのです。その数理が恣意的ではない証しが、きっちりこの百首あとにあります。次の〈#321〉の歌が、〈源氏#155〉の歌であり、「朝顔」の巻末に置かれています。

〈源氏#155〉☆なき人をしたふ心にまかせてもかげ見ぬみつの瀬にやまどはむ［#321 ②496］

さきの淡路の月の歌（源氏#111）以来、ここまでに四十四首の源氏の歌が百首のスペースの中に配置されていて、源氏の歌の密度は依然として高く保たれています。右の歌は源氏の百五十五番目の歌で、しかも『源氏物語』の折り返し点（前半の終わり）に配置されていることが、作者の数理的な「論拠」としての〈31×5＝155〉となっているのです。

こうしてみれば、作者が如何に歌の数を、物語全体の意味を表す指標とすべく、意識的に初めから終わりまで数え続けたかが推測できるでしょう。右の歌の「なき人」藤壺は、前の晩、源氏に秘密を漏らされたことを怨んで夢に現れ、源氏が魘されます。どうしたのかと、紫上に尋ね起こされる場面があって、そのあと、藤壺供養のために祈る場面に、この歌が置かれています。「みつの瀬」は「三途の川」のことであり、ここで源氏が藤壺の迷いの責任を受け止めるべき立場ながら、自身が「まどはむ」と、全くなす術がないことを認めざるをえないのです。

この歌［源氏#155］が『源氏物語』前半の最後に配置されている意味は、物語全体に重い意味をもたらしています。もしここで、藤壺の夢をきっかけに、源氏が根本的に今までの行動を変えようとしたならば、己れの伴侶である紫上に、その叔母でもある藤壺の真実を明かす絶好の機会であったのです。そうしてこそ、源氏は高貴な人間性を備えた真の光源氏として、その後の人生を豊かなものにしえたでしょう。しかし、千載一遇の好機を逸した源氏は、妻を「こゝろ」の闇に閉じ込めたまま、置きざりにしてしまいます。悪夢を見る源氏を紫上が起こしたという物語の事実は、「こゝろ」の深層について、作者が深く認識していたことを告げています。紫上は、比喩的に源氏に働きかけますが、源氏はそれに応えることなく、紫上は、源氏と藤壺の人生の真実を知ることなく死ぬのです。

源氏の人生にとっての転回点に、作者は源氏が藤壺との罪の意識を拭えない歌を置きました。この歌によって源氏自身の歌も、三十一首ずつに括ろうとする作者は、その恋の物語を、ここで終わらせることもできたはずです。人を恋することは、その人に己れのすべてを開示することです。源氏が紫上に真実を隠したことから、紫上の人生は、この時点から耐えることが一切の、最後は絶望に終わるしかないものとなります。

5　源氏の歌〈三十一〉首の意味ブロック

前項で試みた、三十一首の「意味ブロック」で物語の経緯を括るという技法で、源氏の二百二十一首も並べてみます。その第一聯から第七聯までの首尾を飾る歌――

(1)
#1　つれなきを恨みもはてぬしののめにとりあへぬまでおどろかすらむ［#19　帚木①103］
#31　夕霧のはるる気色もまだ見ぬにいぶせさそふる宵の雨かな［#75　末摘花①286］

(2)
#32　朝日さす軒のたるひはとけながらなどかつららのむすぼほるらむ［#77　末摘花①294］
#62　あまた年今日あらためし色ごろもきては涙ぞふる心地する［#131　葵②79］

(3)
#63　少女子があたりと思へば榊葉の香をなつかしみとめてこそ折れ［#134　賢木②87］
#93　こりずまの浦のみるめのゆかしきを塩焼くあまやいかが思はん［#190　須磨②189］

(4)
#94　伊勢人の波の上こぐ小舟にもうきめは刈らで乗らましものを［#196　須磨②195］
#124　嘆きつつあかしのうらに朝霧のたつやと人を思ひやるかな［#245　明石②275］

(5)

#125　かへりてはかごとやせまし寄せたりしなごりに袖のひがたかりしを［#247　明石②276］
#155　なき人をしたふ心にまかせてもかげ見ぬみつの瀬にやまどはむ［#321　朝顔②496］

（6）

#156　かけきやは川瀬の波もたちかへり君がみそぎのふぢのやつれを［#322　少女③17］
#186　命こそ絶ゆとも絶えめさだめなき世のつねならぬなかの契りを［#464　若菜上④65］

（7）

#187　中道をへだつるほどはなけれども心みだるるけさのあは雪［#465　若菜上④71］
#217　宮人は豊の明にいそぐ今日ひかげも知らで暮らしつるかな［#584　幻④546］

第6・7聯は、急ピッチで物語の後半を駆け抜けてしまっています。特に、#186と#187の二首が前者は紫上、後者は女三宮に宛てられていて、「なかの契り」と「中道」が、共に空疎な言い訳になっていることから、最後の歌の「ひかげも知らで」に繋がって意味をもつのです。源氏の情緒は、前半の百五十五首に尽きていることが明らかです。そして、源氏は「みそぎ」の機会を失うのです。

「Ⅲ五　少女」からの源氏の歌は六十六首ありますが、さきに言及したように、最終巻「幻」の十九首を除けば、後半の十九巻に四十七首しかないことになります。一巻に平均〈2.5〉首ですから、前半の十九巻が平均〈8〉首以上あるのと比べれば、その差は歴然としています。〈19〉や〈47〉という数そのものにも、作者の意図があるかもしれないほど、その数は選ばれているように見えます。

前項で見たように、〈589〉首は〈31×19〉という二つの数（数学用語では、「素数＝自身の数でしか割り切れない自然数」）の積です。「割り切れない」ユニークさを、その特質としてもちます。源氏の歌数〈221＝17×13〉も二つの素数の積であり、平安時代に「素数」という用語はなくても、作者はこうした数が、それぞれ本質的に「割り切れない」特異な意味をもっていることを知っていて、これを主要人物の指標の一つにしたように思われます。歌の数で二番目に多い夕霧の歌数は三十七首であり、つぎに多い紫上もまた二十三首と、いずれもユニークな（素）数が与えられているのも、偶然ではないでしょう。さらに驚くのは、源氏の二百二十一首の歌の三十七首が、全五百八十九首中の素数番をもつことです。

なによりも、再三言及するように、〈19〉が『源氏物語』では半端な素数ではありません。〈37〉の折り返し点は〈19〉ですし、作者は冒頭の「桐壺」巻には源氏の歌を造らず、最終巻「幻」には十九首も入れて、両極端な巻々としています。源氏の最初の歌は、これも物語中第十九首目なのですから、これを物語の数理の一翼を担うものとしたとするのは、極めて高い実証性をもつ仮説でありえます。この技巧はほとんど離れ業に近いものです。なによりも、書き始めたばかりの『源氏物語』の第十九首目に、主人公の最初の歌を意図的に置くことが、壮大な構想のとっかかりとしたときに、このあと五百七十首を歌いあげようとする作者のスタンスは、物語の最終局面まで見据えられていたと考えるほかないからです。

〈源氏＃1〉☆つれなきを恨みもはてぬしののめにとりあへぬまでおどろかすらむ［#19 帚木①103］

〈源氏＃211〉☆つれづれとわが泣きくらす夏の日をかごとがましき虫の声かな［#577 幻④542］

こう並べて見れば、作者が右の二首目の歌〈#577〉を計算に入れて、この場面を待ち構えていたような気がします。それは何よりも、〈5＋7＋7＝19〉という、和歌後半の音節数との不思議な照応が美味しいからです。「しののめに vs. 夏の日を」、「とりあへぬまで vs. 虫の声かな」、「おどろかすらむ vs. かごとがましき」という対比が、「つれなきを恨みもはてぬ」から「つれづれとわが泣きくらす」まで、首尾を余すところなく照応させる効果を狙っています。恐らく〈211〉も〈577〉も素数であることを知っていた作者が、意識的にこの対比を、マクロ的な首尾一貫性という芸術的な配慮から造ったものでしょう。

その〈577〉の極めつけは、『源氏物語』の歌の中で二度だけ使われる「まぼろし」ということばの置かれた位置です。さきに引用した、キーワード「かぎりとて」と同じように、「まぼろし」は、『源氏物語』全体を見通すために選ばれた重要なことばだったのです。「方士（幻術士）」、つまり、魔術によって見えない物事が見える者に恃んで、更衣を失った桐壺帝も紫上を失った源氏も、それぞれかけがえのない魂のありかをたずねます。

〈桐壺帝〉☆たづねゆくまぼろしもがなつてにても魂のありかをそこと知るべく［#6 桐壺①35］

〈源氏#216〉☆大空をかよふまぼろし夢にだに見えこぬ魂の行く方たづねよ［#583 幻④545］

桐壺帝の歌は『源氏物語』の六首目に置かれ、源氏の歌は、その〈577〉首後（583－6＝577）に置かれています。〈6＋577＋6＝589〉！ この「かたち」の美しさ（据わりの好さ、整合性ゆえの堅牢性）の中に、作者は『源氏物語』の真の「主題」を秘しました。

6 『源氏物語』の情緒

空蟬、六条御息所、藤壺、源典侍、そして物語後半では、朝顔、朧月夜、最後に女三宮と、源氏が関わって出家する女たちが七人もおり、出家を望んでも最後まで許されなかった紫上が、八人目の志願者であることも、出家する女性の多さを象徴的な「八」という数そのものが暗示しています。彼女たちが、この世（というよりも男たちの不実）に絶望してゆくありさまを追うかたちで、物語は進んできました。そこに大量の涙も流されました。

その情緒は、歌の中に「涙」や「ぬらす袖」などのことばの幾層倍も表出されています。

さきに中断した、全五百八十九首を〈31〉首ずつに区切る「聯」のつづきを見ておきましょう。第十一聯——

〈源氏#149〉☆見しをりのつゆわすられぬ朝顔の花のさかりは過ぎやしぬらん［#311　朝顔②476］

〈乳母〉☆年を経ていのる心のたがひなば鏡の神をつらしとや見む［#341　玉鬘③98］

源氏はまだ朝顔に未練があります。時に源氏は三十二歳、象徴的に、すでに〈三十一文字〉の人生を終えています。従妹にあたる朝顔も同年配で、「帚木」巻ですでに斎院でしたから、父親の死を機に斎院を降りるまで過去十五年間、源氏は朝顔に執着してきたことになります。しかし、朝顔は人づてながら、源氏の「心がはり」について聞いているので、源氏の求愛をきっぱりと断っています。朝顔の痛烈な非難の歌——

〈朝顔#5〉☆あらためて何かは見えむ人のうへにかかりと聞きし心がはりを［#317　朝顔②486］

「花のさかりは過ぎやしぬらん」とは、源氏の恋の遍歴が、すでにさかりを過ぎていることを、自ら認めていたことでもあります。しかも、さきに引用したように、死んだ藤壺との罪の意識が顕在化する歌［源氏#155、#321］が、右の朝顔の歌のあとに配置されています。ならば、玉鬘への恋心など、神の目には笑止の沙汰でしょう。源氏にとって「花のさかりは過ぎ」ているにもかかわらず、年甲斐もなく朝顔や玉鬘になびこうとすることに非を唱えたい紫上の「こゝろ」が、右の歌の玉鬘に対する乳母によっても、代弁されていると見ることができます。「いのる心」がどう源氏の「鏡」に映るかが問題だという意味が重層的に隠されていてもいいでしょう。

乳母の歌は、玉鬘が九州を脱出するときの畏れを描き、これは明石やその尼君の京の源氏に対する心配に重なる「こゝろ」でもあります。次の第十二聯の初めの歌に繋がって——

〈兵部君〉☆浮島を漕ぎ離れても行く方やいづくとまりと知らずもあるかな［#342　玉鬘③100］

〈螢宮#4〉☆なく声もきこえぬ虫の思ひだに人の消つにはきゆるものかは［#372　螢③201］
兵部君は、九州からの脱出に付きそった玉鬘の女房で、どこへとも先が見えない（暗に、玉鬘の将来がどう決着するかわからない）状況を詠います。二首目は、〈Ⅳ破の急〉冒頭の「螢」巻で、螢宮の玉鬘への恋は、消そうにも螢の光のように消えないと言います。兵部君は、京の外に出た経験がある女性で、彼女らは男にそれなりの対応ができるタフネスをもって登場しています。かえって男の方が戸惑っているわけですから、同じ境遇にある玉鬘の男たちへの対応は、ある程度予測できます。源氏の玉鬘に対する邪な恋心も、螢宮に対する扱いも、すでに結果が見えています。

この二首を紫上に仮託して考えれば、つらい己れの生の行方の不確かさや、悲しみの声を押し包んでもあまりある心情を伝える歌に読めます。このように、聯の歌の実の詠い手の意味はそれとして、言外の意味に、源氏と紫上の心情も読み取れる歌の造りになっています。この重層的（相対的）な意味を、作者は勘案しつつ聯の歌を造り続けていると見えます。ここまでで、〈5－7－7〉を数える十九聯の十二聯が終わります。

ここからは〈急〉を告げる最後の七聯で、次はその最初の第十三聯――

〈玉鬘#6〉☆声はせで身をのみこがす螢こそいふよりまさる思ひなるらめ［#373　螢③201］
〈鬚黒〉☆数ならばいとひもせまし長月に命をかくるほどぞはかなき［#403　藤袴③344］
この二首は、紫上にとって、源氏の心が遠くへ退いていくはかない心境を、もうほとんど代弁しているでしょう。第十四聯の初めの歌も紫上の「こゝろ」に仮託して響きます。『源氏物語』の中で源氏の歌がない巻の一つ、「藤袴」の一首です。「朝日さす光」は表向きは帝のイメージですが、ここに不在の源氏にも仮託でき、紫上の「こゝろ」を詠っていいてもいいでしょう。

〈螢宮＃６〉☆朝日さす光を見ても玉笹の葉分の霜を消たずもあらなむ［＃404　藤袴③344］

この聯の締めは、展開部の最後の段の最終巻「Ⅳ八　梅枝」の場面で、柏木の弟弁の少将の歌です。明石姫君の裳儀を翌日に控えてこの晩は、男たちが合奏の練習をします。手から手へ土器が廻され、螢宮の琵琶、源氏の箏の琴、柏木の和琴、夕霧の横笛、弁少将の笏拍子を伴って次々に歌が詠われます。螢宮は源氏に、源氏は柏木に、という順序で酒が注がれ、その相手へのメッセージが歌に詠み込まれています。

▽〈螢宮＃８〉☆鶯の声にやいとどあくがれん心しめつる花のあたりに［＃430］
▽〈源氏＃182〉☆色も香もうつるばかりにこの春は花さく宿をかれずもあらなん［＃431］
▽〈柏木＃３〉☆鶯のねぐらの枝もなびくまでなほ吹きとほせ夜はの笛竹［＃432］
▽〈夕霧＃９〉☆心ありて風の避くめる花の木にとりあへぬまで吹きやよるべき［＃433］
▽〈弁少将〉☆かすみだに月と花とをへだてずはねぐらの鳥もほころびなまし［＃434　③411］

螢宮の「花のあたり」、源氏の「花さく宿」がどちらも六条院の春の町を指すことから、この場面が遠く「幻」巻の冒頭の、螢宮と源氏の梅の花に連動しています。源氏が柏木に「宿をか（離）れずもあらなん」と、自邸に柏木を歓んで招き入れようとする意味に、「若菜巻の構図を伏せてゐるかと思はれる」と注した池田亀鑑（『全書』第三巻ｐ323）は、蓋し慧眼でしょう。それなら、柏木の夕霧へのメッセージ――吹きとほせ――に応じた夕霧が「吹きやよるべき」というのも、柏木の歌に勇気づけられた夕霧が、「雲居雁にもっと言い寄るべきなのか」と柏木の弟（弁少将）に向けて訊く態です。そこで弁少将が、「ねぐらの鳥（おやじ＝雲居雁の父内大臣）もほころびなまし（軟化するかもね）」と答えているのだと判ります。『源氏物語』中でも、歌がこのように並び、近い将来に向けて、それぞれのメッセージが連歌のように連鎖して伝えられているのもこの場面を嚆矢とします。

螢宮は玉鬘を、弁少将は父親頭中將の心を詠っていますが、「朝日さす光」や「月」を源氏に、「霜」や「花」を紫上に仮託すれば、紫上が如何に源氏に無視されてきているかが判ろうというものです。さきの第十一聯の紫上の歌「花ぞののこてふをさへや下草に秋まつむしはうとく見るらむ」［紫#15、#364 胡蝶］のあと、「V二 若菜」〈紫#16、#463〉まで、ほとんど百首の内に紫上の歌は一首もないのです。これは全く生前一首の歌もなかった葵上の扱いと同様の意図的な造りと言えます。紫上はその間感情を抑えてひたすら耐えなければならないのです。

第十四聯は、右の弁少将の歌で纏められています。

次の第十五聯の初めの歌は、右の螢宮と同じ梅を詠っていて、この六条院の梅が、「幻」巻冒頭の螢宮に繋がっていくことが、物語全体を意味づける、最も大事な指標となります。

〈螢宮#9〉☆花の香をえならぬ袖にうつしもて事あやまりと妹やとがめむ［#435 梅枝③412］

螢宮の「妹〈妻〉」は、源氏にとっての紫上であり、実際に「妹」をもたない螢宮よりも、この歌の詠い手はむしろ源氏が相応しいかもしれません。この「妹やとがめむ」を二条院の梅の香と解釈したのでは、それこそ紫上がとがめるでしょう。この点は、いくら強調してもしすぎることはありません。そして、このあとすぐ、「梅枝」巻は、さきに言及した、『源氏物語』の中でも大切なキーワードの一つ、「かぎりとて」が雲居雁によって詠われる場面で終わるのです。

▽〈夕霧#10〉☆つれなさはうき世のつねになりゆくを忘れぬ人や人にことなる［#437］

▲とあり。

けしきばかりもかすめぬつれなさよと、思ひつづけたまふはうけれど、

▽〈雲居雁#2〉☆かぎりとて忘れがたきを忘るるもこや世になびく心なるらむ［#438］

▲とあるを、あやしとうち置かれず、かたぶきつつ見ゐたまへり。［③427］
物語の構造上、右の螢宮と、この雲居雁の歌が、展開部の終わりを明示して、いよいよ物語の〈Ｖ急〉段へと入ることになります。『源氏物語』中で最重要な転回点です。

第十五聯の〈31〉首目の歌――

〈源氏＃187〉☆中道をへだつるほどはなけれども心みだるるけさのあは雪［＃465 若菜上④71］

場面は女三宮との結婚後、雪のために女三宮の許へ源氏が行けない旨を伝える歌です。紫上の「こゝろ」を気づかって、女三宮との「中道をへだつるほどはなけれども」と、苦しい言い訳をしなければなりません。源氏の不実は、歌そのものがほとんど言い訳でしかないことで顕わになっています。源氏はいまや「心みだるる」だけでは済まされないはずです。遠く明石との関係からも受けた痛手を、紫上はまたも負う事態が生じています。

第十六聯――

〈女三宮＃1〉☆はかなくてうはの空にぞ消えぬべき風にただよふ春のあは雪［＃466 若菜上④72］

〈源氏＃192〉☆契りおかむこの世ならでも蓮葉に玉ゐる露の心へだつな［＃496 若菜下④245］

源氏批判の「こゝろ」を詠む点では、女三宮も紫上と同じ境地に立っています。さきに引用した源氏の歌「契りおかむ……」は、もう紫上には何の説得力もありません。

そして、第十七聯――

〈女三宮＃3〉☆夕露に袖ぬらせとやひぐらしの鳴くを聞く聞く起きて行くらん［＃497 若菜下④249］

〈落葉＃3〉☆山がつのまがきをこめて立つ霧も心そらなる人はとどめず［＃527 夕霧④403］

第一首は、病を癒している紫上の居る二条院に帰る源氏を引きとめる女三宮の訴えです。しかし、立場を代えてみれば、紫上の思いもまた、女三宮に重なって見えてきて、源氏に対する「夕露に袖ぬらせとや」の心情に変わりはないことになります。その締めの〈31〉首は「夕霧」巻へ入っての落葉宮の歌ですが、紫上も「こころそらなる」源氏を「とどめず」と、紫上の真情を代弁しています。

紫上死後の最後の〈31〉首の歌群前にある第十八聯を見ます。

〈落葉#4〉☆われのみやうき世を知れるためしにて濡れそふ袖の名をくたすべき［#528 夕霧④409］

〈明石中宮〉☆秋風にしばしとまらぬつゆの世をたれか草葉のうへとのみ見ん［#558 御法④505］

明石中宮の歌については、すでに詳しく見ました。落葉宮の歌もすでに何の注釈も不要でしょう。「われのみや」あるいは「たれか」が言外に含む意味に、当然紫上をはじめほとんどの女性の悲しみの「こゝろ」が籠められています。

7 「主人公」としての資格を欠いた源氏の真実

さきに述べたように、一般的に文学作品の「主人公」としての資格は、その「こゝろ」が紆余曲折の末、最後に大きく変わることです。それが『ハムレット』のような悲劇なら、主人公は最後に悲劇的な最期を遂げることになりますが、死ぬ前に、自身についてのみならず、この世についての認識も新たにして、その人間性がより高く尊い存在に「変身」します。読者（観客）も、そうした主人公によって、自分たちの「こゝろ」も浄化される、いわゆる「カタルシス」を味わうのです。

『源氏物語』の主人公としての源氏は、紫上をはじめ、あまたの女性の「こゝろ」を弄んだ結果、最後は大変身をとげて真の高貴な人となりえたでしょうか。いや、作者は最後まで、この男が一段と高貴な人間性を獲得するようには描いていません。それどころか、最期までこの世に居とどまらせて、すべてが「まぼろし」となった男を描いて終わっています。最期に、悲劇の主人公として、読者の「こゝろ」に「カタルシス」を味合わせてくれるようには造られていません。なぜでしょう。

さきに論じたように、源氏を能楽での「ワキ」としてみると、つぎつぎにシテとして立ち現れる女性達の、それぞれの苦しみ悲しみの訴えを、どこまで真摯に受け止めることができたかが、物語の最終場面の大事な意味を担っていると読めます。彼女らは、源氏との関わりについて、自分たちが言いたいことを訴えて、退場します。源氏が発することばは、いわば彼女らの「こゝろを映す鏡」のように置かれ、そこに彼女らの心情が映って、抗議のことばが返されます。

その一例——

〈源氏#82〉☆身はかくてさすらへぬとも君があたり去らぬ鏡のかけは離れじ［#172］

〈紫#4〉☆別れても影だにとまるものならば鏡を見てもなぐさめてまし［#173 須磨②173］

源氏の「離れじ」が如何にも空約束なのに鋭く反応する紫上がここにいます。「影だにとまるものならば」と、鏡は嘘をつかないことを訴えるのです。しかし、源氏はほとんどいつも、そうした糾弾に反論せずに逃げ出します。

最期に源氏が彼女たちを深く理解したという証拠が見たい読者としては、不本意な主人公と言うしかありません。たとえば、紫上の死の直後、源氏は出家を思うのですが——

……かかる悲しさの紛れに、昔よりの御本意も遂げてまほしく思ほせど、心弱き後の譏りを思せば、このほ

どを過ぐさんとしたまふ……〔御法④511〕

……いとかくをさめん方なき心まどひにては、願はん道にも入りがたくや、……〔御法④513〕

……かたくなしく心弱きまどひにて、世の中をなん背きにけると、流れとどまらん名を思しつつむになん、身を心にまかせぬ嘆きをさへうち添へたまひける〔御法④514〕

とあります。「かたくな（癡）し〔みっともない、不体裁〕」などという世間体を気にして出家を躊躇するようでは、「出家」そのものの認識が怪しまれても仕方がありません。作者は、源氏が物語の内では出家させないことを、いまや作者の意図的な収束方法として、読者に考えさせようとしたのではないでしょうか。源氏が自らの非を認めるのは、これまでも何度か言及した、次の歌のみです。それは象徴的に、源氏の歌を三十一首ずつ括った七つの歌群の最後に置かれています。

〈源氏#217〉☆宮人は豊の明にいそぐ今日ひかげも知らで暮らしつるかな〔#584 幻④546〕

この歌の意味は、「豊の明（新嘗祭）」の「今日」という一日を詠うのですが、源氏の一生を総括していると読めます。「かかやく日の宮」に始まって、紫上に終わる「日陰」ですから、歌の意味は己れの不徳を認めたものと言えるでしょう。作者は、物語が終わるまで出家させない主人公について、読者にその意味を考えてもらいたいのです。右の歌は源氏の第〈217〉首ですが、『源氏物語』の第〈217〉首は――

〈源氏#108〉☆八百よろづ神もあはれと思ふらむ犯せる罪のそれとなければ〔#217 須磨②217〕

先に引用した、歌の直後に源氏が天罰（嵐）を受ける場面の歌です。作者は明らかに〈217〉という歌番が意味をもつように造っています。源氏の「ひかげも知らで」は、既に遠く須磨で断罪されていたのです。

右の歌を、源氏がついに「己れ自身を知る」ことになる証しと読めば、少なくとも「ひかげも知らで」の自己批判・自己評価は、遅きに失したことが明らかです。この事実を踏まえて、次世代の男たち――夕霧やその子たち、あるいは柏木の子薫や三宮など――が、源氏の咎を繰り返さない、源氏亡き後の人生について、読者が考えてくれるようにと、作者は願いをこめていると感じます。『源氏物語』の前半を「テーゼ」、後半を「アンチテーゼ」とするならば、その「ジンテーゼ」は、読者に委されたと見ます。

その「ジンテーゼ」について、一つのヒントになるのが、右の「ひかげも知らで」の後に残された、源氏の「辞世」四首のなかの梅の歌と、それに唱和する導師の歌です。

〈源氏#220〉☆春までの命も知らず雪のうちに色づく梅を今日かざしてん［#587］

〈導師〉☆千代の春見るべき花といのりおきてわが身ぞ雪とともにふりぬる［#588　幻④549］

この梅が、紫上が三宮に遺言した六条院の梅と同定できますから、導師の「千代の春見るべき花」は、これからの六条院の「千代の春」を象徴するでしょう。物語は六条院の明るい未来を「いのりおきて」終わります。因みに、右の源氏の歌［#587］は、『源氏物語』中百七首を数える素数番の最後の歌です。

第五章
紫式部の芸術

漢詩の論理と和歌の情理を物語全体の構築原理とした作者の芸術について述べる。紫上死後に詠われる三十一首によって、源氏の一生が総括される。純正な「こゝろ」の尊さを自らが悟る源氏の歌（源氏が詠んだ217首目［31×7、31で割り切れる］「……ひかげも知らで……」幻）によって、紫上の一生が改めて意味をもつ。紫上詠の全二十三首は、第十二首（夫源氏への不信［朝顔］）を折り返し点として、次世代（明石姫君）を育てる熱意「…春のいろを岩ねの松にかけてこそ見め」（「少女」）に表明されている。そうした歌の配置は、『紫式部集』の歌の配列と同趣であることからも、『源氏物語』が紫式部の作であることが証される。

1 **新春の梅——物語のどんでん返し**

前章で検討した〈589〉首の配置から、作者の言わんとすることが明らかになりました。人物をどう動かし、どこで歌を詠ませるかを、大局的に判断することに、作者は意識的です。物語全体をどう纏めるかについて、二つの「構築原理」〈organizing principles〉——五言律と三十一文字——を融合させるという、非常に高度な技術を駆使したことが、『源氏物語』を芸術作品にしたと言えるでしょう。

一つずつの巻は、出来事の区切りのよいところで切っていますが、人物の情緒は巻のあとへと続くので、その大きな切れ目を、〈31〉首ずつに纏めるというのが、情緒を物語の流れの中で、大局的に表現する方法となっています。〈31〉首ずつが〈19〉個並ぶとき、それが大きく〈5-7-7〉に三分割できるのも、物語全体の情理を総括しています。

源氏の〈221〉首の歌も、〈155〉首目を「Ⅲ四　朝顔」の最後に置いていることが、『源氏物語』全体の構造に関して、最大の折り目（ピボット［蝶番］のようなもの）となっていて、情緒全体の分岐点を示しています。そこには、〈155〉=〈31×5〉の数理が働いているのですから、源氏の歌自体も、〈31〉首ずつがひとまとまりをもった意味グループをなしているという仮説も成りたちます。ですから、五百八十九という数が、たまたま〈31〉で割り切れるのではなく、作者が『源氏物語』を造るにあたって、最初から〈31〉首ずつの括りを目論んで、それにもう一つのユニークな数〈19=5+7+7〉を意識的に選んだ結果であることを、証すものとしていいでしょう。

そこで、あらためて、源氏の歌全二百二十一〈31×7+4〉首を〈31〉首ずつに括った、七つのグループの最後の歌だけを並べて見ます。最後の第7首以外のそれぞれの歌は、源氏がその末尾（　）内に付記した女について詠っています。

〈源氏#31〉夕霧のはるる気色もまだ見ぬにいぶせさそふる宵の雨かな［#75（末摘花）末摘花①286］

〈源氏#62〉あまた年今日あらためし色ごろもきては涙ぞふる心地する［#131（葵上）葵②79］

〈源氏#93〉こりずまの浦のみるめのゆかしきを塩焼くあまやいかが思はん［#190（朧月夜）須磨②189］

〈源氏#124〉嘆きつつあかしのうらに朝霧のたつやと人を思ひやるかな［#245（明石）明石②275］

〈源氏#155〉なき人をしたふ心にまかせてもかげ見ぬみつの瀬にやまどはむ［#321（藤壺）朝顔②496］

〈源氏#186〉命こそ絶ゆとも絶えめさだめなき世のつねならぬなかの契りを［#464（紫上）若菜上④65］

〈源氏#217〉宮人は豊の明にいそぐ今日ひかげも知らで暮らしつるかな［#584 幻④546］

〈221〉が〈31〉で割り切れずに残った最後の四首を見れば、「死出の山」に始まり、「けふや尽きぬる」で終わっていますから、「辞世」を意識して置かれたことがほぼ明らかでしょう。

（辞世）

〈源氏#218〉死出の山越えにし人をしたふとて跡を見つつもなほまどふかな［#585 幻④547］

〈源氏#219〉かきつめて見るもかひなし藻塩草おなじ雲居の煙とをなれ［#586 幻④548］

〈源氏#220〉春までの命も知らず雪のうちに色づく梅を今日かざしてん［#587 幻④549］

〈源氏#221〉もの思ふと過ぐる月日も知らぬ間に年もわが世も今日や尽きぬる［#589 幻④550］

七つの意味グループに分けられた〈31〉首ずつの末尾に、源氏がそれぞれ関わった六人の女たちへの思いが歌に籠められています。特に第五首（藤壺）と第六首（紫上）の二首は、さきにそれぞれ見たように、真実の切実さを伝えています。生涯にわたって便利に利用された花散里との歌が、ここに含まれていないことや、女三宮が除外されているのも、意識的かもしれれません。何度も言うように、〈源氏#155〉の「Ⅲ四　朝顔」末尾に置かれた藤壺への思いを境に、源氏の「こゝろ」は、ほぼ崩壊しています。皮肉なことに、それは六条院の完成前の時点で現実となります。

作者は源氏の倫理をほぼ完全に否定して、物語の後半を造り続けました。ほとんど絶望に近い紫上の「こゝろ」を書ききることの執念とエネルギーには凄まじいものがあります。源氏の自己認識（自己評価）は、最後に「ひかげも知らで暮らしつるかな」の一言に象徴的に表現されました。明暗の人生に、ついに「明」が無縁に終わる悲劇がここにあります。この男の人生は繰り返されてはなりません。

では、全面的に否定される男に、なぜ主人公の資格があるのでしょう。それは作者が、源氏という、外見的には非の打ち所がない宮廷人としての「鏡」に映る女たちの悲しみを執拗に追ったからです。平安時代にはまだ未開発でしたが、能楽の「ワキ・シテ」の関係が、『源氏物語』では、源氏（ワキ）に対して吐露される、紫上に代表される女たち（シテとシテヅレ）の「こゝろ」です。源氏は歌を詠うたびに女たちの「こゝろ」の訴えを聴いていたのに、それに誠実に対応しませんでした。最後に、「ひかげも知らで」死ぬ人生は、作者が物語の冒頭から表現しようとした、主人公の生の意味そのものです。

作者は、源氏亡きあとの六条院に、新たな女たちの生を希求したからこそ、『源氏物語』を書いたのです。その主人公の一生の意味が、新しい世代によって正しく受け止められる期待を作者の創作の動機として、暗い後半の物語が精力的に書かれたのだと考えます。辛うじて、辞世の三首目［源氏#220］に、六条院（二条院ではありません）の梅に言及し、女たちの六条院の再生の春を希う源氏がいます。最後に夫源氏の意識を変えたのはその妻であり、その死とひきかえに、六条院を造りかえた紫上が、真の物語の主人公として、「わが御殿」の二条院から次世代を見（看・視）続けます。

2 『源氏物語』の末尾三十一首（5－7－5－7－7）の悲歌

1）その構造

第一章の「御法」巻の解読によって、「幻」巻との間に「矛盾」とされてきた点が全てとりのぞかれ、物語の結末にある二つの重要な巻は一義的に読めるようになりました。「御法」で紫上が三宮に「遺言」したのは、自身が育てた六条院の紅梅・桜であることを確認できました。「幻」巻の舞台は初めから終わりまで六条院ですから、そこの紅梅・桜を見て、確かに反応する三宮がいます。そして紫上の「遺言」を実践した三宮の利発さに感心している源氏がいます。しかし、作者は用心深く、柏木の子（「若君」、のちの薫）と遊ぶときは花のことをすっかり忘れてしまっている三宮を造ることも怠っていません。子供心が十全に描けているのです。

作者が最後の巻のために、感性・悟性を総動員して造った二十六首の歌の意味を探りましょう。

『源氏物語』四十巻中の巻毎の歌数は、「Ⅱ四　須磨」の四十八首を筆頭に、「Ⅴ二　若菜（上下）」四十二首、「Ⅱ二　賢木」三十三首、「Ⅱ五　明石」三十首、次に「Ⅴ六　夕霧」と「Ⅴ八　幻」が同数の二十六首と続きます。また、歌数の多い段は、〈Ⅱ破の序（葵～関屋）〉の百六十五首、次に〈Ⅴ破（藤裏葉～幻）〉の百五十一首、〈Ⅰ序（桐壺～花宴）〉の百八首、〈Ⅲ破の破（絵合～胡蝶）〉の九十八首と続いて、一番少ないのが〈Ⅳ破の急（螢～梅枝）〉の六十七首です。

それぞれの巻の大きさからすれば、「幻」は小さく纏まっている巻なので、歌の多さが特に目立ちます。『新全集』本で平均して十七行に一首という歌の密度は、巻として最多の「須磨」（平均十八行に一首）以上です。しかも二十六首中十九首は源氏の歌ですから、作者は、『源氏物語』の最後を、主人公の抒情（歌）で終わろうとしていることが判ります。源氏が関わった重要人物たちとの歌のやりとりによって、作者はその一生の意味が何であったかを認識させようとしているからです。特筆すべきは、十九首という源氏の歌の数です。〈31×19＝589〉の数理の一翼を担うと共に、物語前半の「Ⅲ三　薄雲」と後半の「Ⅴ七　御法」がそれぞれの十九巻目であることの意味と繋げようとしたからでしょう。

さきに述べたように、源氏の歌二百二十一首のうち、そのおよそ70％、百五十五首が、物語前半の「朝顔」までに収まっています。それは、源氏の情緒表現が、ほぼ物語の前半に集中的に表出された結果です。源氏の恋の遍歴が三十一歳の「松風」巻までで終わっていて、その局面は、朝顔がはっきりと源氏を拒むことで、「Ⅲ四　朝顔」で最終的にピリオドが打たれることを、数理としても表出しているのです。

物語の後半は、次世代の恋に話題がシフトし、同時に源氏は、自らの不実が招いた数々の問題の〈敗戦処理〉を余儀なくされます。准太上天皇の位まで上りつめる外面とは裏腹に、源氏が関わるほぼ全ての女性は、源氏の性行がもたらす意に満たない源氏との関係を、「宿世」という理由で受け入れ、あるいは泣き寝入りするしかないように造られてゆき、現世が出家という形で否定されるのです。

作者は、しかし、そういう状況に一矢を報いるべく、紫上という人物に最大限の不幸を背負わせた上、最後に秘かな反逆・反抗を試みさせました。千年間、そう読み解けなかったのは、「御法」巻の誤読、それもたった一つの助動詞〈ケリ〉と、たった一つのことば「おのがじし」の読み損ないによって埋もれてしまった、紫上の法会の真意であったのは、作者にとっても日本文学の歴史にとっても不幸なことでした。

紫上死後に詠われた、「御法」巻最後の五首と「幻」の二十六首が、さきに言及したように、三十一首（象徴的な「三十一文字」）を構成することが作者のたくらみとして秘されました。前年の哀傷歌五首に、「幻」巻全体が六条院（くどいようですが二条院ではありません）の自然に連動して、紫上の死を悼む、源氏の歌物語のように編まれています。

「幻」全体は、春七首、夏八首、秋四首、冬七首と並びます。夏八首は、最初の五首のあとの三首が、ほととぎすの介在によって、次の秋四首に連動しています。従って、春夏秋冬の歌が、初句（「御法」後半五首）切れの歌〈7－5－7－7〉の四句のように読めて、そのバランス感覚が絶妙です。恋の情熱が夏に属することと、その後の秋の凋落が、歌の数からもひと繋がりの象徴性を帯びた造りになっています。「幻」巻の二十六首には連番をつけます。

2）春の歌（七首）

（1）〈源氏＃203〉☆わが宿は花もてはやす人もなしなににか春のたづね来つらん［＃564］

（2）〈螢宮＃10〉☆香をとめて来つるかひなくおほかたの花のたよりと言ひやなすべき［＃565］

（3）〈源氏＃204〉☆うき世にはゆき消えなんと思ひつつ思ひの外になほぞほどふる［＃566］

（4）〈源氏＃205〉☆植ゑて見し花のあるじもなき宿に知らず顔にて来ゐる鶯［＃567］

（5）〈源氏＃206〉☆今はとてあらしやはてん亡き人の心とどめし春の垣根を［＃568］

（6）〈源氏＃207〉☆なくなくも帰りにしかな仮の世はいづこもつひの常世ならぬに［＃569］

（7）〈明石#22〉☆雁がゐし苗代水の絶えしよりうつりし花のかげをだに見ず［#570］

最初の二首と最後の二首は、螢宮と明石がそれぞれ源氏と交わす歌、中三首が源氏の独詠です。螢宮は、「螢」巻で、玉鬘を螢の光で宮に垣間見させるという粋な計らい以前から、気の置けない弟君ということもあって、源氏が親しくしてきた兄弟です。ここでは、紫上没後の暗い雰囲気を、明るく始める意味でも、源氏が軽口をたたける相手となっています。折角弔問に来たのに、花見にきたと思われてはと、宮が文句をつけて源氏に返します（2）。

古来「幻」の冒頭は六条院であるとされてきましたが、さきに言及した『大系』はそこを二条院だとします。注釈者山岸徳平は、「御法」巻で、紫上から紅梅・桜の時期に思い出すように遺言された三宮が、忠実に反応する場面が二条院でなければならないとする前提に立って、「幻」巻頭で螢宮が訪れる「わがやど」の紅梅は二条院だとするのです。しかし、その場合、それに続くエピソードである、桜を散らせまいと木のまわりを囲んだらという、ほほえましい提案をする三宮は、おそらくはそのイメージにそぐわない、二条院の樹齢四、五十年の桜の木を目の前にしていることにならないでしょうか。

「わがやど」（1）が六条院であるなによりの証拠は——

紅梅の下に歩み出でたまへる御さまのいとなつかしきにぞ、これより外に見はやすべき人なくやと見たまへる。［幻④522］

とある、遠い昔「梅枝」巻で、二月十日、六条院の薫物合わせの判者をつとめた螢宮の歌——〈螢宮#9〉☆花の香をえならぬ袖にうつしもて事あやまりと妹やとがめむ［#435 ③412］——に呼応させているからです。

「幻」巻頭のここで螢宮は、間違いなく六条院を訪れています。紫上の死後、二条院に籠もっているのが自然な源氏だとしたら、そのあとに続く、源氏が明石や花散里を訪れる場面も、わざわざ六条院へ出かけることになって、不自然です。

紫上に去られた源氏には、若い頃から慣れ親しんで情交もあった中将君（女房）が、紫上の形見（うなゐの松）のように感じられて歌を交わします。（3）は、自分が出家すれば後に残される中将君のような人たちが可哀想だと、出家に踏み切れない言い訳の歌です。

「御法」で紫上の最後を看取ったのは明石中宮でしたが、その後もずっと六条院に留まって年を越し、梅の頃に内裏に帰ります。さきに指摘したように、三宮が紫上に育てられたのは六条院であって、三宮が二条院に住んだことを語るテクストは全くありません。中宮が内裏に戻ったあとは、三宮（とおそらくは女一宮）だけを「さうざうしき御なぐさめに」六条院に居残らせています。「はは（ばば）ののたまひしかば」と、例の「遺言」を三宮が思い出す場面がここにあります。源氏の歌（4）――☆植ゑて見し花のあるじもなき宿に――の「宿」が二条院という古来の解釈では、この歌までを二条院とし、「春深くなりゆくままに……」からを六条院としています。

（「これより六条院のことなり」『細流抄』）

くどいようですが、しかし、これにすぐ繋がっている桜の場面で、「まろが桜は咲きにけり」という三宮のことばは、さきに言及したように、二条院の桜ということになってしまい、それでは物語に矛盾を来たします。源氏の歌（5）のイメージ――今はとて……なき人の心とどめし春の垣根を――は、（4）の「あるじもなき宿」と対になっています。庭の風情は垣根に守られているのですから、『細流抄』の解釈のように、梅は二条院、桜は六条院では、庭も垣根もばらばらになってしまい、三宮だけでなく源氏も錯覚に陥っていることになります。

（6）（7）の二首は、春の終わりに源氏が明石を尋ねての唱和です。出家した女たちとは違い、明石はこの世に留まって、その意味を見極めようとしています。源氏に対しての忠言――

▽〈明石〉おほかたの人目に何ばかり惜しげなき人だに、心の中の絆おのづから多うはべなるを、ましていかでかは心やすくも思し棄てん。

▽さやうにあさへたることは、かへりて軽々しきもどかしさなどもたち出でて、なかなかなることなどはべなるを、思したつほど鈍きやうにはべらんや、つひに澄みはてさせたまふ方深うはべらむと、思ひやられはべりてこそ。

▽いにしへの例などを聞きはべるにつけても、心におどろかれ、思ふより違ふふしありて、世を厭ふついでになるとか、それはなほわるきことところこそ。

▽なほしばし思しのどめさせたまひて、宮たちなどもおとなびさせたまひ、まことに動きなかるべき御ありさまに、見たてまつりなさせたまはむまでは、乱れなくはべらんこそ、心やすくもうれしくもはべるべけれ［幻④534］

源氏に安易な出家を戒める明石は、この世に居残っている人の面倒をみるべしと源氏に言う姿勢に見られるように、あくまでも生の意味をこの世で見極めようとする人です。地方育ちの明石には、経験によってその世界観に広がりがあります。

結局、北の背後の町から、ずっと六条院の全てを見てきた明石は、六条御息所とはまた別の観点から、女の眼を源氏の半生に注いできた人でした。そういう意味で、作者の目がそこにもあります。この明石の忠告は、作者が『源氏物語』を安易に終わらせない決意表明でもあって、源氏は己れの半生を、そこで最後に反省させられることになります。ここで春が終わるのも、「幻」巻に至って、源氏の自己認識の問題――特に〈I序〉から〈II

破の序〉が終わる、空蝉が出家する頃までの源氏の行動――が、空蝉や花散里などとの具体的な個々の事例を知らない明石にも、きちんと整理され問題視されてもいます。

明石との語らいの最後に、源氏は、藤壺中宮の死に紫上の死を重ねて、「墨染めの桜」の心の悲しみを訴えます。しかし、そこでも、明石は、藤壺と源氏の真実を知らされることはないのです。情報量が少なくても、人間を見る目が確かな明石ですから、女性の「こゝろ」の真実は、この人の目には見えています。

（6）〈源氏#207〉☆なくなくも帰りにしかな仮の世はいづこもつひの常世ならぬに［#569］

（7）〈明石#22〉☆雁がゐし苗代水の絶えしよりうつりし花のかげをだに見ず［#570］

「泣きながら帰って行った雁（仮の私）の世」と儚さを詠う源氏に対して、瑞々しかった雁（貴方）の水がなくなった私の苗代（子が育つ場）には、それまで映っていた花（姫君）も見えなくなったと、返します。前巻で「薪こる思ひは今日をはじめにて……」［#553］と、永くこの世に留まるように、紫上を励まして詠んだ明石です。明石と紫上は、明石姫君の入内をきっかけに、紫上の晩年に初めて親しくなりました。この源氏への返歌には、「薄雲」から「若菜」まで、自分の娘の成長を見ることが許されなかった明石の、つらい過去の恨みを明示していますす。過去回想の助動詞「キ」が三つも並ぶ歌は、そうたくさんないでしょうが、明石の歌（7）は、そういう三つの過去（「明石」で生まれ、「薄雲」で紫上のもとに移され、そして「少女」から「藤裏葉」までの娘の成長を知らないこと）は、紫上の存在とともに、明石にとっていずれも今や〈「現前」しない過去〉であることを表示しています。助動詞〈ケリ〉ではなく、はっきりと助動詞「キ」を使って表出し、源氏が〈仮の世〉と言うのが明石にとって如何に厳しい〈現実〉であったかを、ここで源氏に知らしめようとしているように読めます。明石はここでやっと源氏に一矢を報いたようです。源氏に向かって、いい加減に事をごまかすなという抗議の意味をもっています。こうした作者の歌の造りは見事というほかありません。

3）夏と秋の歌（十二首）

こうして一生の反省を余儀なくされている源氏ですが、歌の内容は紫上の死を嘆きはしても、その死が源氏自らの「なびく心」がもたらしたものという認識には至りません。もともと高貴な身分であっても、物語の主人公の資格は、紆余曲折の人生で、その精神がさらに高貴なレベルへ「変身」することが求められます。源氏はたくさんの歌を女性と交わしましたが、女性側からの返しはほとんどが源氏の行動を批判する形であって、女性が従順に源氏を受け入れることがありませんでした。夕顔や紫上が、むしろ例外的な人物だったのです。

衣替えの季節になって、花散里から夏ごろもを貰います。六条院の舞台が、時計（歴史）回りに、明石の住む西北から花散里の住む東北の町へ廻ったことになり、前項「V七 御法」の秋好中宮（秋）の歌と明石（冬）の精神性から、花散里の肉体性（夏）、その象徴としての「衣替え」の方向へモチーフが移ります。

（8）〈花散里＃6〉☆夏衣たちかへてける今日ばかり古き思ひもすすみやはせぬ［＃571］

（9）〈源氏＃208〉☆羽衣のうすきにかはる今日よりはうつせみの世ぞいとど悲しき［＃572］

「恋の過去」回想の日々もお進みですか、と詠いかけられた源氏の返しは、『源氏物語』の最初の恋のエピソード「空蝉」・「夕顔」巻に、ほとんど直結し照応しています。空蝉が「夕顔」巻で詠う――蝉の羽もたちかへてける夏衣かへすを見ても音はなかれけり［＃43 ①195］――は、衣装係としてだけでなく、源氏の雑務処理を引き受けて「音はなかれけり」と、自分も詠いたい花散里の悲しみが表出されています。

花散里とのこの場面は、ほとんど歌の交換だけです。「Ⅱ三 花散里」巻のテクストの短さは、再三言及してきたように、花散里という女を軽視する源氏の態度についての比喩的扱いでしょう。花散里についての直近の出来事では、落葉宮の問題をかかえた夕霧が、育ての親である花散里のところで愚痴を言い、花散里に忠言されるエピソードが、記憶に新しく残っています。

さきに言及したように、男たちに重宝に使われた女性の代表として、軽く扱われているようでありながら、物語全体に占める位置から、源氏亡きあとの六条院を取り仕切る女性の一人としての意味を、作者が改めて読者に問うているように響きます。ですから、花散里と落葉宮は、「春と秋」の対照性からも、対比されて意味をもつ存在なのです。夕霧に犯されたあと、すぐにも出家しそうな落葉宮ですが、たぶんこの世に留まって、夕霧の将来に影響を及ぼす人となるのではないでしょうか。空蟬の出家は「Ⅱ八　関屋」ですが、その後、すでに「Ⅱ七　蓬生」で二条東院に迎えられていた末摘花と、空蟬が一緒の余生を送るのは「Ⅲ五　少女」からです。落葉宮の立場は末摘花と比定されますが、末摘花より鋭いその知性は夕霧に対して、花散里同様の説得力をもつと感じられます。

葵祭りの日、さきに紫上の「うなゐの松（形見）」として、幼い頃から源氏が情を分けた女房である「中将君」が、うたた寝をしている場面へと展開します。そこには頭に挿す葵があることによって、これも直接葵上が想起されるように、語られています。「いかにとかや。この名こそ忘れにけれ」と軽口をたたく源氏に——

(10)〈中将君〉☆さもこそはよるべの水に水草《みくさ》ゐめ今日のかざしよ名さへ忘るる［#573］

その名〈葵＝会ふ日〉さえお忘れとは、と抗弁する中将君に——

(11)〈源氏#209〉☆おほかたは思ひすててし世なれどもあふひはなほやつみをかすべき［#574］

「この人とだけは、やっぱり罪を犯そうとするのだろうか」と、「罪」に「摘み」をかけた、性的意図の返事しています。語り手は、「一人ばかりは思し放たぬけしきなり」として、源氏がこの世を捨てかねている理由の一部に、五十二歳の今も性的欲求が旺盛なことを、仄めかしていると言えます。さきの空蝉・末摘花への若い頃の性的で衝動的な行動が、葵上の不幸も示唆しつつ、今もなお続いています。末摘花（狼藉の末の摘み〔罪〕）の象徴性が、朧月夜の出家（「若菜」）によって、源氏が晩年まで「摘み（罪）」を犯し続けたことを読者に回想させつつ、ここにその問題性を顕在化させています。

「（五月）十余日の月はなやかにさし出でたる雲間のめずらしきに」と始まる場面では、花橘の香りがして時鳥が鳴いています。夕霧が訪れてきて、紫上の一周忌も間近なので、その準備を話し合う場面です。紫上に「形見」となる子供ができなかったことを悔やみ、夕霧が子だくさんなことに言い及んだとき、「いかに知りてか」ホトトギスが鳴きます。

（12）〈源氏#210〉☆なき人をしのぶる宵のむら雨に濡れてや来つる山ほととぎす〔#575〕

亡き人（紫上）を偲んでいるのですから、ここに花散里の出番はないのかもしれませんが、この歌が第575番目の歌（5－7－5）であることを、作者は意識したことでしょう。その昔、源氏は読者の「こゝろ」にも残る、次の歌を花散里に詠っていたのです。

〈源氏#79〉☆をち返りえぞ忍ばれぬほととぎすほの語らひし宿の垣根に〔#166　花散里②154〕

〈源氏#80〉☆橘の香をなつかしみほととぎす花散る里をたづねてぞとふ〔#168　花散里②156〕

作者は敢えて、この「時鳥」の場面から花散里を外して、源氏が紫上を偲ぶ場面にしているのですが、読者は当然紫上に花散里を重ねることになります。六条院に独立した町を与えられたとはいえ、いつも源氏にいいように使われるだけの扱いを受けてきた花散里は、源氏の横暴に耐えたために、強い女性に変身しています。橘の香りをなつかしんで、花散里にほととぎすが尋ねてきているこの場面に至って、花散里の物語上の機能が顕現するように感じます。紫上と法会の場面で交わした歌――「世々にと結ぶ中の契りを（紫上）」に応えて、「結び置く契りは絶えじ［#554-555 御法④499］――が、紫上にとって永遠の伝達者になったことを証しているからです。

ほととぎすは夜鳴き鳥で冥土へのメッセンジャーとして古くから意味づけられてもいました。花散里に育てられたとはいえ、昔の源氏との歌のやりとりなどは知らない夕霧が、亡き紫上へのメッセージとして次の歌を詠います。ここからは、夕霧も紫上の遺志を継ぐ人であることを、作者は証しているかのようです。夕霧は、ですから、源氏と同じ罪を繰り返さない、次の世代を担える人材だとしていいでしょう。

ここからはほととぎすがきっかけとなって、源氏の悲しみを紫上に伝えようとしているように展開します。夏の歌は八首ありますが、このあとの夏の三首と秋の四首は、源氏の嘆きの声が聞こえる七首のまとまりをもっています。

（13）〈夕霧#37〉☆ほととぎす君につてなんふるさとの花橘は今ぞさかりと［#576］

（14）〈源氏#211〉☆つれづれとわが泣きくらす夏の日をかごとがましき虫の声かな［#577］

（15）〈源氏#212〉☆夜を知る蛍を見てもかなしきは時ぞともなき思ひなりけり［#578］

秋に季節が移っても源氏の悲しみは連綿と続きます。（14）の「虫の声」については、この歌が#577であることの意味をさきに述べました。ここからは、「幻」巻の二十六首の「後半」の歌です。さきの中将君だけが、紫上の形見としてそこにいます。つぎの四首も、右の三首を加えて、ほとんど技巧を凝らさない平明な歌ですから、何の注釈もいりません。

（16）〈源氏#213〉☆七夕の逢ふ瀬は雲のよそに見てわかれの庭に露ぞおきそふ［#579］

（17）〈中将君〉☆君恋ふる涙は際もなきものを今日をば何の果てといふらん［#580］
（18）〈源氏#214〉☆人恋ふるわが身も末になりゆけど残り多かる涙なりけり［#581］
（19）〈源氏#215〉☆もろともにおきゐし菊の朝露もひとり袂にかかる秋かな［#582］

切り口を（13）に始まって（19）までの七首とすると、「幻」巻の二十六首全体は7－5－7－7という四つの部分で構造化されていることになります。加えて、源氏の悲しみは紫上の死後に歌われた「御法」後半の五首に始まっていますから、そこから地続きとすれば、『源氏物語』の最後の三十一首は、まさに5－7－5－7－7の三十一文字を象徴することになります。（19）の「菊の朝露」は、源氏の噂の人、「帚木」巻の朝顔の反映でしょう。

これはもちろん偶然ではありません。作者は『源氏物語』の最後を、和歌という「情緒」の構造そのもので括ろうとしたと思われます。その何よりの証拠が次の歌の位置にあります。

4）冬の歌（七首）

（20）〈源氏#216〉☆大空をかよふまぼろし夢にだに見えこぬ魂の行く方たづねよ［#583］

この歌から、源氏がいよいよ翌年には出家するように思わせる、最後にこの世への別れの歌が並んでいますが、導師以外に源氏と唱和する人はいません。（20）の歌は、更衣を失った桐壺帝が詠った『源氏物語』の六番目の歌――

☆たづねゆくまぼろしもがなつてにても魂のありかをそこと知るべく［#6 桐壺①35］

が照応しています。「たずね・まぼろし・魂」の三語を共通項として、（20）の源氏の歌を、作者はここにしかありえない場所、右の桐壺帝の歌のあとを数えて、なんと五百七十七番目の歌としているのです。

(21)〈源氏#217〉☆宮人は豊の明にいそぐ今日ひかげも知らで暮らしつるかな［#584］

この歌は、源氏の二百二十一首の歌を三十一首ずつに区切ってみたとき、その最後七つ目の三十一首を括る歌になっています。そしてこの歌に、ついに源氏の最後の認識が示されています。それは、作中何度か言及された五節たちが関わる「豊の明」に無縁な源氏の、何の成果もない最晩年の姿です。「豊《とよ》」であるべき源氏の「こゝろ」は、その「明《あかり》」（女の純な心）から見放されていたことに、やっと気がついたことを告白して終える人生です。「ひかげも知らで」の第四句の意味には重いものがあります。「明《あかり》」（日と月と）、それは自らを何度も月のあかりに喩え、明敏でもあったはずの源氏が、「ひかげ」、それは遠く「かかやく日の宮（藤壺）」にもつながる、女の「こゝろ」の苦しみを知らない謂いなのです。源氏にとって、女の真実を知らずに生きた人生に、何の意味があったでしょう。

この結論は、源氏の第百五十五首、「朝顔」巻の最後に置かれている、藤壺が三途の川で迷っていると見た夢の歌にも連動していました（源氏#155＝31×5、源氏#217＝31×7）。物語をそのように運んできたにも関わらず、女主人公紫上の「こゝろ」の真実は、この期に及んでも、源氏に「ひかげも知らで」としか認識されてはいないのです。二条院の法会の意味が、ついに源氏には判らないままです。当然、源氏自身が出家しても、三途の川で迷うことになるでしょう。紫上は、しかし、「いかまほしきは命なりけり」と詠った桐壺更衣と、その無念さを二条院で共有しているのです。

「幻」巻の最後の源氏の四首は、「死出の山」「雲居の煙」「春までの命」というように、すでに源氏はこの世に主人公として何の肯定的な価値も残さずに去ろう（「尽きぬる」）としている辞世の歌です。

(22)〈源氏#218〉☆死出の山越えにし人をしたふとて跡を見つつもなほまどふかな［#585］

(23)〈源氏#219〉☆かきつめて見るもかひなし藻塩草おなじ雲居の煙とをなれ［#586］
(24)〈源氏#220〉☆春までの命も知らず雪のうちに色づく梅を今日かざしてん［#587］
(25)〈導師〉☆千代の春見るべき花といのりおきてわが身ぞ雪とともにふりぬる［#588］
(26)〈源氏#221〉☆もの思ふと過ぐる月日も知らぬ間に年もわが世も今日や尽きぬる［#589］

(24)「春までの命」は、源氏の一生がほんの束の間であったことを、「幻」巻冒頭の「梅」に照応させた歌でしょう。それならば、この梅は、導師の歌にあるように、六条院の象徴として「見るべき花」となるでしょう。

このようにして、源氏の生の「豊《とよ》の明《あかり》」は、ほぼ全面的に否定されました。源氏はここで初めて己れの不明の人生の真実を悟ることになったのです。関わった女性たちの不幸以外、ほとんど何もこの世に残さずに去る人生がここにあります。

3 紫上の歌二十三首

今まで紫上の歌のいくつかは検討しました。ここでは、すべて二十三首を並べてみます。

①かこつべきゆゑを知らねばおぼつかないかなる草のゆかりなるらん［#69 若紫①259］
②千尋ともいかでか知らむさだめなく満ち干る潮ののどけからぬに［#111 葵②28］
③風吹けばまづぞみだるる色かはる浅茅が露にかかるささがに［#151 賢木②118］
④別れても影だにとまるものならば鏡を見てもなぐさめてまし［#173 須磨②173］
⑤惜しからぬ命にかへて目の前の別れをしばしとどめてしかな［#186 須磨②186］

⑥浦人のしほくむ袖にくらべみよ波路へだつる夜の衣を［#193　須磨②192］
⑦浦風やいかに吹くらむ思ひやる袖うちぬらし波間なきころ［#218　明石②224］
⑧うらなくも思ひけるかな契りしを松より波は越えじものぞと［#232　明石②260］
⑨思ふどちなびく方にはあらずともわれぞ煙にさきだちなまし［#252　澪標②293］
⑩ひとりゐて嘆きしよりは海人のすむかたをかくてぞ見るべかりける［#276　絵合②378］
⑪舟とむるをちかた人のなくはこそ明日かへりこむ夫と待ちみめ［#303　薄雲②439］
⑫こほりとぢ石間の水はゆきなやみそらすむ月のかげぞながるる［#318　朝顔②494］
⑬風に散る紅葉はかろし春のいろを岩ねの松にかけてこそ見め［#337　少女③82］
⑭くもりなき池の鏡によろづ世をすむべきかげぞしるく見えける［#353　初音③145］
⑮花ぞののこてふをさへや下草に秋まつむしはうとく見るらむ［#364　胡蝶③172］
⑯目に近く移ればかはる世の中を行く末とほくたのみけるかな［#463　若菜上④65］
⑰背く世のうしろめたくはさりがたきほだしをしひてかけな離れそ［#468　若菜上④76］
⑱身にちかく秋や来ぬらん見るままに青葉の山もうつろひにけり［#473　若菜上④89］
⑲住の江の松に夜ぶかくおく霜は神のかけたる木綿鬘かも［#487　若菜下④173-174］
⑳消えとまるほどやは経べきたまさかに蓮の露のかかるばかりを［#495　若菜下④245］
㉑惜しからぬこの身ながらもかぎりとて薪尽きなんことの悲しさ［#552　御法④497］
㉒絶えぬべきみのりながらぞ頼まるる世々にと結ぶ中の契りを［#554　御法④499］
㉓おくと見るほどぞはかなきともすれば風にみだるる萩のうは露［#556　御法④505］

源氏の歌と違い、前半に十二首、後半に十一首と、物語全編に紫上の歌は分布しています。先に述べたように、第十二首は、二十三首の折り返し点ですから、意識的に置かれたと見えます。源氏のみならず紫上も、源氏を「月」と措定して、「ながるる月」を手を拱いて見るしかない己れの「なやみ」を吐露しています。「ながるる月」とは、「なびく心」の謂いです。この歌が「朝顔」巻に置かれていることも、見逃すわけにはいきません。

最後の「風にみだるる萩のうは露」は、第三首の「みだるる」に始まり、第十三首の「風に散る紅葉」を経ている「秋」の指標となっています。また、遠く——

〈桐壺帝〉☆宮城野の露吹きむすぶ風の音に小萩がもとを思ひこそやれ（#2 桐壺①29）

〈母君〉☆あらき風ふせぎしかげの枯れしより小萩がうへぞ静心なき（#5 桐壺①34）

が反映してもいるでしょう。それほど心して育てられたはずの源氏の一生は、紫上の苦難の一生にとって、何の意味があったかが問われなければなりません。前半最後の「朝顔」での紫上の認識——「月のかげぞながるる」——という、源氏の不実に対する思いは、生前に修正されることがなく終わってしまいます。この第十二首が全二十三首の折り返し点となって、第十三首、後半の最初の歌には、「春のいろを岩ねの松にかけてこそ見め」と、新たな六条院の人生に、次世代を育てる紫上の熱意が籠められました。明石中宮はもちろん、その後の女一宮や三宮も、己れの悲しみを繰り返さない世代のために、紫上によって育てられたのです。

その紫上の希求したことが、いわゆる「宇治の物語」では、無残にも実現しません。しかし、それは『源氏物語』四十巻の作者の関知しないことです。おそらくは続編を読む機会があったと思われる紫式部ですが、その出来映えにコメントしようとはしなかったでしょう。芸術家は自作の秘密を絶対に明かしません。それは、自作の長寿のために、作者が守ろうとする本能的なスタンスです。

4　真実を映す鏡としての主人公――「ワキ」としての源氏

源氏の歌二百二十一首を〈31〉首ずつ並べてみたときに、それぞれの末尾の歌を列挙して、さきにその七つのグループの〈31〉首目の歌の意味を考えました。ここでは、七つのグループの、それぞれ最初の歌を並べてみます。第一聯から第七聯まで、それぞれの第一首で、（　）内は関わった女性です。

（1）〈源氏#1〉つれなきを恨みもはてぬしののめにとりあへぬまでおどろかすらむ［#19（空蝉）帚木①103］

（2）〈源氏#32〉朝日さす軒のたるひはとけながらなどかつららのむすぼほるらむ［#77（末摘花）末摘花①294］

（3）〈源氏#63〉少女子があたりと思へば榊葉の香をなつかしみとめてこそ折れ［#134（秋好斎宮）賢木②87］

（4）〈源氏#94〉伊勢人の波の上こぐ小舟にもうきめは刈らで乗らましものを［#196（六条御息所）須磨②195］

（5）〈源氏#125〉かへりてはかごとやせまし寄せたりしなごりに袖のひがたかりしを［#247（五節）明石②276］

（6）〈源氏#156〉かけきやは川瀬の波もたちかへり君がみそぎのふぢのやつれを［#322（朝顔）少女③17］

（7）〈源氏#187〉中道をへだつるほどはなけれども心みだるるけさのあは雪［#465（女三宮）若菜上④71］

さきの源氏の〈31〉首目の歌では、紫上の知らないところで、源氏は女たち（末摘花・朧月夜・明石・藤壺など）に関わっていました。この七首を見ても、ほぼ源氏の不誠実は、紫上の人生の初めから、空蝉・斎宮・斎院・女三宮など、作者によってその倫理的な行動が批判されていたことが判ります。

特にさきの第六聯の〈31〉首目――

〈源氏#186〉命こそ絶ゆとも絶えめさだめなき世のつねならぬなかの契りを［#464（紫上）若菜上④65］

と右の第七聯の第一首は、女三宮との結婚について、紫上に「なかの契り」は特別の二人だけのものと言いつつ、「中道をへだつるほどはなけれども」と女三宮には苦しい言い訳をしなければならないのです。しかし、紫上は、「〈紫#16〉行く末とほくたのみけるかな」［#463 若菜上④65］と、もはや源氏を信じてはいません。最後に源氏が自己の実像、「ひかげも知らで」にやっと辿りついたときには、もうすでに真の自己を取り戻す時間は残されていません。

源氏にとって、「変身」することを必須とする主人公としての資格があるとしたら、「ひかげも知らで」という認識に辿りついた、その時しかないでしょう。再三再四、源氏の出家志向が物語られてはきましたが、実はそれは、源氏の倫理にとって何の意味もなかったのです。作者は、最初から、出家が源氏には真の問題解決にならないように造ってきています。己れの咎を悟らせるためです。

その方法として、作者は、当時はまだ未開発だった能楽の、諸国を行脚する旅の僧のような視点を源氏に与えて、自らの過ちを自らが悟るような「ワキ」の立場を造りました。最初から最後まで、女性達の悲しみを訴えられ続けてきた「ワキ」として、女性の「こゝろ」の真実を、最後にかろうじて「ひかげも知らで暮らしつるかな」と、自己点検を果たした男が源氏です。

5 秘された主題

〈31×19＝589〉という計算を頭に置いた作者が、それに相応しい物語の場所に、源氏が詠う最初の歌を意識的に組み込んだと見えた時に、それを最後の悟りのときまで見通せていた作者に、芸術というものへの深い理解と全体を統括する意志が認められます。

〈源氏#1〉☆つれなきを恨みもはてぬしののめにとりあへぬまでおどろかすらむ［#19 帚木①103］

源氏の将来が自らの最初の歌に予言されているかのように、真に「つれなきを恨」むのは、源氏ではなくて相手の女性です。鶏が源氏の行動に警鐘を鳴らしているというアイロニーは、『源氏物語』全体をふり返ったときに、作者の芸術の偉大さを予告するものです。源氏はその最晩年まで、自分のことばの真意を知らなかったことになります。作者が歌全体を三十一首ずつに纏めようとしたと仮定した本書の推論は、第三章からその都度見てきたことで、明証されたといま確信できます。十九セットある〈31〉首のそれぞれの三十一首目だけを再度確認し、〈5－7－7〉に並べれば――

①〈夕顔#4〉前の世の契り知らるる身のうさに行く末かねて頼みがたさよ［#31 夕顔①159］

②〈源氏#23〉いはけなき鶴の一声聞きしより葦間になづむ舟ぞえならぬ［#62 若紫①238］

③〈源氏#41〉人妻はあなわづらはし東屋の真屋のあまりも馴れじとぞ思ふ［#93 紅葉賀①340］

④〈源氏#57〉草枯れのまがきに残るなでしこを別れし秋のかたみとぞ見る［#124 葵②57］

⑤〈源氏#73〉月かげは見し世の秋にかはらぬをへだつる霧のつらくもあるかな［#155 賢木②126］

⑥〈紫#5〉惜しからぬ命にかへて目の前の別れをしばしとどめてしかな［#186 須磨②186］

⑦〈源氏#108〉八百よろづ神もあはれと思ふらむ犯せる罪のそれとなければ［#217 須磨②217］

⑧〈源氏#126〉かねてより隔てぬなかとならはねど別れは惜しきものにぞありける［#248 澪標②288］

⑨〈右典侍〉雲のうへに思ひのぼれる心には千ひろの底もはるかにぞ見る［#279 絵合②382］

⑩〈朝顔#3〉なべて世のあはればかりをとふからに誓ひしことと神やいさめむ［#310 朝顔②474］
⑪〈乳母〉年を経ていのる心のたがひなば鏡の神をつらしとや見む［#341 玉鬘③98］
⑫〈螢宮#4〉なく声もきこえぬ虫の思ひだに人の消つにはきゆるものかは［#372 螢③201］

⑬〈鬚黒〉数ならばいとひもせまし長月に命をかくるほどぞはかなき［#403 藤袴③344］
⑭〈弁少将〉かすみだに月と花とをへだてずはねぐらの鳥もほころびなまし［#434 梅枝③411］
⑮〈源氏#187〉中道をへだつるほどはなけれども心みだるるけさのあは雪［#465 若菜上④71］
⑯〈源氏#192〉契りおかむこの世ならでも蓮葉に玉ゐる露の心へだつな［#496 若菜下④245］
⑰〈落葉#3〉山がつのまがきをこめて立つ霧も心そらなる人はとどめず［#527 夕霧④403］
⑱〈明石中宮〉秋風にしばしとまらぬつゆの世をたれか草葉のうへとのみ見ん［#558 御法④505］
⑲〈源氏#221〉もの思ふと過ぐる月日も知らぬ間に年もわが世も今日や尽きぬる［#589 幻④550］

最初の五首で、『源氏物語』の将来へのおおよその不安が明らかになります。特に③の「人妻」について、ここでは処女の若紫と老女房源典侍が対比され、その中に空蝉や藤壺との関与が暗に仄めかされています。「人妻はあなわづらはし」と言いつつも、このあと朧月夜尚侍と関係するのですから、源氏の行動が当初から疑わしいことを、自ら暗に予言しているといえます。将来女三宮や息子夕霧の落葉宮への関わりも示唆されて、『源氏物語』の大きなモチーフが、ここに提示されているように読めます。

源氏の「人妻」の歌（#93）の直後に置かれた歌――

〈頭中将#3〉☆つつむめる名やもり出でん引きかはしかくほころぶる中の衣に［#94 紅葉賀①343］

源氏が源典侍との関わりを頭中将に見つかって、お互いの着物をはぎとるドタバタ劇のあと、中将につっこまれた歌ですが、「つつむ名」が「ほころぶ」物語の展開が、この後に続くのです。源氏は自らのほころびをつつみえないことが、暗示されています。

最初の五首の後に続く七首（⑥―⑫）には、「神」ということばが三首含まれています。『源氏物語』全体で七十五回、歌の中では二十首（約27％）に現れる「神」（「神代」・「神仏」などの複合語を除く）が、この七首に三首という頻度で言及されるのは、作者の意識的な配置でしょう。「仏」（信仰）ではなくて「神」（人倫）が源氏の問題の本質であることを、そこに焦点を絞って言いたいからと考えます。源氏にとって、出家よりも神こそが行動の規範であることを、最晩年まで悟らないことが致命的な人生です。作者は、源氏が果たせない「出家」など、笑止の至りと退けています。自己中心的な出家など、女性が被ったこの世での絶望と比べたら、如何ほどの意味があるでしょう。

最初の五首では、四首が源氏の歌ですが、次の七首では源氏は二首のみで、他の五首は源氏を批判するような内容の歌になっています。その源氏の歌自体も、第二首⑦の「神」は、さきに言及したように、「犯せる罪のそれとなければ」と、源氏が「のたまふに、にはかに風吹き出でて、空もかきくれぬ〔須磨②217〕」とあって、源氏の誤った認識が表明されるやいなや、「神」がすぐさま抗議の嵐をおこした、と物語られるのです。すでに「須磨」巻から、源氏批判は秘かに物語のうちに始まっています。

最後の七首は、「へだて」・「こころ」・「世」などを共通語として、作者が「へだたり」と「こゝろ」を〈焦点＝なびく心〉として、全体を纏めようとする意識の顕れとも見えるように排列されています。「へだ（隔）つ」という動詞は、589首中19首に現れます。平均31首に一首（3％）ですから、ここでも〈31〉首のシリーズの最終部分の、しかもシリーズ最後の歌七首に三首もある確率は極めて低いと言えます。これも作者の意図の顕現と見なければなりません。「とどめず・とまらぬ」など、ことの終わりに関わる表現や、「つゆの世・わが世」などのことばが現れるのも、当然ながら物語の結末に「焦点」を結ぶぶ文言でしょう。

こうして、意図的に歌が並んでいるとみたときに、明らかなことばの意味づけが、適切な場所に置かれていることが見えてきます。決して偶々な現象とは考えられない必然性をもっているのですから、作者の意識的なコントロールの結果でしょう。

『源氏物語』の語り手は出来事の細部に通じている女房ですが、作者ではありません。作者は女房の言説をもコントロールする存在で、語りの声を発している女房は、登場人物たちの「こゝろ」をそれぞれ忠実に反映させて語ろうとしています。それをどう操るかは、作者の主題の提示方法にかかっています。その方法が、五言律と三十一文字の論理的な「構造 signifier」でした。

『源氏物語』の最終局面にあって、主人公の「不実」をどう明示し、出家を拒否された紫上の「悲しみ」をどう説明するかが、「主題」を効果的に表出できたかどうかの決め手になります。作者がじかに声を出さないこと、女房に事態をあるがままに語らせることは、女房の声というある種の「客観」を読者と分かち合う、巧みな方法だったと言えます。社会的な立場から、語りの女房に、あからさまな抗いの言説は許されていません。作者も正面切った社会批判を、語りの女房に委託するわけにはゆかないのです。その意味で、「御法」巻の「二条院にてぞしたまひける」は、語り手の驚きの声として作者が読者に伝えたかった、紫上の反抗を示唆する大事な一文だったことになります。

作者が秘かに作中に隠した詩的構造の秘密は、実に、「Ⅳ七　真木柱」を第三十一巻とすることでした。そのためにも、「螢」から「梅枝」までの八巻は、男たちの女と関わる性行の典型を、源氏の行動とあいまって纏めようとしたものです。〈三十一文字〉に通じる真木柱の歌が、「世になびく」男の不実を決定的な指標として、「藤裏葉」からの結論〈急〉部分の警告となっています。いわゆる玉鬘十帖では、玉鬘の経験と行動が、作者が考える女性の、一つの採るべき形としてありました。その意味で、玉鬘は作者に最も近い分身（ドッペルゲンガー）だったと言えましょう。昔の若い源氏の行動を反映させたような鬚黒の行動によって、玉鬘の将来も紫上の晩年によって証されるかのようにあります。しかし、それは、紫上の最後の願い――六条院での三宮への遺言――に通じ、真木柱の絶唱「われを忘るな」に繋がるものです。再び引用すると――

〈真木柱〉☆今はとて宿離れぬとも馴れきつる真木の柱はわれを忘るな［#412 真木柱③373］

家庭を支える大黒柱に罅が入り、今はその家を去らねばならない事態に追い込まれたとき、夫の「なびく心」故に精神に異常をきたした母親をもつ娘真木柱は、その想いを柱に籠めました。死を間近に、紫上もまた、三宮に六条院を託して、紅梅・桜への想いを遺言したのでした。

真木柱の母親のように狂気に至らず、源氏の幾多の「なびく心」に堪えに堪えた紫上には、己れの純粋な「こゝろ」が踏みにじられ夫への信頼が失せたとき、後に残す心の花こそ、自分が丹精して育てた六条院の紅梅であり桜でした。

「今はとて（いまはとて）」のことばが歌の中で使われるのは、ほかに二首、「柏木」巻で柏木が死を覚悟する場面と、「幻」巻で六条院の「春の垣根」を詠った源氏の歌です。

〈柏木#11〉☆いまはとて燃えむ煙もむすぼほれ絶えぬ思ひのなほや残らむ［#501 柏木④291］

〈源氏#206〉☆今はとてあらしやはてん亡き人の心とどめし春の垣根を［#568 幻④530］

紫上が六条院の女性たち――明石・花散里・明石中宮――に託した秘かな反逆精神を、源氏は知らずに死にます。源氏が気づかぬうちに、「春の垣根」は荒れ果てずに、再生されようとしていたのです。これは紫上による、大いなるどんでん返しと言えるでしょう。この時点で夕霧にも、雲居雁・藤典侍・落葉宮が、今後どう夕霧と向き合うかを考えなければならない時が迫っています。それは、作者が『源氏物語』が終わった後、読者に考えて貰いたい、この物語の真の「ジンテーゼ」です。

物語中に使われる「今はとて（いまはとて）」は、以下の八例です。

（1）〈六条御息所〉つらき方に思ひはてたまへど、今はとてふり離れ下りたまひなむはいと心細かりぬべく、世の人聞きも人笑へにならんことと思す。［葵②30−31］

（2）よろしきほどの人の上にてだに、今はとてさま変るは悲しげなるわざなれば、ましていとあはれげに御方々も思しまどふ。［若菜上④44］

（3）今はとて、女御、更衣たちなど、おのがじし別れたまふも、あはれなることなむ多かりける。［若菜上④76］

（4）〈大徳〉「今はとてかき籠り、さる遥けき山の雲霞にまじりたまひにし、むなしき御跡にとまりて悲しび思ふ人々なむ多くはべる」［若菜上④117］

（5）〈明石〉今はとて、別れはべりにしかど、なほこそあはれは残りはべるものなりけれ」［若菜上④127］

（6）〈源氏〉「今はとて思し離れば、まことに御心と厭ひ棄てたまひけると、恥づかしう心憂くなむおぼゆべき」［柏木④322］

（7）〈一条御息所〉「……いまはとてこれかれにつけおきたまひける御遺言のあはれなるになむ、うきにもう

れしき瀬はまじりはべりける」〔柏木④331〕

（8）〈源氏〉「それを強ひて知らぬ顔にながらふれば、かくいまはの夕近き末にいみじき事のとぢめを見つるに、宿世のほども、みづからの心の際も残りなく見はてて心やすきに、今なんつゆの絆なくなりにたるを、これかれ、かくて、ありしよりけに目馴らす人々の今はとて行き別れんほどこそ、いま一際の心乱れぬべけれ」〔幻④525-526〕

（1）の六条御息所は、源氏との別れに際して、「世の人聞きも人わらへにならん」と、世間体を気にしていました。源氏も生涯を通じて「世の人聞き」を苦にしていました。ですから、（8）の「行き別れんほどこそ、いま一際の心乱れぬべけれ」は、世間の思惑に終始している源氏に対比させて、「若菜上」巻の朱雀院の山ごもり（2）（3）や、明石入道の覚悟（4）が、源氏の出家に対する優柔不断さへの批判として意味をもつでしょう。

6 『紫式部集』の構造

〈紫#14〉☆くもりなき池の鏡によろづ世をすむべきかげぞしるく見えける〔#353 初音③145〕

〈紫#15〉☆花ぞののこてふをさへや下草に秋まつむしはうとく見るらむ〔#364 胡蝶③172〕

二十三首を数える紫上の歌の、さきに引用した第十四、十五首です。「初音」が第二十三巻であることと、この時点で、紫上が自己の人生の秋まですでに「しるく」見通せていたこととは、偶然ではないでしょう。六条院東南の町の池の鏡に映る春夏秋冬を、紫上は「しるく」しかもすでに「うとく」観ています。ここには、作者自身の歌集の情緒〈身の憂さ〉の雰囲気があります。

管見では、『紫式部集』の構造について、宮仕えを始める第五十六首（実践女子大学本）からを「後半」の始まりと読むのが定説のようです。［南波浩校注『紫式部集』（岩波文庫 1973）、同『紫式部集全注釈』（笠間書院 1983）が採る百二十八首を、ここでは底本として用い、山本淳子『紫式部集論』（和泉書院 2005）、久保田孝夫・廣田収・横井孝編『紫式部集大成』（笠間書院 2008）、田中新一『紫式部集新注』（青簡舎 2008）、廣田収・横井孝・久保田孝夫『紫式部集からの挑発――私家集の方法を模索して』（笠間書院 2014）を参照］

初めて内裏わたりを見るにも、もののあはれなれば

身の憂さは心のうちに慕ひ来ていま九重ぞ思ひ乱るる（#56）

しかし、この歌集が三十一首ずつ大きく括って、『源氏物語』の歌と同じように配列したと見る説はありません。それは最善とされる実践女子大本では、一首欠けているために見えない構造ですが、岩波文庫本（と同じ編者の南波浩が『紫式部集全評釈』）で採る全歌数百二十八首ならば、〈31×4＋4＝128〉という構成と知れます。つまり、全体を三十一首ずつ「起承転結」の四部に構造化したとみれば、これこそ紛れもない『源氏物語』の作者の方法と同じですから、作者の存在の証しとしてこの歌集があると言えます。三十一首を四回繰りかえす形は、どれもが、〈5－7－5－7－7〉の造りになっています。その全体的「内容 signified」の〈焦点〉は「わが世」であり、その〈情緒〉は「身の憂さ」です。

そこで、岩波文庫本『紫式部集』テクストを、歌物語のように、敢えて詞書を〈主〉・歌を〈従〉として、『源氏物語』との比較を試みます。最初の三十一首を〈5－7－5－7－7〉首に区切って引用すれば、以下のようになります。

① 早うより、童友だちなりし人に、年ごろ経て行きあひたるが、ほのかにて、十月十日のほど、月にきお《ほ》

ひて帰りにければ

　めぐりあひて　見しやそれとも　わかぬ間に　雲隠れにし　夜半の月影

　（一行空白）

②その人、とを《ほ》きところへいくなりけり。秋の果つる日来たるあかつき、虫の声あはれなり。

　鳴きよは《わ》る　まがきの虫も　とめがたき　秋のわかれや　悲しかるらむ

③「箏の琴しばし」とかひ《い》たりける人、「まい《ゐ》りて、御手より得む」とある返事に

　露しげき　蓬が中の　虫の音を　おぼろけにてや　人のたづねん

④方違へにわたりたる人の、なまおぼ〳〵しきことありとて、帰りにける早朝、朝顔の花をやるとて

　おぼつかな　それかあらぬか　明け暗れの　空おぼれする　朝顔の花

⑤返し、手を見分かぬにやありけん

　いづれぞと　色分くほどに　朝顔の　あるかなきかに　なるぞわびしき

⑥筑紫へ行く人のむすめの

　西の海を　思ひやりつつ　月みれば　ただに泣かるる　頃にもあるかな

⑦返し

　西へゆく　月のたよりに　玉章の　書き絶えめやは　雲の通ひ路

⑧はるかなるところへ、行きやせん行かずやと、思ひわづらふ人の、山里よりもみぢをお《を》りてを《お》こせたる

　露ふかく　を《お》く山里の　もみぢばに　通へる袖の　色を見せばや

⑨かへし

嵐吹く　とを《ほ》山里の　もみぢばは　露もとまらん　ことのかたさよ

⑩又、その人の

もみぢばを　さそふ嵐は　はやけれど　木の下ならで　ゆく心かは

⑪もの思ひわづらふ人の、うれへたる返《り》・ごとに、霜月ばかり

霜氷　閉ぢたるころの　水くきは　えもかきやらぬ　心ちのみして

⑫返し

ゆかずとも　なを《ほ》かきつめよ　霜氷　水の上にて　思ひながさん

⑬賀茂に詣でたるに、「ほととぎす鳴かなん」といふあけぼのに、片岡の木づゑおか《を》しく見えけり。

ほととぎす　声待つほどは　片岡の　杜のしづくに　立ちや濡れまし

⑭弥生のついたち、河原に出でたるに、かたはらなる車にほうし《ふ》（法師）の紙を冠にて、博士だちをるを、憎みて

祓戸の　神のかざりの　御幣に　うたてもまがふ　耳はさみかな

⑮姉なりし人亡くなり、又、人の妹うしなひたるが、かたみに行きあひて、亡きが代りに、思ひかはさんといひけり。文の上に、姉君と書き、中の君と書き通はしけるが、をのがじしとを《ほ》き所へ行き別るるに、よそながら別れおし《を》みて

北へ行く　雁のつばさに　ことづてよ　雲の上がき　書き絶えずして

⑯返しは、西の海の人なり。
　行きめぐり　誰も都に　かへる山　いつはたと聞く　ほどのはるけさ
⑰津の国といふ所よりを《お》こせたりける
　難波潟　群れたる鳥の　もろともに　立ち居るものと　思はましかば
かへし
　（二行空白）
⑱筑紫に肥前といふところより、文をこ《お》せたるを、いとはるかなるところにて見けり。その返《り》・ごとに
　あひ見むと　思ふ心は　松浦なる　鏡の神や　空に見るらむ
⑲返し、又の年持て来たり。
　行きめぐり　逢ふを松浦の　鏡には　誰をかけつつ　祈るとか知る
⑳近江の湖にて、三尾が崎といふところに、網引くを見て
　三尾の海に　網引《く》・民の　手間もなく　立居につけて　都恋しも
㉑又、磯の浜に、鶴の声々鳴くを
　磯がくれ　おなじ心に　鶴ぞ鳴く　なに《汝が》思ひ出づる　人や誰ぞも
㉒夕立しぬべしとて、空の曇りて、ひらめくに
　かき曇り　夕立つ浪の　荒ければ　浮きたる舟ぞ　静心なき
㉓塩津山といふ道のいとしげきを、賤のお《を》のあやしきさまどもして、「な《ほ》を、からき道なりや」といふを聞

きて
　しりぬらむ　往来に慣らす　塩津山　世に経る道は　からきものぞと
㉔水うみに、老津島といふ州崎に向ひて、童べの浦といふ入海のお《を》かしきを、口ずさびに
　老津島　島守る神や　諫むらん　浪もさは《わ》がぬ　童べの浦
㉕暦に、初雪降ると書きたる日、目に近き火《日》野岳といふ山の、雪いと深う見やらるれば
　ここにかく　日野の杉むら　埋む雪　小塩の松に　今日やまがえる
㉖かへし
　小塩山　松の上葉に　今日やさは　峯のうす雪　花と見ゆらん
㉗降り積みて、いとむつかしき雪を、掻き捨てて、山のやうにしなしたるに、人々登りて、「なを《お》、これ出でて見たまへ」といへば
　ふるさとに　帰る山路の　それならば　心やゆくと　ゆきも見てまし
㉘年返りて、「唐人見に行かむ」といひける人の、「春はとく《解》くるものと、いかで知らせたてまつらむ」といひたるに
　春なれど　白嶺の深雪　いや積り　解くべきほどの　いつとなきかな
㉙近江守の女懸想ずと聞く人の、「二心なし」など、つねにいひわたりければ、うるさくて
　水うみの　友呼ぶ千鳥　ことならば　八十の湊に　声絶えなせそ
㉚歌絵に、海人の塩焼く図を書きて、樵り積みたる投木のもとに書きて、返しやる

四方の海に　塩焼く海人の　心から　やくとはかかる　なげきをや積む

㉛　文の上に、朱といふ物を、つぶ〳〵とそそきかけて、「涙の色な《を》」と書きたる人の返りごとに

紅の　涙ぞいとど　うとまるる　移る心の　色に見ゆれば

もとより人のむすめを得たる人なりけり

㉜　文散らしけりと聞きて、……

⑥番の「筑紫へ行く人のむすめの」という詞書によって、あきらかに⑤番の歌から話題が別と感じられる歌が⑫番まで続きます。⑬番の「賀茂に詣でたるに」は、さらに話題が移ることから、作者が〈31〉首を5－7－5－7－7－に並べようとする意図が見て取れます。

⑰のあとに置かれた空白の二行も、その前後を区切る意図と見えます。㉕番の「暦に」も、同じ方向転換の詞書に違いありません。㉛番の歌の後に左注を施すのも、次の㉜番、「文散らしけりと聞きて」との差異化を図るものと推測されます。

これに続く三十一首も同様ですが、紙幅の関係で、その詳細は稿を改めます。しかし、巻末、〈31〉首を四つ並べた後に置かれた四首を、さきの「幻」巻の最後の源氏の歌四首と同じような〈辞世〉の歌と見れば、そこには紛れもなく『源氏物語』の作者がいます。

ここでは、それぞれの〈31〉首ブロックの三十一首目を、『源氏物語』の分析同様に列挙すると――

（＃31）紅の涙ぞいとどうとまるる移る心の色に見ゆれば

（＃62）つれづれとながめふる日は青柳のいとど憂き世に乱れてぞふる

（#93）入る方はさやかなりける月影をうはの空にも待ちし宵かな
（#124）ふればかく憂さのみまさる世を知らで荒れたる庭につもる初雪

夫宣孝との短い結婚生活とその後の人生が、幸福なものではなかったことを、結論づけるような起承転結の造りになっています。#31の「うと（む）・うつ（移）る・うは」などのことばが「移る心（『源氏物語』の「なびく心」）」を反映していますし、#62と#124は、「ふる・憂き（憂さ）」が韻を踏んでいるかのように、意図的に置かれています。「さやかなりける月影」は、明石の浦での源氏の歌、（象徴的に、源氏の二百二十一首の歌の中心にある百十一首目、しかも『源氏物語』の第二百二十一首目に置かれた）「あはと見る淡路の島のあはれさへ残るくまなく澄める夜の月」を、反映しているように読めます。前述したように、この月は源氏の存在そのもののように意味づけられているからです。

それ故これは、そのまま『源氏物語』の女主人公紫上の感慨としても当てはまります。「ふる日」と「月影」を待つ夕べが重ねられたとき、式部も紫上も、その憂さは耐えがたかったことでしょう。#124の「世を知らで」は、源氏#217〈31〉首の第7ブロックの最終歌）――源氏の最終的な自己認識――「ひかげも知らで」が、まさに反響しているではありませんか。

「辞世」と見る最後の四首は、『源氏物語』の作者としての感慨のように響いています――
（#125）いづくとも身をやる方の知られねば憂しと見つつも永らふるかな
（#126）暮れぬ間の身をば思はで人の世のあはれを知るぞかつは悲しき
（#127）誰か世に永らへて見む書きとめし跡は消えせぬ形見なれども
（#128）亡き人をしのぶることもいつまでぞ今日のあはれは明日のわが身を

どこに身をおくべきか、どう人生を過ごすべきかも判らないまま、人の世のあはれを書くことに拠って知った私の歌（『源氏物語』）を、だれが後の世に私の形見として伝えてくれるでしょう。亡き夫《つま》を偲ぶことも、いつまで続けられましょう、というように、『源氏物語』の作者の思いであってもいいように読めます。そこでは、巻末の歌の「亡き人」は、夫宣孝ではなく、紫上にも読み替えられるでしょう。ならば右の第三首は、『源氏物語』の作者は私なのだと言っていることになります。

周知のように、実践女子大本などには空白の部分が三箇所あります。一番と二番の間に一行分、十七番と十八番の間（実践女子大学本では〈4ウ〉頁二行分）、それに七十九番と八十番の間（同じく〈18ウ〉頁四行分）です。その空白は、式部が配置した歌を、後世の写し手が書き落とした（あるいは用紙が破れ落ちた）ためなどではなく、作者が意図的に設けた空白部分と見たとき、歌集全体の、『源氏物語』と同様な「空白のもつ意味構造」が顕現する仕組みが見えてきます。詳述は稿を改めなければなりませんが、第一番の詞書の「十月十日」を「七月十日」に「校訂」して読む必要などはないはずです。これは紫式部による自選集なのですから、冒頭の詞書を間違えるなどは、ありえないことです。

「桐壺」と「帚木」の空白の時間、あるいは「若菜下」の四年間の空白などを想起させるように、その空白が秘かに置かれたとき、この歌集の編者が、疑うべくもなく『源氏物語』の作者紫式部その人と知れるテクストの傍証となります。ここでも、「構造 signifier」と「意味 signified」の統一性こそが、文芸作品の真の存在理由になっています。

7 〈オープンエンディング〉としての『源氏物語』

作者の最後の「たくらみ」は、紫上なきあと、物語を三十一首の悲しみの歌で括ることでした。紫式部の「構想」の集大成です。三十一文字の音韻数を、『源氏物語』の抒情性を構造化する柱としたことは、五言律詩の中国的な論理性と相まって、その主題が確固とした主張としてみのり豊かなものになりました。前項の「憂さのみまさる世を知らで」という紫式部の自己認識は、『源氏物語』の作者の韜晦で、『源氏物語』はまさに「憂さのみまさる世」を、秘かに批判すべく書かれたのでした。

蛇足ですが、ぼくの前著『日本語の深層――〈話者のイマ・ココ〉を生きることば』では、「幻」巻の二十六首に中に、作者の思いを秘かに隠すかのように思える左のような一首を見出しました。前項の『紫式部集』の#127の「こゝろ」に似た情緒です。

　和歌詠みて仮名書きの手の悲しみをひとり堪らで暮らしつるかな

第二句までは、二十六首のうち最初の十二首から一首一字ずつ〈5＋7〉と拾い、第三句目の「悲しみを」は、第十三首に「夏」という漢字がないことから、「夏《か》なし身を〈情熱的な恋の夏がない私〉」と第十七首までを繋ぎ、第四句と第五句は第十九首以降の語句を意味が繋がるように並べたものです。初句の「和歌詠みて」は、ここまでの分析の経緯からは、「わが世観て」のほうがいいようにも思います。能楽が成立する何百年も前に、人の意識の深みに真実を探しに行った作者の「こゝろ」が秘められたように感じます。第五句は「暮らしつるかな」［#584］の換わりに「今日かざしてん」［#587］や「ともにふりぬる」［#588］でもいいかもしれません。いずれにしても、物語中の人物の状況に合わせて和歌を創ることの歓びと悲しみを、巧みに表現しえたことからも、作者の詩的な力量は同時代人の誰よりも優れていたことを、『源氏物語』は見事に証明して見せました。

紫上亡き後の六条院が新たに女の砦としての意味をもって、壮大な『源氏物語』は幕を閉じます。一千年前の日本で、〈589〉という数が、〈31×19〉という二つの〈ユニークな（素）数〉の積であることを、文学的な構造に盛りこむことを芸術と認知していた人がいたという驚きもさることながら、それをほぼ意図どおりに作品化してしまう詩的な技術は、ほとんど奇蹟としか言えない高みにあります。ですから、第十九巻に「薄雲」巻を置いて、紫上による明石姫君の養育、藤壺の死、二条院での梅壺（秋好）女御との六条御息所の想い出、春秋論（六条院構想）など、物語の来し方行く末を凝縮した一巻を造りえたのです。この〈19〉という数が、二句切れの歌の後半の音数――〈5-7-7の和〉――であり、また〈6+577+6=589〉という数値が示唆する、『源氏物語』についての完璧な詩的構想（「まぼろし」という首尾一貫性）によって、その「主題」が揺るぎないものになっています。

源氏の歌221首は、これも〈221=17×13〉という二つの素数の積です。〈17〉は上の句〈5-7-5〉の和ですが、〈Ⅲ破の破〉の冒頭、第十七巻目に「Ⅲ一　絵合」を置き、「後ジテ」としての紫上が本格的に登場するきっかけを設けています。

〈紫#10〉ひとりゐて嘆きしよりは海人のすむかたをかくてぞ見るべかりける［#276　絵合②378］

この歌は、源氏の不実がはっきりした今後は、夫の真実を己れの目で確かめようという若紫の決意を表明するものです。このあと、「みめ」（紫上#11）・「見め」（紫上#13）・「見えける」（紫上#14）・「見るらむ」（紫上#15）のように終わる歌が並びますが――

〈紫#18〉身にちかく秋や来ぬらん見るままに青葉の山もうつろひにけり［#473　若菜上④89］

に至って、（歌の数からも、置かれた位置からも、物語の展開部が終わって）「青葉の山（春の町のとき＝自分の人生のとき）」が終わってしまったことを、認めざるをえないのです。紫上にとって、この変容は、明石の存在が決定的な要因になったことになります。

その「明石」は第十三巻の位置にあり、また、柏木の歌の数でもあります。夕霧の〈37〉首（第三十七巻は、紫上以外の女たちを総括する「鈴虫」）、紫上の〈23〉首（第二十三巻は、六条院の女たちの「初音」、そこでもまた、紫上の「こゝろ」の痛手）、六条御息所の〈11〉首（第十一巻は、小さくも大事な人物としての「花散里」）など、多くの主要人物の歌数（あるいは物語中に置かれたそれぞれの巻の位置）に、物語中の巻の（素数）番号が重ね合わされて、そのユニークさが伺えるのも、作者の意識的な造りと言えるでしょう。最後に特筆すべきは〈221〉首ある源氏の歌の内に、素数番をもつものが〈37〉首あることです。〈37〉が女の厄年でもあり、源氏の歌のそこにも何かの秘密が隠されているかもしれませんが、それぞれの人物（あるいは巻）が、物語の中でユニークな存在であることを、さまざまな角度から証すことが可能です。たとえば、〈37〉の折り返し（中間）点は〈19〉であることを、物語の意味の一部に組み込むことです。

純白な「たましひ」のありかを索めて、紫上は三宮に無垢な「こゝろ」の将来を託しました。桐壺更衣の里で、源氏が造りかえた二条院は、物語の最後に「御法」巻で、象徴的に紫上の「寺」になりました。そこには生きたくも生きられなくなった桐壺更衣の「たましひ」も祀られています。そして、紫上亡き後の六条院が、明石中宮、花散里、秋好、明石の結束の場として、男社会に対して抗う女たちの砦となるように、というのが作者の願いであっても不思議ではありません。

夏目漱石の小説群が、『坑夫』（1908）から『明暗』（1916）まで多面体（多面的宇宙）を構成し、読者のテクストへの参加を促しているように、『源氏物語』の収束方法もまた、「幻」巻のあと、読者に世代交代後の希望がもてる人生を、物語の〈オープン・エンディング〉として提案するものでした。残念ながらいわゆる「宇治の物語」は、紫式部の意に叶わないものでしたが、この後代に向かって「開かれた」終わり方は、千年後の我々にとっても、『源氏物語』について新たな意味を問うものです。

おわりに

紫上の歌二十三首の中から素数番号をもつ七首を並べれば以下のようになります。

1〈紫#3〉風吹けばまづぞみだるる色かはる浅茅が露にかかるささがに［#151 賢木②118］

2〈紫#4〉別れても影だにとまるものならば鏡を見てもなぐさめてまし［#173 須磨②173］

3〈紫#6〉浦人のしほくむ袖にくらべみよ波路へだつる夜の衣を［#193 須磨②192］

4〈紫#13〉風に散る紅葉はかろし春のいろを岩ねの松にかけてこそ見め［#337 少女③82］

5〈紫#14〉くもりなき池の鏡によろづ世をすむべきかげぞしるく見えける［#353 初音③145］

6〈紫#16〉目に近く移ればかはる世の中を行く末とほくたのみけるかな［#463 若菜上④65］

7〈紫#19〉住の江の松に夜ぶかくおく霜は神のかけたる木綿鬘かも［#487 若菜下④173-174］

右の最初の三首〈#3〉〈#4〉〈#6〉と次の三首〈#13〉〈#14〉〈#16〉の歌の間には、偶然かもしれませんが、作者が歌番号の整合性から意図したとも思える関連性があります。#3の「色かはる」と、#16の「かはる世」、あるいは#13の「岩ねの松」と#19の「住の江の松」が偶然だとしても、#6の「袖（須磨の源氏）」と「夜の衣（京の紫上）」との空間が、#16の「近く」と「とほく」という時間に置き換わっている対比の妙などは、作者が紫上の歌を如何に趣き深く創ったかを物語るのではないでしょうか。#4と#14の二つの「鏡」については、さきに言及しました。しかし、その歌が#4と#14であることは、ここまで書いてきて、初めて気づいたことです。ですから、#3と#13の「風」も偶然ではないでしょう。「岩ねの松」は、明石姫君の将来のみならず、作者には、三宮までが夢のように語られているからです。ならば、#16を造るとき、紫式部は#6を意識していたに違いありません。ともかく紫上の歌に顕著なのは、「見る」ことによって世を認識しようとする志向です。紫上のこの他の五首にも、「見る」が歌の文言にあります。また、「神」を二十三首中一度だけ使っていますが、それが第十九首なのは意識的であるように思います。そう言えば、紫上主催の源氏四十の賀（「若菜上」）も、作者は十月二十三日を「御としみ（精進落ち）」の日として選んでいます。そこでも紫上は、「わが御私の殿と思す二条院にて、その設けはせさせたまふ」とあるのです。

漱石の『文学論』中の「〈F＋f〉」論や、中島敦の短編小説「文字禍」の主題を知らなければ、本書に述べたような『源氏物語』についての発見はなかっただろうと思います。漱石は新聞小説を書き始めた頃、毎日連載される一回ずつが、小説の基本的な意味の単位になることを知って、連載回数を数理と関連づける文学的な「構造signifier」を案出しました。『坑夫』（九十六回）、『三四郎』（百十七回）、『それから』（百十回）というように、偶々書き終わったら、そうした回数になったように見えますが、決してそうではありませんでした。はっきりとその回数で書き切ろうとして始め、その意図通りに終えたのです。しかもそのどの作品も、巻末後の主人公の最後「変身」を、読者の想像（創造）力に委ねています。紫式部同様に、文学の真の意味は、作品が終わったところから、読者による新たな意味づけがなされることにあると、繰り返し主張したのです。

中島敦もまた、「山月記」や「文字禍」などの短篇を書くときに、パラグラフの数を数えて、全体がきちんと構造化されることに意識的でした。創作の説得力について、紫式部がこの二人に共通な点は、それぞれが中国文学の詩形を熟知していたことです。漢詩に盛られた「観念と情緒 signified」は、五言律のような詩形があってこそ、豊かに表出できることを知っていました。

一九六三年の暮、渡米するときに、いつかは読めるときが来るかも知れないと、『大系』本の『源氏物語』第一巻を鞄に入れました。十七年後、「若紫」巻の「イマ・ココ」を一行ずつ吟味する論文〔The Narrative Time of Genji monogatari（University Microfilms, 1980）〕を書いて、なんとか判ったつもりになっていました。近年になって、漱石が個々の新聞小説を、互いに関連づけて、「友愛小説群〈amicable novels〉」とでも名付けられるような、全作品がマクロ的な意味をもつ多面的な構造体を考えていたことを見つけました。『坑夫』（1908）から『明暗』（1916）までの九つの小説群が、統一的な「主題」をもって、多面的宇宙を構成するように造られていたのです。そこには、古代ギリシャの数学者が発見した〈220〉と〈284〉という「友愛数 amicable numbers」が、小説空間を構築する数理として援用されています。

信じられないことですが、同じような文学的な力業を、紫式部という女性が、すでに千年前に実行実現していました。漱石が言うとおり、文学の「形式 signifier」に盛られる「意味 signified」には、「焦点的観念或いは印象〈F〉とその情緒〈f〉」が必須だということを、『源氏物語』の作者は、「源氏の不実〈F〉」と「紫上の絶望と未来への夢〈f〉」として、見事に表現していたのでした。

さきが全く見えない暗闇の中をアメリカへ立ってから、丁度源氏が生きた五十二年が経ちました。紫式部のおかげで、「憂い世」を明るくする文学の力を確認することができました。死に赴く誰もが、あとに残す世が明るくあるようにと願うのは当然でしょう。失意の源氏も最後には、「春までの命も知らず雪のうちに色づく梅を今日かざしてん」と詠いました。六条院の新春に、明るい未来をコトほぐ「こゝろ」でしょう。暗い世の中を明るくするには、人の誠実しかありません。日本が世界に発することができるメッセージも、人の和を願う「こゝろ」

しかありません。日本語は、この和をプロモートできるすばらしい言語ですし、日本文学も人の「こゝろ」の闇を明るく反転させる力を備えています。

編集部の重光徹さんには、拙論の提示方法について、さまざまな意匠を編みだしていただきました。ありがとうございました。

本書を、恩師ビル＆ヘレン・マッカラの「こゝろ」に捧げます。

二〇一五年七月七日

著者

参考資料

伊井春樹『源氏物語論とその研究世界』（風間書房 2002）
伊井春樹・鈴木日出男・増田繁夫編『源氏物語研究集成』（第十五巻「源氏物語と紫式部」、風間書房 2001）
円地文子『源氏物語』（全十巻、新潮社 1972-3）
久保田孝夫他編『紫式部集大成』（笠間書院 2008）
熊倉千之「『古今集』における詞書と歌の現在――失われし〈り〉〈たり〉〈けり〉を索めて」（平安文学論究第２輯、風間書房 1985）
『日本人の表現力と個性――新しい「私」の発見』（中公新書 1990）
『漱石の変身――『門』から『道草』への羽ばたき』（筑摩書房 2009）
『日本語の深層――〈話者のイマ・ココ〉を生きることば』（筑摩書房 2011）
清水好子『紫式部』（岩波書店 1995）
『源氏の女君』（塙書房 1967）
鈴木一雄監修・小町谷照彦編集『源氏物語の鑑賞と基礎知識⑲御法・幻』（至文堂 2001）
田中新一『紫式部集新注』（新注和歌文学叢書２、青簡舎 2008）
夏目漱石『文学論』（漱石全集第十八巻、岩波書店 1957）
南波浩校注『紫式部集』（岩波文庫 1973）
『紫式部集全注釈』（笠間書院 1983）

『源氏物語』注釈書

阿部秋生・秋山虔ほか編「新編日本古典文学全集」（『源氏物語』全六巻、小学館 1994-6）

池田亀鑑「日本古典全書」（『源氏物語』全七巻、朝日新聞社 1946-55）

石田穣二・清水好子「新潮日本古典集成」（『源氏物語』全七巻、新潮社 1971-2）

梅野きみ子ほか編『源氏物語注釈』十巻（全十二巻）、風間書房 1999-）

玉上琢弥『源氏物語評釈』（全十二巻、角川書店 1964-8）

山岸徳平「日本古典文学大系」（『源氏物語』全五巻、岩波書店 1958-63）

Seidensticker, Edward, tr. *The Tale of Genji*. New York. Alfred A. Knopf, 1976

Sieffert, René, tr. *Le Dit du Genji*. Paris. Publications Orientalistes de France, 1988

Stinchecum, Amanda Mayer. "Who Tells the Tale? 'Ukifune': A Study in Narrative Voice." Monumenta Nipponica（1980）

Tyler, Royall, tr. *The Tale of Genji*. New Yorkp. Viking, 2001

付録　『源氏物語』歌五百八十九首一覧

「桐壺」から「幻」までの全589首を、5・7・5・7・7（31首）ごとのグループに区切り、歌番号・詠者、および巻名（略称）を一首一行に並べました。きれいに19のグループに区切れることに驚かされます。各グループの第1首と第31首には、物語のその時点で、特に意味のある歌を置こうとし、また、なるべく物語に呼応するように、5・7・5・7・7首を並べようとする意図を、作者がもっていたとの推論に至ります。

また、太字の行は、589首中に107首を数える素数（1より大きい整数で、1とその数以外で割り切れない数）の歌番号をもつ歌です。素数番の歌は、全体の約18％あり、源氏の歌221首のうち素数番の37首（17％）は平均的な数値ですが、藤壺12首中の6首（50％）、紫上23首中の7首（30％）、柏木13首中の4首（30％）などは、高い数値であることから、作者が意図的に素数番を宛てているのかもしれません。

いずれにしても、夕霧（37首）、紫上（23首）、柏木（13首）、六条御息所（11首）などは、そのユニークな人物像に素数の歌数を、作者が意識的に選んだ可能性があります。ですから、源氏の歌の中でも、最初の素数番（＃19）と最後の素数番（＃587）は、特に意義深く置かれています。また、『古今集』の第589番の歌――「露ならぬ心を花に置きそめて風吹くごとに物思ひぞつく」（紀貫之）――は、桐壺帝（＃2）と紫上（＃151）の歌を経て、紫上最後の歌（＃556）を「絶唱」と位置づける、作者の秘された超絶技法の一部です。

❶

001 更衣　かぎりとて別るる道の悲しきにいかまほしきは命なりけり　桐

002 桐壺帝　宮城野の露吹きむすぶ風の音に小萩がもとを思ひこそやれ　桐

003 命婦　鈴虫の声のかぎりを尽くしても長き夜あかずふる涙かな　桐

004 母君　いとどしく虫の音しげき浅茅生に露おきそふる雲の上人　桐

005 母君　あらき風ふせぎしかげの枯れしより小萩がうへぞ静心なき　桐

006 桐壺帝　たづねゆくまぼろしもがなつてにても魂のありかをそこと知るべく　桐

007 桐壺帝　雲のうへも涙にくるる秋の月いかですむらん浅茅生の宿　桐

008 桐壺帝　いときなきはつもとゆひに長き世をちぎる心は結びこめつや　桐

009 左大臣　結びつる心も深きもとゆひに濃きむらさきの色しあせずは　桐

010 馬頭　手を折りてあひみしことを数ふればこれひとつやは君がうきふし　帚

011 女　うきふしを心ひとつに数へきてこや君が手を別るべきをり　帚

012 殿上人　琴の音も月もえならぬ宿ながらつれなき人をひきやとめける　帚

013 女　木枯に吹きあはすめる笛の音をひきとどむべきことの葉ぞなき　帚

014 夕顔　山がつの垣ほ荒るともをりをりにあはれはかけよ撫子の露　帚

015 頭中将　咲きまじる色はいづれと分かねどもなほとこなつにしくものぞなき　帚

016 夕顔　うち払ふ袖も露けきとこなつに嵐吹きそふ秋も来にけり　帚

017 式部　ささがにのふるまひしるき夕暮にひるますぐせと言ふがあやなさ　帚

018 女　あふことの夜をし隔てぬ仲ならばひるまも何かまばゆからまし　帚

019 源氏　つれなきを恨みもはてぬしののめにとりあへぬまでおどろかすらむ　帚

020 空蝉　身のうさを嘆くにあかで明くる夜はとりかさねてぞ音もなかれける　帚

021 源氏　見し夢をあふ夜ありやとなげく間に目さへあはでぞころも経にける　帚

022 源氏　帚木の心をしらでその原の道にあやなくまどひぬるかな　帚

023 空蝉　数ならぬ伏屋に生ふる名のうさにあるにもあらず消ゆる帚木　帚

024 源氏　空蝉の身をかへてける木のもとになほ人がらのなつかしきかな　空

025 空蝉　空蝉の羽におく露の木がくれてしのびしのびにぬるる袖かな　空

026 夕顔　心あてにそれかとぞ見る白露の光そへたる夕顔の花　夕

027 源氏　寄りてこそそれかとも見めたそかれにほのぼの見つる花の夕顔　夕

028 源氏　咲く花にうつるてふ名はつつめども折らで過ぎうきけさの朝顔　夕

029 中将君　朝霧の晴れ間も待たぬけしきにて花に心をとめぬとぞみる　夕

030 源氏　優婆塞が行ふ道をしるべにて来む世も深き契りたがふな　夕

031 夕顔　前の世の契り知らるる身のうさに行く末かねて頼みがたさよ　夕

❷

032 源氏　いにしへもかくやは人のまどひけんわがまだ知らぬしののめの道　夕

033 夕顔　山の端の心もしらでゆく月はうはのそらにて影や絶えなむ　夕

034 源氏　夕露に紐とく花は玉ぼこのたよりに見えしえにこそありけれ　夕

035 夕顔　光ありと見し夕顔の上露はたそかれ時のそらめなりけり　夕

036 源氏　見し人の煙を雲とながむれば夕の空もむつましきかな　夕

037 空蝉　問はぬをもなどかと問はでほどふるにいかばかりかは思ひ乱るる　夕

038 源氏　うつせみの世はうきものと知りにしをまた言の葉にかかる命よ　夕

039 源氏 ほのかにも軒端の荻を結ばずは露のかごとを何にかけまし 夕
040 軒端荻 ほのめかす風につけても下荻のなかばは霜に結ぼほれつつ 夕
041 源氏 泣く泣くも今日はわが結ふ下紐をいづれの世にかとけて見るべき 夕
042 源氏 逢ふまでの形見ばかりと見しほどにひたすら袖の朽ちにけるかな 夕
043 空蝉 蝉の羽もたちかへてける夏衣かへすを見ても音はなかれけり 夕

044 源氏 過ぎにしもけふ別るるも二道に行く方知らぬ秋の暮かな 夕
045 尼君 生ひ立たむありかも知らぬ若草をおくらす露ぞ消えんそらなき 紫
046 大人 初草の生ひゆく末も知らぬ間にいかでか露の消えんとすらむ 紫
047 源氏 初草の若葉のうへを見つるより旅寝の袖もつゆぞかわかぬ 紫
048 尼君 枕ゆふ今宵ばかりの露けさを深山の苔にくらべざらなむ 紫

049 源氏 吹き迷ふ深山おろしに夢さめて涙もよほす滝の音かな 紫
050 僧都 さしぐみに袖ぬらしける山水にすめる心は騒ぎやはする 紫
051 源氏 宮人に行きてかたらむ山桜風よりさきに来ても見るべく 紫
052 僧都 優曇華の花待ち得たる心地して深山桜に目こそうつらね 紫
053 聖 奥山の松のとぼそをまれにあけてまだ見ぬ花の顔を見るかな 紫
054 源氏 夕まぐれほのかに花の色を見てけさは霞の立ちぞわづらふ 紫
055 尼君 まことにや花のあたりは立ちうきとかすむる空のけしきをも見む 紫

056 源氏 面影は身をも離れず山桜心のかぎりとめて来しかど 紫
057 尼君 嵐吹く尾上の桜散らぬ間を心とめけるほどのはかなさ 紫
058 源氏 あさか山あさくも人を思はぬになど山の井のかけ離るらむ 紫

059 尼君 汲みそめてくやしと聞きし山の井の浅きながらや影を見るべき 紫
060 源氏 見てもまたあふよまれなる夢の中にやがてまぎるるわが身ともがな 紫
061 藤壺 世がたりに人や伝へんたぐひなくうき身を醒めぬ夢になしても 紫
062 源氏 いはけなき鶴の一声聞きしより葦間になづむ舟ぞえならぬ 紫

❸

063 源氏 手に摘みていつしかも見む紫のねにかよひける野辺の若草 紫
064 源氏 あしわかの浦にみるめはかたくともこは立ちながらかへる波かは 紫
065 少納言 寄る波の心も知らでわかの浦に玉藻なびかんほどぞ浮きたる 紫
066 源氏 あさぼらけ霧立つそらのまよひにも行き過ぎがたき妹が門かな 紫
067 下仕 立ちとまり霧のまがきの過ぎうくは草のとざしにさはりしもせじ 紫

068 源氏 ねは見ねどあはれとぞ思ふ武蔵野の露わけわぶる草のゆかりを 紫
069 紫 かこつべきゆゑを知らねばおぼつかないかなる草のゆかりなるらん 紫
070 頭中将 もろともに大内山は出でつれど入る方見せぬいさよひの月 末
071 源氏 里分かぬかげをば見れど行く月のいるさの山を誰かたづぬる 末
072 源氏 いくそたび君がしじまに負けぬらんものな言ひそといはぬたのみに 末
073 侍従 鐘つきてとぢめむことはさすがにてこたへまうきぞかつはあやなき 末
074 源氏 いはぬをもいふにまさると知りながらおしこめたるは苦しかりけり 末

075 源氏 夕霧のはるる気色もまだ見ぬにいぶせさそふる宵の雨かな 末
076 侍従 晴れぬ夜の月まつ里をおもひやれおなじ心にながめせずとも 末
077 源氏 朝日さす軒のたるひはとけながらなどかつららのむすぼほるらむ 末

078 源氏 ふりにける頭の雪を見る人もおとらずぬらす朝の袖かな 末

079 末摘花 からころも君が心のつらければたもとはかくぞそぼちつつのみ 末

080 源氏 なつかしき色ともなしに何にこのすゑつむ花を袖にふれけむ 末

081 命婦 紅のひとはな衣薄くともひたすらくたす名をしたてずは 末

082 源氏 逢はぬ夜をへだつる中の衣手にかさねていとど見もし見よとや 末

083 源氏 紅の花ぞあやなくうとまるる梅の立ち枝はなつかしけれど 末

084 源氏 もの思ふに立ち舞ふべくもあらぬ身の袖うちふりし心知りきや 紅

085 藤壺 から人の袖ふることは遠けれど立ちゐにつけてあはれとは見き 紅

086 源氏 いかさまに昔むすべる契りにてこの世にかかる中のへだてぞ 紅

087 命婦 見ても思ふ見ぬはたいかに嘆くらむこや世の人のまどふてふ闇 紅

088 源氏 よそへつつ見るに心は慰まで露けさまさるなでしこの花 紅

089 藤壺 袖ぬるる露のゆかりと思ふにもなほうとまれぬやまとなでしこ 紅

090 源典侍 君し来ば手なれの駒に刈り飼はむさかり過ぎたる下葉なりとも 紅

091 源氏 笹分けば人や咎めむいつとなく駒なつくめる森の木がくれ 紅

092 源典侍 立ち濡るる人しもあらじ東屋にうたてもかかる雨そそきかな 紅

093 源氏 人妻はあなわづらはし東屋の真屋のあまりも馴れじとぞ思ふ 紅

❹

---

094 頭中将 つつむめる名やもり出でん引きかはしかくほころぶる中の衣に 紅

095 源氏 かくれなきものと知る知る夏衣きたるをうすき心とぞ見る 紅

096 源典侍 うらみても言ふかひぞなきたちかさね引きてかへりし波のなごりに 紅

097 源氏 あらだちし波に心は騒がねど寄せけむ磯をいかがうらみぬ 紅

098 源氏 中絶えばかごとやおふとあやふさにはなだの帯を取りてだに見ず 紅

099 頭中将 君にかく引き取られぬる帯なればかくて絶えぬる中とかこたむ 紅

100 源氏 尽きもせぬ心の闇にくるるかな雲居に人を見るにつけても 紅

101 藤壺 おほかたに花の姿をみましかば露も心のおかれましやは 宴

102 源氏 深き夜のあはれを知るも入る月のおぼろけならぬ契りとぞ思ふ 宴

103 朧月夜 うき身世にやがて消えなば尋ねても草の原をば問はじとや思ふ 宴

104 源氏 いづれぞと露のやどりをわかむまに小篠が原に風もこそ吹け 宴

105 源氏 世に知らぬ心地こそすれ有明の月のゆくへを空にまがへて 宴

106 右大臣 わが宿の花しなべての色ならば何かはさらに君を待たまし 宴

107 源氏 あづさ弓いるさの山にまどふかなほのみし月の影や見ゆると 宴

108 朧月夜 心いる方ならませばゆみはりのつきなき空に迷はましやは 宴

109 御息所 影をのみみたらし川のつれなきに身のうきほどぞいとど知らるる 葵

110 源氏 はかりなき千尋の底の海松ぶさの生ひゆく末は我のみぞ見む 葵

111 紫 千尋ともいかでか知らむさだめなく満ち干る潮ののどけからぬに 葵

112 源典侍 はかなしや人のかざせるあふひゆゑ神のゆるしのけふを待ちける 葵

113 源氏 かざしける心ぞあだに思ほゆる八十氏人になべてあふひを 葵

114 源典侍 くやしくもかざしけるかな名のみして人だのめなる草葉ばかりを 葵

115 御息所 袖ぬるるこひぢとかつは知りながら下り立つ田子のみづからぞうき 葵

116 源氏 浅みにや人は下り立つわが方は身もそぼつまで深きこひぢを 葵

117 御息所 なげきわび空に乱るるわが魂を結びとどめよしたがひのつま 葵
118 源氏 のぼりぬる煙はそれと分かねどもなべて雲居のあはれなるかな 葵
119 源氏 限りあれば薄墨衣あさけれど涙ぞ袖をふちとなしける 葵
120 御息所 人の世をあはれと聞くも露けきにおくるる袖を思ひこそやれ 葵
121 源氏 とまる身も消えしも同じ露の世に心おくらむほどぞはかなき 葵
122 頭中将 雨となりしぐるる空の浮雲をいづれの方とわきてながめむ 葵
123 源氏 見し人の雨となりにし雲居さへいとど時雨にかきくらすころ 葵
124 源氏 草枯れのまがきに残るなでしこを別れし秋のかたみとぞ見る 葵

❺

125 大宮 今も見てなかなか袖を朽すかな垣ほ荒れにし大和なでしこ 葵
126 源氏 わきてこの暮こそ袖は露けけれもの思ふ秋はあまたへぬれど 葵
127 朝顔 秋霧に立ちおくれぬと聞きしよりしぐるる空もいかがとぞ思ふ 葵
128 源氏 亡き魂ぞいとど悲しき寝し床のあくがれがたき心ならひに 葵
129 源氏 君なくて塵積りぬるとこなつの露うち払ひいく夜寝ぬらむ 葵
130 源氏 あやなくも隔てけるかな夜を重ねさすがに馴れし夜の衣を 葵
131 源氏 あまた年今日あらためし色ごろもきては涙ぞふる心地する 葵
132 大宮 新しき年ともいはずふるものはふりぬる人の涙なりけり 葵
133 御息所 神垣はしるしの杉もなきものをいかにまがへて折れるさかきぞ 賢
134 源氏 少女子があたりと思へば榊葉の香をなつかしみとめてこそ折れ 賢
135 源氏 あかつきの別れはいつも露けきをこは世に知らぬ秋の空かな 賢
136 御息所 おほかたの秋の別れもかなしきに鳴く音な添へそ野辺の松虫 賢
137 源氏 八洲もる国つ御神もこころあらば飽かぬわかれのなかをことわれ 賢
138 女別当 国つ神空にことわるなかならばなほざりごとをまづやたださむ 賢
139 御息所 そのかみを今日はかけじと忍ぶれど心のうちにものぞかなしき 賢
140 源氏 ふりすてて今日は行くとも鈴鹿川八十瀬の波に袖はぬれじや 賢
141 御息所 鈴鹿川八十瀬の波にぬれぬれず伊勢まで誰か思ひおこせむ 賢
142 源氏 行く方をながめもやらむこの秋は逢坂山を霧なへだてそ 賢
143 兵部卿 かげ広みたのみし松や枯れにけん下葉散りゆく年の暮かな 賢
144 源氏 さえわたる池の鏡のさやけきに見なれしかげを見ぬぞかなしき 賢
145 王命婦 年暮れて岩井の水もこほりとぢ見し人かげのあせもゆくかな 賢
146 朧月夜 心からかたがた袖をぬらすかなあくとをしふる声につけても 賢
147 源氏 嘆きつつわがよはかくて過ぐせとや胸のあくべき時ぞともなく 賢
148 源氏 逢ふことのかたきを今日にかぎらずはいまいく世をか嘆きつつ経ん 賢
149 藤壺 ながき世のうらみを人に残してもかつは心をあだと知らなむ 賢
150 源氏 浅茅生の露のやどりに君をおきて四方の嵐ぞ静心なき 賢
151 紫 風吹けばまづぞみだるる色かはる浅茅が露にかかるささがに 賢
152 源氏 かけまくはかしこけれどもそのかみの秋思ほゆる木綿襷かな 賢
153 朝顔 そのかみやいかがはありし木綿襷心にかけて忍ぶらんゆゑ 賢
154 藤壺 ここのへに霧やへだつる雲の上の月をはるかに思ひやるかな 賢
155 源氏 月かげは見し世の秋にかはらぬをへだつる霧のつらくもあるかな 賢

❻

156 朧月夜 木枯の吹くにつけつつ待ちし間におぼつかなさのころもへにけり 賢

157 源氏 あひ見ずてしのぶるころの涙をもなべての空の時雨とや見る 賢

158 源氏 別れにし今日は来れども見し人にゆきあふほどをいつとたのまん 賢

159 藤壺 ながらふるほどはうけれどゆきめぐり今日はその世にあふ心地して 賢

160 源氏 月のすむ雲居をかけてしたふともこのよの闇になほやまどはむ 賢

161 藤壺 おほかたのうきにつけては厭へどもいつかこの世を背きはつべき 賢

162 源氏 ながめかるあまのすみかと見るからにまづしほたるる松が浦島 賢

163 藤壺 ありし世のなごりだになき浦島に立ち寄る浪のめづらしきかな 賢

164 頭中将 それもがとけさひらけたる初花におとらぬ君がにほひをぞ見る 賢

165 源氏 時ならでけさ咲く花は夏の雨にしをれにけらしにほふほどなく 賢

166 源氏 をち返りえぞ忍ばれぬほととぎすほの語らひし宿の垣根に 散

167 女 ほととぎす言問ふ声はそれなれどあなおぼつかな五月雨の空 散

168 源氏 橘の香をなつかしみほととぎす花散る里をたづねてぞとふ 散

169 女御 人目なく荒れたる宿は橘の花こそ軒のつまとなりけれ 散

170 源氏 鳥辺山もえし煙もまがふやと海人の塩やく浦見にぞ行く 須

171 大宮 亡き人の別れやいとど隔たらむ煙となりし雲居ならでは 須

172 源氏 身はかくてさすらへぬとも君があたり去らぬ鏡のかけは離れじ 須

173 紫 別れても影だにとまるものならば鏡を見てもなぐさめてまし 須

174 花散里 月影のやどれる袖はせばくともとめても見ばやあかぬ光を 須

175 源氏 行きめぐりつひにすむべき月影のしばし曇らむ空なながめそ 須

176 源氏 逢ふ瀬なきなみだの川に沈みしや流るるみをのはじめなりけむ 須

177 朧月夜 涙川うかぶみなわも消えぬべし流れてのちの瀬をもまたずて 須

178 藤壺 見しはなくあるは悲しき世のはてを背きしかひもなくなくぞ経る 須

179 源氏 別れしに悲しきことは尽きにしをまたぞこの世のうさはまされる 須

180 将監 ひき連れて葵かざししそのかみを思へばつらし賀茂のみづがき 須

181 源氏 うき世をば今ぞ別るるとどまらむ名をばただすの神にまかせて 須

182 源氏 なきかげやいかが見るらむよそへつつながむる月も雲がくれぬる 須

183 源氏 いつかまた春のみやこの花を見ん時うしなへる山がつにして 須

184 命婦 咲きてとく散るはうけれどゆく春は花の都を立ちかへりみよ 須

185 源氏 生ける世の別れを知らで契りつつ命を人にかぎりけるかな 須

186 紫 惜しからぬ命にかへて目の前の別れをしばしとどめてしかな 須

❼

187 源氏 唐国に名を残しける人よりも行く方しられぬ家居をやせむ 須

188 源氏 ふる里を峰の霞はへだつれどながむる空はおなじ雲居か 須

189 源氏 松島のあまの苫屋もいかならむ須磨の浦人しほたるるころ 須

190 源氏 こりずまの浦のみるめのゆかしきを塩焼くあまやいかが思はん 須

191 藤壺 しほたるることをやくにて松島に年ふるあまも嘆きをぞつむ 須

192 朧月夜 浦にたくあまだにつつむ恋なればくゆる煙よ行く方ぞなき 須

193 紫　浦人のしほくむ袖にくらべみよ波路へだつる夜の衣を　須
194 御息所　うきめ刈る伊勢をの海人を思ひやれもしほたるてふ須磨の浦にて　須
195 御息所　伊勢島や潮干の潟にあさりてもいふかひなきはわが身なりけり　須
196 源氏　伊勢人の波の上こぐ小舟にもうきめは刈らで乗らましものを　須
197 源氏　海人がつむ嘆きの中にしほたれていつまで須磨の浦にながめむ　須
198 花散里　荒れまさる軒のしのぶをながめつつしげくも露のかかる袖かな　須
199 源氏　恋ひわびてなく音にまがふ浦波は思ふかたより風や吹くらん　須
200 源氏　初雁は恋しき人のつらなれやたびのそらとぶ声の悲しき　須
201 良清　かきつらね昔のことぞ思ほゆる雁はその世のともならねども　須
202 民部大輔　心から常世をすててなく雁を雲のよそにも思ひけるかな　須
203 右近監　常世いでてたびの空なるかりがねも列におくれぬほどぞなぐさむ　須
204 源氏　見るほどぞしばしなぐさむめぐりあはん月の都は遥かなれども　須
205 源氏　うしとのみひとへにものは思ほえでひだりみぎにもぬるる袖かな　須
206 五節　琴の音にひきとめらるる綱手縄たゆたふ心君しるらめや　須
207 源氏　心ありてひきての綱のたゆたはばうち過ぎましや須磨の浦波　須
208 源氏　山がつのいほりに焚けるしばしばもこと問ひ来なん恋ふる里人　須
209 源氏　いづかたの雲路にわれもまよひなむ月の見るらむこともはづかし　須
210 源氏　友千鳥もろ声に鳴くあかつきはひとり寝ざめの床もたのもし　須
211 源氏　いつとなく大宮人の恋しきに桜かざしし今日も来にけり　須
212 源氏　ふる里をいづれの春か行きて見んうらやましきは帰るかりがね　須
213 頭中将　あかなくに雁の常世を立ち別れ花のみやこに道やまどはむ　須
214 源氏　雲ちかく飛びかふ鶴もそらに見よわれは春日のくもりなき身ぞ　須
215 頭中将　たづがなき雲居にひとりねをぞ泣くつばさ並べし友を恋ひつつ　須
216 源氏　知らざりし大海の原に流れきてひとかたにやはものは悲しき　須
217 源氏　八百よろづ神もあはれと思ふらむ犯せる罪のそれとなければ　須

❽

218 紫　浦風やいかに吹くらむ思ひやる袖うちぬらし波間なきころ　明
219 源氏　海にます神のたすけにかからずは潮のやほあひにさすらへなまし　明
220 源氏　はるかにも思ひやるかな知らざりし浦よりをちに浦づたひして　明
221 源氏　あはと見る淡路の島のあはれさへ残るくまなく澄める夜の月　明
222 入道　ひとり寝は君も知りぬやつれづれと思ひあかしのうらさびしさを　明
223 源氏　旅衣うらがなしさにあかしかね草の枕は夢もむすばず　明
224 源氏　をちこちも知らぬ雲居にながめわびかすめし宿の梢をぞとふ　明
225 入道　ながむらん同じ雲居をながむるは思ひも同じ思ひなるらむ　明
226 源氏　いぶせくも心にものをなやむかなやよやいかにと問ふ人もなみ　明
227 明石　思ふらん心のほどややよいかにまだ見ぬ人の聞きかなやまむ　明
228 源氏　秋の夜のつきげの駒よわが恋ふる雲居をかけれ時のまも見ん　明
229 源氏　むつごとを語りあはせむ人もがなうき世の夢もなかばさむやと　明
230 明石　明けぬ夜にやがてまどへる心にはいづれを夢とわきて語らむ　明
231 源氏　しほしほとまづぞ泣かるるかりそめのみるめは海人のすさびなれども　明

232 紫 うらなくも思ひけるかな契りしを松より浪は越えじものぞと 明
233 源氏 このたびは立ちわかるとも藻塩やく煙は同じかたになびかむ 明
234 明石 かきつめて海人のたく藻の思ひにもいまはかひなきうらみだにせじ 明
235 明石 なほざりに頼めおくめる一ことをつきせぬ音にやかけてしのばん 明
236 源氏 逢ふまでのかたみに契る中の緒のしらべはことに変らざらなむ 明
237 源氏 うちすててたつも悲しき浦波のなごりいかにと思ひやるかな 明
238 明石 年へつる苫屋も荒れてうき波のかへるかたにや身をたぐへまし 明
239 明石 寄る波にたちかさねたる旅衣しほどけしとや人のいとはむ 明
240 源氏 かたみにぞかふべかりける逢ふことの日数へだてん中の衣を 明
241 入道 世をうみにここらしほじむ身となりてなほこの岸をえこそ離れね 明
242 源氏 都出でし春のなげきにおとらめや年ふる浦をわかれぬる秋 明
243 源氏 わたつ海にしなえうらぶれ蛭の子の脚立たざりし年はへにけり 明
244 朱雀 宮柱めぐりあひける時しあれば別れし春のうらみのこすな 明
245 源氏 嘆きつつあかしのうらに朝霧のたつやと人を思ひやるかな 明
246 五節 須磨の浦に心をよせし舟人のやがて朽たせる袖を見せばや 明
247 源氏 かへりてはかごとやせまし寄せたりしなごりに袖のひがたかりしを 明
248 源氏 かねてより隔てぬなかとならはねど別れは惜しきものにぞありける 澪

❾

249 宣旨娘 うちつけの別れを惜しむかごとにて思はむ方に慕ひやはせぬ 澪
250 源氏 いつしかも袖うちかけむをとめ子が世をへてなづる岩のおひさき 澪
251 明石 ひとりしてなづるは袖のほどなきに覆ふばかりのかげをしぞまつ 澪
252 紫 思ふどちなびく方にはあらずともわれぞ煙にさきだちなまし 澪
253 源氏 誰により世をうみやまに行きめぐり絶えぬ涙にうきしづむ身ぞ 澪
254 源氏 海松や時ぞともなきかげにゐて何のあやめもいかにわくらむ 澪
255 明石 数ならぬみ島がくれに鳴く鶴を今日もいかにとふ人ぞなき 澪
256 花散里 水鶏だにおどろかさずはいかにしてあれたる宿に月を入れまし 澪
257 源氏 おしなべてたたく水鶏におどろかばうはの空なる月もこそ入れ 澪
258 惟光 住吉のまつこそものは悲しけれ神代のことをかけて思へば 澪
259 源氏 あらかりし浪のまよひに住吉の神をばかけてわすれやはする 澪
260 源氏 みをつくし恋ふるしるしにここまでもめぐり逢ひけるえには深しな 澪
261 明石 数ならでなにはのこともかひなきになどみをつくし思ひそめけむ 澪
262 源氏 露けさのむかしに似たる旅衣田蓑の島の名にはかくれず 澪
263 源氏 降りみだれひまなき空に亡きひとの天かけるらむ宿ぞかなしき 澪
264 秋好 消えがてにふるぞ悲しきかきくらしわが身それとも思ほえぬ世に 澪
265 末摘花 たゆまじき筋を頼みし玉かづら思ひのほかにかけ離れぬる 蓬
266 侍従 玉かづら絶えてもやまじ行く道のたむけの神もかけて誓はむ 蓬
267 末摘花 亡き人を恋ふる袂のひまなきに荒れたる軒のしづくさへ添ふ 蓬
268 源氏 たづねてもわれこそとはめ道もなく深き蓬のもとの心を 蓬
269 源氏 藤波のうち過ぎがたく見えつるはまつこそ宿のしるしなりけれ 蓬
270 末摘花 年をへてまつしるしなきわが宿を花のたよりにすぎぬばかりか 蓬

271 空蝉　行くと来とせきとめがたき涙をや絶えぬ清水と人は見るらむ　関
272 源氏　わくらばに行きあふみちを頼みしもなほかひなしやしほならぬ海　関

273 空蝉　逢坂の関やいかなる関なれば繁きなげきの中をわくらん　関
274 朱雀　わかれ路に添へし小櫛をかごとにてはるけき仲と神やいさめし　絵
275 秋好　別るとてはるかに言ひしひとこともかへりてものは今ぞかなしき　絵
276 紫　ひとりゐて嘆きしよりは海人のすむかたをかくてぞ見るべかりける　絵
277 源氏　うきめ見しそのをりよりも今日はまた過ぎにしかたにかへる涙か　絵
278 平内侍　伊勢の海のふかき心をたどらずてふりにし跡と波や消つべき　絵
279 右典侍　雲のうへに思ひのぼれる心には千ひろの底もはるかにぞ見る　絵

⑩

280 藤壺　見るめこそうらふりぬらめ年へにし伊勢をの海人の名をや沈めむ　絵
281 朱雀　身こそかくしめのほかなれそのかみの心のうちを忘れしもせず　絵
282 秋好　しめのうちは昔にあらぬ心地して神代のことも今ぞ恋しき　絵
283 入道　行くさきをはるかに祈るわかれ路にたえぬは老の涙なりけり　松
284 明石尼　もろともに都は出できこのたびやひとり野中の道にまどはん　松

285 明石　いきてまたあひ見むことをいつとてかかぎりもしらぬ世をばたのまむ　松
286 明石尼　かの岸に心寄りにしあま舟のそむきしかたにこぎかへるかな　松
287 明石　いくかへりゆきかふ秋をすぐしつつうき木にのりてわれかへるらん　松
288 明石尼　身をかへてひとりかへれる山里に聞きしに似たる松風ぞ吹く　松
289 明石　ふる里に見し世のともを恋ひわびてさへづることを誰かわくらん　松

290 明石尼　住みなれし人はかへりてたどれども清水はやどのあるじ顔なる　松
291 源氏　いさらゐははやくのことも忘れじをもとのあるじや面がはりせる　松

292 源氏　契りしに変らぬことのしらべにて絶えぬ心のほどは知りきや　松
293 明石　変らじと契りしことをたのみにて松のひびきに音をそへしかな　松
294 冷泉　月のすむ川のをちなる里なれば桂のかげはのどけかるらむ　松
295 源氏　久かたの光に近き名のみしてあさゆふ霧も晴れぬ山里　松
296 源氏　めぐり来て手にとるばかりさやけきや淡路の島のあはと見し月　松

297 頭中　うき雲にしばしまがひし月影のすみはつるよぞのどけかるべき　松
298 左大弁　雲の上のすみかをすててよはの月いづれの谷にかげ隠しけむ　松
299 明石　雪ふかみみ山の道は晴れずともなほふみかよへあと絶えずして　薄
300 乳母　雪間なき吉野の山をたづねても心のかよふあと絶えめやは　薄
301 明石　末遠き二葉の松にひきわかれいつか木高きかげを見るべき　薄
302 源氏　生ひそめし根もふかければ武隈の松に小松の千代をならべん　薄
303 紫　舟とむるをちかた人のなくはこそ明日かへりこむ夫と待ちみめ　薄

304 源氏　行きてみて明日もさね来むなかなかにをちかた人は心おくとも　薄
305 源氏　入日さす峰にたなびく薄雲はもの思ふ袖に色やまがへる　薄
306 源氏　君もさはあはれをかはせ人しれずわが身にしむる秋の夕風　薄
307 明石　いさりせし影わすられぬ篝火は身のうき舟やしたひきにけん　薄
308 源氏　あさからぬしたの思ひをしらねばやなほ篝火の影はさわげる　薄
309 源氏　人知れず神のゆるしを待ちし間にここらつれなき世を過ぐすかな　朝

310 朝顔 なべて世のあはればかりをとふからに誓ひしことと神やいさめむ 朝

⑪

311 源氏 見しをりのつゆわすられぬ朝顔の花のさかりは過ぎやしぬらん 朝

312 朝顔 秋はてて霧のまがきにむすぼほれあるかなきかにうつる朝顔 朝

313 源氏 いつのまに蓬がもととむすぼほれ雪ふる里と荒れし垣根ぞ 朝

314 源典侍 年ふれどこの契りこそ忘られね親の親とか言ひしひと言 朝

315 源氏 身をかへて後も待ちみよこの世にて親を忘るるためしありやと 朝

316 源氏 つれなさを昔にこりぬ心こそ人のつらきに添へてつらけれ 朝

317 朝顔 あらためて何かは見えむ人のうへにかかりと聞きし心がはりを 朝

318 紫 こほりとぢ石間の水はゆきなやみそらすむ月のかげぞながるる 朝

319 源氏 かきつめてむかし恋しき雪もよにあはれを添ふる鴛鴦のうきねか 朝

320 源氏 とけて寝ぬ寝覚めさびしき冬の夜に結ぼほれつる夢のみじかさ 朝

321 源氏 なき人をしたふ心にまかせてもかげ見ぬみつの瀬にやまどはむ 朝

322 源氏 かけきやは川瀬の波もたちかへり君がみそぎのふぢのやつれを 少

323 朝顔 ふぢごろも着しはきのふと思ふまにけふはみそぎの瀬にかはる世を 少

324 夕霧 さ夜中に友呼びわたる雁がねにうたて吹き添ふ荻のうは風 少

325 夕霧 くれなゐの涙にふかき袖の色をあさみどりとや言ひしをるべき 少

326 雲居雁 いろいろに身のうきほどの知らるるはいかに染めける中の衣ぞ 少

327 夕霧 霜氷うたてむすべる明けぐれの空かきくらし降る涙かな 少

328 夕霧 あめにますとよをかひめの宮人もわが心ざすしめを忘るな 少

329 源氏 をとめごも神さびぬらし天つ袖ふるき世の友よはひ経ぬれば 少

330 五節 かけていへば今日のこととぞ思ほゆる日かげの霜の袖にとけしも 少

331 夕霧 日かげにもしるかりけめやをとめごがあまの羽袖にかけし心は 少

332 源氏 鶯のさへづる声はむかしにてむつれし花のかげぞかはれる 少

333 朱雀 九重をかすみ隔つるすみかにも春とつげくる鶯の声 少

334 螢宮 いにしへを吹き伝へたる笛竹にさへづる鳥の音さへ変らぬ 少

335 冷泉 鶯のむかしを恋ひてさへづるは木伝ふ花の色やあせたる 少

336 秋好 心から春まつ苑はわがやどの紅葉を風のつてにだに見よ 少

337 紫 風に散る紅葉はかろし春のいろを岩ねの松にかけてこそ見め 少

338 乳母 舟人もたれを恋ふとか大島のうらかなしげに声の聞こゆる 玉

339 乳母 来し方も行く方もしらぬ沖に出でてあはれいづくに君を恋ふらん 玉

340 監 君にもし心たがはば松浦なる鏡の神をかけて誓はむ 玉

341 乳母 年を経ていのる心のたがひなば鏡の神をつらしとや見む 玉

⑫

342 兵部君 浮島を漕ぎ離れても行く方やいづくとまりと知らずもあるかな 玉

343 玉鬘 行くさきも見えぬ波路に舟出して風にまかする身こそ浮きたれ 玉

344 乳母 うきことに胸のみ騒ぐひびきにはひびきの灘もさはらざりけり 玉

345 右近 ふたもとの杉のたちどをたづねずはふる川のべに君をみましや 玉

346 玉鬘 初瀬川はやくのことは知らねども今日の逢ふ瀬に身さへながれぬ 玉

347 源氏 知らずとも尋ねてしらむ三島江に生ふる三稜のすぢは絶えじを 玉
348 玉鬘 数ならぬみくりやなにのすぢなればうきにしもかく根をとどめけむ 玉
349 源氏 恋ひわたる身はそれなれど玉かづらいかなるすぢを尋ね来つらむ 玉
350 末摘花 きてみればうらみられけり唐衣かへしやりてん袖をぬらして 玉
351 源氏 かへさむといふにつけてもかたしきの夜の衣を思ひこそやれ 玉
352 源氏 うす氷とけぬる池の鏡には世にたぐひなきかげぞならべる 初
353 紫 くもりなき池の鏡によろづ世をすむべきかげぞしるく見えける 初

354 明石 年月をまつにひかれて経る人にけふ鶯の初音きかせよ 初
355 明石中宮 ひきわかれ年は経れども鶯の巣だちし松の根をわすれめや 初
356 明石 めづらしや花のねぐらに木づたひて谷のふる巣をとへる鶯 初
357 源氏 ふるさとの春の梢にたづね来て世のつねならぬはなを見るかな 初
358 女房 風吹けば波の花さへいろ見えてこや名にたてる山ぶきの崎 胡

359 女房 春の池や井手のかはせにかよふらん岸の山吹そこもにほへり 胡
360 女房 亀の上の山もたづねじ舟のうちに老いせぬ名をばここに残さむ 胡
361 女房 春の日のうららにさして行く舟は棹のしづくも花ぞちりける 胡
362 螢宮 むらさきのゆゑに心をしめたればふちに身なげん名やはをしけき 胡
363 源氏 ふちに身を投げつべしやとこの春は花のあたりを立ちさらで見よ 胡
364 紫 花ぞののこてふをさへや下草に秋まつむしはうとく見るらむ 胡
365 秋好 こてふにもさそはれなまし心ありて八重山吹をへだてざりせば 胡

366 柏木 思ふとも君は知らじなわきかへり岩漏る水に色し見えねば 胡

367 源氏 ませのうちに根深くうゑし竹の子のおのが世々にや生ひわかるべき 胡
368 玉鬘 今さらにいかならむ世か若竹の生ひはじめけむ根をばたづねん 胡
369 源氏 橘のかをりし袖によそふればかはれる身ともおもほえぬかな 胡
370 玉鬘 袖の香をよそふるからに橘のみさへはかなくなりもこそすれ 胡
371 源氏 うちとけてねもみぬものを若草のことあり顔にむすぼほるらむ 胡
372 螢宮 なく声もきこえぬ虫の思ひだに人の消つにはきゆるものかは 螢

⑬

373 玉鬘 声はせで身をのみこがす螢こそいふよりまさる思ひなるらめ 螢
374 螢宮 今日さへやひく人もなき水隠れに生ふるあやめのねのみなかれん 螢
375 玉鬘 あらはれていとど浅くも見ゆるかなあやめもわかずなかれけるねの 螢
376 花散里 その駒もすさめぬ草と名にたてる汀のあやめ今日やひきつる 螢
377 源氏 にほどりに影をならぶる若駒はいつかあやめにひきわかるべき 螢

378 源氏 思ひあまり昔のあとをたづぬれど親にそむける子ぞたぐひなき 螢
379 玉鬘 ふるき跡をたづぬれどげになかりけりこの世にかかる親の心は 螢
380 源氏 なでしこのとこなつかしき色を見ばもとの垣根を人やたづねむ 常
381 玉鬘 山がつの垣ほに生ひしなでしこのもとの根ざしをたれかたづねん 常
382 近江君 草わかみひたちの浦のいかが崎いかであひ見んたごの浦浪 常
383 中納言 ひたちなるするがの海のすまの浦に浪立ち出でよ箱崎の松 常
384 源氏 篝火にたちそふ恋の煙こそ世には絶えせぬほのほなりけれ 篝

385 玉鬘 行く方なき空に消ちてよ篝火のたよりにたぐふ煙とならば 篝

386 明石 おほかたに荻の葉すぐる風の音もうき身ひとつにしむ心地して 野
387 玉鬘 吹きみだる風のけしきに女郎花しをれしぬべき心地こそすれ 野
388 源氏 した露になびかましかば女郎花あらき風にはしをれざらまし 野
389 夕霧 風さわぎむら雲まがふ夕べにもわするる間なく忘られぬ君 野

390 冷泉 雪ふかきをしほの山にたつ雉のふるき跡をも今日はたづねよ 行
391 源氏 をしほ山みゆきつもれる松原に今日ばかりなる跡やなからむ 行
392 玉鬘 うちきらし朝ぐもりせしみゆきにはさやかに空の光やは見し 行
393 源氏 あかねさす光は空にくもらぬをなどてみゆきに目をきらしけむ 行
394 大宮 ふた方にいひもてゆけば玉くしげわが身はなれぬかけごなりけり 行
395 末摘花 わが身こそうらみられけれ唐衣君がたもとになれずと思へば 行
396 源氏 唐ころもまたからころもからころもかへすがへすもからころもなる 行

397 頭中将 うらめしやおきつ玉もをかづくまで磯がくれける海人の心よ 行
398 源氏 よるべなみかかる渚にうち寄せて海人もたづねぬもくづとぞ見し 行
399 夕霧 おなじ野の露にやつるる藤袴あはれはかけよかごとばかりも 袴
400 玉鬘 たづぬるにはるけき野辺の露ならばうす紫やかごとならまし 袴
401 柏木 妹背山ふかき道をばたづねずてをだえの橋にふみまどひける 袴
402 玉鬘 まどひける道をば知らで妹背山たどたどしくぞたれもふみみし 袴
403 鬚黒 数ならばいとひもせまし長月に命をかくるほどぞはかなき 袴

⑭

404 螢宮 朝日さすひかりを見ても玉笹の葉分の霜を消たずもあらなむ 袴
405 左兵衛 忘れなむと思ふもものの悲しきをいかさまにしていかさまにせむ 袴
406 玉鬘 心もて光にむかふあふひだに朝おく霜をおのれやは消つ 袴
407 源氏 おりたちて汲みはみねども渡り川人のせとはた契らざりしを 真
408 玉鬘 みつせ川わたらぬさきにいかでなほ涙のみをのあわと消えなん 真

409 鬚黒 心さへ空にみだれし雪もよにひとり冴えつるかたしきの袖 真
410 木工 独りゐてこがるる胸の苦しきに思ひあまれる炎とぞ見し 真
411 鬚黒 うきことを思ひさわげばさまざまにくゆる煙ぞいと立ちそふ 真
412 真木柱 今はとて宿離れぬとも馴れきつる真木の柱はわれを忘るな 真
413 北方 馴れきとは思ひいづとも何により立ちとまるべき真木の柱ぞ 真
414 中将許 浅けれど石間の水はすみはてて宿もる君やかけはなるべき 真
415 木工 ともかくも岩間の水の結ぼほれかけとむべくも思ほえぬ世を 真

416 螢宮 深山木に羽翼うちかはしゐる鳥のまたなくねたき春にもあるかな 真
417 冷泉 などてかくはひあひがたき紫を心に深く思ひそめけむ 真
418 玉鬘 いかならん色とも知らぬ紫を心してこそ人はそめけれ 真
419 冷泉 九重にかすみへだてば梅の花ただかばかりも匂ひこじとや 真
420 玉鬘 かばかりは風にもつてよ花の枝に立ちならぶべきにほひなくとも 真

421 源氏 かきたれてのどけきころの春雨にふるさと人をいかにしのぶや 真
422 玉鬘 ながめする軒のしづくに袖ぬれてうたかた人をしのばざらめや 真
423 源氏 思はずに井手のなか道へだつともいはでぞ恋ふる山吹の花 真
424 源氏 おなじ巣にかへりしかひの見えぬかないかなる人か手ににぎるらん 真

425 鬚黒　巣がくれて数にもあらぬかりのこをいづ方にかはとりかへすべき　真
426 近江君　おきつ舟よるべなみ路にただよはば棹さしよらむとまり教へよ　真
427 夕霧　よるべなみ風のさわがす舟人もおもはぬかたに磯づたひせず　真

428 朝顔　花の香は散りにし枝にとまらねどうつらむ袖にあさくしまめや　梅
429 源氏　花の枝にいとど心をしむるかな人のとがめん香をばつつめど　梅
430 螢宮　鶯の声にやいとどあくがれん心しめつる花のあたりに　梅
431 源氏　色も香もうつるばかりにこの春は花さく宿をかれずもあらなん　梅
432 柏木　鶯のねぐらの枝もなびくまでなほ吹きとほせ夜はの笛竹　梅
433 夕霧　心ありて風の避くめる花の木にとりあへぬまで吹きやよるべき　梅
434 弁少将　かすみだに月と花とをへだてずはねぐらの鳥もほころびなまし　梅

⑮

435 螢宮　花の香をえならぬ袖にうつしもて事あやまりと妹やとがめむ　梅
436 源氏　めづらしと古里人も待ちぞみむ花のにしきを着てかへる君　梅
437 夕霧　つれなさはうき世のつねになりゆくを忘れぬ人や人にことなる　梅
438 雲居雁　かぎりとて忘れがたきを忘るるもこや世になびく心なるらむ　梅
439 頭中将　わが宿の藤の色こきたそかれに尋ねやはこぬ春のなごりを　裏
440 夕霧　なかなかに折りやまどはむ藤の花たそかれどきのたどたどしくは　裏
441 頭中将　紫にかごとはかけむ藤の花まつよりすぎてうれたけれども　裏
442 夕霧　いくかへり露けき春をすぐしきて花のひもとくをりにあふらん　裏
443 柏木　たをやめの袖にまがへる藤の花見る人からや色もまさらむ　裏

444 雲居雁　あさき名をいひ流しける河口はいかがもらしし関のあらがき　裏
445 夕霧　もりにけるくきだの関を河口のあさきにのみはおほせざらなん　裏
446 夕霧　とがむなよ忍びにしぼる手もたゆみ今日あらはるる袖のしづくを　裏
447 夕霧　なにとかや今日のかざしよかつ見つつおぼめくまでもなりにけるかな　裏
448 藤典侍　かざしてもかつたどらるる草の名はかつらを折りし人や知るらん　裏
449 夕霧　あさみどりわか葉の菊をつゆにてもこき紫の色とかけきや　裏
450 大輔　二葉より名だたる園の菊なればあさき色わく露もなかりき　裏
451 夕霧　なれこそは岩もるあるじ見し人のゆくへは知るや宿の真清水　裏
452 雲居雁　なき人のかげだに見えずつれなくて心をやれるいさらゐの水　裏
453 頭中将　そのかみの老木はむべも朽ちぬらむ植ゑし小松も苔生ひにけり　裏
454 宰相乳母　いづれをも蔭とぞたのむ二葉より根ざしかはせる松のすゑずゑ　裏
455 源氏　色まさるまがきの菊もをりをりに袖うちかけし秋を恋ふらし　裏
456 頭中将　むらさきの雲にまがへる菊の花にごりなき世の星かとぞ見る　裏
457 朱雀　秋をへて時雨ふりぬる里人もかかるもみぢのをりをこそ見ね　裏
458 冷泉　世のつねの紅葉とや見るいにしへのためしにひける庭の錦を　裏
459 秋好　さしながらむかしを今につたふれば玉の小櫛ぞ神さびにける　菜
460 朱雀　さしつぎに見るものにもが万代をつげの小櫛の神さぶるまで　菜
461 玉鬘　若葉さす野べの小松をひきつれてもとの岩根をいのる今日かな　菜
462 源氏　小松原末のよはひに引かれてや野べの若菜も年をつむべき　菜
463 紫　目に近く移ればかはる世の中を行く末とほくたのみけるかな　菜

464 源氏 命こそ絶ゆとも絶えめさだめなき世のつねならぬなかの契りを 菜

465 源氏 中道をへだつるほどはなけれども心みだるるけさのあは雪 菜

⑯

466 女三宮 はかなくてうはの空にぞ消えぬべき風にただよふ春のあは雪 菜

467 朱雀 背きにしこの世にのこる心こそ入る山道のほだしなりけれ 菜

468 紫 背く世のうしろめたくはさりがたきほだしをしひてかけな離れそ 菜

469 源氏 年月をなかにへだてて逢坂のさもせきがたく落つる涙か 菜

470 朧月夜 涙のみせきとめがたき清水にて行き逢ふ道ははやく絶えにき 菜

471 源氏 沈みしも忘れぬものをこりずまに身もなげつべき宿のふぢ波 菜

472 朧月夜 身をなげむふちもまことのふちならでかけじやさらにこりずまの波 菜

473 紫 身にちかく秋や来ぬらん見るままに青葉の山もうつろひにけり 菜

474 源氏 水鳥の青羽はいろもかはらぬを萩のしたこそけしきことなれ 菜

475 明石尼 老の波かひある浦に立ちいでてしほたるるあまを誰かとがめむ 菜

476 明石中宮 しほたるるあまを波路のしるべにてたづねも見ばや浜のとまやを 菜

477 明石 世をすてて明石の浦にすむ人も心の闇ははるけしもせじ 菜

478 入道 ひかり出でん暁ちかくなりにけり今ぞ見し世の夢がたりする 菜

479 柏木 いかなれば花に木づたふ鶯の桜をわきてねぐらとはせぬ 菜

480 夕霧 みやま木にねぐらさだむるはこ鳥もいかでか花の色にあくべき 菜

481 柏木 よそに見て折らぬなげきはしげれどもなごり恋しき花の夕かげ 菜

482 小侍従 いまさらに色にな出でそ山ざくらおよばぬ枝に心かけきと 菜

483 柏木 恋ひわぶる人のかたみと手ならせばなれよ何とてなく音なるらん 菜

484 源氏 たれかまた心を知りて住吉の神世を経たる松にこと問ふ 菜

485 明石尼 住の江をいけるかひある渚とは年経るあまも今日や知るらん 菜

486 明石尼 昔こそまづ忘られね住吉の神のしるしを見るにつけても 菜

487 紫 住の江の松に夜ぶかくおく霜は神のかけたる木綿鬘かも 菜

488 明石中宮 神人の手にとりもたる榊葉に木綿かけ添ふるふかき夜の霜 菜

489 中務君 祝子が木綿うちまがひおく霜はげにいちじるき神のしるしか 菜

490 柏木 起きてゆく空も知られぬあけぐれにいづくの露のかかる袖なり 菜

491 女三宮 あけぐれの空にうき身は消えななむ夢なりけりと見てもやむべく 菜

492 柏木 くやしくぞつみをかしけるあふひ草神のゆるせるかざしならぬに 菜

493 柏木 もろかづら落葉をなにに拾ひけむ名は睦ましきかざしなれども 菜

494 御息所 わが身こそあらぬさまなれそれながらそらおぼれする君は君なり 菜

495 紫 消えとまるほどやは経べきたまさかに蓮の露のかかるばかりを 菜

496 源氏 契りおかむこの世ならでも蓮葉に玉ゐる露の心へだつな 菜

⑰

497 女三宮 夕露に袖ぬらせとやひぐらしの鳴くを聞く聞く起きて行くらん 菜

498 源氏 待つ里もいかが聞くらんかたがたに心さわがすひぐらしの声 菜

499 源氏 あまの世をよそに聞かめや須磨の浦に藻塩たれしも誰ならなくに 菜

500 朧月夜 あま舟にいかがは思ひおくれけむ明石の浦にいさりせし君 菜

501 柏木 いまはとて燃えむ煙もむすぼほれ絶えぬ思ひのなほや残らむ 柏

502 女三宮 立ちそひて消えやしなましうきことを思ひみだるる煙くらべに 柏
503 柏木 行く方なき空の煙となりぬとも思ふあたりを立ちは離れじ 柏
504 源氏 誰が世にか種はまきしと人問はばいかが岩根の松はこたへむ 柏
505 夕霧 時しあればかはらぬ色ににほひけり片枝枯れにし宿の桜も 柏
506 落葉母 この春は柳のめにぞ玉はぬく咲き散る花のゆくへ知らねば 柏
507 頭中将 木の下のしづくにぬれてさかさまにかすみの衣着たる春かな 柏
508 夕霧 亡き人も思はざりけんうちすてて夕のかすみ君着たれとは 柏

509 弁君 うらめしやかすみの衣たれ着よと春よりさきに花の散りけむ 柏
510 夕霧 ことならばならしの枝にならさなむ葉守の神のゆるしありきと 柏
511 落葉 柏木に葉守の神はまさずとも人ならすべき宿の梢か 柏
512 朱雀 世をわかれ入りなむ道はおくるとも同じところを君もたづねよ 横
513 女三宮 うき世にはあらぬところのゆかしくてそむく山路に思ひこそ入れ 横

514 源氏 うきふしも忘れずながらくれ竹のこは棄てがたきものにぞありける 横
515 夕霧 言に出でていはぬもいふにまさるとは人に恥ぢたるけしきをぞ見る 横
516 落葉 深き夜のあはればかりは聞きわけどことよりほかにえやは言ひける 横
517 落葉母 露しげきむぐらの宿にいにしへの秋にかはらぬ虫の声かな 横
518 夕霧 横笛の調べはことにかはらぬをむなしくなりし音こそつきせね 横
519 柏木 笛竹に吹きよる風のことならば末の世ながき音に伝へなむ 横
520 源氏 はちす葉をおなじ台と契りおきて露のわかるる今日ぞ悲しき 鈴

521 女三宮 へだてなくはちすの宿を契りても君が心やすまじとすらむ 鈴
522 女三宮 おほかたの秋をばうしと知りにしをふり棄てがたき鈴虫の声 鈴
523 源氏 心もて草のやどりをいとへどもなほ鈴虫の声ぞふりせぬ 鈴
524 冷泉 雲の上をかけはなれたる住みかにももの忘れせぬ秋の夜の月 鈴
525 源氏 月かげはおなじ雲居に見えながらわが宿からの秋ぞかはれる 鈴
526 夕霧 山里のあはれをそふる夕霧にたち出でん空もなき心地して 霧
527 落葉 山がつのまがきをこめて立つ霧も心そらなる人はとどめず 霧

⑱

528 落葉 われのみやうき世を知れるためしにて濡れそふ袖の名をくたすべき 霧
529 夕霧 おほかたはわれ濡れ衣をきせずともくちにし袖の名やはかくるる 霧
530 夕霧 荻原や軒ばの露にそぼちつつ八重たつ霧を分けぞゆくべき 霧
531 落葉 分けゆかむ草葉の露をかごとにてなほ濡れ衣をかけんとや思ふ 霧
532 夕霧 たましひをつれなき袖にとどめおきてわが心からまどはるるかな 霧

533 夕霧 せくからにあささぞ見えん山川のながれての名をつつみはてずは 霧
534 落葉母 女郎花しをるる野辺をいづことてひと夜ばかりの宿をかりけむ 霧
535 夕霧 秋の野の草のしげみは分けしかどかりねの枕むすびやはせし 霧
536 雲居雁 あはれをもいかに知りてかなぐさめむあるや恋しき亡きや悲しき 霧
537 夕霧 いづれとか分きてながめん消えかへる露も草葉の上と見ぬ世を 霧
538 夕霧 里遠み小野の篠原わけて来てわれもしかこそ声も惜しまね 霧
539 小少将 藤衣露けき秋の山人は鹿のなく音に音をぞそへつる 霧

540 夕霧 見し人のかげすみはてぬ池水にひとり宿もる秋の夜の月 霧
541 夕霧 いつとかはおどろかすべき明けぬ夜の夢さめてとか言ひしひとこと 霧
542 落葉 朝夕になく音をたつる小野山は絶えぬ涙や音なしの滝 霧
543 落葉 のぼりにし峰の煙にたちまじり思はぬかたになびかずもがな 霧
544 落葉 恋しさのなぐさめがたき形見にて涙にくもる玉の箱かな 霧

545 夕霧 うらみわび胸あきがたき冬の夜にまた鎖しまさる関の岩門 霧
546 雲居雁 なるる身をうらむるよりは松島のあまの衣にたちやかへまし 霧
547 夕霧 松島のあまの濡れ衣なれぬとてぬぎかへつてふ名を立ためやは 霧
548 頭中将 契りあれや君を心にとどめおきてあはれと思ふうらめしと聞く 霧
549 落葉 何ゆゑか世に数ならぬ身ひとつをうしとも思ひかなしとも聞く 霧
550 藤典侍 数ならば身に知られまし世のうさを人のためにも濡らす袖かな 霧
551 雲居雁 人の世のうきをあはれと見しかども身にかへんとは思はざりしを 霧

552 紫 惜しからぬこの身ながらもかぎりとて薪尽きなんことの悲しさ 御
553 明石 薪こる思ひは今日をはじめにてこの世にねがふ法ぞはるけき 御
554 紫 絶えぬべきみのりながらぞ頼まるる世々にと結ぶ中の契りを 御
555 花散里 結びおく契りは絶えじおほかたの残りすくなきみのりなりとも 御
556 紫 おくと見るほどぞはかなきともすれば風にみだるる萩のうは露 御
557 源氏 ややもせば消えをあらそふ露の世におくれ先だつほど経ずもがな 御
558 明石中宮 秋風にしばしとまらぬつゆの世をたれか草葉のうへとのみ見ん 御

⑲
559 夕霧 いにしへの秋の夕の恋しきにいまはと見えしあけぐれの夢 御
560 頭中将 いにしへの秋さへ今の心地してぬれにし袖に露ぞおきそふ 御
561 源氏 露けさはむかし今とも思ほえずおほかた秋の夜こそつらけれ 御
562 秋好 枯れはつる野辺をうしとや亡き人の秋に心をとどめざりけん 御
563 源氏 のぼりにし雲居ながらもかへり見よわれあきはてぬ常ならぬ世に 御

564 源氏 わが宿は花もてはやす人もなしなににか春のたづね来つらん 幻
565 螢宮 香をとめて来つるかひなくおほかたの花のたよりと言ひやなすべき 幻
566 源氏 うき世にはゆき消えなんと思ひつつ思ひの外になほぞほどふる 幻
564 源氏 植ゑて見し花のあるじもなき宿に知らず顔にて来ゐる鶯 幻
568 源氏 今はとてあらしやはてん亡き人の心とどめし春の垣根を 幻
569 源氏 なくなくも帰りにしかな仮の世はいづこもつひの常世ならぬに 幻
570 明石 雁がゐし苗代水の絶えしよりうつりし花のかげをだに見ず 幻

571 花散里 夏衣たちかへてける今日ばかり古き思ひもすすみやはせぬ 幻
572 源氏 羽衣のうすきにかはる今日よりはうつせみの世ぞいとど悲しき 幻
573 中将君 さもこそはよるべの水に水草ゐめ今日のかざしよ名さへ忘るる 幻
574 源氏 おほかたは思ひすててし世なれどもあふひはなほやつみをかすべき 幻
575 源氏 なき人をしのぶる宵のむら雨に濡れてや来つる山ほととぎす 幻

576 夕霧 ほととぎす君につてなんふるさとの花橘は今ぞさかりと 幻
577 源氏 つれづれとわが泣きくらす夏の日をかごとがましき虫の声かな 幻

578 源氏 夜を知る螢を見てもかなしきは時ぞともなき思ひなりけり 幻
579 源氏 七夕の逢ふ瀬は雲のよそに見てわかれのにはに露ぞおきそふ 幻
580 中将君 君恋ふる涙は際もなきものを今日をば何の果てといふらん 幻
581 源氏 人恋ふるわが身も末になりゆけど残り多かる涙なりけり 幻
582 源氏 もろともにおきゐし菊の朝露もひとり袂にかかる秋かな 幻

583 源氏 大空をかよふまぼろし夢にだに見えこぬ魂の行く方たづねよ 幻
584 源氏 宮人は豊の明にいそぐ今日ひかげも知らで暮らしつるかな 幻
585 源氏 死出の山越えにし人をしたふとて跡を見つつもなほまどふかな 幻
586 源氏 かきつめて見るもかひなし藻塩草おなじ雲居の煙とをなれ 幻
587 源氏 春までの命も知らず雪のうちに色づく梅を今日かざしてん 幻
588 導師 千代の春見るべき花といのりおきてわが身ぞ雪とともにふりぬる 幻
589 源氏 もの思ふと過ぐる月日も知らぬ間に年もわが世も今日や尽きぬる 幻

『源氏物語』引用歌初句索引

『源氏物語』歌589首のうち、本書で引用した229首の索引であり、
歌番号とその詠者を<　>で示した。

●あ

あきかぜに　<#558 明石中宮>…59, 250, 278
あきぎりに　<#127 朝顔>…119, 144
あきののの　<#535 夕霧>…213
あきはてて　<#312 朝顔>…146
あけぐれの　<#491 女三宮>…192, 197
あさぎりの　<#29 中将君>…90, 226
あさひさす
　のきのたるひは　<#77 源氏>…241, 275
　ひかりをみても　<#404 螢宮>…247
あづさゆみ　<#107 源氏>…112
あはとみる　<#221 源氏>…231, 235, 238, 290
あふことの　<#18 女>…225
あふさかの　<#273 空蝉>…133
あふまでの　<#236 源氏>…236
あまたとし　<#131 源氏>…241, 257
あまぶねに　<#500 朧月夜>…194
あめとなり　<#122 頭中将>…64
あらきかぜ　<#5 母君>…225, 274
あらためて　<#317 朝顔>…147, 245
あらはれて　<#375 玉鬘>…164

●い

いかさまに　<#86 源氏>…236
いけるよの　<#185 源氏>…128, 236
いせびとの　<#196 源氏>…241, 275
いときなき　<#8 桐壺帝>…225
いとどしく　<#4 母君>…225
いにしへの
　あきさへいまの　<#560 頭中将>…64
　あきのゆふべの　<#559 夕霧>…63
いにしへも　<#32 源氏>…192, 227
いのちこそ　<#464 源氏>…236, 242, 257, 275
いはけなき　<#62 源氏>…227, 277
いまはとて
　あらしやはてん　<#568 源氏>…197, 261, 281
　もえむけぶりも　<#501 柏木>…197, 281
　やどかれぬとも　<#412 真木柱>…172, 197, 281
いまもみて　<#125 大宮>…229
いりひさす　<#305 源氏>…141
いろもかも　<#431 源氏>…247

●う

うきしまを　<#342 兵部君>…245
うきふしも　<#514 源氏>…202, 205
うきふしを　<#11 女>…225
うきめみし　<#277 源氏>…137
うきよには　<#566 源氏>…261
うぐひすの　<#430 螢宮>…247
うぐひすの　<#432 柏木>…247
うすごほり　<#352 源氏>…62, 64, 158
うちつけの　<#249 宣旨娘>…232
うちはらふ　<#16 夕顔>…92, 225, 237
うつせみの
　はにおくつゆの　<#25 空蝉>…226
　みをかへてける　<#24 源氏>…226
うばそくが　<#30 源氏>…226, 236
うみにます　<#219 源氏>…230
うらかぜや　<#218 紫>…232, 273
うらなくも　<#232 紫>…137, 236, 273
うらびとの　<#193 紫>…128, 273, 296
うゑてみし　<#567 源氏>…261

●お

おきてゆく　<#490 柏木>…192, 196

おくとみる　<#556 紫>…*59, 273*
おなじのの　<#399 夕霧>…*171*
おほかたは　<#574 源氏>…*267*
おほぞらを　<#583 源氏>…*244, 270*
おもふどち　<#252 紫>…*273*
おりたちて　<#407 源氏>…*236*

●か

かがりびに　<#384 源氏>…*168*
かきつめて　<#586 源氏>…*257, 272*
かぎりとて
　わかるるみちの　<#1 更衣>…*30, 72, 175, 224*
　わすれがたきを　<#438 雲居雁>…*72, 97, 175, 248*
かけきやは　<#322 源氏>…*154, 242, 275*
かけまくは　<#152 源氏>…*144*
かこつべき　<#69 紫>…*104, 272*
かしはぎに　<#511 落葉>…*200*
かずならぬ　<#23 空蟬>…*226*
かずならば　<#403 鬚黒>…*246, 278*
かすみだに　<#434 弁少将>…*247, 278*
かぜにちる　<#337 紫>…*273, 296*
かぜふけば　<#151 紫>…*272, 296*
かねてより　<#248 源氏>…*232, 277*
かはらじと　<#293 明石>…*139, 236*
かへりては　<#247 源氏>…*242, 275*
からくにに　<#187 源氏>…*230*
かりがゐし　<#570 明石>…*262, 265*
かれはつる　<#562 秋好>…*65, 163*
かをとめて　<#565 螢宮>…*261*

●き

きえとまる　<#495 紫>…*192, 273*
きみこふる　<#580 中将君>…*270*
きみしこば　<#90 源典侍>…*109*

●く

くさがれの　<#124 源氏>…*228, 277*
くものうへに　<#279 右典侍>…*232, 277*
くものうへも　<#7 桐壺帝>…*225*
くものうへを　<#524 冷泉>…*207*
くもりなき　<#353 紫>…*62, 158, 273, 283, 296*

●こ

こがらしに　<#13 女>…*225*
こがらしの　<#156 朧月夜>…*229*
こころあてに　<#26 夕顔>…*85, 226*
こころありて　<#433 夕霧>…*247*
こころいる　<#108 朧月夜>…*99, 112*
ことならば　<#510 夕霧>…*200*
ことにいでて　<#515 夕霧>…*202*
ことのねも　<#12 殿上人>…*225*
このしたの　<#507 頭中将>…*200*
このはるは　<#506 落葉母>…*200*
こほりどぢ　<#318 紫>…*273*
こりずまの　<#190 源氏>…*241, 257*
こゑはせで　<#373 玉鬘>…*246*

●さ

さきのよの　<#31 夕顔>…*224, 226, 236, 277*
さきまじる　<#15 頭中将>…*92, 225*
さくはなに　<#28 源氏>…*90, 226*
ささがにの　<#17 式部>…*225*
ささわけば　<#91 源氏>…*109*
さもこそは　<#573 中将君>…*267*

●し

しでのやま　<#585 源氏>…*257, 271*
しほしほと　<#231 源氏>…*137*
しめのうちは　<#282 秋好>…*136*

●す

すずむしの　<#3 命婦>…*224*
すみのえの　<#487 紫>…*188, 273, 296*
すみのえを　<#485 明石尼>…*188*

●せ

せくからに　<#533 夕霧>…*212*
せみのはも　<#43 空蟬>…*266*

●そ

そでのかを　<#370 玉鬘>…*162*
そのかみや　<#153 朝顔>…*145*
そむくよの　<#468 紫>…*273*

●た

たえぬべき　<#554 紫>…*41, 43, 237, 269, 273*
たがよにか　<#504 源氏>…*199, 204*
たきぎこる　<#553 明石>…*40, 265*
たちそひて　<#502 女三宮>…*198*
たちばなの
　かをなつかしみ　<#168 源氏>…*268*
　かをりしそでに　<#369 源氏>…*161*
たづぬるに　<#400 玉鬘>…*171*
たづねゆく　<#6 桐壺帝>…*225, 244, 270*
たなばたの　<#579 源氏>…*269*

●ち

ちぎりあれや　<#548 頭中将>…*237*
ちぎりおかむ　<#496 源氏>…*192, 237, 249, 278*
ちぎりしに　<#292 源氏>…*138, 236*
ちひろとも　<#111 紫>…*272*
ちよのはる　<#588 導師>…*253, 272*
つきかげは
　おなじくもゐに　<#525 源氏>…*207*
　みしよのあきに　<#155 源氏>…*229, 277*

●つ

つきのすむ　<#294 冷泉>…*207*
つきもせぬ　<#100 源氏>…*110*
つつむめる　<#94 頭中将>…*228, 278*
つゆけさは　<#561 源氏>…*64*
つれづれと　<#577 源氏>…*243, 269*
つれなきを　<#19 源氏>…*226, 241, 243, 275*
つれなさは　<#437 夕霧>…*248*
つれなさを　<#316 源氏>…*147*

●て

てにつみて　<#63 源氏>…*228*
てををりて　<#10 馬頭>…*225*

●と

としをへて　<#341 乳母>…*245, 278*

●な

なかみちを　<#465 源氏>…*242, 249, 275, 276, 278*
なきひとも　<#508 夕霧>…*200*
なきひとを
　したふこころに　<#321 源氏>…*154, 239, 242, 245, 257, 271*
　しのぶるよひの　<#575 源氏>…*268*
なくこゑも　<#372 螢宮>…*246, 278*
なくなくも　<#569 源氏>…*261, 265*
なげきつつ　<#245 源氏>…*241, 257*
なつごろも　<#571 花散里>…*266*
なでしこの　<#380 源氏>…*92*
なべてよの　<#310 朝顔>…*145, 233, 278*

●ね

ねはみねど　<#68 源氏>…*104*

●の

のぼりにし
　くもゐながらも　<#563 源氏>…*65*
　みねのけぶりに　<#543 落葉>…*214*

●は

はかなくて　<#466 女三宮>…*249*
はごろもの　<#572 源氏>…*266*
はちすばを　<#520 源氏>…*207, 237*
はなぞのの　<#364 紫>…*163, 273, 283*
はなのえに　<#429 源氏>…*175*
はなのかは　<#428 朝顔>…*175*
はなのかを　<#435 螢宮>…*248, 262*
ははきぎの　<#22 源氏>…*154, 226*
はふりこが　<#489 中務君>…*188*

はるかにも　<#220 源氏>…230
はるまでの　<#587 源氏>…253, 257, 272, 298

●ひ

ひかりいでん　<#478 入道>…184
ひさかたの　<#295 源氏>…208, 234
ひとこふる　<#581 源氏>…270
ひとしれず　<#309 源氏>…145
ひとづまは　<#93 源氏>…110, 228, 277
ひとりゐて　<#276 紫>…137, 273, 293

●ふ

ふえたけに　<#519 柏木>…203
ふかきよの
　あはればかりは　<#516 落葉>…202
　あはれをしるも　<#102 源氏>…236
ふぢごろも　<#323 朝顔>…154
ふねとむる　<#303 紫>…273

●へ

へだてなく　<#521 女三宮>…207, 237

●ほ

ほととぎす　<#576 夕霧>…269

●み

みこそかく　<#281 朱雀>…136
みしひとの　<#123 源氏>…64
みしゆめを　<#21 源氏>…226
みしをりの　<#311 源氏>…146, 245
みてもまた　<#60 源氏>…196
みにちかく　<#473 紫>…183, 273, 293
みのうさを　<#20 空蝉>…226
みはかくて　<#172 源氏>…128, 251
みやぎのの　<#2 桐壺帝>…224, 274
みやびとは　<#584 源氏>…45, 150, 153, 218, 242, 252, 257, 271, 276
みるめこそ　<#280 藤壺>…233

●む

むかしこそ　<#486 明石尼>…188
むすびおく　<#555 花散里>…41, 43, 269
むすびつる　<#9 左大臣>…225

●め

めぐりきて　<#296 源氏>…235
めにちかく　<#463 紫>…58, 62, 273, 276, 296

●も

ものおもふと　<#589 源氏>…257, 272, 278
もろかづら　<#493 柏木>…210
もろともに　<#582 源氏>…270

●や

やほよろづ　<#217 源氏>…230, 252, 277
やまがつの
　かきほあるとも　<#14 夕顔>…225
　まがきをこめて　<#527 落葉>…211, 249, 278
やまざとの　<#526 夕霧>…211
やまのはの　<#33 夕顔>…192
ややもせば　<#557 源氏>…59, 64

●ゆ

ゆくさきも　<#343 玉鬘>…245
ゆくとくと　<#271 空蝉>…152
ゆくへなき　<#385 玉鬘>…168
ゆふぎりの　<#75 源氏>…241, 257
ゆふつゆに　<#497 女三宮>…249

●よ

よがたりに　<#61 藤壺>…196
よりてこそ　<#27 源氏>…226
よるをしる　<#578 源氏>…269

●わ

わがやどは　<#564 源氏>…261
わかるとて　<#275 秋好>…136
わかれぢに　<#274 朱雀>…136

わかれても　<#173 紫>…*128, 251, 272, 296*
わきてこの　<#126 源氏>…*119, 144*
わくらばに　<#272 源氏>…*133*
わけゆかむ　<#531 落葉>…*212*
われのみや　<#528 落葉>…*212, 250*

●を

をしからぬ
　いのちにかへて　<#186 紫>…*128, 229, 272, 277*
　このみながらも　<#552 紫>…*40, 72, 129, 175, 230, 273*
をちかへり　<#166 源氏>…*268*
をとめごが　<#134 源氏>…*241, 275*
をとめごも　<#329 源氏>…*153*
をみなへし　<#534 落葉母>…*212*

著者紹介

熊倉千之（くまくら・ちゆき）

1936年盛岡生れ。サンフランシスコ州立大学卒業。カリフォルニア大学（バークレー）でPh.D.（日本文学）取得。ミシガン大学・サンフランシスコ州立大学などで日本語・日本文学を教える。1988年の帰国後、2005年まで東京家政学院大学・金城学院大学教授を歴任。
著書に『日本人の表現力と個性―新しい「私」の発見』（中公新書 1990）、『漱石のたくらみ―秘められた『明暗』の謎をとく』（筑摩書房 2006）、『漱石の変身―『門』から『道草』への羽ばたき』（筑摩書房 2009）、『日本語の深層―< 話者のイマ・ココ >を生きることば』（筑摩選書 2011）など。

『源氏物語』深層の発掘　秘められた詩歌の論理

2015年（平成27）9月9日　初版第1刷発行

著　者　熊　倉　千　之

装　幀　笠間書院装幀室

発行者　池　田　圭　子

発行所　有限会社 **笠間書院**

〒101-0064　東京都千代田区猿楽町2-2-3

☎03-3295-1331　FAX03-3294-0996

振替00110-1-56002

ISBN978-4-305-70783-3　　組版：ステラ　印刷／製本：モリモト印刷